BRENDA NOVAK
En mi corazón

Editado por Harlequin Ibérica.
Una división de HarperCollins Ibérica, S.A.
Núñez de Balboa, 56
28001 Madrid

© 2015 Brenda Novak, Inc.
© 2017 Harlequin Ibérica, una división de HarperCollins Ibérica, S.A.
En mi corazón, n.º 125 - 26.4.17
Título original: This Heart of Mine
Publicada originalmente por HQN™ Books

Todos los derechos están reservados incluidos los de reproducción, total o parcial. Esta edición ha sido publicada con autorización de Harlequin Books S.A.
Esta es una obra de ficción. Nombres, caracteres, lugares, y situaciones son producto de la imaginación del autor o son utilizados ficticiamente, y cualquier parecido con personas, vivas o muertas, establecimientos de negocios (comerciales), hechos o situaciones son pura coincidencia.
® Harlequin, HQN y logotipo Harlequin son marcas registradas por Harlequin Enterprises Limited.
® y ™ son marcas registradas por Harlequin Enterprises Limited y sus filiales, utilizadas con licencia. Las marcas que lleven ® están registradas en la Oficina Española de Patentes y Marcas y en otros países.
Imagen de cubierta utilizada con permiso de Harlequin Enterprises Limited. Todos los derechos están reservados.

I.S.B.N.: 978-84-687-9487-7
Depósito legal: M-1194-2017

Para mis hijos, el amor que siento por vosotros ha convertido esta novela en lo que es.

Querida lectora,

*A estas alturas he escrito ya más de cincuenta libros, así que cuando me preguntan cuál es mi favorito, cada vez me resulta más difícil responder a esa pregunta. La trilogía (*Silencio mortal, Acusación mortal *y* Verdad mortal*) ha estado siempre entre mis favoritas. También* En tus brazos *y* Sin culpa. *Algunas novelas me han resultado más fáciles de escribir. O ciertos personajes me han resultado más accesibles, lo que permite crear lazos más fuertes con ellos. Esta novela es una de aquellas historias extraordinarias que parecen fluir en cada página (¡ojalá ocurriera lo mismo con todas las novelas!). Creo que es porque, como madre de cinco hijos, puedo identificarme con el deseo de Phoenix de tener una oportunidad para demostrar a su hijo adolescente el amor que siente por él.*

Seguro que las que habéis leído mis libros sabéis que me centro a menudo en temas relacionados con la redención. Después de todo lo que ha sufrido Phoenix, se merece un final feliz y yo he disfrutado a conciencia proporcionándoselo.

Me encanta recibir noticias de mis lectoras. Por favor, sentíos libres de poneros en contacto conmigo vía online en brendanovak.com o a través del correo ordinario en PO Box 3781, Citrus Heights, CA 95611. Si os queréis apuntar a mi lista de correo, podré avisaros cuando haya ventas especiales y obsequios, y enviaros un mensaje cada vez que escriba un libro nuevo. También podéis encontrarme en Facebook (BrendaNovak.Author) y en Twitter (@Brenda_Novak).

Y ahora espero que disfrutéis viendo cómo Phoenix y Riley se redescubren el uno al otro.

Brenda

Reparto de personajes de Whiskey Creek

Phoenix Fuller: acaba de salir de prisión. Es la madre de **Jacob Stinson**, que está siendo criado por Riley, su padre.

Riley Stinson: contratista. Padre de Jacob.

Gail DeMarco: propietaria de una agencia de relaciones públicas en Los Ángeles. Casada con la estrella de cine **Simon O'Neal**.

Ted Dixon: escritor de *best sellers* de misterio. Está casado con **Sophia DeBussi**.

Eve Harmon: directora del hotel Little Mary's, propiedad de su familia. Se ha casado recientemente con **Lincoln McCormick**, un recién llegado al pueblo.

Kyle Houseman: propietario de una empresa de paneles solares. Estuvo casado con **Noelle Arnold**. Es el mejor amigo de **Riley Stinson**.

Baxter North: agente de bolsa en San Francisco.

Noah Rackham: ciclista profesional. Propietario de la tienda de bicicletas Crank In Up. Casado con **Adelaide Davies**, chef y directora del restaurante Just Like Mom's, propiedad de su abuela.

Callie Vanetta: fotógrafa. Está casada con **Levi McCloud/Pendleton**, veterano de Afganistán.

Olivia Arnold: es el verdadero amor de **Kyle Houseman**, pero ella se casó con **Brandon Lucero**, el hermanastro de Kyle.

Dylan Amos: es dueño, junto a sus hermanos, de un taller de chapa y pintura. Está casado con **Cheyenne Christensen** y tienen un hijo.

Capítulo 1

Era la primera vez que veía a su hijo desde su nacimiento. Phoenix Fuller había pasado una eternidad esperando aquel momento. Tenía la sensación de haber estado contando cada segundo durante dieciséis años, deseando posar de nuevo sus ojos en Jacob.

Pero, por ansiosa que estuviera, se había prometido a sí misma no llorar, no intentar abrazarle ni hacer nada que pudiera incomodar a un adolescente. Para él era una extraña. Aunque esperaba que su relación cambiara a partir de su regreso al pueblo, no podía presionarle en exceso o su hijo se cerraría en banda, incluso en el caso de que no fuera su padre el que se asegurara de mantenerla a distancia. Para ellos, su presencia debía de ser un motivo de vergüenza. Todos eran del mismo pueblo; era imposible ocultar que Phoenix había pasado toda la vida de Jacob en prisión.

El corazón se le subió a la garganta al ver a Jacob y a su padre, Riley Stinson, saliendo de una camioneta Ford y caminando a grandes zancadas hacia el restaurante.

¡Qué alto era su hijo!, pensó, devorándole con la mirada. Le parecía increíble que hubiera crecido tanto. Ella apenas medía un metro cincuenta. Y, aunque tenía treinta y cinco años, con el pelo recogido hacia atrás y sin maquillar podían confundirla con una chica mucho más joven.

Pero Jacob había salido a su padre en complexión y altura. Aquellos hombros anchos, las caderas estrechas y las piernas largas eran idénticos a los de Riley.

—Perdone. Cuando quiera, tiene la mesa preparada.

Phoenix no habría oído a la camarera si esta no le hubiera tocado el brazo mientras hablaba.

Tuvo que hacer un gran esfuerzo, pero consiguió apartar la mirada de su hijo para responder.

—Gracias. El resto del grupo está a punto de llegar.

—No se preocupe. Avíseme cuando esté lista.

Y, con una sonrisa educada, la joven condujo a su mesa a una pareja que esperaba de pie a su lado.

Phoenix volvió a clavar los ojos en Jacob y en aquella ocasión fue tal la oleada de emoción que la asaltó que estuvo a punto de salir disparada al cuarto de baño. Pero no podía derrumbarse.

«Dios mío, no me dejes llorar. Como me vea llorando no querrá verme ni de lejos».

Pero cuanto más intentaba contener las lágrimas, más la superaba la emoción. Aterrada, giró en una esquina, se escondió en una pequeña alcoba que había junto al cuarto de baño y se apoyó contra la pared.

«Respira. No eches esto a perder».

La campanilla de la puerta tintineó, anunciando la entrada de Riley y Jacob. Les imaginó mirando a su alrededor, enfadándose quizá al no encontrarla. Pero continuó petrificada donde estaba. Era incapaz de moverse.

—¡Hola! —oyó decir a la camarera con una familiaridad que le había faltado a su saludo—. Esta mañana estamos muy llenos, como todos los sábados. Pero si esperáis un poco, podré conseguiros una mesa.

—En realidad, hemos quedado con una persona que ya debería estar aquí.

Aquel tenía que ser Riley, pero Phoenix no podía decir que hubiera reconocido su voz. Tenía muy vivos los recuerdos de Riley. Pero ambos eran muy jóvenes la última vez que se habían visto y él había cambiado mucho. Ya no era el adolescente larguirucho que ella había conocido en el instituto, era un hombre musculoso y de constitución fuerte. Un hombre en la plenitud de la vida, algo que había resultado más que evidente cuando le había visto avanzar hombro con hombro junto a su hijo segundos antes.

–¿Con quién habéis quedado? –preguntó la camarera.
–Con Phoenix Fuller –respondió Riley.
–¿Qué aspecto tiene?
–A estas alturas ya no estoy seguro –contestó.

Phoenix esbozó una mueca. Su melena, negra y larga, no estaba mal. Tenía una espesa melena que era, seguramente, su rasgo más atractivo. Tampoco eran feos sus ojos. En general, no tenía la sensación de ser fea. Pero las cicatrices que marcaban su rostro serían una novedad para Riley. No las tenía cuando había entrado en prisión.

–No era muy alta –le oyó añadir como si aquel fuera el único rasgo que todavía la podía caracterizar.

–Hace un momento estaba aquí una mujer que me ha dicho que estaba esperando a alguien –le informó la camarera–. Pero no sé a dónde ha ido...

Decidida a no perder aquella oportunidad después de haber esperado durante tanto tiempo, Phoenix apretó los puños, tomó aire y dobló de nuevo la esquina.

–Lo siento... He ido a lavarme las manos.

El ceño que apareció en el rostro de Riley la hizo ruborizarse. No tenía ganas de verla. Sin duda alguna, había pasado los últimos diecisiete años esperando no volver a verla. Sobre todo después de que hubieran postergado en dos ocasiones la fecha de su liberación, alargando la sentencia original.

Pero ya sabía que aquello no iba a ser fácil. Cuadró los hombros, ignoró su desaprobación y se volvió hacia Jacob.

–Hola, soy tu madre.

Había ensayado aquella frase infinitas veces y, aun así, estuvo a punto de atragantarse. Consiguió controlarse a pura fuerza de voluntad.

–Pero puedes llamarme Phoenix si eso te resulta más fácil. No espero... –notaba la lengua tan rígida y gruesa que apenas podía hablar– no espero que hagas nada que no quieras en lo que a mí respecta.

A Jacob pareció sorprenderle que soltara aquello nada más verle, pero Phoenix también creyó advertir que disminuía la rigidez que tensaba su cuerpo. Así que le tendió la mano.

–Me alegro de conocerte. Gracias por venir. Espero que te guste el restaurante. Just Like Mom's era mi restaurante favorito cuando vivía aquí y pensé que... que a lo mejor todavía seguía siendo un establecimiento popular.

Jacob miró a su padre antes de estrecharle la mano.

–Hola –farfulló, pero no la miró a los ojos.

Diciéndose a sí misma que era normal, que era de esperar que mostrara cierta reticencia, Phoenix le soltó en cuanto se estrecharon la mano. No quería que notara lo mucho que estaba temblando.

–¿Ya estáis preparados para sentaros?

La camarera, que hasta aquel momento había estado distraída despidiendo a unos clientes que se marchaban, les observó con ávida curiosidad. Era probable que para entonces ya hubiera averiguado que ella era la famosa Phoenix Fuller de la que todo el mundo hablaba, la misma que había sido condenada por haber atropellado a su rival con el viejo Buick de su madre justo antes de la graduación del instituto.

–Sí, por favor.

Consciente en extremo de las dos personas que caminaban tras ella, Phoenix siguió a la camarera a través del restaurante hasta una mesa situada en una esquina.

Una vez sentados, se reclinó hacia atrás mientras otra camarera les llevaba el agua.

—Puedes pedir lo que quieras —le dijo a Jacob cuando este abrió la carta.

Era demasiado pronto para una propuesta como aquella. Pero estaba nerviosa. Y había trabajado duramente durante las semanas previas a su liberación para poder pagar aquel desayuno. Quería que su hijo lo disfrutara.

—Me gustaría pedir un gofre con helado y fresas.

Agradeciendo que hubiera elegido una comida elaborada y propia de una celebración, Phoenix sonrió.

—Pues lo tendrás.

Cuando ya era demasiado tarde, comprendió que su padre tendría algo que decir al respecto. No era una comida saludable y ella no tenía ninguna autoridad sobre la vida de Jacob. De modo que se volvió hacia Riley.

—Si tu padre está de acuerdo.

En cuanto Riley dio su permiso, ella bajó la mirada. Le resultaba más fácil no mirarle. Si hubiera podido invitar solo a Jacob, lo habría hecho. Sus sentimientos hacia su hijo ya eran suficientemente dolorosos. Añadir la presencia de su padre complicaba una situación ya de por sí compleja.

—Tú también puedes pedir lo que quieras, por supuesto —le ofreció a Riley—. Invito yo.

En el instante en el que pronunció aquellas palabras, sintió que su rostro se acaloraba todavía más. ¡Qué estupidez acababa de decir! Riley era un contratista de éxito. No necesitaba que una expresidiaria le pagara el desayuno. Y sabía que, aunque ella había enviado hasta el último centavo que había podido ahorrar para mantener a su hijo, sus contribuciones habían sido irrisorias comparadas con lo que había hecho Riley por Jacob año tras año. Era probable que aquella invitación le resultara ridícula. Pero ella quería mostrarse generosa, aunque estaba en una situación tan apurada que, para ella, treinta dólares constituían toda una fortuna.

—Yo tomaré una tortilla de camarones —dijo Riley, y dejó la carta a un lado sin haberla mirado siquiera.

El gofre y la tortilla de camarones eran los platos más caros de la carta, pero a Phoenix no le importó. Calculó a toda velocidad cuánto dinero le quedaba y comenzó a buscar algo que costara menos de cinco dólares.

—Yo no tengo hambre —comentó para que no les pareciera extraño que pidiera algo ligero—. Creo que tomaré una tostada y un café.

Bajó la carta, pero estuvo a punto de volver a levantarla para utilizarla como escudo. Tanto Riley como su hijo la estaban estudiando con la mirada con expresión escéptica. Aunque esperaba aquel escrutinio, era duro ser examinada como si fuera un insecto raro y no precisamente bienvenido. Pero aquel no era el único problema, aquel escrutinio la hacía consciente de las cicatrices que cubrían su rostro y lo último que le apetecía era que se convirtieran en objeto de atención.

—¿Cuánto tiempo llevas en casa? —preguntó Riley, rompiendo un silencio que comenzaba a hacerse violento.

Phoenix apartó la carta y cruzó las manos en el regazo.

—Tres días.

Debería haberse puesto en contacto con él nada más llegar, pero le había costado reunir el valor para hacerlo. Riley había dejado bien claro que esperaba que se instalara en cualquier lugar que no fuera Whiskey Creek.

Le vio agarrar el vaso con fuerza.

—¿Quién te fue a buscar?

Había tenido que pagar un taxi, pero no quería admitirlo.

—Una conocida que... Es como una amiga.

Una respuesta confusa, pero Riley no pareció cuestionársela.

—Pensé que, a lo mejor, tu madre...

—No. No puede... Mi madre ya no conduce.

La madre de Phoenix pesaba más de doscientos kilos y ya no podía ni meterse en el coche. Vivía como una reclusa desde que Riley y Phoenix habían empezado a salir. Además del problema del peso, Lizzie tenía otros, como su síndrome de Diógenes y la depresión. No tenía coche, ni internet. Y si no fuera por un hombre de gran corazón perteneciente a la Iglesia baptista, que le llevaba la compra y se ocupaba de las ocasionales visitas al veterinario por solo diez euros al mes, no habría sobrevivido. No podía decirse que al padre de Phoenix le importara. Ni a sus hermanos, por cierto. Su padre había abandonado a su familia poco después de que Phoenix naciera; ella ni siquiera sabía dónde estaba. Y sus dos hermanos mayores habían quedado tan devastados tras su marcha que se habían alejado de Whiskey Creek y de todo lo que tenía relación con aquel pueblo cuando ella todavía estaba en el colegio.

Riley tenía que ser consciente de la situación de Lizzie. ¿Sería aquel comentario una manera de insistir en el asunto que le había planteado en la última carta que le había enviado a prisión? ¿Consideraría que Jacob estaría mejor sin que ella formara parte de su vida? Había mencionado a su madre como otro punto negativo a la hora de relacionarse con ella. Los problemas de Lizzie eran la razón por la que Riley había impedido que Jacob visitara a su abuela más de tres o cuatro veces en su vida y, por supuesto, ella nunca había intentado ir a verle a él. Aunque Lizzie a menudo lo justificaba por su propio rechazo, en el fondo se sentía indigna del trato con nadie y más aun de relacionarse con una familia tan respetada y querida como la de los Stinson.

Riley bebió otro sorbo de agua.

—¿Qué tal está?

Pero Phoenix se negaba a que la conversación se centrara en su madre. No estaba dispuesta a abordar ningún tema que pudiera restringir sus probabilidades de ver a Jacob.

—Bien.

—¿Bien? —repitió él—. Hace años que no la veo por el pueblo.

Jacob le miró con el ceño fruncido.

—Ya sabes cómo está, papá.

Phoenix se aclaró la garganta.

—Ahora que estoy en casa, estará mejor. Yo me encargaré de ello. Y no molestará a Jacob. De eso también me encargaré yo.

—¿Cómo va a molestarnos si no puede salir de casa? –preguntó Jacob, fulminando a su padre con la mirada–. ¿Acaso nos ha molestado durante todo este tiempo?

—Este asunto lo manejaré yo –contestó Riley, pero Phoenix sintió la necesidad de intervenir.

No podía permitir que pensara que Jacob se estaba poniendo de su parte. Riley tenía el corazón de Phoenix en sus manos porque controlaba lo que ella más deseaba: una relación con Jacob. Así que era de crucial importancia cuidar también la relación con Riley.

—Tu padre tiene razón. Mi madre puede llegar… a avergonzarte. Me acuerdo de cómo me sentía cuando estaba en el instituto. Ella es… Bueno, como tú mismo has dicho, ya no puede ir a ninguna parte, así que no creo que vaya a representar un problema.

Excepto en el caso de que Jacob fuera a su casa, pero entonces ya buscaría la manera de manejar la situación.

Enfadado por el hecho de que su padre se mostrara tan protector, Jacob gruñó:

—Eso no es algo que me preocupe.

Phoenix esperaba que fuera cierto. Jacob tenía que enfrentarse a lo que significaba ser hijo suyo. No había muchos chicos que tuvieran que vivir con el estigma de tener una madre que había sido acusada de asesinato.

—He oído decir que eres un gran jugador de béisbol –dijo, deseando cambiar de tema.

Aquel comentario le arrancó una tímida sonrisa que reveló el atractivo y el encanto de su hijo. Se parecía a su padre incluso más de lo que en un principio le había parecido, con aquellos ojos ambarinos y el pelo casi negro.

—Me gusta jugar –respondió Jacob.

—Debe de ser importante ser el nuevo *pitcher* del equipo de secundaria –le dijo ella–. Por aquí el béisbol es algo importante.

El humor de Riley pareció mejorar mientras le daba a su hijo un pequeño empujón en el hombro.

—La semana pasada estuvo a punto de lanzar un juego sin *hits*.

Jacob arqueó las cejas.

—Estuve a punto, pero no lo conseguí.

—La temporada es joven –respondió su padre.

A Phoenix le encantó el orgullo que transmitía la voz de Riley. Ella sentía el mismo orgullo. Pero, en aquel momento, continuar aquella conversación le resultaba una tarea ardua. Por una parte, excepto por algunas amigas que había hecho en prisión, había estado muy sola durante aquellos años. Y no se consideraba una persona divertida. Por otra, lo único que a ella le apetecía era estar allí sentada, mirando a su hijo, memorizando hasta el último detalle de su rostro. Las fotografías que le habían enviado habían sido pocas y distantes en el tiempo y no le hacían justicia. En la última, que había llegado en una tarjeta de Navidad dos años atrás, llevaba un aparato de ortodoncia. Aunque era poco el esfuerzo que aquellos envíos requerían por parte de Riley, le estaba muy agradecida. Todavía conservaba tanto la tarjeta como la fotografía. Formaban parte de las escasas pertenencias que se había llevado a casa de la prisión.

—¿Piensas jugar en la universidad? –le preguntó a Jacob.

—Claro que sí –replicó–. Hay varias universidades interesadas en mí. Las mejores. Estoy esperando una beca.

Tenía todo un futuro por delante, muchas cosas que esperar de la vida. Era algo que Phoenix le debía a Riley. Había hecho un gran trabajo con su hijo.

—¡Qué ilusión! Estoy segura de que la conseguirás.

Llegó la camarera para tomarles nota, así que Phoenix le

dijo lo que querían y pidieron zumo de naranja para acompañar el desayuno. Como no quería ponerse en evidencia cuando llegara la hora de pagar si no le llegaba el dinero, al final, para asegurarse, ella dijo:

—Yo solo tomaré un café.

—¿No vas a pedir nada más? –preguntó Jacob.

—No suelo desayunar mucho –y, de todas formas, aunque tuviera hambre, estaba demasiado nerviosa para comer mucho.

—No me extraña que seas tan pequeña. La mayoría de las chicas del instituto son dos veces más grandes que tú –dijo Jacob–. Y algunas todavía no han terminado de crecer.

—Es posible que sea pequeña, pero soy fuerte –bromeó ella, flexionando el brazo.

—Sí, ya lo sé. Te metiste en unas cuantas peleas estando...

—No hablemos de eso –le interrumpió Riley.

Jacob se sonrojó y permaneció en silencio.

—No pasa nada. Puede decir lo que quiera –le tranquilizó Phoenix antes de contestar a Jacob–. Me vi obligada a defenderme, y lo conseguí.

Unas veces mejor que otras. Eso había dependido de la cantidad de mujeres a las que había tenido que enfrentarse.

—¿Qué pasó? –quiso saber Jacob.

—¿En qué incidente en particular?

Phoenix suponía que se refería al que le había dejado una cicatriz en el labio. No quería ahondar en el tipo de vida que había llevado en prisión, pero tampoco que su hijo sintiera que había temas que debía evitar.

—Las mujeres en aquella prisión podían llegar a ser... muy territoriales –le explicó–. Hubo ocasiones en las que tuve que pelear para evitar que continuaran acosándome durante el resto de mi estancia en prisión, ¿sabes? Estoy segura de que has visto actitudes parecidas en el instituto.

La necesidad de defender su vida le había dejado pocas

opciones en aquel aspecto, pero no quería sonar demasiado dramática.

Jacob arrugó la nariz con expresión dubitativa.

—¿Entonces tú no empezaste la pelea?

—¿Tú empezarías una pelea si tuvieras mi tamaño? —preguntó Phoenix con una risa, esperando arrancarle una sonrisa.

Jacob no sonrió, pero algunas de sus dudas parecieron disiparse.

—No, pero ni siquiera me puedo imaginar cómo te defendiste.

—Ya te lo he dicho —Phoenix le guiñó el ojo para disimular toda una carga de sentimientos mucho más profundos—. Soy más fuerte de lo que parezco.

Jacob la estudió en silencio durante algunos segundos.

—¿Esas cicatrices te las hiciste en esas peleas?

Phoenix se acarició el labio con la lengua con un gesto automático. Se la había hecho justo antes de estar a punto de ser liberada dos años atrás: un corte y veinte puntos. La cicatriz había llegado después.

—Sí.

—¿Y te la hicieron de un puñetazo?

—No, fue con una cuchilla de afeitar.

Se movió en el asiento, consciente de que Riley no podía aprobar que describiera una escena tan horripilante. Pero quería satisfacer la curiosidad de Jacob para que pudieran avanzar a partir de ahí. No quería que tuviera la sensación de que eludía sus preguntas.

Jacob la miró con el ceño fruncido.

—Eso tiene que doler.

Sí, le había dolido, pero no había sido lo peor. Aquellas mujeres, con la ayuda de una vigilante que siempre había ido a por ella, le habían tendido una trampa. La habían culpado de iniciar la pelea, lo que había aumentado su pena en dos años de prisión. Seguramente, aquella era la razón por la que Jacob preguntaba con tanto recelo. Cuando se había retrasado su salida de prisión, debían de haberle dicho que era una persona problemática.

Aunque aquel día había sido uno de los más oscuros de su vida, Phoenix se encogió de hombros para ocultárselo.

—No tanto. En cualquier caso, me gustaría verte lanzar en alguna ocasión, si no te importa que vaya a ver un partido —hizo un gesto con la mano antes de que pudiera responder—. Me sentaré en las gradas de los visitantes, así que por eso no tienes que preocuparte.

En la frente de Jacob aparecieron arrugas provocadas por su confusión.

—¿Por qué vas a tener que sentarte en las gradas de los visitantes?

Porque Phoenix no podía imaginar que una madre que había estado encarcelada se mostrara en un lugar en el que la gente podría reconocerla y relacionarla con él.

Preferiría no dar que hablar.

Miró a Riley, buscando confirmación. Él había utilizado el estigma del crimen como una de las razones por las que Jacob estaría mejor sin ella, por eso quería asegurarle que no le pondría las cosas difíciles. Pero Riley no hizo comentario alguno, ni en un sentido ni en otro, no dijo que no podía ir a verle, como ella temía. Se tapó la boca durante unos segundos, se frotó la mandíbula y enderezó los cubiertos. Había sido Jacob el que había insistido en que podía sentarse donde quisiera. Pero cualquier chico bien educado lo haría.

—De acuerdo, en ese caso... avísame cuando tengas un partido.

Imaginaba que si al final no la avisaba tendría la respuesta a si prefería evitarla en público.

—¿Y cómo se supone que puedo avisarte? —le preguntó—. ¿Tienes teléfono en casa? ¿Tienes móvil?

No tenía. Tampoco se lo podía permitir. Tenía otras muchas necesidades que atender antes que esa.

—Todavía no. Pero tengo un ordenador portátil y me he enterado de que en el Black Gold Coffee tienen Wi–Fi. Abriré una cuenta de Facebook para que puedas escribirme, con permiso de tu padre, claro.

También podría localizarla en el teléfono de su madre, que vivía en un tráiler separado del suyo en la misma finca, pero no se atrevió a sugerirlo, consciente de la mala opinión que tenía Riley sobre Lizzie.

—¿Tienes un portátil?

—Sí, fue un regalo de una de las funcionarias cuando me soltaron. Es viejo, pero... funciona.

—¿Entonces puedes agregarme como amigo? ¿Sabes cómo se hace?

Phoenix bebió otro sorbo de café. Al tener el estómago vacío, la cafeína la estaba poniendo nerviosa, pero necesitaba la taza para poder tener las manos ocupadas.

—Hice algunos cursos de informática cuando estaba... Bueno, hice algunos cursos de informática.

—¡Ah!

—¿Y qué planes tienes ahora que has vuelto a casa? –preguntó Riley–. ¿Estás buscando trabajo o...?

—No, todavía no –contestó–. Tengo que terminar de limpiar el tráiler en el que voy a vivir antes de hacer ninguna otra cosa.

Estuvo a punto de ponerse a hablar de lo mal que estaba el tráiler, de lo insalubre de aquella vivienda. El afán acumulador de su madre estaba peor que nunca. Pero se reprimió. Si su primer objetivo era conseguir un alojamiento para Jacob que Riley pudiera considerar seguro, en el caso de que su hijo estuviera de acuerdo en pasar alguna noche con ella, no sería sensato obsequiar a su padre con los detalles más sórdidos. Cuando había comenzado a limpiar el tráiler, ni siquiera le había parecido digno de convertirse en pocilga. Y, aunque ya estaba mucho mejor, pensaba dejarlo sin mácula para cuando terminara.

—¿Y después dónde piensas pedir trabajo?

—En cualquier lugar en el que haya algún puesto vacante.

Riley también le había dejado claro lo difícil que le resultaría encontrar trabajo en Whiskey Creek, un pueblo de solo dos mil habitantes. En el instituto le habían permitido graduarse a pesar de que había faltado las últimas tres semanas del último curso, pero un diploma de bachillerato no bastaba para compensar su historial delictivo. No quiso hablar del negocio que había emprendido estando todavía encarcelada. No sabía si tendría éxito. Pero estaba consiguiendo algunos ingresos estables haciendo pulseras de cuero para hombre. La mujer que le había regalado el ordenador, Cara Brentwell, había colgado sus pulseras en Etsy.com y eBay durante los tres años anteriores. Así era como había conseguido el dinero que le había enviado a Jacob durante esos tres años. Cara y ella se habían repartido los beneficios, pero, una vez libre, ya no necesitaba la ayuda de Cara.

—Yo, eh... te he traído un regalo —le dijo a Jacob—. No te emociones, no es un gran regalo. Ni siquiera tienes que ponértela si no te gusta. Solo quería ver si... bueno, a lo mejor te gusta.

Buscó en el bolso y sacó la bolsita de cuero en la que había guardado la pulsera en vez de envolverla. Le había parecido más apropiada para un chico que un papel de regalo y un lazo.

—Gracias —le agradeció Jacob mientras la aceptaba.

Phoenix no le dijo que la había hecho ella. No quería darle ningún motivo para que no le gustara.

—Si lo prefieres, puedes abrirla más tarde —comenzó a decir.

Pero Jacob había metido la mano en la bolsa y la había sacado antes de que hubiera podido terminar de hablar.

—¿Qué es? —preguntó Riley.

—Una pulsera —le informó Jacob, y el tono complacido de su voz la tranquilizó un poco.

Al menos no parecía que le desagradara.

—¿Entonces te gustan las pulseras? —preguntó Phoenix, intentando averiguar si solo estaba evitando ofenderla.

—Sí, pero nunca había visto una como esta —la giró en aquella mano que tenía ya el tamaño de la de un hombre.

Por suerte, la pulsera trenzada en la que había insertado una pieza de madera petrificada con la forma de un pájaro, una alusión al nombre de Phoenix que seguramente Jacob no entendería, se cerraba con una tira graduable.

—Es preciosa —continuó diciendo Jacob—. ¿Dónde la has comprado?

En aquel momento llegó la camarera con la comida y Phoenix fingió no haber oído la pregunta. Jacob estuvo tan distraído poniéndose la pulsera y comiendo después que no insistió en obtener una respuesta.

Como la conversación parecía estar resultando un poco forzada, Phoenix comenzó a preguntarle por las notas, expresó su orgullo por lo buen estudiante que era y le animó a continuar. Después le preguntó que si tenía novia. Él le dijo que no, que le gustaban varias chicas, aunque solo como amigas. Después, la conversación volvió a languidecer. Habría sido más natural hablar también con Riley, pero Phoenix evitaba dirigirle ninguna pregunta. No quería que pensara que seguía sintiendo algo por él. A veces, su fugaz relación reaparecía de nuevo en sus pensamientos, sobre todo a última hora de la noche. Aquellos recuerdos eran algunos de los mejores que tenía. Pero se dijo a sí misma que solo continuaban teniendo importancia para ella porque no había compartido aquella intimidad con ninguna otra persona. Apenas tenía dieciocho años cuando había entrado en prisión y, aunque a lo largo de aquellos años la habían abordado algunos de los vigilantes de la prisión, para resentimiento de sus compañeras, Riley era el único hombre al que había besado. Un guardia le había enviado algunas cartas después de renunciar a su trabajo en la prisión, pero ella nunca había respondido. Vivía en Bay Area y ella tenía pensado volver a Whiskey Creek; en todo momento había sido consciente del poco tiempo que tenía para conocer a su hijo antes de que se convirtiera en un adulto. No quería perder el tiempo con un hombre, sobre todo teniendo en cuenta lo volubles y poco fiables que podían llegar a ser, a juzgar por la velocidad a la que Riley se había enamorado y desenamorado de ella.

Aunque Phoenix nunca se dirigiera a él, Riley aportaba algún que otro comentario para apoyar lo que Jacob decía. Cada vez que lo hacía, Phoenix se volvía hacia él con una sonrisa educada, reconociendo su contribución, pero concentraba la atención en su hijo, algo que funcionó bien hasta que llegó la cuenta. Porque entonces no le quedó más remedio que dirigirse abiertamente a él cuando Riley intentó agarrarla.

Por suerte, ella se hizo con la cuenta antes que él. No podía permitir que le pagara el desayuno. No podía permitir que le pagara nada. Era una cuestión de orgullo; del poco orgullo que le quedaba, en cualquier caso. Había sido ella la que les había invitado y la que pagaría la cuenta. Cualquier otra cosa podría hacerle pensar que pretendía conseguir algo de él, además de su permiso para ver a Jacob y, desde luego, no era cierto.

–No me importa invitarte –dijo Riley, como si pensara que debía seguir insistiendo mientras la veía contar el dinero.

Gracias a Dios, tenía suficiente incluso para dejar propina.

–Invito yo, pero te lo agradezco –dijo con firmeza.

Phoenix dejó el dinero en la mesa y se levantó.

–El desayuno estaba muy rico –dijo Jacob.

El hecho de que pareciera haber disfrutado generó una inyección de alegría y esperanza. El camino que tenía por delante no iba a ser fácil, pero había sobrevivido a su primer desayuno con Jacob y no tenía la sensación de que estuviera a punto de derrumbarse. Seguramente la ayudaba el hecho de tener tanta práctica con las decepciones. Esperaba que su próximo encuentro fuera más fácil, y el siguiente más fácil todavía. Pero por alguna parte tenía que empezar.

–Para mí ha sido un placer –le confesó.

Aunque Phoenix intentó quedarse rezagada, ambos esperaron a que les precediera. Ella no tenía coche y eso significaba que tendría que recorrer a pie los ocho kilómetros que la separaba del pedazo de tierra yerma que su madre había heredado de sus propios padres. Lizzie tenía dos viejos tráileres en aquella propiedad. Uno de ellos, en el que había metido tanta basura que era inhabitable, se había convertido en su vivienda y el otro lo ocupaba ella junto a cinco perros, dos hámsteres y un loro.

Una vez en la calle, Phoenix se hizo a un lado para que pudieran adelantarla y dirigirse al aparcamiento.

–Gracias por venir –les dijo.

Riley entrecerró los ojos para protegerse del sol y miró a su alrededor, como si esperara que hubiera ido alguien a buscarla.

–¿Cómo vas a ir a tu casa?

Phoenix no contestó con sinceridad por miedo a que lo considerara una indirecta.

–¡Oh! No te preocupes por mí. Ya lo he resuelto.

–¿Qué es lo que has resuelto?

–¿No estamos hablando de mi vuelta a casa?

–¿Va a venir alguien a buscarte? ¿Necesitas mi teléfono para llamar a alguien?

Al sentirse acorralada, comprendió que tendría que contarle la verdad. No necesitaba ningún teléfono. No tenía a nadie a quien llamar.

–No tengo por qué molestar a nadie. Hace un día tan bonito que me apetece ir andando.

Riley bajó la mirada hacia sus sandalias.

–¿Y vas a poder caminar hasta allí con ese calzado?

—Ya he venido hasta aquí –contestó–. Estas sandalias son muy cómodas.

Daba igual que fuera o no cierto. Eran las únicas que tenía.

Riley no parecía muy convencido, pero en cuanto ella hizo un gesto de despedida con la mano y se volvió para marcharse, él comenzó a caminar hacia la camioneta. Pero Jacob la llamó.

—¿Mamá?

El corazón de Phoenix dio un vuelco gigante en su pecho. Jacob nunca la había llamado de ninguna forma, y mucho menos «mamá». No esperaba que utilizara aquella palabra, y mucho menos tan pronto, sobre todo después de que ella le hubiera dicho que podía llamarla por su nombre de pila.

—¿Sí? –esperaba que su voz no sonara tan estrangulada como a ella le parecía.

—Antes has dicho que podía preguntarte cualquier cosa.

—Jacob –Riley pronunció el nombre de su hijo en tono de advertencia.

Pero Jacob ignoró tanto su tono como su ceño.

—Claro que puedes.

—¿Sea lo que sea?

Phoenix tragó con fuerza. Tampoco esperaba que las preguntas empezaran tan pronto.

—Por supuesto.

Jacob miró a su padre, pero era evidente que su propio torbellino interno le obligó a ignorar el gesto con el que Riley sacudía la cabeza.

—¿Lo hiciste? –preguntó–. Porque quiero que me lo digas tú. Quiero saber la verdad después de haber estado preguntándomelo durante todos estos años.

A Phoenix no le importó aquella pregunta. Anhelaba decirle la verdad. Pero le habría resultado mucho más fácil abordar aquel tema durante una noche tranquila, cuando Riley no estuviera con ellos, porque sabía que pondría en duda todo lo que ella dijera. Temía incluso que se burlara de su respuesta, si no delante de ella, sí cuando se montara con Jacob en la camioneta.

Aun así, cuando por fin se le ofrecía la oportunidad de decirle a Jacob que era inocente, tenía que aprovecharla. Los niños no siempre esperaban el mejor momento o el mejor lugar y si perdía aquella oportunidad quizá no tuviera otra. No como aquella, estando su hijo tan... abierto.

Dejándose llevar por la tentación de agarrarle los brazos o hacer algo para demostrarle el fervor de su respuesta, dio un paso adelante. Pero seguía temiendo asustarle, de modo que bajó la voz en un intento de imprimir un mayor énfasis a sus palabras.

—No fui yo. Te lo juro. Yo no fui.

—¡Pero eras tú la que conducías el coche! Tuviste que ser tú.

Aunque parecía dispuesto a discutir, hablaba como si quisiera que le convenciera de lo contrario y ella agradeció aquella actitud mucho más de lo que él podría llegar a imaginar nunca.

—Había otra persona en el coche, Jacob. ¿No lo sabías?

A lo largo de todos aquellos años, debía de haberle llegado la información muy sesgada. Él ni siquiera había nacido cuando se había celebrado el juicio y era probable que, para cuando había comenzado a enterarse de lo ocurrido, tuviera ya diez o doce años. Eso significaba que cualquiera que le hubiera contado la historia habría simplificado un incidente que había tenido lugar una década atrás. Y, una vez entrado Jacob en la adolescencia, habría empezado a ser consciente de que aquel era un tema que su padre no quería tocar.

—No —contestó él sacudiendo la cabeza—. ¿Quién era?

¿Aquello significaría que Riley estaba tan convencido de que le había mentido cuando había dado su versión del accidente que ni siquiera lo había tenido presente?

No sabía de qué otra manera podía interpretarlo.

–Una chica de mi edad. Una amiga con la que estaba haciendo un proyecto para el instituto –contestó–. Mi madre me dejó el Buick para que pudiéramos ir a su casa al salir del instituto. Cuando vimos a Lori Mansfield volviendo al instituto después de haber terminado una carrera campo a través, me dijo que deberíamos darle un buen susto. Yo me eché a reír. Y a lo mejor ella interpretó mi risa como un asentimiento. No me acuerdo, porque, lo siguiente que supe, fue que ella estaba dando un volantazo.

Jacob tragó con fuerza, moviendo la nuez.

–¿Fue otra persona la que giró el volante?

–Sí. No creo que pretendiera matar a Lori. No tenía ninguna razón para hacerle daño Supongo que pensaba que yo sería capaz de rectificar la dirección a tiempo, pero no pude –esbozó una mueca de dolor–. Todo ocurrió muy rápido.

Jacob extendió las manos con un gesto suplicante.

–¿Por qué no se lo contaste a todo el mundo?

En aquel momento salió un grupo del restaurante. Phoenix permaneció en silencio hasta que volvieron a quedarse a solas. Después, dijo:

–Lo dije –lo había contado todo en el juicio. Riley no había estado presente el día que había declarado, pero estaba segura de que le habían contado su declaración–. Nadie me creyó.

Se preguntaba cómo estaría tomándose Riley todo aquello, pero no se atrevía a mirarle.

–La chica que iba conmigo lo negó.

–¿Quieres decir que mintió?

Penny Sawyer se había marchado de Whiskey Creek en cuanto había terminado el instituto y no había regresado desde entonces. Phoenix sabía que era muy probable que nunca lo hiciera.

–Sí. Bajo juramento.

–¿Y por qué hizo una cosa así?

—Estoy segura de que tenía miedo, Jacob. No quería que le pasara lo que me estaba pasando a mí.

—Así que dejó que recayeran en ti todas las culpas.

—Básicamente, sí.

—¿Pero por qué la creyeron a ella en vez de a ti?

En ese momento, Phoenix no pudo evitar desviar la mirada hacia Riley. Le descubrió mirándola con tanta intensidad como Jacob, como si estuviera intentando averiguar si podía creerla más de lo que lo había hecho en el pasado. De modo que Phoenix decidió confesar toda la verdad, por embarazoso que pudiera resultarle.

—Porque sabían que... que estaba locamente enamorada de tu padre. Decían que era una obsesión, y a lo mejor era cierto. Para entonces, también sabía que estaba embarazada. Ya ves. Antes del accidente, no se lo había contado a nadie. Tenía miedo de que mi madre, el psicólogo del colegio o cualquiera que conociera a tu padre quisieran que... que pusiera fin al embarazo o te diera en adopción. No quería hacer ninguna de las dos cosas.

—Ellos pensaban que estabas celosa de Lori.

Phoenix imaginaba que aquella era la versión que le había llegado, puesto que toda la historia giraba alrededor de su ruptura con Riley. ¿Pero habría sido Riley el que se la había transmitido? ¿Habrían sido sus padres? ¿O lo habrían hecho otros vecinos del pueblo? Siempre se había preguntado qué le contaría la gente a Jacob sobre ella.

—Dieron por sentado que yo pensaba que tu padre volvería conmigo si la hacía desaparecer de escena. Y la chica que iba conmigo en el coche no tenía nada contra ella. Solo estaba... haciendo tonterías.

—¡Pero es injusto!

Jacob se volvió como si quisiera recabar el apoyo de su padre, pero Riley permanecía en silencio, con las manos hundidas en los bolsillos delanteros del vaquero.

—Si lo que estás diciendo es verdad, has pasado todo este

tiempo en la cárcel sin haber hecho nada –añadió Jacob cuando se volvió de nuevo hacia ella–. ¿Por qué no luchaste con más fuerza para que la gente te creyera?

Porque era una chica rara de dieciocho años, arreglándoselas como podía para crecer con una madre obesa, con síndrome de Diógenes, que no salía nunca de casa. Sin apoyos, sin dinero para contratar a un buen abogado, en vez de a un abogado de oficio que había hecho un trabajo mediocre, por decirlo suavemente, no había tenido a nadie a quien acudir. Para empeorar las cosas, los padres de Riley se habían compadecido hasta tal punto de Lori que habían comenzado a hablar de la cantidad de veces que Phoenix había llamado a Riley o había pasado en coche por delante de su casa, le habían contado a todo el mundo que se dedicaba a perseguirle por el pueblo. El hecho de que también hubiera gastado bromas telefónicas a Lori después de que hubiera empezado a salir con Riley también se había vuelto contra ella.

Sencillamente, todo lo que podía salir mal había salido mal.

–No tenía la manera de hacerlo –le explicó–. Solo tenía dos años más de los que tienes tú ahora y estaba sola. No podía hacer gran cosa.

Sobre todo porque no podía negar que estuviera loca por Riley. El día que él había entrado en su vida todo había cambiado; había sido como sentir el sol en la cara por primera vez. Pero al cabo de seis semanas de un intenso amor del tipo «no puedo separarme de ti ni un solo segundo», Riley había roto de forma inesperada con ella.

A pesar de lo dura que había sido su vida, Phoenix nunca había sentido un dolor como aquel.

Pero no había matado a nadie.

–La culpa es de esa chica, de la que mintió –dijo Jacob–. ¿Sabes dónde está? ¿Vas a intentar buscarla para que admita la verdad?

Phoenix había pasado diecisiete años pensando en salir de prisión e ir en busca de Penny. Había sentido ansia de venganza. Pero sabía que sería una pérdida de tiempo. Incluso en el caso de que pudiera encontrar a Penny, continuaría siendo su palabra contra la de una persona más fiable que ella. Nadie quería considerar la posibilidad de que una mujer inocente hubiera pasado tanto tiempo en prisión. Y, aunque por alguna suerte de milagro inesperado, Penny decidiera intervenir a su favor, aquello no cambiaría todo lo que ella había pasado. En cualquier caso, no serviría para convencer a las personas que necesitaba convencer, puesto que no querían saber la verdad.

–No.

Al principio, le había enviado infinitas cartas a Penny, suplicándole que dijera la verdad. Aquellas que habían llegado después de que los Sawyer abandonaran Whiskey Creek le habían sido devueltas. Ni siquiera sabía si las que habían llegado a sus manos habían servido de nada.

–Tengo que concentrarme en mirar hacia delante y olvidar el pasado.

Jacob clavó la mirada en el suelo. Cuando alzó de nuevo la cabeza, parecía desgarrado.

–No estoy seguro de si puedo creerte.

–No importa –no le costaba perdonarle. Le estaba muy agradecida por el esfuerzo que estaba haciendo para intentarlo–. Comprendo lo difícil que es y no quiero presionarte. Si no quieres, no tenemos por qué volver a hablar de ello. Nosotros...

–Creo que ya es bastante por hoy –la interrumpió Riley–. Jacob, vamos. Tenemos trabajo.

Por la espalda de Phoenix corría el sudor provocado por la ansiedad, pero sonrió para que su hijo supiera que podía marcharse sin sentirse mal. No le culpaba por su confusión y, desde luego, lo último que quería era retenerle y causarle problemas con su padre. Desde el primer momento había sabido que ganarse a Jacob sería cuestión de tiempo.

Entrelazó las manos delante de ella y les siguió con la mirada mientras se subían a la camioneta. Acababa de tomar aire y estaba a punto de emprender su largo camino a casa cuando Jacob se volvió para despedirse de ella con la mano y supo que el recuerdo de su titubeante sonrisa la acompañaría durante el resto de su vida.

Capítulo 2

Jacob permaneció en silencio mientras salían del aparcamiento. Tenían trabajo para aquel día, la restauración de uno de los antiguos edificios victorianos del pueblo, y necesitaban acercarse a la serrería, que estaba a unos quince kilómetros de distancia. Riley tenía contratado a su hijo los sábados. Quería que Jacob aprendiera el funcionamiento del negocio para cuando fuera mayor o quisiera sacar su propia licencia de contratista. Tenían mucho trabajo y se les estaba haciendo tarde porque habían quedado con Phoenix para desayunar, pero le resultaba difícil concentrarse en nada que no fuera la hora anterior. Riley estaba tan conmocionado por lo que había visto y oído que estaba seguro de que Jacob tenía que estar realmente confundido.

—¿Estás bien? —le preguntó mientras se detenían delante del semáforo que había en el pueblo.

Jacob se encogió de hombros.

—¿Podrías utilizar la voz? —preguntó Riley.

—Me siento... raro —respondió Jacob.

Parecía abatido, triste.

—¿En qué sentido?

Riley podía imaginárselo, pues también él estaba en conflicto consigo mismo, pero sentía que era importante que su hijo le hablara sobre Phoenix. A él no le había resultado fácil convertirse en padre a los dieciocho años. Aparte de la ayuda que había recibido al principio de sus padres, mientras él iba a la universidad tres días a la semana, había criado solo a Jacob.

Pero Riley tenía la sensación de que tenía por delante un desafío mucho más importante. No quería que Phoenix volviera a su vida y a la de su hijo, no quería enfrentarse a las viejas preguntas y a las dudas del pasado.

–He conocido a mi madre hace solo unos minutos y todavía no sé lo que debo sentir por ella.

Porque no tenía ningún marco de referencia. Riley ni siquiera le había entregado a Jacob todas las cartas que su madre le había enviado. Solo le había entregado un puñado, las menos sentimentales, con la esperanza de que Phoenix siguiera adelante con su vida y les dejara en paz cuando al final la soltaran. Pero, si era inocente, quizá el haberse interpuesto entre su hijo y ella solo había servido para hacer sufrir a los dos.

Si aquel era el caso, tenía muchas cosas por las que sentirse culpable.

–Te llevará algún tiempo acostumbrarte.

–¿Cómo te sentirías si estuvieras en mi lugar? –le preguntó Jacob–. ¿Tú crees que mató a Lori Mansfield?

El semáforo se puso en verde y Riley pisó el acelerador. Jacob le había planteado aquella pregunta varias veces a lo largo de aquellos años, pero Riley siempre había podido decirle que no estaba seguro y allí había terminado todo. Hasta entonces, Phoenix ni siquiera formaba parte de la vida de Jacob, de modo que no había insistido mucho. Pero tras la vuelta de Phoenix, necesitaba una respuesta definitiva.

–No era ella misma cuando todo eso ocurrió –contestó.

Jacob se inclinó hacia delante para mirarle a la cara.

–¿Qué significa eso? ¿Quiere decir que sí o que no?

Riley no tenía la menor idea de si Phoenix había matado a Lori. Lo único que sabía era que todo el mundo había insistido en que tenía que haber sido ella y el escenario que se había planteado en el juicio lo había hecho lo más lógico. Lori era la chica con la que había empezado a salir tras dejar a Phoenix, y Phoenix le tenía unos celos terribles.

—Estoy diciendo que cuando corté con ella se puso un poco... dramática.

Él había utilizado a menudo la errática conducta de Phoenix durante aquella época para justificar la retención de algunas de las cartas que le enviaba a Jacob.

—Así que podría haber sido ella.

—Sí.

La expresión de su hijo dejaba traslucir que no le había gustado la respuesta.

—Pero el hecho de que pudiera haberlo hecho no es ninguna prueba.

—Hubo testigos, Jacob.

—¡Que la vieron detrás del volante! Pero ella admite que iba conduciendo.

—Penny Sawyer fue una de las testigos.

—¿La amiga de la que nos ha hablado? ¿La que podría haber agarrado el volante?

—Penny no tenía ningún motivo para atropellar a Lori.

Jacob profundizó su ceño.

—¿Por qué yo no conozco a ninguna Penny Sawyer?

—Porque se mudó después del juicio.

—¿Por qué?

—Porque había acabado el instituto y se fue a la universidad como todo el mundo.

—Tú no tuviste que irte para estudiar.

—Yo iba tres días a la semana a la UC Davis porque está a solo una hora de distancia y te tenía a ti. Quería volver a casa por las noches y cuidarte. Mi situación era distinta de la suya.

Jacob no respondió inmediatamente, pero no parecía muy convencido cuando lo hizo.

—¿Y ha vuelto alguna vez?
—No, que yo sepa.
—¿Y eso no te parece raro?
—No, porque su familia se fue del pueblo cuando ella estaba en la universidad. No tenía ningún motivo para volver.
—Es posible que mintiera sobre lo que pasó.
—O a lo mejor es Phoenix la que está mintiendo. Como te he dicho, no tenía la cabeza en su sitio cuando Lori murió atropellada.
—¿Y eso la condena? ¿La hace culpable? ¿O mi madre fue a prisión solo porque estaba celosa y tenía el corazón roto? Se quedó embarazada a los dieciocho años, no tenía a nadie, salvo a una madre de la que se avergonzaba y que, de todas formas, no podría haber hecho nada para ayudarla. Por lo que he visto de la abuela, tú eras la persona más normal que había tenido en su vida. Es normal que quisiera agarrarse a ti. Debía de sentirse como si se estuviera ahogando. Y eras tú el que la había dejado embarazada.

El hecho de que fuera virgen cuando había empezado a salir con él todavía hacía que Riley se sintiera más culpable por haberla abandonado. Pero cuando le había dicho que no quería volver a verla no sabía que estaba embarazada. Lo había hecho por el consejo, y la insistencia, de sus padres. Estaban tan convencidos de que iba a arruinar su vida saliendo con una chica que no estaba a su altura que habían amenazado con no pagarle la universidad si no les hacía caso.

—Yo no estaba allí –reiteró–. No puedo saber lo que pasó.
—Pero seguro que, en el fondo, crees algo.

Riley deseó que su corazón le dijera que era culpable. Entonces todo sería más sencillo. Podría condenarla sin reservas. Pero... Maldijo todas sus dudas. Siempre había tenido que enfrentarse a ellas, además de a la pregunta de hasta qué punto debía permitir que Phoenix formara parte de la vida de su hijo. Él había intentado actuar pensando en lo que era mejor para Jacob. Sus padres habían estado de acuerdo en alejarla del niño todo lo posible. Habían sido ellos los que se lo habían sugerido en el primer momento.

¿Pero habría hecho bien?

—Yo no sé qué creer —admitió—. Espero que no haya estado encarcelada durante dieciséis años por un crimen que no cometió.

—¿Preferirías creer que es una asesina? —le espetó Jacob, obligándole a comprometerse de una u otra forma.

Riley se aferró con fuerza al volante.

—No, claro que no. Lo único que estoy diciendo es que no hay respuestas infalibles para todo esto. Créeme, si las hubiera, las habría encontrado. He estado a punto de volverme loco haciéndome preguntas y planteándome dudas.

—Pero tú ayudaste a que la encerraran.

Riley le dirigió a su hijo una mirada con la que le hizo saber que no le gustaba que se lo recordaran. Él solo había dicho la verdad cuando había testificado en el juicio y había hablado de sus incesantes llamadas telefónicas y de la insistencia con la que quería volver con él. Pero lo último que quería era creer que podría haber sido castigada injustamente y que él había contribuido a que eso ocurriera.

—El fiscal del distrito me obligó a declarar. No tuve elección.

La había querido lo suficiente como para haber preferido mantenerse al margen de todo aquel desastre.

Jacob se golpeó la cabeza contra la ventanilla.

—¡Dios mío, odio todo esto! ¡Estoy cansado de pensar en ello, cansado de que todo el mundo esté pendiente de lo que voy a hacer! Una parte de mí quiere seguir viviendo su vida y fingir que mi madre no existe. Hasta ahora nos las hemos arreglado muy bien sin ella. Pero, si no es mala, no entiendo por qué no puedo tener una madre.

Riley suspiró. Se había destrozado la vida al salir con Phoenix.

O... quizá no. Quería demasiado a Jacob como para arrepentirse de aquellas seis semanas. Y tenía otra razón distinta para no arrepentirse... Nunca había habido una mujer con la que hubiera sentido una conexión tan sólida y tan inmediata. Había salido con muchas mujeres recomendables desde entonces. Pero todavía no había encontrado a ninguna que fuera tan cautivadora como Phoenix.

—Me ha caído bien —dijo Jacob en tono apagado y sin necesidad de que nadie le preguntara por ello.

Era evidente que no esperaba que le resultara tan fácil ablandarse de aquella forma con su madre. Quizá, incluso, hasta le molestaba.

—Y lo entiendo. Ha sido muy agradable durante el desayuno.

—¿Y no solía serlo?

Riley apagó la radio.

—Han pasado diecisiete años, muchacho. No me acuerdo de cómo era.

La prisión podía haberla convertido en una persona retorcida, en el caso de que no fuera ya tan retorcida como todo el mundo pensaba.

Jacob giró la pulsera que le había regalado Phoenix mientras intentaba averiguar cómo iba a ser su vida a partir de entonces.

—Ha intentado ponerme las cosas fáciles, ¿no lo has notado?

—Sí, lo he notado.

—Me ha parecido genial, después de todo por lo que ha pasado. ¿No te parece? No ha intentado que la compadeciéramos, ni quería que hiciéramos nada que no nos apeteciera.

—Es cierto. Me ha parecido... admirable.

Riley no quería cambiar la opinión que tenía sobre Phoenix, ni la política que había mantenido hasta entonces con ella basándose en un único encuentro, pero la verdad era que le había impresionado. Le había impresionado de ver-

dad. Era obvio que se había cuidado físicamente. Estaba...
quizá no guapa, pero sí atractiva. Y había hecho y dicho lo
que debía. Incluso les había pagado el desayuno, a pesar
del poco dinero que tenía. Al verla agarrar la cuenta, le habían
entrado ganas de llegar a un acuerdo bajo mano con
la camarera para no tener que sentirse como si le estuviera
robando hasta su último dólar.

¿Pero la conducta de Phoenix en aquel primer encuentro
implicaba que debía alimentar una relación entre su hijo y
ella? ¿Sería bueno para Jacob o sería la peor decisión que
había tomado en su vida?

—¿Cómo era cuando estaba en el instituto? —preguntó Jacob.

Intentando relajarse, Riley apoyó el brazo en el volante.

—No se parecía a las otras chicas. Se mostraba distante.
Era una de esas personas que observa el mundo a distancia y
mira a su alrededor con escepticismo y desconfianza.

Ya habían hablado de ello en otras ocasiones, pero, al
parecer, Jacob necesitaba volver a oírlo.

—No era de tu pandilla.

—No.

—¿Y era una chica popular?

—Nada en absoluto.

—Pero tú sí que eras muy popular. ¿Por qué saliste con
ella?

—Ya te lo he contado en otras ocasiones. Al principio, la
veía como la veía todo el mundo. Pero uno de nuestros profesores
me pidió que la ayudara con las Matemáticas y, al
empezar a conocerla, aprendí que ser diferente no tiene por
qué ser malo. Ella era más interesante que las otras chicas.
No era muy buena en Matemáticas, pero era inteligente en
otros muchos sentidos.

—¿Te parecía guapa?

Riley la recordó tal y como era entonces, con aquella
ropa oscura, las enormes botas militares, las uñas pintadas

de negro, el lápiz de ojos y los labios pintados de rojo sangre.

—La verdad es que no —la había visto mucho más guapa aquella mañana, pero no lo dijo.

—¿Por qué no? ¿Qué tenía de malo?

—Nada. Pero se negaba a seguir las modas. No se arreglaba como las otras chicas. Siempre llevaba prendas enormes de segunda mano. No solía ir a las funciones del colegio. Y comía sola.

—Pero...

Su tono de voz insinuaba que no estaba contándolo todo y Jacob presionaba pidiendo más información.

—Como tú mismo has señalado, no tenía muchas cosas —continuó Riley.

Pero, de alguna manera, se las había arreglado para crear su propio estilo. Algo que él había llegado a apreciar, y a admirar, cuando estaban juntos. La consideraba entonces como una persona capaz de desafiar las normas e ignorar los dictados de la moda.

Por lo menos aquello era lo que había pensado de ella hasta que todo se había torcido. Entonces le había resultado más fácil creer, como a todos los demás, que no tenía la conciencia de una persona normal.

—A mí me ha parecido guapa —dijo Jacob.

—No está mal —musitó Riley.

Pero lo cierto era que le había parecido que estaba mucho más que bien. A pesar de un par de cicatrices, que no le restaban nada a su atractivo, su rostro había adquirido un punto de elegancia con el que no contaba en el pasado. Y sus ojos... Sus ojos estaban más alerta que nunca, pero en ellos también brillaba una fuerza, una madurez y una determinación que la convertían en alguien especial. Riley no se engañaba. Aunque había sido muy respetuosa aquella mañana, casi deferente, Phoenix todavía guardaba algo batallador en ella. Lo único que tenía que hacer Riley era averiguar hasta qué punto estaba dispuesto a negarle la oportunidad de formar parte de la vida de su hijo. Aquella era otra de las razones por las que se sentía tan dividido. No iba a ser fácil disuadirla en lo que a Jacob se refería. Lo había intentado... sin ningún éxito.

—Y me gusta la pulsera que me ha regalado –dijo Jacob.

—Ya lo veo –Riley aparcó en el aparcamiento de la serrería–. ¿Vas a invitarla a ver un partido?

—¿Por qué no? Todo el mundo puede entrar en el instituto –alargó la mano hacia la manilla de la puerta y vaciló un instante–. Le dejarás ir, ¿verdad?

Por mucho que quisiera negarse, aunque solo fuera para continuar disfrutando de una vida sin complicaciones y seguir viviendo como lo habían hecho hasta entonces, no veía la manera de imponer su voluntad.

—No creo que eso le haga ningún daño a nadie.

Riley esperaba que fuera ese el caso.

Phoenix pasó la primera media hora del camino a casa ensimismada, reviviendo cada minuto del desayuno y pensando en Jacob, en lo que había sentido al reunirse con él, al hablar con él, al verle ponerse la pulsera. Pero al cabo de unos tres kilómetros, ya no pudo seguir ignorando las ampollas que estaban comenzando a salirle en los pies. Hacía un calor espantoso y notaba pegajosa hasta la última parte de su cuerpo.

Se secó el sudor de la frente con el brazo y consideró la posibilidad de quitarse las sandalias. Y lo habría hecho si no hubiera sido por la cantidad de piedras y arbustos espinosos que había en la cuneta. Y no podía caminar descalza por el andén sin abrasarse los pies.

—Ya no falta mucho –se animó a sí misma.

Pero no era fácil darse ánimos cuando le quedaban otros cinco kilómetros.

¿Por qué no habría sido más práctica con la miseria que le habían pagado el día que había terminado de cumplir su pena? Podría haberse comprado unas zapatillas deportivas baratas. Se había probado un par. Pero cuando había elegido aquellas sandalias tenía en mente su primer encuentro con Jacob. Quería tener el mejor aspecto posible.

Se preguntó si se pondría en contacto con ella a través de Facebook…

Al oír que se acercaba un vehículo tras ella, se hizo a un lado de la carretera, volvió la cara y esperó a que cualquiera que estuviera pasando se alejara. No quería que nadie la viera cojear. Tenía la sensación de que había mucha gente en Whiskey Creek que disfrutaría viéndola sufrir.

¿Y si eran los padres de Lori Mansfield o algún otro miembro de su familia?

Era posible que intentaran vengarse. Desde luego, le habían enviado un buen número de cartas desagradables cuando se habían enterado de que iban a soltarla. Le habían advertido que no volviera a Whiskey Creek y la amenazaban en el caso de que lo hiciera.

Se tensó al oír que el vehículo se acercaba. Pero no pasó zumbando y levantando una ráfaga de aire caliente, tal y como ella esperaba. Fue aminorando la marcha hasta detenerse a solo unos metros delante de ella. Después, el conductor, un hombre de pelo oscuro por lo que pudo ver a través de la ventanilla, se inclinó hacia ella y abrió la puerta de pasajeros.

—¿Quieres que te lleve? —le ofreció.

Como no le conocía de nada ni sabía qué intenciones podía tener, estuvo a punto de rechazar su oferta. Pero estaban en Whiskey Creek, allí era raro que se produjera algún delito. Siempre y cuando aquel hombre no tuviera ninguna relación con los Mansfield, no habría ningún problema. No todos los habitantes de Whiskey Creek vivían en el pueblo diez años atrás. Era posible que aquel hombre fuera un completo desconocido y su ofrecimiento un gesto de amabilidad, tal y como parecía.

Agradeciendo no tener que continuar haciendo a pie aquel doloroso trayecto, se acercó cojeando a la camioneta.

—Gracias. Hace mucho calor. Y estas sandalias...

En cuanto le reconoció, reprimió el resto de la frase. El conductor no estaba relacionado con Lori Mansfield, gracias a Dios, pero sí con Riley. Era Kyle Houseman, uno de los muchos amigos de Riley durante los años de instituto.

Phoenix no quería que Riley se enterara de que Kyle la había encontrado en un estado tan lamentable, así que retrocedió.

—En realidad, no importa. Acabo de darme cuenta de que es imposible que los dos vayamos al mismo lugar. Pero gracias.

Cerró la puerta, rezando para que aquel fuera el final de la conversación, pero Kyle no se puso en marcha. Se inclinó hacia la puerta y volvió a abrirla.

—Es posible que no seas consciente de ello, pero vas a acabar con una insolación —le dijo—. Y, por lo menos, parece que vamos en la misma dirección. No me importa desviarme un poco.

Si sabía quién era, no lo manifestó. Pero lo averiguaría si tenía que dejarla cerca de donde vivía su madre. Y el único sentido que tenía aquel viaje era dejar que la acercara hasta allí.

—Estoy bien. No estoy muy lejos.

Kyle entrecerró los ojos al reconocerla.

—Espera un momento... Eres Phoenix.

—Sí. Otra razón por la que deberías seguir tu camino.

Después de volver a cerrar la puerta, se obligó a seguir caminando, intentando no apoyarse en exceso en ningún pie. Pero Kyle bajó la ventanilla y avanzó para seguir a su lado.

—Sé dónde vives. Déjame llevarte.

—Puedo caminar un par de kilómetros más.

—Parecías tener problemas para andar cuando venía detrás de ti.

¿Lo había notado? ¿Desde aquella distancia?

—Las sandalias son nuevas, eso es todo. Ya cederán.

—Entonces, no necesitas que te lleve.

—No, gracias.

—¡Vamos, Phoenix! —insistió—. No puedo dejar a una mujer cojeando en la cuneta.

—Según la mayor parte de la gente de por aquí, no soy una mujer normal.

—¿Qué significa eso?

—Soy una asesina, ¿recuerdas? No creo que tengas ningún problema para dejarme aquí —repentinamente consciente de la dureza de aquellas palabras, le miró e intentó sonreír—. No pretendía ser tan brusca. Es solo que... no quiero causarte ninguna molestia.

—¡No es ninguna molestia!

Como no quería darle más importancia a aquel asunto de la que tenía, al final cedió. Además, mientras seguía avanzando al lado de la camioneta el dolor era insoportable.

Cuando se detuvo, también Kyle se paró.

—De acuerdo, iré contigo —dijo, y subió a la camioneta.

Mientras se ponía el cinturón de seguridad, Kyle la estudió con abierta curiosidad y ella imaginó que aquel era el precio a pagar por su ayuda. En aquel pueblo, era como un monstruo, la única persona que había hecho algo verdaderamente reprobable.

—Estoy seguro de que tienes cámara en el teléfono —le dijo—. Si quieres hacerme una fotografía, adelante.

—Lo siento —pareció un poco avergonzado—. Me resulta difícil no quedarme mirándote. Estás... distinta.

Y también él. Al igual que Riley, había ganado en complexión. Y no era que a ella le importara. Cualquier cosa que tuviera que ver con Riley, excepto Jacob, por supuesto, estaba fuera de su alcance. Ni siquiera podía ser amiga de aquel hombre.

—Tengo casi diecisiete años más. Claro que estoy distinta.

—Lo que quiero decir es que estás muy bien —le aclaró—. Has envejecido mejor que nosotros.

No debía de haberse fijado en las cicatrices.

—Estoy segura de que eso no es cierto.

Kyle se inclinó para examinarle los pies.

—Estás sangrando.

Avergonzada, Phoenix levantó el pie que más le dolía para evitar tocar nada, pero él aceleró, así que fue obvio que no esperaba que se bajara.

Has sido tú el que ha insistido en que subiera.

—Esta es una camioneta de trabajo, no tiene nada de elegante, así que no te preocupes por eso. Pero, si quieres, tienes pañuelos de papel en la guantera.

Phoenix tomó uno. Intentando no mostrar lo mucho que le escocía, se limpió una ampolla que había explotado.

—¿Cuánto tiempo llevas por aquí? —le preguntó Kyle mientras conducía.

—Si sigues siendo amigo de Riley, ya sabes la respuesta —replicó.

Él sonrió como si le hubiera pillado en falta.

—Es cierto. Admito que me comentó algo. ¿Cuándo has vuelto? ¿Hace dos, tres días?

Phoenix clavó la mirada en sus pies. Kyle era casi tan atractivo como Riley, pero ella ni siquiera quería reconocerlo.

—Mira, no estoy segura de por qué me estás ayudando, pero si es porque quieres tener la oportunidad de advertirme que no le cause problemas a tu amigo, te aseguro que no pienso hacerlo. No voy a causaros problemas a nadie, y menos aún a Riley o a la familia de Lori. Lo único que quiero es estar tranquila, ocuparme de mi negocio y... y poder conocer a mi hijo antes de que vaya a la universidad y se convierta en un adulto.

Estuvo a punto de añadir, «no creo que sea pedir demasiado», pero comprendía que, para mucha gente, lo era. Era pedir demasiado, sí. Pensaban que no se merecía nada, ni siquiera respirar el mismo aire que ellos.

–No tienes por qué estar a la defensiva conmigo –respondió él–. No tengo ninguna agenda oculta. Solo siento curiosidad. Como todo el mundo. Pero no pretendo hacerte ningún daño. Y estoy seguro de que, si quisiera ahuyentarte, Riley no tendría ningún problema para hacerlo.

Phoenix cruzó los brazos y los tensó con fuerza mientras contemplaba el paisaje que pasaba por la ventanilla.

–No tendrá por qué hacerlo.

Estaban ya en la entrada de la propiedad de su madre cuando Kyle dijo:

–Ha sido muy bonito por tu parte el que hayas estado enviándole dinero a Jacob. Creo que mucha gente en tu situación no lo habría hecho.

¿Riley también le había contado que enviaba dinero a su hijo? Debían de continuar siendo muy amigos, pensó, pero no dijo nada.

–Para ti debía de representar un gran sacrificio –añadió Kyle–. No es fácil ganar dinero allí dentro.

–Hacía lo que podía.

No, aquella no era la verdadera respuesta. Había trabajado durante largas horas en la lavandería, había hecho pulseras gracias a las clases de artesanía que habían inspirado su negocio y había prescindido de cuantas cosas había podido para poder enviar algún dinero a Jacob.

–Quería contribuir de alguna manera.

–¿Qué has dicho?

Al parecer, había hablado demasiado bajo.

–Estaba encantada de hacerlo –dijo en voz más alta.

Kyle atravesó la puerta del terreno; estaba tan inclinada

que no cerraba. Los perros de su madre, los tres que no estaban en el tráiler de Lizzie, parecieron enloquecer.

Phoenix abrió la puerta y los perros corrieron ladrando y saltando hacia ella. La precaria condición de los tráileres, por no mencionar el estado del terreno, la hizo más consciente de cuál era su situación en el pueblo. No quería que Kyle se fijara en toda aquella basura, pero, aun así, no bajó nada más llegar. Kyle había sido inesperadamente amable con ella y Phoenix, que se había preparado para encontrarse con una actitud hostil en cada esquina, no había respondido con la educación debida.

–Gracias por traerme hasta aquí. Y, si al principio te he parecido reacia o desagradecida, lo siento.

Sin más, consiguió saltar hasta el suelo a pesar de las ampollas. Después permaneció apoyada sobre un pie mientras le veía marcharse. El otro le dolía demasiado como para apoyarse en él. Se quedó estupefacta al ver que, tras poner la marcha atrás, Kyle no se marchaba.

–Si necesitas que te lleve a cualquier parte, sobre todo hasta que se curen las ampollas, llámame –le dijo.

Garabateó su número de teléfono en un papel y se lo tendió.

Capítulo 3

Los ladridos de los perros sacaron a su madre a la puerta. Debido a su peso, le costaba moverse, así que, para cuando llegó, Kyle ya se había ido. Phoenix se alegró. Pero nunca era fácil lidiar con su madre.

—¿Qué demonios está pasando aquí? —gritó Lizzie.

Sus palabras contenían el filo mordaz por el que era famosa.

Phoenix se guardó el papel con el teléfono de Kyle Houseman, se quitó la sandalia del pie que más le dolía y se acercó cojeando para no tener que contestar a gritos. Antes de salir de prisión, se había prometido intentar ser amable con su madre. Por muy mal genio que Lizzie tuviera, se odiaba a sí misma más de lo que odiaba a cualquier otro. Después de todo lo que había pasado, Phoenix sentía hacia ella una gran empatía y comprendía que nunca estaba tan enfadada como parecía. Lo más inteligente era no reaccionar a sus gritos y juramentos, a las cosas tan duras que decía para mantener a la gente a distancia.

Por suerte, los perros dejaron de ladrar y se tranquilizaron, así que pudo contestar en un tono de voz normal.

—No pasa nada, mamá, no te preocupes —le aseguró.

Pero unas cuantas palabras nunca bastaban para tranquilizar a Lizzie. Era desconfiada y siempre estaba dispuesta a pelear, aunque estuviera combatiendo a un enemigo imaginario.

Un ceño marcó la escasa parte del rostro de su madre que Phoenix podía ver a través de la ranura de la puerta.

—Me ha parecido oír un coche.

—Y lo has oído —Phoenix levantó la sandalia—. Me dolían los pies, así que he dejado que me trajeran a casa.

Al saber que ya no corría peligro de que nadie la viera, Lizzie abrió más la puerta.

—¿Quién te ha traído?

—Un tipo que pasaba por la carretera —Phoenix se encogió de hombros.

Su madre no necesitaba más detalles. Phoenix ni siquiera estaba segura de cómo interpretar el gesto de Kyle, no sabía si podía confiar o no en su amabilidad. Siempre había tenido pocos partidarios en aquel pueblo y no era probable que eso hubiera cambiado.

—¿Estabas haciendo autostop?

—Más o menos.

Su madre chasqueó la lengua.

—Será mejor que tengas cuidado. La gente de por aquí te odia y no tienes ni idea de si podrían estar dispuestos a demostrártelo —le advirtió.

Después, cerró la puerta.

Phoenix se quedó mirando la puerta fijamente, preguntándose por qué tendría que ser tan difícil su madre. Aquella mañana, antes de salir, le había dicho que iba a desayunar con Jacob. ¿Por qué no podía mostrar un poco de interés en una ocasión tan importante?

Por lo menos podría haberle preguntado cómo le había ido...

Pero Lizzie pensaba que intentar acercarse a Jacob, que mantener la más mínima esperanza de que pudiera aceptarla, era una pérdida de tiempo. Había insistido en que Riley jamás permitiría que ninguna de ellas tuviera un papel importante en la vida de su hijo y en que Phoenix era una ingenua al intentar demostrar lo contrario.

Y quizá fuera cierto.

Sacudió la cabeza y comenzó a caminar hacia su propio tráiler. No le resultó fácil con un pie descalzo. Tenía que abrirse camino a través de la basura que había ido acumulándose en aquel terreno desde antes de que ella naciera. Aquello implicaba rodear neumáticos viejos, dos coches destrozados de la época en la que su madre todavía conducía, un cortacésped decrépito. Pero no eran aquellos desechos tan grandes los que la preocupaban una vez no estaba allí Kyle para verlos. De lo que tenía miedo era de pisar un clavo o un cristal roto.

Si no hubiera ido con tanto cuidado, podría haber pasado por alto la bicicleta que sobresalía por debajo de un colchón viejo. En cuanto la sacó, vio que tenía las dos ruedas pinchadas y el chasis oxidado, pero, a lo mejor, podía arreglarla. Así no tendría que ir andando cada vez que necesitara acercarse al pueblo.

Empujando la bicicleta, llegó hasta el tráiler y la dejó apoyada en un lateral. Aquel era un proyecto que tendría que abordar más adelante.

Estaba a punto de subir los tres escalones de la puerta cuando su madre la llamó.

Desde donde se encontraba, Lizzie no podía ver la entrada del tráiler de Phoenix y viceversa, pero no era difícil imaginarla donde había estado antes. Rara vez cruzaba la puerta.

–¿Sí? –le preguntó.

–¡Se me ha atascado el váter!

Phoenix se permitió una mueca, pero tuvo cuidado de que su voz no reflejara su impaciencia.

–¿Has intentado desatascarlo?

–¡Ya sabes que no puedo inclinarme!

Entonces, ¿quién le había hecho de fontanero hasta que

ella había vuelto a casa? ¿El tipo que le hacía la compra? ¿O, si no hubiera estado ella, Lizzie habría llamado, y se las habría arreglado para pagar, a un fontanero profesional? A lo mejor conseguía una tarifa reducida, como en el veterinario...

Pero no se molestó en preguntar. Se acercó al tráiler de su madre y desatascó el váter. Después, se lavó la sangre de los pies y se puso unas tiritas para proteger las ampollas.

—Tengo hambre —anunció su madre en cuanto acabó.

Así que le calentó una sopa para que su madre comiera algo saludable en vez de las pizzas baratas, los refrescos, las patatas fritas, las galletas y los dulces que consumía de forma habitual. Solo cuando terminó de limpiar la diminuta cocina, la única parte de la vivienda que no estaba enterrada bajo todos los objetos que Lizzie acumulaba, regresó a su propia casa y, para entonces, eran ya las dos de la tarde.

El día iba avanzando y todavía tenía que terminar algunas pulseras. También había pensado adelantar algo en la reparación del tráiler. Se las había estado arreglando con el baño, la cocina y un dormitorio, que era todo lo que había podido acondicionar hasta entonces. Eso, por sí solo, ya suponía una mejora respecto a lo que había conocido en prisión, pero estaba decidida a convertir su humilde morada en un hogar del que pudiera sentirse orgullosa, aunque solo fuera por su limpieza. Los habitantes de Whiskey Creek quizá no creyeran nunca que era inocente de la muerte de Lori Mansfield, pero, por lo menos, les demostraría que no estaba dispuesta a vivir rodeada de basura, como su madre.

Y, con el tiempo, si Lizzie se lo permitía, limpiaría también el resto del terreno. No había sido fácil convencer a su madre de que le permitiera llevarse todo lo que almacenaba en el patio al viejo cobertizo. A Lizzie le aterraba que pudiera terminar tirando algo, puesto que también el cobertizo estaba lleno. Y eso era lo que había hecho Phoenix. No había espacio suficiente para todos los periódicos, bolsas de plástico, sacos de papel, pelotas de papel de estaño, botellas de refresco vacías y la basura que su madre acumulaba. Así que, aprovechando que Lizzie no la veía, Phoenix había dejado varios montones de basura detrás del tráiler y el día de recogida de basuras, se había levantado temprano y lo había dejado todo en el contenedor del condado.

Todavía tenía miedo de que su madre se enterara. Lizzie no soportaba desprenderse de nada por miedo a necesitarlo más adelante. Pero ya no tenía tanta movilidad como antes. Phoenix esperaba que aquello le impidiera descubrirlo. Ya tenía suficientes frentes abiertos en aquel momento. Lo último que necesitaba era una fuerte discusión con su madre.

En cuanto se quitó los pantalones de lino y la blusa de algodón azul, empapada en sudor después de la caminata, se puso una camiseta vieja, unos vaqueros cortados y un cinturón, porque los vaqueros le estaban grandes. Eran prendas que habían pertenecido a alguno de sus hermanos. No sabía a cuál. No había vuelto a ver ni a Kip ni a Cary desde que tenía diez años. Los dos se habían marchado del pueblo en cuanto habían tenido oportunidad y no habían vuelto a mirar atrás. Kip se había marchado cuanto todavía no había cumplido los dieciocho años.

Phoenix siempre había pensado que volverían algún día, aunque solo fuera para verla a ella, y, quizá, lo habrían hecho si no hubiera ido a prisión. Su madre había hablado con ellos durante el juicio y les había pedido que le enviaran dinero para pagar a un abogado. Le habían enviado algo de dinero, pero no el suficiente como para conseguir a un buen abogado. Solo le habían escrito un par de veces desde entonces. Phoenix imaginaba que la consideraban un caso perdido, como su madre.

Cuando por fin pudo relajarse después de aquella estresante mañana, comenzó a preparar las pulseras que tenía que enviar el lunes. Después, quería ponerse a pintar. Aunque el cubo de pintura que había descubierto en el cobertizo que había en la parte de atrás de la propiedad no daba para mucho, había otro par y había descubierto que la rehabilitación del tráiler era un ejercicio que le resultaba relajante. Le encantaba ver cómo se iba transformando aquel lugar y decidió que podría dedicarse a pintar mientras su madre estaba viendo alguno de sus programas favoritos y, por lo tanto, sería menos propensa a necesitar nada.

Pero no fue capaz de trabajar a la velocidad habitual. Estaba distraída pensando en su hijo, en recordarlo con su pulsera puesta. Estaba pensando en cómo decoraría su habitación, que era algo que le gustaba imaginar, cuando decidió apoyar la cabeza en su tambaleante escritorio y descansar unos minutos...

—¿Qué quieres decir con que has llevado a Phoenix?

Aunque Jacob había estado ayudando a Riley a hacer los preparativos para instalar una ducha en la casa victoriana en la que estaban trabajando, Riley le había dejado después en el instituto para que pudiera entrenar con el resto del equipo de béisbol. Y había esperado a estar solo para contestar al mensaje de texto que Kyle le había mandado a las doce.

—La he encontrado andando por la carretera cuando he ido a ver a Callie, que, por cierto, tiene noticias que compartir.

Riley abrió la boca para pedirle más información sobre Phoenix, pero la mención de Callie le distrajo.

—¿Qué clase de noticias?

—Me encantaría decírtelo, pero..., pensándolo bien, creo que es mejor que lo haga ella.

—¿Ha pasado algo malo? Está bien, ¿verdad? No habrá habido algún problema con el trasplante.

Debido a una cirrosis no alcohólica, su amiga había recibido un trasplante de hígado dos años atrás, justo antes de casarse con Levi. Parecía estar bien desde entonces, pero tenía que tomar inmunodepresores a diario y algunos tenían efectos secundarios adversos. Riley siempre se había sentido un poco inquieto por ella, tenía miedo de que pudiera surgir algún problema con el hígado nuevo. Si no hubiera habido un hígado para trasplantar, la habrían perdido.

—No, Callie está bien. No tiene por qué ser una mala noticia.

¿Entonces qué podía ser? Riley pensó en lo que habían estado hablando el día anterior, cuando habían quedado con todo el grupo en el Black Gold Coffee, como hacían cada viernes.

—Estaba pensando en ampliar el estudio fotográfico. ¿Es eso lo que pretende? ¿Ya ha encontrado un local? ¿Has visto algún local para ella?

—No. Siento haber sacado el tema. He hablado sin pensar porque no se me va de la cabeza, pero la noticia es suya, así que debería dejar que te la diera ella.

—¿Y por qué te lo ha contado a ti y no a mí? —preguntó Riley—. Si hubiera que arreglar el local, me habría consultado a mí.

—Ya lo entenderás cuando te lo cuente —contestó Kyle con una risa.

Aquella risa le tranquilizó. Kyle no estaría tan contento si la vida de Callie volviera a estar en peligro.

—¿Y en cuanto a el hígado...?

—Le funciona perfectamente, te lo juro.

Riley tomó aire.

—Entonces, volvamos a Phoenix. Es probable que estuviera volviendo a casa desde el Just Like Mom's, donde hemos desayunado esta mañana. Le dije que su casa estaba demasiado lejos como para ir caminando con esas sandalias.

—Cuando la he encontrado estaba ya a medio camino y tenía unas ampollas tan grandes que apenas podía caminar.

La imagen que evocó la mente de Riley le hizo esbozar

una mueca. Sabía que podía haberle ahorrado aquel sufrimiento.

–¿Te ha reconocido?

–En cuanto me ha visto. Y por eso me ha costado hacerla subir a la camioneta.

–¿Y por qué? Tú no tuviste ningún problema con ella.

–Pero tú sí, y yo formo parte de tu círculo.

Riley había pasado de ser un objeto de deseo para Phoenix a convertirse en anatema. Durante el desayuno, había estado conteniéndose para no mostrar su desagrado, pero apenas le había dirigido la mirada.

–¿Cómo la has convencido?

–No estaba dispuesto a aceptar una negativa. No podía soportar que continuara caminando con los pies ensangrentados.

Riley suponía que debería haber insistido en llevarla. Phoenix no era responsabilidad suya, pero, en cierto modo, lo era.

–¿Te ha contado que hemos estado juntos esta mañana?

–No. Apenas me ha contado nada.

Entonces, ¿cuál era el motivo de aquella llamada?

–¿Eso era lo que querías contarme? ¿Que la has llevado a su casa?

Kyle se aclaró la garganta.

–La verdad es que no. Quería saber si te importaría...

–¿Qué?

–Que le comprara unas cuantas cosas.

Riley se apartó de la carretera y permaneció sentado con el motor en marcha. Tenía conectado el Bluetooth, así que podía hablar aunque estuviera tras el volante, pero en aquel momento no podía concentrarse en nada que no fuera aquella conversación.

–¿De qué estás hablando? ¿Qué tipo de cosas?

–Algunas cosas básicas. Nada importante.

–¿Y por qué quieres comprarle nada?

—Porque me da pena, ¿de acuerdo? No tiene nada. No sé cuánto tiempo ha pasado desde la última vez que te pasaste por casa de Lizzie, pero... está fatal. Cuando quiere deshacerse de algo, lo tira al jardín. Y teniendo que comenzar en esas condiciones, a Phoenix no le va a resultar fácil rehacer su vida. No creo que haya podido ahorrar mucho dinero en prisión, puesto que ha estado enviándotelo a ti.

Riley sacudió la cabeza con un gesto de incredulidad.

—¿Desde cuándo te compadeces tanto de mi exnovia?

—Desde que la he visto cojeando en la carretera y ha dudado a la hora de aceptar hasta el más mínimo gesto de amabilidad por miedo... No sé, por miedo a que se convirtiera en otra patada en la boca. Su forma de evitar a la gente me ha recordado a la de un perro maltratado.

—Parece que has aprendido mucho de ese encuentro.

—Incluso después de haber subido a la camioneta, iba agarrada a la puerta. Como si estuviera dispuesta a saltar en el instante en el que yo moviera la mano, aunque fuera para rascarme la cabeza. Tiene un camino muy complicado por delante, sobre todo aquí, en Whiskey Creek. Pero está dispuesta a enfrentarse a sus detractores por el bien de su hijo. Hacen falta agallas para hacer una cosa así, Riley. No puedo evitar admirarla.

Riley sentía la misma admiración, pero odiaba reconocerlo. Odiaba reconocer que, probablemente, él hubiera ido a cualquier otra parte si hubiera estado en el pellejo de Phoenix. No mucha gente era capaz de enfrentarse a tanta hostilidad. Y aquel no era el único obstáculo que Phoenix tenía que superar.

—Su madre también vive aquí —señaló, como si Lizzie hubiera sido el segundo motivo que la había impulsado a regresar.

—Y eso me impresiona todavía más. Me parece muy noble por su parte el que sea capaz de regresar a un entorno como ese.

«Noble» era una palabra que Riley jamás habría relacionado con Phoenix.

–Lo dices en serio.

–No quiero entrar a debatir si es o no una asesina. Quién sabe lo que le pasó por la cabeza cuando hizo lo que hizo. Yo lo único que sé es que ya ha pagado la deuda que había contraído con la sociedad. A lo mejor los Mansfield no están satisfechos, pero diecisiete años son mucho tiempo y, por mi parte, estoy dispuesto a permitir que siga adelante con su vida.

Riley se frotó la cara. Si lo que había dicho Phoenix ante el tribunal, y había vuelto a reiterar aquella mañana, sobre que había sido su amiga la que había pegado el volantazo, era cierto, ni siquiera era responsable de lo que había pasado. Pero no entendía de qué le iba a servir sacarlo a relucir. La verdad era que el hecho de que Kyle le hubiera ofrecido ayuda a Phoenix le molestaba por otras razones y no tenía ganas de examinar de cerca ninguna de ellas.

–¿Y qué quieres comprarle?

–Unos zapatos nuevos, para empezar. Como no tiene coche, va a tener que ir a pie, le va a tocar andar mucho. Y ropa. Solo unas cuantas cosas. Pensaba gastarme unos trescientos o cuatrocientos dólares como mucho.

Riley volvió a esbozar una mueca, aquella vez al recordar que aquella mañana había sido ella la que había pagado el desayuno, al recordar el cuidado con el que había dejado los billetes encima de la mesa.

–No aceptará la caridad de nadie y mucho menos de uno de mis amigos.

–No pienso darle otra opción.

Comenzaron a pasar coches al lado de Riley.

–¿Y cómo piensas evitarlo?

–Le compraré todas esas cosas y las dejaré en la puerta de su casa de manera anónima. Si es que puedo llegar a su puerta sin que me muerdan los perros de Lizzie.

–¿Cómo vas a saber su número de pie?

—Esperaba que fueras tú el que me diera esa información.
—Pues no, no tengo ni idea.

Pero recordó de pronto una tarde perezosa, habían salido juntos y él había hecho una broma sobre lo pequeños que tenía los pies. Ella le había dicho que calzaba un treinta y seis. Apareció aquella información en su mente, pero no corrigió su respuesta inicial. Kyle iba a necesitar mucho más que su número de pie.

—En ese caso, supongo que será mejor que pague en efectivo e incluya un recibo por si quiere cambiar algo.

Riley se presionó el puente de la nariz.

—Has pensado mucho en ello.

—No he podido pensar en otra cosa desde que la he dejado en su casa.

—Pues si eso es lo que quieres hacer, me parece perfecto. Aunque no entiendo ni por qué me lo comentas.

—¿No lo entiendes?

—¡Phoenix no es mi enemiga!

—¿De verdad? Porque si no recuerdo mal, no querías que volviera. Te has pasado años temiendo que llegara este día.

Riley no pudo evitar ponerse a la defensiva.

—Me juego mucho en todo esto.

—Lo comprendo, no te estoy culpando. Pero tenía la sensación de que deberías saberlo, porque, al facilitarle las cosas, podría estar animándola a quedarse, cuando tú preferirías que se fuera.

Riley tenía la sensación de que Phoenix se quedaría en cualquier caso. Era demasiado cabezota.

—No me importa que la ayudes.

—Estupendo. Gracias. Y, por si te sirve de algo, me ha dicho que no quiere causarte ningún problema.

—¿Y te lo ha dicho sin que tú se lo preguntaras?

—Desde luego.

—¿Por qué?

—¿No te lo imaginas? Para dejar claro que piensa portarse bien. Que no va a pedirte nada, que no espera nada de ti, ni siquiera que uno de sus amigos la lleve en coche. Lo único que quiere es que todos la dejen en paz. Y quiere conocer a Jacob, por supuesto.

Riley pensó en lo callado que había estado su hijo durante todo el día.

—Creo que él también quiere conocerla.

—¿Y tú te sientes cómodo?

Riley se reclinó contra el respaldo del asiento.

—Tiene dieciséis años. Tengo la sensación de que yo ya no tengo nada que decir.

—En ese caso, esperemos que las intenciones de Phoenix sean tan buenas como dice.

Y lo decía en serio.

—Eso ya lo veremos, ¿eh? Hablaré contigo más tarde.

—¿Riley?

Riley vaciló un instante.

—¿Qué pasa?

—Está mucho más guapa que antes.

Riley se enderezó al sentir una súbita oleada de enfado.

—¡Espero que no sea esa la razón por la que quieres ayudarla!

—Tranquilízate, no es esa —contestó Kyle—. Solo quería saber si lo habías notado.

—Sí, lo he notado —respondió, y colgó.

—¿Y este qué te parece?

Riley hizo un gesto de disgusto al ver el vestido azul que Kyle acababa de sacar. Estaba empezando a preguntarse por qué demonios se le habría ocurrido devolverle la llamada a su amigo para ofrecerse a ir de compras con él. El hecho de que Kyle hubiera decidido hacer el papel de Santa Claus en medio de la primavera no significaba que él tuviera que participar en su representación.

—No sé. Ni siquiera sé qué estoy haciendo aquí –gruñó.

—Yo sí –replicó Kyle–. Phoenix es la madre de tu hijo, así que ya tienes la respuesta. Y te sientes mal porque esta mañana has dejado que te invite a desayunar, sabiendo que apenas puede mantenerse.

—No, la culpa ha sido tuya. Has sido tú el que me ha arrastrado a esto.

—¿Que te he arrastrado? ¡Has sido tú el que ha sugerido que paráramos en el supermercado cuando veníamos hacia aquí y compráramos algunas latas! Por tu culpa, hemos gastado casi cincuenta dólares en latas de sopa, chiles y galletas saladas. Hemos salido del supermercado con casi dos bolsas llenas.

El recuerdo de Phoenix sentada en Just Like Mom's con el que debía ser el único conjunto bonito que tenía, contando el dinero para pagar el desayuno, le revolvía por dentro. Pero no era solo eso. Gastar doscientos dólares para ayudarla a empezar una nueva vida era lo menos que podía hacer por ella, sobre todo si de verdad era inocente.

—Me parece más lógico comprarle comida. Probablemente sea lo que más necesite.

La dependienta, una mujer llamada Kirsten, por lo que decía en su distintivo, se acercó a ellos.

—También tiene sentido comprar algo de ropa –dijo Kyle–. Entonces, ¿lo compramos? –movió el vestido, para llamar de nuevo la atención de Riley.

—Forma parte de la nueva línea de primavera –les explicó Kirsten–. Las mangas japonesas son preciosas, y también el estampado. Y, con lo bien que traspira el algodón, es perfecto para los meses más calurosos. A cualquier mujer le encantaría.

Riley suponía que tenía más criterio que ellos. La adolescente con la que había salido años atrás jamás se habría puesto algo tan femenino. Pero Phoenix se había convertido en una mujer y, a juzgar por lo que había visto aquella mañana en el restaurante, sus gustos habían madurado.

E, incluso en el caso de que no fuera la elección perfecta, no creía que Phoenix fuera a mostrarse demasiado crítica. Desde luego, nadie podía acusarla de ser caprichosa.

–Supongo que está bien.

Llevaban dos horas comprando y había sufrido las otras compras tanto como aquella. En aquel momento la galería estaba a punto de cerrar y todavía les quedaban noventa minutos hasta casa. Estaba ansioso por terminar.

Con un suspiro de alivio, Kyle se volvió hacia la dependienta.

–Nos lo quedamos.

Se estaba dirigiendo ya hacia la caja registradora cuando Riley la detuvo.

–¡Espere! Creo que no le quedará bien –ni siquiera habían mirado la etiqueta.

–¿Qué talla necesitan? –preguntó ella.

–Una pequeña –contestó.

–Eso no me dice gran cosa –se echó a reír–. ¿Qué quiere decir pequeña?

–En la última tienda en la que hemos estado hemos comprado ropa de la talla tres –le explicó Kyle.

Los tacones de la dependienta repiquetearon contra el suelo mientras se acercaba al exhibidor del que había sacado el vestido.

–Me temo que esta marca solo trabaja con tallas estándar: cero, dos, tres, cuatro, etc. Y no creo que tengamos nada de la talla tres. Tenemos muy pocas prendas de esa talla. ¿No pueden llamar a alguien o enviar un mensaje para concretar?

Kyle sacó el teléfono.

–A lo mejor alguna de nuestras amigas ha visto a Phoenix desde que ha vuelto –dijo.

Pero Riley le detuvo antes de que hubiera comenzado a marcar.

–No creo. Y, de todas formas, no importa, porque se supone que nadie puede enterarse de esto, ¿recuerdas?

—En Callie, en Eve y en Cheyenne podemos confiar —respondió Kyle.

—Si te estoy echando una mano con esto es porque se suponía que iba a quedar entre tú y yo —insistió Riley.

Kyle frunció el ceño.

—Si Phoenix no va a enterarse, ¿qué más te da?

Después de todo lo que había dicho a lo largo de los años, sería una contradicción, y no quería enfrentarse a las preguntas que aquella compra despertaría, ni a lo que el resto del grupo podría deducir a raíz de sus respuestas.

—Habíamos llegado a un acuerdo.

Kyle se guardó el teléfono en el bolsillo.

—¿Entonces qué hacemos? ¿Nos arriesgamos?

—Es lo que hemos estado haciendo hasta ahora, ¿no? Y tú mismo has dicho que siempre podría devolver la ropa o cambiarla —por lo menos se había acordado del número de pie que calzaba.

—Siempre que pueda ir andando hasta Sacramento —musitó Kyle—. Creo que cuando he dicho eso no estaba pensando en la logística.

—Con un poco de suerte, todo le quedará bien, o encontrará la manera de venir hasta aquí para devolver lo que no le valga— Riley levantó la bolsa que había dejado en el suelo—. Así que vamos a dejar todo esto en la puerta de su casa y nos vamos.

Era evidente que Kirsten no oía conversaciones como aquella cada día.

—¿Quién es la afortunada receptora? —preguntó, mirándoles alternativamente.

—Una vieja amiga —Riley no tenía intención de explicar nada más, aunque su curiosidad era evidente.

—A lo mejor podría traerla alguien si no le vale —dijo, como si para ella fuera fácil resolver aquel problema.

Riley ignoró aquel comentario. Era lógico que no supiera que, tras haber pasado diecisiete años en prisión, Phoenix tenía muchos menos recursos y amigos que la mayoría de la gente.

—Nos llevaremos la dos o la cuatro, elija usted.

—¿Yo? —preguntó sorprendida.

—Si sirve de ayuda, es pequeña, debe de pesar unos cuarenta y cinco kilos, pero no es una mujer plana ni nada parecido —le explicó Kyle—. Tiene una... tiene muy buen tipo.

—Ya entiendo.

Cuando Kirsten se volvió para buscar entre los vestidos, Riley le dirigió a Kyle una mirada asesina.

—¿Qué pasa? —musitó Kyle.

—¿«Tiene muy buen tipo»?

Kyle extendió las manos.

—¡Es la verdad!

—Cuarenta y cinco kilos no son nada —reflexionó Kirsten. Estaba tan concentrada que parecía ajena a lo que estaban diciendo tras ella—. No he vuelto a pesar eso desde que tenía doce años. Así que estoy pensando en una dos.

—Sí, supongo que esa le quedará bien —dijo Kyle, pero habría respondido lo mismo si le hubiera recomendado cualquier otra.

Ninguno de los dos tenía la menor idea de lo que estaba haciendo.

—Aquí lo tenemos —una sonrisa de satisfacción curvó los labios de la dependienta—. ¿Quieren algo más?

—Nos gustaría comprar otro conjunto —dijo Riley.

—¿Para la misma mujer?

—Sí.

Kirsten se colocó el vestido en el brazo.

—¿Algo parecido a esto o...?

—¿Unos pantalones cortos, quizá?

—Entendido.

Cuando se alejó para ir a atender la petición de Riley, Kyle preguntó bajando la voz:

—¿Y qué me dices de la ropa interior?

—¿Qué quieres que te diga?
—¿Crees que deberíamos comprarle algo?
—¡Claro que no!
No iba a ponerse a comprar lencería pensando en Phoenix.
Ante aquella respuesta tan contundente, Kyle frunció el ceño.
—Mira, no soy hijo único, como tú. Tengo una hermana, así que, a lo mejor, yo me siento más cómodo con todo esto. Pero una mujer necesita ropa interior. Y acabamos que pasar por una tienda de Victoria's Secret. Así que pararemos al volver, compraremos unas cuantas bragas y un sujetador y daremos esto por terminado.
Riley estiró el cuello. Continuar negándose le haría parecer inmaduro. Kyle solo pretendía ser práctico, pero él se había acostado con Phoenix. Por supuesto, conjuraría imágenes y recuerdos que era preferible olvidar. Solo había estado con una mujer antes que con Phoenix, una chica mayor que él que le había abordado en una fiesta con solo una cosa en mente. Aquello había sido una iniciación, más que ninguna otra cosa. Pero, aunque no quisiera reconocerlo ni ante sí mismo, lo que había experimentado con Phoenix había sido algo diferente... había sido un amor juvenil, un mutuo descubrimiento. Ella no lo sabía, pero la ruptura había sido casi igual de dolorosa para él. Había confiado en que sus padres supieran lo que más le convenía, pero, aun así, nunca había estado seguro de que tuvieran razón.
—Será mejor que nadie se entere de esto.
Kyle le palmeó la espalda.
—No lo harán.
—Incluyéndola a ella.
—Llamaremos al timbre y nos iremos. No nos descubrirá.
—No vamos a llamar a ese maldito timbre. Puede encontrar lo que le dejemos mañana por la mañana. No parece que vaya a llover.

La dependienta regresaba en aquel momento hacia ellos con los brazos llenos.

–¿Les gusta alguno de estos?

Kyle fue pasando los diferentes tipos de camisas y pantalones cortos que les había llevado.

–Seguro que los vaqueros le quedarán muy bien.

La dependienta pareció complacida con su elección.

–¿Quiere llevárselos también? A lo mejor con esta camiseta morada.

Kyle se rascó la cabeza.

–La camisa no me convence. No me gusta mucho el color morado.

Mientras Kyle se alejaba con la dependienta para buscar una camisa de otro color, Riley estuvo paseando por el resto de la tienda. Ya le habían comprado a Phoenix unas deportivas bastante caras, unas chancletas, un par de vaqueros ajustados y una blusa sin mangas de color blanco. Por lo que a él concernía, ya habían terminado, excepto por la ropa interior. Pero cuando se volvió hacia la caja registradora, su mirada quedó atrapada en una blusa de color aguamarina que parecía a juego con el color azul borrasca de los ojos de Phoenix.

–¿Vienes? –le llamó Kyle.

Riley estuvo a punto de prescindir de la blusa. Ya habían comprado bastante. Pero, en el último segundo, cambió de opinión y volvió a buscarla.

–¿Prefieres esa en vez de la rosa? –preguntó Kyle al ver la prenda.

–No, nos llevaremos esta también –contestó–. Estoy seguro de que le vendrá bien.

–Estamos gastando mucho dinero –se quejó su amigo.

–¿De qué estás hablando? –sacó la cartera–. Yo voy a pagar la mitad, así que todavía te está saliendo por la mitad de lo que habíamos planeado.

–Y me parece perfecto. Pero no quiero que después me eches la culpa de todo lo que te ha costado, solo porque haya sido idea mía. Eres tú el que está haciendo subir la cuenta. Y el que ha insistido en que compráramos unos deportivos más caros –miró el precio de la blusa–. ¡Y esta blusa cuesta sesenta dólares!

Podían dedicarle sesenta dólares a alguien que nunca había tenido nada. Había utilizado el mismo razonamiento para justificar el precio de las zapatillas deportivas. Aunque era probable que fuera una estupidez involucrarse en algo así, mostrarse solidario con Phoenix cuando lo que quería era mantenerla a distancia.

Una vez habían terminado con todas las decisiones sobre tallas y estilos, estaba comenzando a emocionarse. Imaginaba el alivio que todo aquello supondría para ella y se sentía bien a pesar de las ambigüedades del pasado o, quizá, a causa de ellas.

–Si lo dividimos serán solo treinta dólares, le dijo –y observó a la dependienta marcando el precio en la caja registradora.

Capítulo 4

Phoenix se sobresaltó al oír un ruido. Horas antes se había despertado con un calambre en el cuello después de haberse quedado dormida en el escritorio y había caminado tambaleante hasta la cama, donde había estado durmiendo desde entonces. Había descansado muy poco durante los días anteriores; estaba demasiado ocupada, nerviosa y preocupada. Al parecer, el agotamiento había vencido a todos aquellos sentimientos. Pero seguía estando lo bastante inquieta como para no permitirse hundirse del todo en la inconsciencia. En el fondo de su mente estaban todas aquellas cartas de la familia de Lori Mansfield y las amenazas que contenían. Aquel era su pueblo, le habían dicho, el pueblo de Lori. Phoenix no sabía si Buddy, el hermano de Lori que le había enviado la peor carta, estaba tan dispuesto como proclamaba a hacerle lamentar su vuelta. Pero aquel sonido... no eran solo los perros, aunque los oía ladrar desde el tráiler de su madre.

Parpadeó en medio de la oscuridad cuando volvió a oír crujir los escalones de madera que subían hasta su puerta. ¿Había alguien intentando entrar? El hecho de que no resultara difícil localizarla la hizo ser extremadamente consciente de su propia vulnerabilidad. Había dejado las ventanas abiertas porque había sido una tarde calurosa y no funcionaba el aire acondicionado y, después, estaba tan adormilada que se había olvidado de cerrarlas antes de acostarse. Buddy podría cortar la pantalla de la ventana del comedor, que estaba al lado de la puerta, y entrar.

Con el corazón en la garganta, saltó de la cama y rebuscó a su alrededor hasta localizar el bate que había encontrado en el patio y había metido en el tráiler desde la primera noche. Era la única arma que tenía para defenderse, pero no iba a permitir que Buddy le impidiera formar parte de la vida de Jacob. Ya había sufrido más que suficiente por culpa de lo que le había pasado a Lori Mansfield. Y como ella no había hecho nada malo, aparte de un par de llamadas estúpidas a Lori antes del accidente, en realidad, la habían castigado por haberse enamorado de Riley Stinson. Su enamoramiento era el supuesto móvil del crimen.

—¿Quién es?

Maldijo el temblor de su voz. Necesitaba sonar fuerte para poder convencer a Buddy, porque no podía ser otro, de que no intentara hacerle nada. Pero Buddy no parecía haber accedido al interior de la casa. Oyó un golpe sordo, como si hubiera dejado algo en la puerta. Después sonó otro golpe y el ruido de unos pasos retrocediendo en los escalones.

¡Dios santo! ¡Sonaba como si hubiera dos personas en el porche! ¿Qué habrían dejado tras ellas? ¿Sería algo que podría hacerle daño?

Batiendo el bate con gesto decidido, salió al pasillo y corrió hacia la puerta gritando como una loca.

—¡No pienso irme a ninguna parte, hijos de perra! —gritó.

Su madre había hecho instalar un foco para desanimar a los adolescentes que se acercaban por allí y arrojaban botellas de cerveza al tráiler, así que Phoenix tuvo oportunidad de ver la espalda de un hombre alto vestido de negro y con capucha. Le pareció oírle gritar «¡vámonos!», pero no vio a nadie con él y no tenía manera de alcanzarle. El hombre salió corriendo a toda velocidad hacia la carretera y estaba demasiado lejos como para que tuviera ninguna oportunidad.

−¿Phoenix?

Los perros, y, seguramente, también sus gritos, habían despertado a su madre.

−No pasa nada −le dijo a Lizzie.

Escrutó en la oscuridad con la mirada, intentando asegurarse de que era cierto.

No había nadie en su terreno. Por lo menos, no había nadie que pudiera ver. Si habían entrado dos personas, las dos habían salido huyendo, pero le habían dejado dos cajas de tamaño mediano en la puerta.

Mientras su madre reprendía a los perros y les ordenaba que se tranquilizaran, ella se preguntó hasta qué punto podían llegar a ser mezquinos los habitantes de Whiskey Creek.

Utilizando el bate para empujar las cajas sin tener que acercarse, las tiró al suelo. Estaba tan convencida de que contenían una bomba, o una serpiente, o algo desagradable, como excrementos de perro, que ni siquiera quería abrirlas. Sabía que no era bienvenida en el pueblo, no necesitaba más avisos. Pero una de las cajas se abrió al caer al suelo y lo que escapó de ella no parecía ni peligroso ni desagradable.

Por lo que ella podía ver era... ropa. Y latas de comida. Por eso había caído la caja al suelo con tanta fuerza.

Buscó con la mirada al hombre, o los hombres, que habían salido corriendo. ¿Por qué Buddy, o quienquiera que hubiera sido, le habría llevado comida y ropa?

¿Habría algo malo en aquel regalo? Pero sería demasiado cruel hacerla creer que era un gesto amable y dejar que descubriera después que habían escrito en aquella ropa palabras como «asesina», o que hubieran orinado sobre ellas, o que las latas estuvieran en mal estado, o envenenadas.

¿Y qué contenía la otra caja? ¿La caja que no había abierto?

Bajó muy despacio las escaleras con intención de averiguarlo, pero continuaba mirando por encima del hombro, intentando asegurarse de que no había vuelto nadie. Si Buddy había dejado caer algo con intención de hacer daño, querría asegurarse de que su artimaña había tenido el efecto deseado.

También había alguna posibilidad de que fuera una estrategia para hacerla salir.

Pero todo permanecía en silencio. No había movimiento alguno, ni ruido.

Solo para asegurarse de que se habían ido, se acercó a la puerta y escrutó la carretera hasta donde alcanzaba su mirada.

—¿Phoenix? —Lizzie había conseguido tranquilizar a los perros—. ¿Todavía estás ahí?

Phoenix regresó para estudiar lo que había caído al suelo, midiendo cada uno de sus movimientos. ¿Habría llenado Buddy aquellas cajas de cucarachas, de tijeretas o de cualquier otro tipo de insecto?

—Ya te he dicho que no ha pasado nada. Vuelve a la cama.

—Los perros han oído algo. Si no, no se habrían puesto así —insistió su madre.

—He sido yo, que he salido a perseguir a un mapache.

Fuera lo que fuera lo que sus visitantes habían dejado, su madre no tenía por qué enterarse. A Lizzie ya la habían atormentado suficiente por ser una mujer solitaria, extraña, difícil y obesa.

—Será mejor que tengas cuidado, hija —le advirtió Lizzie—. En este pueblo nadie te quiere.

—Ya lo sé, mamá. Me lo recuerdas todos los días —replicó, pero no en voz tan alta como para que pudiera oírse en el otro tráiler.

—¿Me has oído? —le gritó su madre.

Phoenix alzó la voz.

—Sí, te he oído. No te preocupes. Sé cuidar de mí misma.

En realidad, era mucho decir para tratarse de una persona tan consciente de su propia debilidad. Enfrentarse a las otras reclusas era una cosa. Y ya había sido suficientemente aterradora. Pero ¿a Buddy? Era un hombre enorme, estaba convencido de que había matado a su hermana pequeña, que era un solo un año más joven que él, y parecía ser un firme defensor del «ojo por ojo».

–Métete en casa y cierra con llave –la urgió su madre–. A esos canallas que mandan en el pueblo no hay nada que les apetezca más que agarrarte en medio de la noche.

–Ya voy –contestó.

Pero rodeó las cajas que se habían caído. Al margen de lo que contuvieran, tanto si eran serpientes, como insectos o veneno para serpientes, necesitaba deshacerse de ellas.

Utilizando el bate una vez más, le dio un empujoncito a la caja se había abierto. Había ropa, sí. Y, como había advertido antes, también latas de verduras, alubias y sopa. Y una caja de zapatos. Pensó que era allí donde podían haber guardado los excrementos de perro, pero cuando abrió la tapa lo que vio fueron… ¿unas zapatillas deportivas?

–¿Qué está pasando aquí? –musitó.

Eran prendas de mujer. Y en ellas no había nada escrito, ni estaban manchadas de sangre. Tampoco olían a orín. Todo parecía nuevo, era precioso. Había prendas de marca que conservaban todavía la etiqueta.

La segunda caja, además de unos paquetes de comida, contenía más de lo mismo.

¿Quién le habría llevado todas aquellas cosas?

Quienquiera que fuera, había incluido un recibo. ¡Hala! Alguien se había gastado una enorme cantidad de dinero y le había dejado la opción de devolver lo comprado y cambiarlo.

No podía haber sido Buddy.

Entonces, ¿era un regalo? Todo era de su talla, o casi, y lo habían dejado en la puerta de su casa. Tenía que ser para ella. Pero le daba miedo confiar en lo que estaba viendo. No podía recordar la última vez que alguien le había regalado algo, más allá de los pequeños regalos hechos a mano que había intercambiado con su amiga Coop y algunas otras reclusas durante las fiestas de Navidad. Cara le había regalado un ordenador portátil, pero también era cierto que Phoenix le había pagado una buena cantidad de dinero a cambio de que la ayudara con el negocio de las pulseras.

—¡Mira eso! —musitó mientras comenzaba a rebuscar con entusiasmo.

Aquello era mejor que cualquier regalo de Navidad que le hubieran hecho en su vida.

Alzó un par de medias de encaje. ¿Victoria's Secret?

Dejó las medias de nuevo sobre el montón de ropa y sacó un vestido de verano. Sacudió con cuidado el polvo y lo estrechó contra ella. Era de su talla. Estaba casi segura de que le quedaría bien. Y era precioso.

Ansiosa por probárselo, además de todo lo demás, comenzó a recoger los objetos esparcidos. Pero no podía dejar de pensar en la silueta oscura con la capucha. Imaginó que tenía que ser Kyle y se sintió mal por haberse equivocado al juzgarle. Hasta el momento, era la única persona que había tenido un gesto amable con ella.

—Gracias —susurró.

Y se sintió de pronto sobrecogida por tal gratitud que lo único que pudo hacer fue ponerse de rodillas y llorar.

Temiendo que los perros comenzaran a ladrar otra vez, Riley permaneció muy quieto. Cuando Kyle había salido corriendo, él se había escondido. En aquel momento se pegaba contra el tráiler de Lizzie, aprovechando la oscuridad de las sombras, y no podía moverse hasta que Phoenix se metiera en casa. Su intención había sido esperar a que estuviera dentro para salir de la propiedad. Pero ella estaba tan abrumada por lo ocurrido que no parecía tener ninguna prisa. Y, al verla, al ver a una persona tan desconfiada, tan dispuesta a enfrentarse a un asaltante desconocido y rompiéndose al comprender que no tenía nada que temer, sintió tal opresión en el pecho que apenas podía respirar. No acertaba a imaginar lo que era para alguien como ella disponer de tan pocos recursos y ser consciente de que tenía que enfrentarse sola al mundo.

«En este pueblo, nadie te quiere».

Y, aun así, había vuelto.

Riley apretó los puños y se apoyó contra el viejo archivador oxidado que le había proporcionado refugio. Se negaba a quebrarse, pero luchar contra sus propios sentimientos le dejó un nudo enorme en la garganta. ¡Maldita fuera! Sabía que no tenía que haberse involucrado en todo aquello.

Pero fueron el escozor de las lágrimas y la empatía que le desgarraba el corazón los que provocaron su enfado. Jamás había sido tan feliz haciendo un regalo.

Agradeciendo a Kyle el que hubiera pensado en ello, el que le hubiera llamado la atención y le hubiera hecho sentirse responsable de satisfacer al menos algunas de sus necesidades básicas, observó a Phoenix secarse las mejillas, sacudir la tierra que había manchado la ropa y guardar las latas en la caja.

Las luces del interior del tráiler se encendieron en cuanto Phoenix cruzó la puerta con la caja más pesada. Después, salió a buscar la otra.

Cuando la puerta se cerró tras ella por segunda vez, Riley podría haberse marchado. Pero, en cambio, sintió la tentación de espiar por la ventana para ver si se estaba probando lo que le habían llevado. Sería gratificante saber que le quedaba bien. Su interés no era sexual, así que no se sintió en absoluto responsable. Pero decidió que no era una conducta apropiada, fueran cuales fueran sus intenciones.

Además, Kyle tenía que estar impacientándose mientras esperaba en la camioneta que habían dejado aparcada a medio kilómetro de allí.

Tras dirigirle una última mirada al bate que había dejado en el suelo, Riley estaba comenzando a avanzar hacia la carretera cuando vio una bicicleta en un estado lamentable apoyada contra el tráiler de Phoenix. Debía de tener algún plan previsto para aquel objeto. Era probable que estuviera pensando en arreglarla para contar así con un medio de transporte.

Noah, uno de sus mejores amigos, tenía una tienda de bicicletas en el pueblo. Riley podría conseguir que le arreglara la bicicleta rápido y a buen precio.

Uno de los perros ladró, poniéndole un poco nervioso, pero no pudo evitarlo: agarró la bicicleta antes de salir. Y con ella iba cuando se encontró con Kyle en la carretera.

–¿Qué demonios es eso? –preguntó Kyle.

–¿A ti qué te parece? –contestó.

–¿Eso era lo que estabas haciendo? ¿Intentar robar una bicicleta? Estaba empezando a pensar que te había pillado.

–No ha sido la bicicleta lo que me ha retenido.

–¿Entonces qué ha sido?

–Ha tardado un poco en abrir las cajas y asegurarse de que no contenían nada que le impidiera quedarse con ellas.

La expresión de Kyle mostró su interés.

–¿La has visto mientras las abría?

–Sí. Cuando has salido corriendo, ha pensado que quienquiera que las hubiera dejado ya no estaba allí.

–¿Pero cómo es posible que no te haya visto? Con ese maldito foco no había mucha oscuridad.

–Por eso no podía moverme. Me he escondido detrás del tráiler de su madre.

Estaba convencido de que no le había visto. Si hubiera sabido que estaba allí, Phoenix no habría llorado. Por eso su gratitud y su alivio habían sido tan honestos. Había visto a una persona que había soportado la tragedia sin pestañear. No se había quejado ni había despotricado contra él cuando se había negado a llevarle a Jacob a la prisión, a pesar de que se lo había pedido repetidas veces. Se había limitado a esperar unos cuantos meses y había vuelto a pedírselo con educación.

En aquel momento, Riley se sentía miserable por no haber sido más considerado. Él no había querido crearle ningún tipo de confusión a Jacob, no había querido hacer nada que pudiera hacerle sentirse inseguro. Sus padres, que le habían ayudado mucho cuando Jacob era pequeño, le habían convencido de que sería un terrible error permitir que tuviera cualquier tipo de contacto con Phoenix. La convicción de que estaba recibiendo lo que se merecía había neutralizado la compasión de todo el mundo, también la suya, sobre todo cuando tantas personas a las que respetaba eran de la misma opinión.

–¿Y qué le ha parecido? –preguntó Kyle mientras se dirigían hacia la camioneta.

Riley se cambió la bicicleta de mano. No pesaba mucho, pero era incómoda de llevar.

–Le ha gustado.

–¿De verdad?

Pareció complacido y Riley comprendía por qué. Él se había sentido igual cuando la había visto llevarse el vestido al pecho como si fuera la cosa más bonita que había visto en su vida.

–¿Cómo lo sabes? –preguntó Kyle.

Riley le dirigió una sonrisa radiante.

–Confía en mí, era evidente.

–Phoenix es muy reservada a la hora de expresar sus sentimientos. Pero estás seguro, ¿verdad?

Cuando la había visto, Phoenix no estaba en guardia porque pensaba que estaba sola. Había permitido que se derrumbaran todas sus defensas. Riley se sentía como si hubiera violado su intimidad al haber sido testigo del momento en el que las lágrimas habían empapado su rostro, así que prefirió mantenerlo para sí.

—Sí, estoy seguro.

—Espero llegar a verla con alguna prenda de las que le hemos comprado.

Llegaron a la camioneta.

—Ha sido genial –admitió Riley mientras subía al asiento de pasajeros–. Gracias por haberme hecho participar.

Kyle le miró sorprendido.

—¿Lo dices en serio? Sé que para ti ha sido muy difícil su regreso.

Riley había tenido que enfrentarse a sus propios desafíos, pero ninguno de ellos era comparable a lo que había sufrido Phoenix cuando, quizá, nada de lo que había ocurrido había sido culpa suya.

—Lo digo en serio.

Riley estuvo a punto de ignorar la suave llamada a la puerta que le despertó a primera hora de la mañana. Había pasado la mayor parte de la noche despierto y el domingo era su día libre.

«Puede abrir Jacob», pensó, y dio media vuelta en la cama, convencido de que sería alguno de los amigos de su hijo decidido a despertarle para salir a montar en bicicleta o a hacer alguna excursión.

Pero cuando siguieron llamando, se acordó de que Jacob ni siquiera estaba en casa. Había ido a dormir a casa de su mejor amigo, Tristan Abbot, y Riley se lo había permitido encantado. Sabiendo que Jacob iba a dormir en otra parte, no había tenido que explicarle sus planes para la noche anterior.

—¡Ya voy! –gritó mientras se arrastraba fuera de la cama y agarraba un par de vaqueros.

—¿Dónde has dejado la camisa? —le espetó su madre cuando le abrió la puerta.

Riley se pasó la mano por el pelo.

—Tienes suerte de que lleve los pantalones puestos. Cualquiera que me despierte a estas horas se merece ser recibido en cualquier estado en el que decida abrir la puerta.

—¿La has visto? —preguntó su madre mientras entraba en casa.

Riley no quería tener aquella conversación. Sabía a quién se refería y, también, que su madre y él iban a tener opiniones muy distintas sobre Phoenix, especialmente, después de lo que había visto la noche anterior.

Deseó que todo el mundo la dejara en paz, que la dejaran vivir tranquila.

—Ayer nos invitó a desayunar a Jacob y a mí en el Just Like Mom's. ¿Por qué lo preguntas? ¿Para eso has venido? ¿Alguien te lo ha contado?

—No, pero me sorprende que no lo hayas hecho tú.

—No nos hemos visto hasta hoy. ¿Quieres que te haga un informe?

Su madre se sentó en el borde del sofá.

—No estaría mal. Tú no eres el único que se juega algo en todo esto, ¿sabes?

—¿Dónde está papá?

—Ha ido a jugar al golf con sus amigos.

—¿Prefería perderse la conversación sobre Phoenix?

—Preferiría perderse mi entierro antes que un buen partido de golf.

Riley no pudo evitar una risa.

—¿Y? —preguntó Helen.

—¿«Y» qué?

—¿Cómo se comportó?

Volvían a concentrarse en los detalles de su primer encuentro con Phoenix.

—Fue muy... educada.

—¡Lógico! Quería impresionarte.

—Quiere conocer a su hijo, mamá. Lo ha dejado muy claro, ¿no crees?

—Eso es lo que quiere que creamos, pero hace años esperaba atraparte a ti y estoy segura de que le encantaría hacerlo ahora. Recuerda lo obsesionada que estaba contigo —se quitó un hilo del pantalón—. No querrás volver a tener algo con ella, ¿verdad?

Incluso el recuerdo de la reacción de Phoenix después de su ruptura había ido exagerándose con los años.

—Se merece tener la oportunidad de demostrar que ha cambiado.

—¿Qué posibilidades tiene de haber cambiado para mejor estando en prisión? —replicó Helen.

—No lo digas como si fuera imposible. Porque en ese caso, ¿por qué se deja salir a nadie?

—Porque no hay celdas suficientes para mantener a todos los criminales en prisión. Pero no he venido aquí a hablar del sistema penitenciario. Vengo con la esperanza de hacerte reconsiderar esa actitud tan flexible. Es posible que Phoenix haya visto cosas que tú y yo ni siquiera podemos imaginar. No quiero que se convierta en una influencia negativa para Jacob después de todo lo que hemos hecho para educarle como es debido.

Riley estaba comenzando a enfadarse.

—Mamá, Jacob tiene dieciséis años. Es casi un adulto. No podemos protegerle eternamente.

—¡A esta edad todavía es muy impresionable!

—Aun así, necesitamos confiar en él. Y es él el que debe decidir si quiere que su madre forme parte de su vida.

—Pero él no sabe lo que le conviene.

—¡Ni nosotros! Ese es el problema.

—Nosotros tenemos muchos más datos que él en los que basar una decisión.

Con un suspiro, Riley se dejó caer en una silla situada enfrente de donde estaba sentada su madre.

—No estoy seguro. No dejo de preguntarme si no nos habremos equivocado al mantenerlos separados. A Phoenix le hemos causado un profundo daño y, de verdad, no creo que sea tan mala.

Su madre abrió los ojos como platos.

—A lo mejor necesitas hablar con la familia de Lori Mansfield y recordar lo mucho que sufrieron al perder a su preciosa hija.

—Compadezco a los Mansfield. Sé que Corinne y tú sois amigas íntimas y que su felicidad es importante para ti. Pero ellas no son las únicas que han sufrido. Y si Phoenix dice la verdad sobre lo que pasó aquel día, su castigo ha sido injusto. Y no me gustaría sumarme a esa injusticia.

Su madre se levantó.

—¿Ahora crees que es inocente?

—No hay nada que demuestre ni su culpabilidad ni su inocencia.

—Entonces fíjate en los hechos. Por eso la condenaron, ¿no? Estaba muerta de celos cuando comenzaste a salir con Lori, así que intentó borrarla de escena. Fue el coche de Phoenix el que la atropelló y era ella la que estaba detrás del volante. ¡Incluso había una testigo dentro del vehículo!

Que podría haber mentido, pero Riley sabía que el nivel de la discusión subiría si continuaban hablando de aquello.

—No sabemos lo que pasó.

—¿Pero qué te ha pasado? La semana pasada pensabas, al igual que todos nosotros, que lo mejor era que Phoenix no regresara a Whiskey Creek.

Aquello había sido antes de compartir el desayuno con ella, y antes de la noche anterior. Ambos encuentros habían dejado en él una huella profunda. Era mucho más fácil ser cruel en la distancia. Una vez había visto el contraste entre la verdadera Phoenix y el monstruo que habían creado en sus mentes, comprendía que las opiniones y los comentarios negativos de todo el mundo habían alimentado miedos en él que podrían ser infundados.

—No quería que volviera. Le escribí y así se lo dije —lo que no explicó fue que se arrepentía de haber enviado aquella carta—. Pero, para ella, Whiskey Creek es su hogar tanto como para nosotros. Puede venir aquí si quiere y no podemos hacer nada para impedirlo.

—¿Entonces has cambiado de opinión? ¿Estás dispuesto a apoyar una relación entre Jacob y ella?

—Si eso es lo que quiere, sí, a no ser que Phoenix haga algo... malo.

—Pero para entonces podría ser demasiado tarde.

—Es un riesgo que tengo que correr.

—¿Cuando sería mucho mejor para todos que se mudara a cualquier otra parte?

Riley pensó en la compra que habían compartido Kyle y él. A su madre no le haría mucha gracia enterarse de que habían ayudado a Phoenix, pero no se arrepentía de haberle echado una mano. Aquel regalo le había hecho sentirse bien.

—¿Por qué iba a ser mejor para los dos? —le preguntó—. No tiene medios para rehacer su vida. Si se queda aquí, por lo menos tendrá un lugar en el que vivir hasta que pueda remontar.

—Ese vertedero ni siquiera es un lugar saludable. Una persona normal no querría quedarse allí.

Riley se puso a la defensiva.

—Está haciendo todo lo posible para adecentarlo —así se lo había dicho ella.

—Sea como sea, los Mansfield no están dispuestos a aceptar que viva en este pueblo.

Riley se inclinó hacia delante y apoyó los brazos en las rodillas.

—Los Mansfield no pueden hacer nada para evitarlo.

—Claro que pueden —replicó su madre.

—¿De qué estás hablando?

—Lo único que estoy diciendo es que alguien debería advertirla. A lo mejor así se lo pensaría dos veces antes de hacernos soportar su presencia.

Riley se había sentido incómodo con aquella conversación desde el principio, pero, en aquel momento, comenzaba a estar muy preocupado.

—¿Advertirla? ¿De verdad?

—¡Sí! Le he oído decir a Buddy que no permitirá que se quede. Ya sabes lo unido que estaba a Lori. Solo se llevaban trece meses y, prácticamente, habían crecido juntos.

—Sé que está furioso porque su mujer le dejó el año pasado. Desde entonces, no ha dejado de causar problemas. Pero Phoenix no tiene nada que ver con su estado de ánimo.

—¿Cómo puedes decir eso? Phoenix está en la raíz de todo ello. Buddy nunca ha superado el asesinato de Lori.

—¿Y también es culpa de Phoenix que salte de un trabajo a otro? ¿Que ahora esté ganando el salario mínimo trabajando como dependiente en la ferretería? ¿Es la culpable de que viva en casa de sus padres?

—¡Tú no eres quién para juzgar a Buddy!

Aunque Riley había pasado mucho tiempo con él debido a la amistad entre las dos familias, nunca le había apreciado. Buddy siempre había sido un fanfarrón y un egoísta.

—Pero él sí puede juzgar a los demás.

—En esta ocasión, creo que tiene razón. Pero, sea como sea, escribió a Phoenix antes de que saliera de prisión. Pero, o bien no recibió la carta, o bien decidió ignorarla, igual que hizo con la tuya.

Los músculos de Riley se tensaron. Buddy medía dos metros y debía de pesar cerca de cien kilos. Un solo puñetazo de aquella mano carnosa podía provocar daños relevantes. Phoenix no podría defenderse ni con un bate.

—¿Y qué decía Buddy en esa carta?

—No lo sé. No me la leyó. Pero sé que era algo sobre que se arrepentiría si regresaba al pueblo.

Era lógico entonces que Phoenix hubiera reaccionado con tanto miedo cuando le había oído en el porche la noche anterior. Debía de haber pensado que Buddy Mansfield iba a buscarla.

—Será mejor que no le haga ningún daño —dijo Riley.

Su madre frunció el ceño ante la firmeza de su voz.

—Yo no tengo nada que decir sobre lo que Buddy haga o deje de hacer.

—En ese caso, a lo mejor debería advertirle alguien.

—¿Advertirle de qué?

—De que si le hace algún daño, tendrá que vérselas conmigo.

Helen le miró boquiabierta.

—¿Te estás poniendo de su parte? ¿Vas a ponerte en contra del hijo de mi mejor amiga cuando es él el que ha perdido a su hermana?

—Phoenix es la madre de Jacob —contestó, como si lo estuviera haciendo por el bien de su hijo.

Pero, en el fondo, sabía que Jacob no era la única razón por la que estaba dispuesto a defender a Phoenix. Admiraba su valor y su determinación casi tanto como su deseo de convertirse en una madre para su hijo. Tanto si había sido culpable diecisiete años atrás como si no, se merecía una oportunidad.

Riley acababa de dar un paso adelante.

Capítulo 5

−¿Pero a ti qué te pasa? −le espetó Lizzie.
Phoenix dejó la sartén a un lado y se volvió sorprendida. No era fácil cocinar en casa de su madre. Acorralada entre montañas de envoltorios de comida, basura que, por algún motivo extraño, Lizzie consideraba valiosa, plantas, los cuencos de los perros, bolsas gigantes de pienso para perros y la enorme jaula de los hámsteres que ocupaba la mayor parte de la mesa, apenas quedaba espacio para moverse sobre el linóleo grasiento. A lo mejor aquella era la razón por la que su madre nunca se tomaba la molestia de cocinar de verdad: no cabía en su propia cocina.
−¿Qué quieres decir?
−Sonríes, cantas y te comportas como si... como si estuvieras contenta. ¿Tienes algún motivo para estar contenta? −Lizzie acarició con aire ausente a uno de sus cinco perros, un caniche, mientras la miraba con los ojos entrecerrados−. ¿Estuviste anoche con un hombre? ¿Fue eso lo que me despertó?
Phoenix sintió que le ardía la cara.
−No, no estuve con ningún hombre.
Lizzie la miró entonces con más atención.
−¿Y por qué te pones colorada?
−¡Porque me estás haciendo pasar vergüenza!

Durante los últimos diecisiete años, apenas se había permitido pensar siquiera en el sexo. Se había negado a echar de menos las relaciones íntimas con la intensidad con la que lo hacían las otras reclusas, que no hablaban de otra cosa. Tampoco había querido mantener una de aquellas relaciones sentimentales que surgían a veces entre ellas como sustituto.

—Preferiría no hablar de mi vida sexual contigo —añadió mientras servía los huevos revueltos que había preparado para desayunar.

—¿Entonces qué te pasa? —presionó su madre—. ¿Por qué estás de tan buen humor?

—¡No me pasa nada! Hace un domingo precioso, eso es todo. Y quiero ir al pueblo.

Quería conectarse a internet y crear una cuenta de Facebook para que Jacob pudiera comunicarse con ella. Estaba deseando ponerse en contacto con él sin necesidad de hacerlo a través de Riley.

—Ayer también hacía un día precioso —replicó Lizzie en tono irónico, como si Phoenix le estuviera ocultando algo.

Y lo estaba haciendo. Aquella alegría no tenía nada que ver con el tiempo, se debía a que, al menos, había una persona en Whiskey Creek que no albergaba sentimientos negativos hacia ella. Eso y lo femenina que se sentía con su ropa nueva. ¿Quién habría podido imaginar que un sujetador de encaje y unas bragas a juego podían hacer que una mujer se sintiera tan... atractiva?

Estaba empezando a pensar que quizá no tenía por qué ser una fatalidad sentir las manos de un hombre sobre su cuerpo, siempre y cuando esperara a que Jacob fuera a la universidad. En ese momento, podría empezar a salir con alguien e, incluso, iniciar una relación seria.

—No eres lesbiana, ¿verdad? —le preguntó su madre.

Phoenix cerró con fuerza el cajón después de haber sacado un cuchillo.

—No. Y ya basta.

—¿Alguna de esas mujeres con las que estuviste en prisión intentó tocarte alguna vez?

Lizzie aceptó el plato que le ofrecía a regañadientes, pero Phoenix imaginaba que, en el fondo, disfrutaba de las atenciones que estaba recibiendo. Al menos, eso esperaba. Porque lo cierto era que su madre no había dicho nada que lo demostrara.

—¿Te tocó alguna? —insistió.

—¡No! —contestó Phoenix.

Pero no era del todo cierto. Aunque ninguna había ido demasiado lejos, al principio, había tenido que pelear para evitar que abusaran de ella y aquello le había valido algunas enemigas peligrosas, algo que no había hecho más fácil el cumplimiento de su condena.

—Así que todavía te gustan los hombres.

Phoenix se negaba a mirarla. Tenía miedo de que lo que su madre estuviera preguntándole fuera que si todavía le gustaba Riley. No tenía respuesta para aquella pregunta. No, Riley no le gustaba en ese sentido. Aunque nadie podía negar que fuera un hombre atractivo.

—Ahora mismo, lo único que me interesa es Jacob, ¿de acuerdo? Ya me ocuparé de todo lo demás dentro de un par de años.

—¿Cuántos años tienes? ¿Treinta y cinco? —preguntó Lizzie con la boca llena—. No son pocos, pero todavía puedes tener hijos si no esperas demasiado.

Saltó la tostada en el tostador. Agradeciendo la distracción, Phoenix se volvió para ponerle la mantequilla.

—Antes tendré que encontrar una forma de mantenerme.

—A mí me parece que lo estás haciendo muy bien, estás muy bien con esos vaqueros tan ajustados. Tienen que haberte costado mucho.

Phoenix había estado pensando que ayudaría a su madre si pudiera. Lizzie tenía problemas para llegar a fin de mes con la paga que recibía por discapacidad. Pero aquel comentario la hizo preguntarse si no debería reconsiderarlo.

—Me los han regalado.

—¿Quién?

Phoenix no había pensado en contarle a su madre lo que había ocurrido la noche anterior. Pero, si lo hacía, a lo mejor Lizzie dejaba de recordarle lo mucho que la odiaba todo el mundo. Le resultaba muy duro escucharlo, aunque, a todos los efectos, fuera cierto.

—Kyle Houseman.

El tenedor de su madre tintineó contra el plato.

—¿Y por qué va a regalarte nada Kyle Houseman?

—Para intentar ser amable —respondió, encogiéndose de hombros.

—¡Eso no te lo crees ni tú! —se burló—. Kyle es amigo de Riley.

Phoenix ya se estaba arrepintiendo de haberle revelado su secreto.

—Lo sé.

—Entonces, ¿por qué has aceptado nada de él? Si te enredas en una relación con Kyle, ya puedes ir despidiéndote de tener una buena relación con Jacob. Riley no permitirá que te dediques a tontear con sus amigos.

—No voy a tontear con Kyle. Además, él tampoco se me ha insinuado, mamá.

Su madre la miró como si le estuviera diciendo que dejara de mentirse a sí misma.

—¿Entonces por qué te ha hecho un regalo?

—Supongo que solo está intentando ser generoso.

No estaba del todo segura. Sencillamente, Kyle no se mostraba tan crítico como todos los demás. O a lo mejor era que no tenía mucha relación con la familia de Lori.

—Nadie es tan generoso con una expresidiaria —aseveró su madre—. Espera algo a cambio de su dinero. Si no, no se lo habría gastado.

—¡Cómo puedes ser tan insensible!
—Prefiero ser insensible a ser una estúpida que termina aprendiendo de la forma más dura.

Phoenix ya ni siquiera era capaz de saborear los huevos, pero siguió comiendo de todas formas.

—Es un amigo —musitó—. Y en estos momentos no me viene mal tener un amigo.

Su madre soltó un aullido burlón, haciendo que Phoenix se sintiera la idiota más grande del mundo.

—Sí, es la clase de amigo al que le gustaría acostarse contigo y después darte una patada, como hizo Riley. Los chicos como Riley y Kyle no salen con mujeres como tú, Phoenix. Ya es hora de que te enfrentes a ello. Te ahorrarías muchos disgustos.

Si había alguien capaz de mostrarse desagradable, esa era su madre.

—Ya no me apetece seguir comiendo —dijo, dejando su plato en el fregadero.

No soportaba seguir en presencia de su madre.

Era una tranquila mañana de domingo, un día perfecto de primavera, en el que la gente salía y entraba en el Black Golf Coffee en grupos de dos, tres o cuatro personas, hablando y riendo. La tranquilidad de aquel café sumada a su ambiente moderno, con los suelos de madera y la carta escrita en una pizarra, ayudaron a limar los restos del enfado de Phoenix después de aquel encuentro con su madre. Lizzie tenía sus cosas. Y Phoenix estaba haciendo el esfuerzo de su vida para intentar que no la afectaran. Aun así, había ocasiones en las que la negatividad de Lizzie la envolvía como una ola y amenazaba con arrastrarla. Era muy difícil tratar con su madre. Incluso cuando era más joven le había resultado difícil. Por lo menos, la estancia en prisión le había permitido alejarse de aquella situación, aunque jamás querría volver a la cárcel.

En aquel momento estaba pudiendo descansar de su madre y utilizar la conexión a internet, que era lo que pretendía, pero no podía relajarse del todo. Cuando estaba en público, no podía dejar de preocuparse por la posibilidad de encontrarse con algún miembro de la familia de Lori. Estaba segura de que alguno de los Mansfield le montaría una escena. Hasta entonces, había tenido suerte. No había coincidido con ninguno de ellos, ni con los padres de Riley, que habían mostrado una fuerte oposición hacia ella diecisiete años atrás.

Coop, una amiga que había hecho en prisión, diría que una tregua como aquella era una muestra de misericordia. Coop veía muestras de misericordia por todas partes. Aunque había admitido haberle pegado un tiro a su padre cuando le había pillado molestando a su hija de dos años y todavía le quedaban por cumplir tres años de condena, había sido capaz de conservar el optimismo y de seguir luchando. Habían sido sus ánimos los que habían ayudado a Phoenix a pasar los momentos más sombríos. «Eres joven y guapa y algún día saldrás de aquí», solía decirle, «después podrás hacer lo que quieras con tu vida. No permitas que nadie te diga lo contrario».

Durante un instante, fue casi como si pudiera oír la voz de Coop. Aquello le produjo una oleada de nostalgia. A veces echaba de menos a Coop y a algunas de sus amigas.

Decidió escribirles. Había prometido que lo haría. Pero antes tendría que abrir una cuenta de Facebook, se dijo a sí misma, y se concentró en la pantalla.

No se le daba demasiado bien la informática. Apenas tenía suficiente experiencia como para poder colgar las fotografías de las pulseras en Etsy y eBay, manejar la cuenta de PayPal y contestar a las personas que se ponían en contacto con ella, pero había millones de personas que habían conseguido adentrarse en el gigantesco mundo de las redes sociales y estaba convencida de que también ella conseguiría hacerlo.

El único problema era la campanilla de la puerta, que tintineaba cada vez que alguien entraba. Le distraía. Aquel tintineo señalaba un cambio en el entorno, alertaba de la llegada de alguien nuevo y potencialmente peligroso y aquello la tensaba, hasta que veía a otro individuo o pequeño grupo al que no reconocía.

Por suerte, ya tenía su café, así que podía continuar sentada en aquella esquina e intentar pasar desapercibida tras la pantalla del ordenador.

Estaba leyendo las instrucciones de Facebook cuando la campanilla volvió a sonar. Se inclinó hacia un lado para ver quién era... y tuvo que mirar dos veces. La última persona a la que esperaba encontrarse cruzando aquella puerta era Jacob. Entró caminando despacio con un amigo, los dos iban con gorra y estaban tan guapos que Phoenix no pudo evitar sentir una oleada de orgullo. Aquel chico tan guapo y tan inteligente era su hijo. Y también parecía una buena persona.

Pero no quería ponerle en un aprieto. Tenía miedo de avergonzarle si llamaba su atención. Así que continuó trabajando como si no le hubiera visto. Pensó que su amigo y él agarrarían el café con leche o lo que quiera que quisieran tomar y se marcharían sin mirar siquiera en su dirección. Pero Jacob la vio cuando estaba esperando para pedir y la sorprendió diciendo:

—¡Eh! Es mi madre.

Lo había dicho en voz tan alta que habría resultado extraño que Phoenix no alzara la mirada hacia él, así que le miró y sonrió. Todavía estaba intentando decidir si debería acercarse o Jacob preferiría que se limitara a saludarle con la mano cuando Jacob decidió por ella. Se acercó con su amigo hasta su mesa.

—¿Qué estás haciendo aquí? —le preguntó.

Phoenix giró la pantalla del ordenador para que pudiera verlo.

—Intentar abrir una cuenta en Facebook por primera vez en mi vida.

—Eso está chupado —le dijo Jacob—. Déjame ayudarte.

Acercó una silla de otra mesa y se repantingó en ella mientras Phoenix saludaba con la cabeza al chico que le acompañaba.

—Soy Tristan —se presentó su amigo.

—Tristan juega en el equipo de béisbol conmigo —le explicó Jacob.

Phoenix le tendió la mano.

—Encantada de conocerte.

—Igualmente —sonrió con timidez—. Jacob me había dicho que eras guapa, pero no me imaginé que serías... tan guapa.

—¡Eh! ¿Estás intentando ligar con mi madre? ¡Siéntate! —le ordenó Jacob con una risa atragantada.

Aunque estaba un poco avergonzada, Phoenix también se sintió halagada. Se alegraba de que Jacob estuviera orgulloso de ella, por lo menos en algún aspecto. Y agradeció todavía más que Kyle, si es que había sido él, le hubiera proporcionado los vaqueros y la blusa que llevaba. Si no hubiera sido por él, habría tenido que ponerse la misma ropa que el sábado anterior.

—Un granizado de café y un café moca —gritó el camarero.

Jacob le pidió a su amigo que fuera a buscar los cafés.

—¿Lo ves? Haz clic aquí —le indicó a ella, girando el ordenador para que ambos pudieran ver la pantalla—. Después elige un nombre de usuaria y escribe aquí tu información personal.

—Mi verdadero nombre ya es suficientemente original, así que utilizaré ese.

—De acuerdo —tecleó por ella.

—¿Abrirías una cuenta de la misma forma si fuera para un negocio?

—¿También quieres una cuenta para un negocio?

Phoenix vio que llevaba la pulsera que le había regalado.
–Sí. Tengo un pequeño negocio y creo que una cuenta en Facebook podría ayudarme.
–Creo que la cuenta tiene que ser igual.
Tristan llegó con los cafés, pero en vez de levantarse e irse con él, Jacob continuó asesorándola a través de todo el proceso mientras Tristan les miraba.
Unos minutos después, su página cobró vida.
–¡Lo hemos conseguido! –exclamó.
–Me haré amigo tuyo en cuanto llegue a casa –le prometió Jacob.
–Y yo también –se sumó Tristan.
Jacob le miró arqueando una ceja.
–Tú no te vas a hacer amigo de mi madre.
Tristan se puso rojo como la grana.
–¿Por qué no? –musitó.
Pero Jacob ya había vuelto a centrar toda su atención en la cuenta de Facebook.
–¿Qué imagen vas a utilizar? –le preguntó.
–Algún paisaje que pueda encontrar online, supongo. No tengo cámara.
–Ese es un problema que yo puedo solucionar –se levantó y sacó su Smartphone–. Sonríe.
El optimismo y la felicidad que había sentido aquella mañana antes de que su madre los ahogara volvieron a avivarse en el interior de Phoenix. Sonrió radiante y Jacob le hizo una fotografía antes de volver a sentarse a su lado.
–¿Cómo ha salido? –le preguntó.
Jacob se inclinó para que ambos pudieran verla y ella respiró hondo, inhalando la esencia de su hijo y deseando abrazarle, sentirle contra ella, puesto que nunca había podido hacerlo, ni siquiera cuando era un bebé.
–Ha salido bien –contestó el adolescente, ajeno al torbellino de pensamientos y deseos maternales que provocaba en ella.

–Entonces me quedaré con esa.

Jacob le envió la fotografía por correo electrónico para que pudiera cargarla.

–¿Tu padre trabaja hoy? –le preguntó Phoenix mientras esperaban a que la fotografía apareciera en la pantalla.

–No. Los domingos libra, lo cual quiere decir que yo también –se echó hacia atrás y estiró las piernas–. ¡Aleluya!

–¿No te gusta trabajar con él?

Se encogió de hombros.

–No me parece muy divertido cuando todos mis amigos están por ahí, pero me gusta ser capaz de hacer todo lo que hago. No conozco a nadie de mi edad que sepa instalar un calentador, levantar la estructura de una casa o poner un tejado. Y renunciando a los sábados he podido ahorrar dinero para comprar un coche –señaló hacia la ventana.

Phoenix vio un jeep de color blanco. No era nuevo, era obvio que tenía bastantes kilómetros. Pero Jacob estaba orgulloso y ella admiró a Riley por haberle hecho ganar su propio dinero.

Apenas podía imaginar lo que las chicas pensarían de su hijo y se alegró de que la experiencia de Jacob en el instituto estuviera siendo mejor que la suya.

–Bonito jeep –le dijo.

–¿Quieres dar una vuelta? –le propuso él.

A pesar de lo tarde que se habían cruzado sus vidas, Jacob parecía abierto a conocerla. Y ella no se iba a perder aquella oportunidad.

–Claro.

Cerró el portátil, lo guardó en una mochila que había encontrado en casa de su madre, y de la que se había apropiado, y se levantó mientras él sacaba las llaves del coche.

–Va a ser muy divertido –dijo Tristan.

Phoenix les siguió al exterior.

–No sé si a tu padre le molestará que me lleves a dar una vuelta...

Jacob la miró como si le pareciera ridículo.

—¿Y por qué iba a importarle? El coche es mío.

Pero Riley todavía no estaba convencido de que ella fuera una buena influencia para él. Jacob no lo había llegado a percibir y Phoenix estaba tan emocionada por el hecho de que quisiera compartir algo con ella que decidió ignorarlo. Riley no tenía por qué enterarse de lo que iba a pasar en los próximos minutos. Y tampoco podía decirse que estuviera haciendo nada malo al dejar que Jacob le enseñara su coche.

—Puedes sentarte delante —le ofreció Tristan y él saltó a la parte de atrás sin abrir la puerta.

Phoenix sintió que una enorme sonrisa cruzaba su rostro. Aquel era el gran momento, decidió, el momento con el que había soñado durante tanto tiempo. Estaba con su hijo y él parecía contento de tenerla a su lado.

Cuando Jacob puso el motor en marcha y salió maniobrando con facilidad, ella no pudo menos que admirarse de lo mayor que era y de sus habilidades.

—Le debo mucho a tu padre —le dijo, y lo decía en serio.

Él no pareció entenderla.

—¿Por qué?

—Ha hecho un gran trabajo contigo.

La sonrisa orgullosa que Jacob le dirigió la hizo reír y él también rio.

A Phoenix le encantó sentir el viento en el pelo mientras Jacob conducía, a veces a una velocidad un tanto excesiva, aunque no tan rápido como para que tuviera que llamarle la atención. Y se alegró de ello.

—¿Alguna vez has conducido un coche con marchas? —le preguntó Jacob.

—¿Yo? —Phoenix se llevó la mano al pecho—. No.

No enseñaban ese tipo de cosas en prisión. Eran muchas las cosas que se había perdido. Ni siquiera había podido ponerle el nombre a su hijo. Había sido Riley el que lo había escogido. Pero lo que más lamentaba era no haber podido verle crecer.

Jacob se detuvo a un lado de la carretera.

—Vamos. Te enseñaré.

Phoenix negó con la cabeza.

—No, no puedo. Hace mucho tiempo que no conduzco. Tendría que acostumbrarme a conducir un coche automático antes de intentar conducir uno con marchas manuales.

—¿Estás segura de que no quieres probar? No es difícil.

—Con que tú me lleves ya tengo bastante.

—Bueno —contestó un poco reacio.

Les llevó después hasta un descampado embarrado situado en las afueras del pueblo para ir campo a través. Cuando el coche comenzó a traquetear, Phoenix se aferró al volante. Pero tampoco podía decirse que Jacob estuviera haciendo locuras, así que podía disfrutar. Para cuando regresaron a la carretera, el estómago le dolía de tanto reír y deseó tener más dinero para poder ofrecerse a llenarle el depósito.

«A lo mejor la semana que viene», pensó. Si tenía suficientes pedidos. La mayor parte de las pulseras las vendía por cincuenta dólares, pero había estado pensando en añadir nuevos diseños a la colección con cuentas de plata y la opción de personalizarlas y pensaba pedir setenta dólares por ellas.

—Conduces muy bien.

Esperaba que Jacob le diera las gracias por aquel cumplido. Como no lo hizo, le miró y le vio pendiente del espejo retrovisor con expresión preocupada.

—¿Qué te pasa? No me digas que ha sido ilegal hacer esos giros.

Si le ponían una multa estando con ella, a Riley no iba a hacerle ninguna gracia. No, cuando estaba tan preocupado por la clase de influencia que podía ejercer en su hijo.

Jacob continuó en silencio. Cambió de marcha y aumentó la velocidad, así que Phoenix se volvió para poder ver con sus propios ojos lo que pasaba.

No les seguía ningún coche de policía, pero había alguien conduciendo tan cerca de ellos que temió que fuera a darles un golpe por detrás.

—¿Qué pasa? —preguntó—. ¿Por qué ese hombre está intentando golpearnos?

Jacob tensó la mandíbula.

—No es un tipo cualquiera. Es Buddy.

El miedo la invadió, estrangulando las risas y la diversión.

—¿Buddy Mansfield?

—Sí —contestó entre dientes.

Para entonces, Phoenix ya había podido reconocer al conductor y, a pesar de la limitada vista que tenía a través del parabrisas del enorme todoterreno de Buddy, reparó en lo mucho que había cambiado. Por lo que podía ver, llevaba una poblada barba.

—Hazte a un lado, Jacob —le pidió a su hijo.

—No creo que sea una buena idea —respondió él.

—¿Por qué no? —gritó Tristan—. ¡Va a chocar contra nosotros!

Phoenix estaba demasiado pendiente de su hijo como para explicárselo.

—Tienes que dejarme bajar.

—De ningún modo —respondió Jacob—. Eso es lo que pretende, para poder hacerte cualquier cosa.

Aquello era peligroso. A Phoenix le aterraba que Jacob y su amigo pudieran salir heridos por su culpa.

—Para ahora mismo, por favor.

Jacob frunció el ceño. Era evidente que estaba intentando decidir a toda velocidad cuál era la mejor opción. Pero ella quería apartar a Tristan y a su hijo de aquel peligro cuanto antes, antes de que ocurriera alguna tragedia.

—¿Y qué vas a hacer? —le preguntó Jacob desolado.

—No te preocupes por mí. Puedo cuidar de mí misma.

—¿De verdad puedes enfrentarte a alguien como Buddy?

Buddy golpeó el parachoques trasero, dándoles un pequeño empujón.

—¡No quiero meteros a vosotros en esto! —gritó Phoenix—. ¡Haz lo que te he dicho! ¡Ahora!

—¡No! —contestó él con repentina firmeza.

Pero ya habían llegado al pueblo. Se detuvo ante el semáforo. Ella se quitó el cinturón de seguridad y saltó del jeep sin intentar siquiera llevarse la mochila en la que había guardado el ordenador y la cartera.

—¡Mamá! —Jacob intentó detenerla, pero ella se desasió de su mano.

—¡Vete de aquí! —le gritó ella—. ¡Vuelve a casa!

Capítulo 6

Riley acababa de terminar de podar el césped y estaba apoyado contra la encimera de la cocina, abriendo una lata de cerveza fría, cuando sonó el teléfono. Se inclinó y se acercó el teléfono para ver quién le llamaba.

Tal y como esperaba, era Jacob.

–Justo a tiempo –musitó. Su hijo tenía tareas y deberes que hacer antes de ir al instituto al día siguiente–. Por fin llamas –le dijo después de presionar el botón para hablar–. ¿Dónde estás? Pensaba que ibas a llevar a Tristan y a volver a casa después de tomar un café.

–¡Papá, tienes que venir ahora mismo!

Al percibir el pánico en la voz de su hijo, Riley dejó bruscamente la cerveza, que se desparramó sobre su mano.

–¿Qué te pasa? ¿Qué ha ocurrido, Jacob? ¿Estás bien?

–Estoy bien, pero…

Aunque no podía estar seguro, Riley tuvo la sensación de que su hijo estaba llorando. El miedo estuvo a punto de paralizarle. Hacía mucho que no le oía llorar. Se lavó la mano y agarró las llaves del coche.

–¿Estás herido?

Jacob se aclaró la garganta. Era obvio que estaba haciendo un esfuerzo para evitar que le temblara la voz.

–No, pero… Buddy nos ha visto y… se ha puesto como

loco. Así que ella ha salido del coche. Entonces Buddy ha girado hacia ella. No parece que le haya hecho nada grave, pero la ha tirado y ahora está sangrando.

Hablaba a tanta velocidad que estaba olvidando los detalles más pertinentes.

—¿Quién es ella?

—¡Mamá!

¿Phoenix? Riley estaba ya en la puerta, pero se detuvo al oír aquella información. No pudo evitar sentirse traicionado al pensar que se habían reunido en secreto.

—¿Qué estabas haciendo con ella?

—Me la he encontrado en el Black Gold y... Yo solo quería enseñarle mi coche.

Riley podía imaginar lo que había pasado. Jacob estaba emocionado y orgulloso de su carnet de conducir, y también de aquel maldito jeep. Y, por supuesto, Phoenix no había podido rechazar una invitación de su hijo.

Abrió la puerta bruscamente y corrió hacia fuera.

—¿Dónde estás?

—En la esquina de Sutter y Kennedy, justo a la entrada del pueblo.

—Voy hacia allí.

—Se ha caído a una zanja, papá. Creo que se ha golpeado la cabeza con una piedra, pero no me deja llamar a la policía. Tristan dice que deberíamos llamar de todas formas. Yo lo haría, pero ella no quiera ni oír hablar del tema. Y no deja de intentar levantarse.

Riley subió a su camioneta, encendió el motor y puso la marcha atrás.

—¿Dónde está Buddy ahora?

—Se ha ido. Se ha marchado en cuanto la ha golpeado.

—¡Mierda! Ahora mismo voy hacia allí.

El trayecto solo le llevó cinco minutos, pero tuvo la sensación de que duraba una eternidad. Cuando por fin encontró el jeep, estaba aparcado fuera de la carretera, metido en el campo, como si Jacob hubiera aparcado en el primer lugar que había encontrado. A su lado estaban su hijo y Tristan inclinados sobre una persona. Tenía que ser Phoenix, aunque ambos le bloqueaban la vista.

Riley dejó la camioneta al lado del jeep y bajó de un salto. Jacob corrió a su encuentro antes de que hubiera podido rodear el vehículo.

–Me alegro de que estés aquí. Está herida, pero dice que no es grave, que las heridas en la cabeza siempre sangran mucho.

Riley no contestó. No podía decir nada hasta que no viera la herida.

–Estoy bien –Phoenix le rechazó con un gesto cuando le vio–. Ya le he dicho a Jacob que no tenía por qué molestarte. Solo ha sido un rasguño y algún golpe. Y la vergüenza de haber provocado una escena.

Se había dado un golpe en la cabeza. La sangre le empapaba la cara. Jacob la obligó a permanecer donde estaba cuando intentó levantarse y Riley tuvo la impresión de que había estado haciéndolo desde el principio.

–¿Qué te parece, papá? ¿Crees que deberíamos ir al hospital?

–No hace falta –insistió ella.

Riley se agachó a su lado y examinó la brecha que tenía en la sien. Él no era enfermero y no sabía si la herida necesitaba puntos. Era incluso posible que Phoenix hubiera sufrido una conmoción cerebral, pero parecía capaz de pensar de manera coherente y aquello era una buena señal. Cuando estaba en el instituto, uno de sus amigos había recibido un fuerte golpe en la cabeza durante un partido de rugby y, años después, Riley todavía podía recordarle repitiendo lo mismo una y otra vez y parloteando sobre cosas extrañas que ni siquiera estaban sucediendo.

Phoenix no estaba haciendo nada de eso.

–¿Qué ha pasado?

–Ya te lo he dicho... –comenzó a contestar Jacob, pero Riley le interrumpió.

–Quiero que me lo cuente ella.

Quería conocer su versión, pero también pensaba que sería una manera de saber si estaba pensando con la claridad que parecía.

–Ha sido Buddy. Estaba intentando sacar a Jacob de la carretera para obligarle a detenerse. Yo tenía miedo... tenía miedo de que provocara un accidente. Así que he salido del coche, pero justo en ese momento el semáforo se ha puesto en verde y Buddy ha tenido la oportunidad de ponerse en marcha y correr hacia mí. He saltado a la zanja y no ha podido darme, pero he caído mal y creo que me he dado un golpe en la cabeza.

–¿Y Buddy se ha ido después?

Phoenix asintió y le dirigió una débil sonrisa.

–Siento todo esto. No pretendía poner a Jacob en peligro. Solo hemos ido a dar una vuelta en el jeep.

–Tú no tienes la culpa.

Estaba tan enfadado con Buddy que apenas era capaz de hablar. Podía comprender la terrible pérdida que había sufrido. Y le compadecía por ello. Pero Buddy no tenía derecho a remontarse de nuevo al pasado, a actuar como juez, jurado y ejecutor de la sentencia. Phoenix ya había pasado por todo aquel proceso y había cumplido su condena.

–En cierto modo, sí –insistió, parpadeando para reprimir las lágrimas–. Sabía que iba a venir a por mí. Me ha enviado varias cartas, así que no puedo decir que esto haya sido del todo inesperado. Pero jamás se me habría ocurrido pensar que pudiera hacer algo que pusiera en riesgo a Jacob. Para serte sincera, ni se me había pasado por la cabeza.

–Yo me ocuparé de Buddy –respondió Riley–. Pero antes, me gustaría que te viera un médico, aunque no sea en el hospital.

Phoenix se tocó la cara. Cuando vio que tenía más sangre de la que esperaba, se limpió las manos en la hierba para evitar manchar la ropa nueva.

—Preferiría que me llevaras a casa. Ya me las arreglaré yo.

Comenzó a levantarse y Riley intentó ayudarla, pero ella retrocedió cuando le tocó el brazo y estuvo a punto de caerse.

—No quiero mancharte —le dijo, utilizando el jeep para apoyarse—. Deberías llevar a Tristan y a Jacob a casa. No he parado de decirles que tienen que marcharse por si a Buddy se le ocurre volver, pero no me hacen caso porque creen que la herida es seria.

Y lo parecía. Phoenix apenas podía sostenerse en pie. Intentaba disimular su inestabilidad apoyándose en el jeep, pero Riley era consciente de lo afectada que estaba.

—¿Y qué harás tú si vuelve? —le preguntó.

—Me esconderé y después volveré a mi casa.

—Andando.

Phoenix se secó la sangre que estaba comenzando a correr por sus ojos y miró a su alrededor como si no estuviera segura de qué dirección debía tomar.

—Me tomaré mi tiempo. Iré despacio.

—Tonterías —replicó Riley, y se dirigió a Jacob—. ¿Estás bien para conducir?

Jacob asintió.

—Lleva a Tristan a casa y yo me ocuparé de tu madre.

—No me puedo creer que Buddy haya hecho una cosa así —musitó el adolescente.

—Estoy seguro de que lo ha hecho sin pensar —dijo Riley.

Pero pensaba asegurarse de que Buddy pensara en las consecuencias de sus actos en el futuro.

Phoenix se apartó tambaleante del jeep para que los chicos pudieran marcharse, pero no permitió que Riley la ayudara. Cada vez que lo intentaba, alzaba las manos y le decía:

—No te preocupes. Estoy bien.

Jacob vaciló un instante. Todavía estaba muy impresionado.

—¿No debería quedarme con ella?

—No, yo me ocupo de esto —respondió Riley y se dirigió con desgana hacia el asiento del conductor.

Phoenix le hizo un gesto para tranquilizarle y Riley no pudo menos que admirarla. Era más fuerte que cualquiera de las personas que conocía. Era impresionante lo decidida que estaba a no apoyarse en él, ni literal ni figurativamente.

En cuanto Tristan y Jacob se fueron, Riley agarró a Phoenix del brazo. La retuvo cuando intentó apartarse y la guio hasta la camioneta.

—Vamos a un médico.

En el instante en el que mencionó la palabra «médico», ella se apartó de él.

—No, no necesito ir al médico.

—Quiero que te vea la herida y nos diga si hay que darte algún punto.

—Los médicos cuestan mucho dinero. Y... tengo otros planes para mis próximos ingresos.

¿Qué ingresos? Dudaba de que tuviera ninguno, pero no podía decírselo.

—Phoenix...

—¡Basta! He estado en peores condiciones. Esto no es nada.

Al observarla de cerca, advirtió que parecía estar mareada.

—En ese caso, hazlo para que Jacob se quede tranquilo.

—Por favor, no.

—¿No qué?

—No tengo dinero para ir al médico. Estoy segura de que lo sabes.

—Yo me ocuparé de pagarle —respondió.

Pero debería haberse imaginado que así no la convencería. De hecho, Phoenix se alejó de él e intentó avanzar por la calle a más velocidad de la que realmente podía.

—Estoy bien —insistió—. Ve a ocuparte de Jacob.
—¡Maldita sea, Phoenix! —corrió tras ella—. ¿Por qué tienes que ser tan cabezota? No es tanto dinero.

Phoenix no se había molestado en volverse, así que Riley parecía estar hablándole a su espalda.

—Sería tirar el dinero. Ya te he dicho que estoy bien.
—¡Estás a ocho kilómetros de tu casa! No vas a poder llegar.

Phoenix no hizo ningún comentario.

—Con tanta sangre en la cara, de aquí a poco no serás capaz de ver ni por dónde vas.

Una vez más, Phoenix prefirió no responder. Había conseguido agrandar la distancia entre ellos y era evidente que pensaba seguir alejándose. Pero él no iba a dejarla marchar. No sabía si estaba en condiciones de andar. Así que corrió tras ella y la levantó en brazos. Pesaba tan poco que no fue difícil.

—¡Ay! —gritó ella.

La había asustado. No esperaba aquel movimiento. Riley imaginó que le dolía la cabeza y el hecho de que estuviera retorciéndose no la ayudaba.

—Vamos a hacer las cosas a mi manera —le advirtió, y la llevó a la camioneta.

Phoenix tenía ganas de vomitar. El dolor, sumado a una fuerte dosis de vergüenza y arrepentimiento, le estaba pasando factura. No debería haber montado en el jeep de Jacob. Riley no quería que su hijo pasara tiempo con ella si no estaba él presente. No podía pensar en otra cosa mientras continuaba secándose la sangre que brotaba de una herida en algún lugar de su ceja derecha para evitar manchar la tapicería de la camioneta de Riley.

Hacía rato que había renunciado a evitar mancharse la ropa.

Riley parecía sombrío mientras conducía. Phoenix podía imaginar lo que estaba pensando: que ya sabía que su regreso iba a ser una pesadilla. Que debería haberse ido a cualquier otra parte. Que no tenía derecho a arruinarle la vida por segunda vez. Y, lo peor de todo, que Jacob estaba mucho mejor sin ella.

Era una pena que ella no se sintiera lo suficientemente bien como para cambiar la situación. Cuando todo aquello terminara, tendría que esperar para ver si todavía le permitía comunicarse con Jacob a través de Facebook e ir a alguno de sus partidos.

Al llegar al único semáforo del pueblo, Riley miró hacia ella y debió de darse cuenta de que estaba perdiendo la batalla contra la sangre. Phoenix no tenía nada con lo que limpiarla, así que él se quitó la camiseta.

—Toma. Utiliza esto.

Phoenix desvió la mirada para no ver su pecho desnudo. El mero hecho de aceptar su camiseta le parecía demasiado íntimo. Si hubiera tenido oportunidad, la habría rechazado, pero aquella maldita sangre no dejaba de brotar.

Cerró los ojos, presionó el suave algodón contra su cabeza y se apoyó en la ventanilla para evitar que la camiseta se moviera.

—¿Estás bien? —le preguntó Riley mientras aparcaban delante de una casa que Phoenix no reconoció.

No se molestó en contestar. No estaba bien, pero no solo por la herida. Más que ninguna otra cosa, estaba triste y decepcionada.

—¿Dónde estamos?

—En casa del doctor Harris. Es domingo. No vamos a encontrarle en la consulta.

—¡No podemos venir a molestarle a su casa! —protestó, pero Riley ya estaba saliendo de la camioneta.

—¡Maldita sea! —musitó Phoenix mientras él corría hacia la puerta.

Y se sintió todavía peor cuando el médico abrió, miró a Phoenix y le hizo a Riley un gesto con la cabeza. Por la expresión de Riley, supo que iba a tener que entrar.

Cuando fue a buscarla, no la ayudó a salir, como ella esperaba, sino que volvió a levantarla en brazos. Y en aquella ocasión fue peor porque iba con el pecho desnudo. Phoenix llevaba su camiseta enrollada en la mano.

Podía sentir la cálida piel de Riley contra la mejilla, así que intentó mover la cabeza para apartarse de él. Pero era tal el dolor que no aguantó mucho tiempo y él pareció impacientarse ante aquel intento de evitar su contacto, porque la agarró con fuerza para impedir que se apartara.

—Te has dado un buen golpe —dijo el médico mientras entraban en su casa.

—No ha sido para tanto.

El médico le hizo un gesto a Riley para que se dirigiera hacia la cocina y les siguió de cerca.

—Vamos a echarle un vistazo.

En cuanto Riley la sentó en la mesa, el doctor Harris le quitó la camiseta de la mano.

—Antes de decidir lo que tenemos que hacer, vamos a limpiar la herida.

Phoenix se preparó para soportar un palpitante dolor de cabeza que empeoraba a medida que iba recuperándose de la impresión.

—Solo es una brecha pequeña.

—Una brecha pequeña que va a necesitar un par de puntos —contestó el médico.

—Con una tirita con puntos de sutura valdrá. Es domingo. No creo que le guste estar haciendo esto.

—Relájate. No nos llevará mucho tiempo.

Aunque todo fue muy rápido, Phoenix no tenía otro punto al que mirar que no fuera Riley, que permanecía de pie cerca de ella con los brazos cruzados y expresión de inconfundible malestar.

El médico le limpió la herida y la examinó después para ver si necesitaba algún punto. Phoenix no había visto un hombre en aquel estado de desnudez desde hacía tanto tiempo que apenas podía apartar la mirada de Riley, de modo que tenía que obligarse a bajarla hacia su ropa, el suelo, el médico o sus propios zapatos. Pero, aun así, había visto lo suficiente de Riley como para afirmar que los cambios que se habían operado en su cuerpo desde que estaban en el instituto habían sido para mejor. El trabajo le mantenía en forma, de eso no había ninguna duda. Cualquier mujer le encontraría atractivo.

Pero no ella, se dijo a sí misma. Ella no podía permitirse ni la más ligera admiración o atracción.

—La cicatriz será mucho mejor si ponemos unos puntos —le explicó el médico.

—No importa. Bastará con una tirita. Ya tengo otras cicatrices.

Riley le preguntó al doctor Harris que si podía quedarse un minuto a solas con él. Ambos fueron al cuarto de estar y estuvieron hablando en voz tan baja que Phoenix no podía oírlos.

¡Dios! Odiaba todo aquello. Iba contra todo lo que se había prometido hacer cuando saliera de prisión. No quería darle a Riley ningún motivo para quejarse o lamentar su regreso al pueblo. No quería costarle dinero, ni problemas. Lo único que quería era mantenerse al margen de su vida y que reinara la paz entre ellos.

—Solo tardaré unos segundos en darte los puntos. Tengo un maletín en casa —le dijo el médico cuando regresaron a la cocina.

Phoenix quería protestar, pero era evidente que se habían unido contra ella. En caso contrario, el médico no habría regresado con la clara intención de ponerle esos puntos.

Tendría que encontrar la manera de pagar sus servicios. Era la única manera de salir con dignidad de aquella situación. De modo que mantuvo la boca cerrada y dejó que la cosiera. Cuando acabó, permitió también que Riley la llevara a casa.

Afortunadamente, los perros de su madre no estaban fuera cuando llegaron, pero toda la basura que tanto le había avergonzado que viera Kyle estaba allí, exhibiéndose ante Riley. Y ella odió que no fuera posible pasarla por alto.

El médico le había puesto anestesia local para coserla y le había dado algunos analgésicos. Como había cesado el palpitar de la cabeza, Phoenix pudo salir de la camioneta antes de que Riley pudiera rodearla para abrirle la puerta.

–Gracias por la ayuda –le dijo cuando pasó por delante de él–. No sé qué has acordado con el médico respecto a la cuenta, pero me gustaría que me la enviaras cuando la recibas. A lo mejor tengo que pagarla a plazos, pero lo haré. Y también te compraré una camiseta.

El médico les había devuelto la de Riley, pero estaba hecha una bola sobre las alfombrillas del coche, demasiado empapada en sangre como para que pudiera ponérsela.

Consciente de que no querría ni tocarla por los peligros que podría entrañar, se acercó de nuevo a la camioneta y miró hacia el interior.

–Mira, voy a tirarla para que tú no tengas que...

Él la agarró del brazo.

–Déjala.

Phoenix hizo lo que le pidió. A lo mejor pretendía conservarla. Quizá fuera su camiseta favorita.

–Me hicieron la prueba del SIDA y de otras enfermedades contagiosas antes de salir y no tengo nada.

–Me alegro de saberlo –contestó él, pero no parecía preocupado–. Vamos a tu casa.

Para desazón de Phoenix, insistió en ayudarla a meterse en el tráiler, lo que la hizo lamentar el no haber terminado de arreglarlo. Había trabajado cuanto había podido, pero para el resto de las mejoras necesitaba un dinero del que no disponía.

Riley le sostuvo la puerta mientras ella entraba.

—El médico ha dicho que tienes que dormir.

—Pienso ir directa a la cama.

Anticipando ya el alivio que sentiría cuando pudiera meterse en la cama e intentar olvidar la humillación de que Riley hubiera tenido que rescatarla, se volvió para despedirse de él. Pero Riley no estaba en las escaleras. De hecho, ella tuvo que apartarse porque la había seguido al interior de la casa.

—El médico cree que no estás comiendo lo que debes –le dijo con el ceño fruncido.

¿Qué demonios estaba haciendo en su cuarto de estar? No le quería allí. La casa todavía no estaba arreglada. Ella pretendía tenerla acabada antes de que Riley hubiera ido a inspeccionarla.

—Siempre he sido muy delgada.

—Estar malnutrida es otra cosa.

¿Por qué tenía que hablar de su dieta? Eso no era asunto suyo.

—Bueno, ya sabes lo que se dice de la comida de la prisión.

Lo dijo como si fuera una broma, pero lo cierto era que ella había comido lo menos posible. La comida la preparaban otras reclusas y había oído demasiadas historias sobre el contenido de aquellas comidas.

—También ha dicho que necesitas que alguien te despierte cada pocas horas.

—Ya lo he oído. Pero no tengo ninguna contusión.

Le resultaba difícil no clavar la mirada en el pecho de Riley. Aquellos músculos eran de lo más atrayentes por mucho que quisiera evitarlo.

—Eso no lo sabemos. Es mejor prevenir que lamentar.

—Muy bien –permaneció en la puerta.

A lo mejor se iba y ella podía dejar de devorarle con la mirada. El hambre que sentía tenía mucho más que ver con el deseo de contacto físico que con la comida.

—¿Muy bien qué?
—Tendré... cuidado.
—Me estaba preguntando que quién va a despertarte.
—Mi madre, por supuesto —señaló hacia el otro tráiler—. Vive allí mismo.
Riley volvió a fruncir el ceño.
—Pero no sale nunca de casa.
Lizzie se sentía más segura manteniéndose al margen de miradas ajenas.
—Vendrá a ver cómo estoy —repuso Phoenix.
Pero era mentira. Ni siquiera pensaba contarle a su madre lo que había pasado. Iba a echarse una siesta. Después, haría un esfuerzo y se pondría a hacer pulseras suficientes como para poder pagar la cuenta del médico.
—¿Estás segura?
Phoenix imprimió más energía a su voz, esperando poder convencerle.
—Claro que sí. Deberías volver a tu casa. Estoy segura de que Jacob está preguntándose dónde estás.
A Riley pareció ofenderle que tuviera tanta prisa por deshacerse de él.
—Mira, ya sé que no te caigo muy bien, Phoenix, y no te culpo. Has pasado por un infierno y toda esa etapa de tu vida está asociada a mí. Pero... no quiero empeorar las cosas. Solo estoy intentando ayudar.
—Porque piensas que lo necesito, pero no. No sé de dónde has sacado la idea de que me caes mal, porque te estoy muy agradecida por todo lo que has hecho por Jacob. Has sido un padre fabuloso.
—Bonita manera de cambiar de tema —murmuró él.
Gracias a los analgésicos que le había dado el médico, el dolor de cabeza de Phoenix había desaparecido, pero no estaba del todo lúcida. Lo sabía porque, por mucho que intentara no hacerlo, estaba mirando el pecho de Riley. Y, peor aún, deseaba acariciarlo. De hecho, deseaba acariciarle a él.

—¿Perdón?

—El hecho de que haya sido o no un buen padre no tiene nada que ver con lo que acabo de decir.

—Sí, ya lo sé —respondió, intentando mantener la coherencia—. Pero es importante que comprendas lo mucho que aprecio tus esfuerzos, todo lo que has hecho para que Jacob disfrute de una buena vida. Es un chico magnífico. Y estás siendo muy compasivo conmigo porque soy su madre. Pero esa es una carga que no tienes por qué llevar. No estoy tan indefensa como parezco. Aunque esta venda me dé un aspecto patético.

Se echó a reír, pero Riley no rio con ella.

—En resumidas cuentas, no tienes por qué tomarte ninguna molestia. Y, solo para que estés tranquilo, como nunca hemos tenido oportunidad de hablar sobre ello, al menos siendo adultos, sé que me convertí en un estorbo para ti y no pienso volver a hacerlo. Por favor, no tengas miedo de que vuelva a pasar. Entonces solo era una adolescente enamorada incapaz de controlarse.

Aquellos malditos analgésicos la estaban haciendo hablar más de la cuenta, pero imaginaba que podía reflexionar sobre todo aquello estando a solas con él. No iba a llamarle nunca para hablar de aquel tema. No iba a llamarle para nada, a no ser que surgiera alguna emergencia y necesitara localizar a Jacob.

—Tú fuiste el primer chico que… Bueno, ya lo sabes.

Riley la estaba mirando con tanta intensidad que Phoenix no pudo seguir mirándole a los ojos.

—Lo recuerdo. Yo también estaba allí.

—Pensaba que, a lo mejor, habías bloqueado todos aquellos recuerdos. Pero es probable que una chica en esa situación sienta esa clase de… apego, ¿no crees? Seguro que puedes entenderlo.

Riley no dijo que lo comprendiera. No dijo nada, de modo que ella continuó.

—Era demasiado ingenua como para darme cuenta de que un «te quiero» para un chico significa algo distinto de lo que significa para una chica, eso es todo. Pensaba que los dos lo decíamos en serio, pero, a esa edad, ¿cómo íbamos a ir en serio?

Dios santo, ¿qué estaba diciendo? ¿Tendría sentido? Intentó explicarse.

—Yo ponía demasiada carga en aquellas dos palabras... Y también le daba demasiada importancia al sexo. Estaba completamente ciega –volvió a reír para hacerle saber lo ridículo que a ella misma le parecía–. Y después entré en pánico al enterarme de que estaba embarazada –se colocó un mechón de pelo empapado de sangre detrás de la oreja–. No estoy justificando mi conducta, no me malinterpretes. Sé que no debería haberte llamado tantas veces ni haber ido a tu casa. «Vete» es «vete». No puedo decir que te oyera decirlo muy a menudo, pero, a lo mejor, eso es porque no quería oírlo. En cualquier caso, lo que quiero que comprendas es que nunca he pretendido forzarte a darme tu afecto. Ahora, y a pesar de mi falta de experiencia con los hombres, sé algo más sobre cómo funcionan las cosas, así que no tienes por qué preocuparte.

—Ahora comprendes cómo funcionan las cosas –repitió él.

Eran muchas las cosas que había soltado en aquella perorata. ¿Por qué se habría fijado Riley en aquella en particular? ¿Estaría haciéndose comprender?, se preguntó Phoenix.

—Sí. Y, seguramente, mejor que la mayoría de la gente.

—Y «te quiero» significa algo diferente para un chico.

Su voz tenía un filo de aspereza que la hizo temer que no se estuviera tomando lo que le estaba diciendo como la disculpa que pretendía ser.

—Exacto. El sexo y el amor son cosas diferentes y a los hombres les resulta más fácil que a las mujeres distinguir entre ambas cosas. Eso es lo único que estoy diciendo. Ahora lo comprendo.

—Lo entiendo. Una gran lección.

¿Estaría siendo sarcástico? Phoenix estaba demasiado confundida como para saberlo.

—Una lección que necesitaba. Y, teniendo en cuenta cómo la aprendí, jamás la olvidaré.

Un músculo se movió en la mejilla de Riley.

—Lo siento —se disculpó ella—. ¿He dicho algo malo? Estaba intentando disculparme por… por haberme enamorado de ti. O por haberme aferrado a ti cuando debería haberte dejado marchar.

Nada de aquello estaba saliendo bien. Lo sabía, así que intentó dejar de explicarse y optó por abordar la cuestión de forma más directa.

—Con independencia de todo lo demás, ahora sé que jamás volveré a hacer nada como aquello, ni nada que pueda hacerte sentir incómodo.

Ya estaba. Había quedado claro. Sonrió, esperando que lo que había dicho por fin contara con su aprobación. Pero él continuaba mirándola con aquel maldito ceño fruncido.

—¿Qué pasa? —le preguntó.

—Nada. No te preocupes. Lo has clavado. Y de forma muy inocente.

Phoenix se llevó las manos a la sien. Desde luego, los analgésicos la habían afectado.

—Admito que no soy capaz de pensar con claridad. ¿Qué es lo que he clavado?

—Lo que has dicho sobre que no se puede confiar en un hombre —respondió—. Que los hombres no saben lo que es el amor.

Sonaba un poco duro. ¿De verdad le había dicho eso?

—Bueno, a lo mejor no todos los hombres son iguales —se corrigió.

—De acuerdo. Solo soy yo —respondió él, y se fue.

—¡Estaba intentando disculparme! —gritó ella tras él.

Riley sacudió la cabeza y se volvió.

–¿Por haberte enamorado de mí?

Phoenix intentó seguirle hasta la entrada, pero estaba demasiado débil como para moverse a la misma velocidad. Se inclinó contra la puerta.

–¡Eras tú el que no querías que me enamorara de ti! Te juro que no te culpo de nada de lo que ocurrió. Solo estoy intentando buscar la manera de convivir contigo. No quiero que sufras porque quiera conocer a Jacob, no quiero que te sientas como si mi presencia pudiera costarte a ti algo. Ni siquiera lo que has tenido que hacer hoy –se señaló la cabeza–. La visita al médico, el trayecto hasta mi casa... Siento que hayas tenido que tomarte tantas molestias y me gustaría que me hubieras dejado manejar a mí la situación.

–¿Crees que puedes manejar a Buddy?

–Tendré que hacerlo –contestó–. Él no es problema tuyo.

–Sí, claro que lo es. No va a salirse de rositas después de lo que ha hecho.

Aquella respuesta la impulsó a salir a pesar de lo mucho que le temblaban las piernas.

–No digas eso. No quiero que te involucres en esto. No quiero que pierdas esa amistad por mi culpa.

–Porque él sería mucho mejor amigo que tú.

Phoenix se echó a reír otra vez, esperando que por fin se animara.

–No creo que mucha gente pueda ofrecerte menos que yo.

Riley negó con la cabeza y volvió a mirarla.

Phoenix se apartó los mechones manchados de sangre de la cara. Tenía que tener un aspecto desastroso, toda cubierta de tierra y polvo por culpa de la caída.

–No tienes por qué sentirte mal, Riley. Tú lo tienes todo. Disfruta de la vida y sigue viviendo como lo has hecho hasta ahora –le dijo, y cerró la puerta.

Capítulo 7

Durante el camino de vuelta hasta su casa, Riley estuvo maldiciendo para sí mientras repasaba todo lo que Phoenix le había dicho. Sus palabras no le habrían afectado tanto si le hubiera estado acusando de algo o se hubiera mostrado resentida. En ese caso, se habría puesto a la defensiva. Pero había asumido la responsabilidad de todo lo ocurrido, aunque había sido él el que le había confesado su amor y después la había hecho perder la virginidad. Por supuesto, ella había dado por sentado que podía confiar en él porque ella había sido completamente sincera.

Era comprensible que se hubiera hundido cuando había roto con ella. Pero era cierto que él no pretendía ponerla en aquella situación. Phoenix no tenía ni idea de las presiones que había recibido de sus padres, de sus profesores, de todo el mundo, para que se alejara de ella. Nadie quería que saliera con la hija de Lizzie. Había sido su madre la que había querido que saliera con Lori, la hija de su mejor amiga. Riley nunca había tenido el menor interés en Lori. Para él, Phoenix era tan especial como le había dicho en su momento.

A lo mejor aquella era la razón por la que le había afectado tanto que quitara importancia a lo que él había dicho y hecho, que hubiera juzgado el papel que había jugado en su relación como algo frívolo, que hubiera remarcado la diferencia entre lo que sentían los hombres y las mujeres, entre el sexo y el amor. Pero era lógico. Él la había abandonado, no había sido lo bastante maduro como para mantenerse firme frente a sus padres. ¡En aquel entonces ni siquiera estaba convencido de que debiera hacerlo! Para él, sus padres siempre tenían razón, eran el faro en el que confiaba. No había querido perder ni el cariño ni la aprobación de sus padres. Y, desde luego, lo último que quería era arruinar su futuro, como sus padres habían insistido en hacerle ver.

De modo que, aunque de manera involuntaria, había arruinado el futuro de Phoenix. Si no hubiera puesto en marcha aquella cadena de acontecimientos, Lori todavía estaría viva.

Pensaba en ello algunas veces, a última hora de la noche, cuando intentaba averiguar cómo debería tratar a la madre de Jacob. Pero con el apoyo de sus padres, con el apoyo de todo el mundo, siempre había podido justificar su conducta, creyendo que Phoenix, empujada por los celos, había hecho algo imperdonable.

Sin embargo, cuanto más trataba a Phoenix, más fácil le resultaba creer la explicación que daba ella a aquel trágico acontecimiento.

Aparcó en el camino de su casa en vez de en el garaje porque quería volver a salir. Corrió al interior de la casa, un edificio de dos pisos que había construido cuatro años atrás, para ponerse una camiseta limpia y ver cómo estaba Jacob.

–¿Mamá está bien? –preguntó Jacob, que salió de su habitación en cuanto le oyó cruzar la puerta.

–Se pondrá bien –al menos, eso esperaba.

El médico le había asegurado que se recuperaría. Pero le había parecido una locura dejarla sola en casa, medicada y con una posible contusión. El tráiler no tenía aire acondicionado y ella no tenía teléfono. ¿Cómo iba a pedir ayuda si la necesitaba? ¿Y si no podía avisar a su madre? ¿Y a quién llamaría, incluso en el caso de que pudiera llegar al tráiler de Lizzie?

Era posible que ni siquiera pudiera levantarse de la cama, así que Riley decidió volver para ver cómo estaba. Era imposible confiar en que Lizzie se hiciera cargo de nada. Era la persona más disfuncional que había conocido nunca. Si no volvía, no estaba seguro de que Phoenix fuera a cenar siquiera y aquello le preocupaba. El médico había dejado claro que tenía que tener algo en el estómago para tomarse los analgésicos que le había recetado.

Jacob se apartó de su camino para que Riley pudiera ir al dormitorio y después le siguió.

–¿La has llevado al médico?

–Sí –sacó una camiseta de un cajón y se la puso por encima de la cabeza–. Le ha limpiado la herida y le ha puesto puntos.

–¿Han tenido que ponerle puntos? ¿Cuántos?

–Seis. Era un buen corte, pero no tan grave como parecía. Como ella misma ha dicho, las heridas en la cabeza sangran mucho.

Jacob se dejó caer en la cama mientras Riley iba al baño principal para lavarse las manos y la cara.

–Yo me he dado un susto de muerte –dijo, elevando la voz para que su padre pudiera oírle por encima del sonido del agua–. Cuando he visto que era Buddy, al principio he pensado que estaba jugando conmigo. Pero en cuanto le he visto la cara, me he dado cuenta de que íbamos a tener problemas.

El miedo que debía de haber sentido su hijo en aquel momento le hizo revivir su enfado. Jacob solo conducía desde hacía seis meses.

–¿Tú pensabas que Buddy podría hacer algo así? –le preguntó Jacob.

No, Riley sabía que no le hacía gracia que Phoenix regresara al pueblo, pero aquello era ridículo.

−Ahora mismo voy a ir a la comisaría para hablar con Bennet. ¿Por qué no vienes conmigo para explicarle lo que ha pasado?

−¿Vas a denunciarle?

−Por supuesto. No tiene ningún derecho a hacer lo que ha hecho.

Jacob pareció vacilar.

−Pero si mamá ni siquiera te cae bien.

−Yo nunca he dicho eso.

−No te hacía mucha gracia que volviera al pueblo. Y no querías que fuéramos a desayunar con ella.

−No estaba seguro de en qué tipo de persona se habría convertido. Eso es todo.

−¿Y ahora te parece que es una buena persona?

−Digamos que le estoy concediendo el beneficio de la duda. Siempre y cuando no me haga perder mi confianza en ella, no me importa que esté aquí.

−Pero, si te pones de su parte, tendremos que enfrentarnos a Buddy y eso no traerá nada bueno. La abuela tiene muy buena relación con los Mansfield. Está siempre con ellos y eso significa que tendremos que seguir viendo a Buddy de vez en cuando.

−A veces uno tiene que hacer lo que cree correcto con independencia de cuáles sean las consecuencias.

Jacob no hizo ningún comentario, así que Riley pensó que a lo mejor se había marchado.

−¿Jacob?

−¿Crees que tengo razón?

−Sí.

Cuando Riley regresó al dormitorio, Jacob estaba todavía en la cama.

−Será mejor que te calces. Tenemos que irnos ya.

Su hijo se levantó, pero no se dirigió hacia la puerta. Se

acercó a él y le dio un abrazo. Fue un abrazo de hombre, un breve apretón. Pero resultó más significativo por inesperado.

–Gracias, papá.

Cuando Riley volvió al tráiler de Phoenix, todo parecía estar en silencio. No quería sacarla de la cama si estaba durmiendo, así que llamó con delicadeza y, como no contestó, intentó abrir la puerta. Estaba cerrada. Pensó que tendría que despertarla de todas formas, hasta que se dio cuenta de que no había echado el cerrojo y entonces fue capaz de abrir sin ningún problema.

Dentro hacía calor, pero no tanto como para que pudiera considerarse peligroso. Le preocupó más el hecho de que no pareciera haberse levantado desde que la había dejado cuatro horas atrás. En el tráiler no había cambiado nada.

Después de dejar la sopa que había comprado en Just Like Mom's en la encimera de la cocina, junto con la mochila y el bolso que se había dejado en el jeep de Jacob, cruzó el pasillo y dio unos golpecitos en la pared de panel para alertarla. No quería asustarla.

–¿Phoenix? Soy yo, Riley.

No hubo respuesta, pero la puerta del dormitorio estaba entreabierta, así que asomó la cabeza. Phoenix se había duchado, pero no había podido hacer mucho más. Se había tumbado en la cama con una toalla alrededor de la cabeza y parecía estar desnuda bajo la sábana que la cubría. Con el calor que hacía, no podía culparla, pero la visión de sus brazos y sus hombros desnudos y el perfil de su rostro le hizo detenerse. Era muy guapa, sí, incluso estando agotada.

–¿Phoenix?

Nada.

Se movió al otro lado de la cama y le tomó la mano.

–Hola, Phoenix, ¿estás bien?

Phoenix farfulló algo sobre que estaba bien, dio media vuelta y apartó la mano. La sábana cayó en el proceso, mostrando su espalda desnuda, en la que se había tatuado el nombre de Jacob y la fecha de su nacimiento, escritos ambos en cursiva. Un poco más abajo tenía una cicatriz de forma extraña, además de los arañazos recientes que se había hecho en la zanja.

Desvió la mirada antes de que su vista alcanzara algo más revelador y musitó un juramento. Al ver lo frágil y pequeña que parecía allí tumbada, maldijo a Buddy por estar complicándole una situación ya de por sí bastante difícil.

—Phoenix —le dijo, sacudiéndola con suavidad—. Es hora de levantarse. Te he traído algo de cenar.

—Más tarde —musitó ella.

Imaginando que ya había cumplido con las indicaciones del médico, que le había recomendado hacerla hablar, Riley decidió concederle otra hora de descanso. Era mucho lo que había sufrido aquel día. A lo mejor, en aquel momento, el descanso era más importante que la comida.

—De acuerdo, te despertaré dentro de un rato —le dijo.

Cuando estaba cerrando la puerta del dormitorio, le vibró el teléfono en el bolsillo. Era Jacob, que quería tener noticias de su madre.

Está bien. Durmiendo, le escribió Riley mientras entraba en el cuarto de estar. Jacob había querido acompañarle, pero tenía que reunirse para hacer un trabajo en grupo. Riley le había dicho que podía pasarse más tarde.

¿Pero qué hacer hasta entonces? Phoenix no tenía televisión. No tenía casi nada, por lo que pudo ver mientras recorría su casa. Había un dormitorio en el lado más alejado del comedor que había amueblado con el mismo mobiliario de desecho con el que había llenado el resto de su casa. Vio una cómoda combada, una cama sobre unos ladrillos de hormigón y algunas estanterías hechas a mano. Todo parecía recuperado de un vertedero, pero estaba limpio. El tráiler entero estaba limpio. Olía al amoniaco de cualquiera que fuera el producto que había utilizado.

En la cocina se encontró con un pequeño microondas barato, pero no estaba seguro de para qué lo utilizaba. Aparte de la comida que Kyle y él le habían llevado, tenía los armarios vacíos. Cuando abrió la nevera para sacar la sopa descubrió que estaba casi tan vacía como los armarios. Había un cuenco con gachas de avena a medio comer, una manzana y un poco de humus en las estanterías. Pudo ver así cuál era la base de su alimentación. Pero aquella no era una dieta equilibrada. Era casi un misterio que hubiera tenido fuerzas para hacer aquella limpieza. Había pruebas de su trabajo por todo el tráiler. Por ejemplo, estaba quitando el papel de las paredes del cuarto de estar, pero ni siquiera tenía una rasqueta. Por lo que pudo ver, había estado utilizando el cuchillo de la mantequilla y una cuchilla. Los dos estaban colocados en una esquina de una mesa tambaleante.

Sacudió la cabeza al pensar en lo tedioso y concienzudo que tenía que ser aquel proceso, pero, aun así, llevaba el trabajo bastante avanzado a fuerza de pura determinación. Estaba acostumbrada a arreglárselas con cualquier cosa, pensó, y aquello le hizo acordarse de la bicicleta. Así que llamó a Noah.

Noah contestó con un:

–¿Qué pasa, Riley?

Sabía quién era por el identificador de llamadas.

–Nada en especial. ¿Qué planes tienes para hoy?

–Estoy a punto de cerrar la tienda para ir a casa a cenar con mi mujer. Creo que está preparando su famoso pastel de carne. ¿Quieres venir?

–No, ando liado. Solo te llamaba porque tengo una bicicleta vieja que me gustaría que arreglaras.

–¿Qué clase de bicicleta?

Noah vendía sobre todo bicicletas de montaña de alta

gama, así que daba por sentado que Riley sería capaz de decirle el nombre y el modelo.

—Es una bicicleta con marchas que debe de tener veinte años como poco. Necesita ruedas y, a lo mejor, otras muchas cosas.

—Pero Riley, ¿qué haces tú con una porquería de bicicleta como esa cuando yo tengo una tienda? Pásate por aquí. Te venderé una bicicleta perfecta a precio de coste.

—En realidad no es mía.

—¿De quién es?

Riley permanecía junto a la ventana del segundo dormitorio, contemplando la deprimente vista del patio de Lizzie.

—Es de Phoenix.

Se produjo una ligera pausa.

—También puedo ayudarla a ella, si tú quieres.

—No tiene dinero. Pero tampoco tiene coche y necesita algún medio de transporte para moverse por aquí.

—Ya entiendo –hubo otro breve silencio–. ¿Cómo está yendo todo, por cierto? El viernes, cuando estábamos en la cafetería, no parecías muy entusiasmado con su vuelta.

—Ya no me importa –contestó, sintiéndose culpable por haber despotricado sobre su inminente regreso.

—¿De verdad?

—De verdad.

—¿Eso significa que no tiene cuernos en la cabeza ni lleva un tridente en la mano?

—Es igual que todo el mundo.

Consideró la posibilidad de contarle a Noah lo que Buddy había hecho y hablarle de la apatía con la que el jefe de policía había recibido la noticia cuando Jacob y él habían ido a quejarse. Era lógico, les había dicho, que todavía le guardara rencor, pero estaba seguro de que Buddy lo superaría. Los Mansfield eran buena gente y Buddy estaba pasando una mala época desde que su esposa le había dejado. Palabrería. Aunque Bennet les había asegurado que se ocuparía de ello, Riley se había marchado con la clara impresión de que no pensaba hacer nada más que hacerle una advertencia.

Por mucho que le irritara, Riley no quería dar lugar a una conversación sobre el tema en aquel momento. A pesar de lo desorientada que parecía cuando había intentado despertarla, siempre había alguna posibilidad de que Phoenix pudiera oírle.

–Me alegro –dijo–. Eso le facilitará las cosas a Jacob.

–Estoy de acuerdo.

–¿Y cuándo piensas traerme la bicicleta?

–¿Mañana te parece bien?

–Me parece estupendo. Abrimos a las diez, pero si tienes que ir antes a trabajar, puedes dejarla en el porche y puedo llevarla yo a la tienda.

Riley le dio la espalda a las montañas de escombros que podía ver desde la ventana. ¡Menudo lugar para crecer!

–De acuerdo. ¿Tienes alguna idea de cuándo podrías tenerla terminada?

–Ha empezado ya la temporada de ciclismo, así que estamos hasta arriba. Pero como tú conoces al dueño, no tienes por qué preocuparte.

Riley sonrió al oír su tono jocoso.

–Es bueno tener amigos en las altas esferas. Gracias.

–De nada. Si alguna vez necesito reparar el tejado, espero el mismo tratamiento –bromeó Noah.

–Hasta mañana.

Riley suspiró mientras colgaba. Y entonces comprendió que no tenía por qué esperar aburriéndose sin hacer nada. Tenía las herramientas en la camioneta. Podía terminar que quitar el papel de las paredes.

En menos de una hora había terminado, pero Phoenix no se había movido, así que comenzó a buscar otras ocupaciones. Arregló las bisagras de los armarios de la cocina para que cerraran bien, sustituyó una mosquitera rota y reparó una fuga que había debajo del fregadero. Seguía en busca de más reparaciones de las que ocuparse cuando abrió una puerta que daba al pasillo y descubrió el taller de Phoenix.

—¿Qué demonios es esto? —musitó, pero era obvio.

La pulsera que le había regalado a Jacob la había hecho ella. Y había otras muchas. Pulseras de diferentes tipos, trenzadas, con piezas de madera tallada, con cuentas de plata, colgaban de un perchero clavado encima de la mesa y había una pila de paquetes preparados para ser enviados en la pared más alejada. Una estantería hecha con un tablón de madera y apoyada en dos ladrillos de hormigón contenía toda una colección de punzones, tijeras para el cuero y estampadores. En otra estantería vio cuencos con cuentas, piezas de metal, hebillas e incluso plumas, y toda la habitación olía como las tiras de cuero guardadas en una vieja maleta que descansaba abierta en una de las paredes del taller. Había también una pizarra con nombres, marcas de verificación y lo que decidió debía de ser un código de estilo.

Phoenix no le había comentado que tenía un negocio. ¿Por qué se lo habría guardado para sí?

No tenía ni idea, pero aquella pequeña fábrica de pulseras le hizo sonreír. Lo que había conseguido Phoenix era impresionante, teniendo en cuenta todo lo que había sufrido.

Se preguntó dónde las vendería.

Pero, de pronto, la puerta del dormitorio de Phoenix chocó con fuerza contra la pared, haciendo retumbar toda la casa. Se había levantado.

Dando por sentado que estaría preparada para comer, Riley salió del taller y se detuvo en seco.

Capítulo 8

Phoenix se sentía tan desorientada que estaba convencida de que el médico se había excedido en la medicación. A aquellas alturas ya debería haber superado el efecto de la medicación, dijo para sí. Pero ni siquiera podía caminar recto. Tenía que apoyarse en las paredes para mantener el equilibrio e ir palpándolas porque los párpados se le cerraban.

O a lo mejor eran las consecuencias del golpe. Había aterrizado con mucha fuerza en el suelo.

Estaba tambaleándose e intentando alcanzar el baño del pasillo, porque el de su dormitorio no funcionaba, cuando oyó un sonido atragantado. Se quedó helada. Se apartó el pelo de la cara y descubrió a Riley en el marco de la puerta de su taller, a menos de dos metros de distancia, con la mandíbula desencajada.

Soltó un grito sin poder evitarlo y el aturdimiento se evaporó al instante. ¡No llevaba una sola prenda de ropa encima! Hasta la toalla con la que se había envuelto la cabeza se había quedado en la cama.

Dio media vuelta e intentó regresar al dormitorio, pero la puerta golpeó contra la pared y rebotó con tanta fuerza que volvió a cerrarse. Y debió de desencajarse la cerradura, porque fue incapaz de abrirla. Lo único que pudo hacer fue taparse los senos todo lo posible mientras intentaba abrir la puerta empujándola con el hombro.

—¡Espera! ¡Para! —gritó Riley—. Vas a hacerte daño. Tranquilízate, ¡me estás asustando!

Se quitó la camiseta y, por segunda vez en el día, se la tendió. Pero Phoenix estaba temblando de tal manera que no fue capaz de ponérsela, así que dio un paso hacia ella para ayudarla. Tras colocar las mangas para que pudiera meter los brazos, se la metió por la cabeza y la bajó, haciéndola sentir el calor del algodón a lo largo de su cuerpo.

Después, permanecieron el uno frente al otro, midiéndose con la mirada y respirando con tanta intensidad como si acabaran de correr una carrera.

—¿Qué estás haciendo aquí? —preguntó Phoenix cuando por fin recuperó el habla.

Afortunadamente, Riley era mucho más grande que ella, de modo que la camiseta le llegaba a medio muslo. Ya no se sentía expuesta. Sin embargo, estaba muerta de vergüenza. Riley era el único hombre con el que se había acostado, algo, que, de pronto, cobró una especial relevancia.

Con aspecto de estar también él un poco incómodo, Riley se pasó la mano por la cara. Era evidente que aquel grito espeluznante le había asustado.

—Lo siento. Pensaba que sabías que estaba aquí. He venido hace un par de horas para ver cómo estabas. Te he hablado y me has contestado. He estado entrando y saliendo, clavando cosas, trabajando...

Phoenix no recordaba nada. De lo único que se acordaba era de que se había metido en la cama.

—¿Has estado clavando cosas?

Aquello despertó su atención porque era lo último que esperaba que dijera. ¿Por qué iba a estar clavando nada en su casa?

Riley se encogió de hombros.

—He pensado que podía hacer algo útil.

—¿Haciendo qué?
—Arreglando unas cuantas cosas mientras estaba aquí.

¿De verdad tenía que ser testigo de cómo estaba viviendo? Esperaba no haberle pedido ayuda cuando le había hablado dormida. Desde luego, no era esa su intención.

—¿Y cómo has sabido por dónde empezar? —le preguntó, como si no le doliera el ser consciente de lo patética que debía de parecerle su vivienda.

—Esa ha sido la parte más difícil. Todavía quedan muchas cosas por hacer. Pero no puedo decir que haya estado en silencio, por eso pensaba que mi presencia no te sorprendería.

—No pensaba volver a verte —le explicó—. Por lo menos, hoy. Estoy intentando preparar una habitación para Jacob, por si estás dispuesto a dejarle pasar algún fin de semana en mi casa de vez en cuando. Pensaba pedirte que vinieras a inspeccionarla cuando terminara, pero... todavía no está lista.

—¿Esa es la habitación que está al otro lado? —señaló hacia el final del tráiler—. ¿Esa habitación es para Jacob?

—Solo si cuento con tu permiso, por supuesto. Espero que pueda venir a verme de vez en cuando, eso es todo. No quiero hacer nada... nada que pueda molestarte o que amenace la relación que tienes con tu hijo.

Riley la miró con una expresión que la hizo preguntarse si no debería haber mantenido la boca cerrada.

—No siempre pienso lo peor sobre ti, ¿sabes?

Ella negó con la cabeza.

—No te estoy acusando de nada. Lo único que quiero es dejar claras cuáles son mis intenciones para que puedas confiar un poco más en mí...

—Creo que tú también podrías confiar un poco más en mí. En cualquier caso, te he traído sopa. ¿Puedo convencerte de que te la tomes?

¿Sopa? Cuando había salido de prisión, se había preparado para pasar por alto sus desprecios, para responder a cada gesto de crueldad con otro de amabilidad. Pensaba que aquella sería la única manera de poder construir una relación con Jacob. Pero Riley estaba siendo mucho más amable de lo que había anticipado y no estaba segura de cómo enfrentarse a aquella actitud. No tenía mucha experiencia al respecto.

—No tenías por qué traer nada, pero te lo agradezco. Después de comer, intentaré entrar otra vez en el dormitorio para poder devolverte la camiseta. No quiero retenerte.

Intentó girar el pomo otra vez, estuvo meneándolo con la esperanza de hacerlo girar, pero no lo consiguió. Al parecer, aquel día nada iba a salir bien.

Riley la observaba con los brazos en jarras.

—¿Tiene alguna clase de truco?

—Supongo que se queda atascada cuando se cierra de golpe, lo cual es una novedad para mí. Pero ya se me ocurrirá algo —renunció a seguir intentándolo al no ver recompensados sus esfuerzos—. Las ventanas están abiertas. Siempre puedo cortar la mosquitera y meterme por la ventana. Sí, eso es lo que voy a hacer. Espera un momento.

—¿Quieres que me quede esperando? ¿No sería más fácil que fuera yo el que te levantara?

La imagen que apareció en la mente de Phoenix, de Riley metiéndole la mano bajo la camiseta, la hizo arder de vergüenza.

—No, no hace falta. No voy vestida... como para hacer algo así.

—¿Y no te parece más importante intentar volver a tu dormitorio para preservar tu pudor?

Phoenix sintió que se sonrojaba.

—Yo no pretendía que pasara esto. Espero que me creas. De verdad, no sabía que estabas aquí.

—Lo sé.

—¿De verdad? ¿Lo sabes? Porque tenía miedo de que pudieras empezar a pensar que me he presentado desnuda delante de ti a propósito, para excitarte o algo así. Pero te juro que no es ese el caso. Lo que quiero decir es que... si de verdad estuviera intentando llamar la atención de un hombre de ese modo, por lo menos me habría peinado –rio entre dientes con la esperanza de que le viera la lógica, y el humor, en lo que estaba diciendo–. Ninguna mujer se presentaría delante de un hombre con aspecto de acabar de ser atropellada.

–No creo que lo hayas hecho a propósito. El terror que traslucía tu cara y el hecho de que hayas estado a punto de romperte el hombro intentando escapar me indicaban que el pánico era auténtico.

Su tono tenía una ligera ronquera que la hizo preguntarse qué le estaría pasando por la cabeza. No parecía aliviado, como ella habría asumido que estaría tras su declaración. Pero parecía creerla, de modo que prefirió olvidar todo lo demás con la esperanza de poder reparar el hecho de que hubiera visto mucho más de ella de lo que a él mismo le habría gustado.

–Gracias por ser tan comprensivo. Es posible que ya te lo haya dicho, pero, por si no lo he hecho, no tengo ningún interés en ti, ni tampoco siento nada de lo que sentía en el pasado. Supongo que, al igual que el resto del pueblo, debes de estar preguntártelo, pero puedes relajarte. Puedes estar completamente tranquilo.

–Completamente –repitió él, imitando el énfasis que le había dado a aquella palabra.

Phoenix no estaba segura de cómo reaccionar a aquella respuesta. ¿Lo que acababa de decirle no era una buena noticia para él?

–Sí.

El rostro de Riley pareció cerrarse.

–No te acostarías conmigo aunque fuera el último hombre sobre la tierra. Entendido. Gracias por decírmelo.

Phoenix volvió a percibir aquel extraño deje en su voz.

Y la confundía. Ella pensaba que si le decía lo que quería oír, se mostraría más dispuesto a permitirle volver a su vida, aunque solo fuera por el bien de Jacob. Pero parecía más ofendido que aliviado.

¿Sería un problema de ego? ¿Querría que le siguiera idolatrando?

—No es que no te considere atractivo ni nada parecido. No pretendía ofenderte.

—Por supuesto que no. Cualquier mujer podría considerarse afortunada al estar conmigo. Cualquiera menos tú, ¿verdad?

A Phoenix se le cortó la respiración. Aquello no estaba saliendo como esperaba.

—Sigo pensando que eres un hombre atractivo, Riley.

—¡Dios mío, Phoenix! —se frotó la cara—. ¿Quieres parar de una vez? Di lo que de verdad piensas y sientes. No soy ningún ogro.

Phoenix se aclaró la garganta.

—De acuerdo, claro. Me parece bien. Solo quería ser sincera contigo. Pero, sí, me meteré por la ventana y te devolveré la camiseta para que puedas volver a tu casa.

Riley se cruzó de brazos y se apoyó contra la pared.

—Si no quieres contar con mi ayuda, vas a necesitar una escalera. Supongo que lo sabes.

—Ya has visto cómo está el patio. Seguro que hay una escalera en alguna parte. Así que, si me perdonas...

Esperó a que se apartara del pasillo para no tener que tocarle, pero él no se movió.

—Tengo un plan mejor —anunció, y se enderezó.

Con un gesto instintivo, Phoenix bajó la mirada hacia su pecho, hacia los músculos que se tensaban bajo la piel, pero la alzó al instante.

—¿Y cuál es ese plan? —le preguntó.

—Voy a arreglar la cerradura.

—¿Puedes?

—No veo por qué no voy a poder. Tengo aquí las herramientas.

Era cierto. Colgaban del cinturón de cuero que llevaba a la cintura.

—¿No te importa?

—¡Deja de ser tan educada! —le espetó él.

—De acuerdo.

—Me estás sacando de quicio

—Entendido. Lo siento. Yo solo... Es que sé que todo esto no me está dejando muy bien parada. No debería haberme subido al jeep con Jacob. Siento mucho haberle puesto en peligro. No volverá a ocurrir.

—Has intentado evitarle el peligro en cuanto has podido y te lo agradezco. De todas formas, lo que ha pasado no es culpa tuya. Es culpa de Buddy.

—Aprecio tu comprensión —contestó, y lo decía en serio.

—Y solo para que lo sepas, no pienso utilizar a Jacob como un arma contra ti, así que deja de moverte con tantos reparos a mi alrededor. No me gusta que me veas como al malo de la película. Yo no soy tu enemigo.

Pero lo había parecido en el juzgado, aunque prefirió no decírselo. Hacía mucho tiempo que había decidido que Riley tenía derecho a poner fin a su relación. A lo mejor, al principio había creído estar enamorado de ella y con el tiempo se había dado cuenta de que no era así. A los diecisiete y los dieciocho años, las relaciones funcionaban de aquella manera. Ahora salgo contigo, ahora no. Te quiero, te odio. Los dos eran muy jóvenes. Y una persona tenía derecho a romper con su pareja a cualquier edad. Lo que debería haber hecho ella era dejarle marchar.

—Gracias.

—Ve a comer.

—Ahora voy. Si... —señaló el pasillo—, si me dejas pasar.

Riley la miró con el ceño fruncido.

—No te estoy impidiendo el paso. ¡Vamos!

Yendo de lado a lado del pasillo, Phoenix consiguió pasar por delante de él sin que mediara entre ellos ningún contacto. Pero sentirse desnuda bajo la camiseta estando tan cerca de él le resultó muy violento.

–¿Qué pasa? ¿Ahora resulta que muerdo? –le preguntó Riley.

Era obvio que había notado el cuidado que había puesto en evitarlo, pero ella continuó como si no hubiera dicho nada. Riley no podía comprender lo que significaban diecisiete años sin ningún tipo de contacto físico con nadie. Se sentía tan... vacía, tan sola. No quería terminar haciendo lo que se había prometido no volver a hacer jamás: anhelar su contacto.

Riley permaneció muy quieto durante varios segundos, intentando regular el ritmo de su respiración. No tenía ningún sentido excitarse por lo que había visto, pero a su cuerpo le importaba un comino lo que dijera su cerebro, probablemente porque no solía disfrutar de muchos encuentros sexuales. Siendo padre soltero, no le parecía bien llevar a casa a sus fortuitas aventuras sentimentales y no había tenido una relación seria desde hacía mucho tiempo. En realidad, no había tenido ninguna a la que le hubiera hecho participar de su vida con Jacob. Ninguna de las mujeres con las que había salido le había parecido candidata a convertirse en madrastra de su hijo y le había parecido injusto haber ido presentándole una tras otra cuando él mismo no tenía ninguna esperanza de que la relación prosperara.

Aquello, sumado al hecho de vivir en un pueblo pequeño, había perjudicado seriamente su vida sexual. Y aquella era la razón por la que estaba sudando en aquel momento, tras haber visto a una mujer desnuda. Una mujer con la que se había acostado en el pasado y que había conjurado todos los viejos recuerdos eróticos que tenía bajo llave.

–La sopa es esta que está en la nevera, ¿verdad? –preguntó Phoenix desde la cocina.

Riley tomó aire antes de contestar.

—Sí, es de pollo y maíz. Cuando la calientes, añádele el queso y el cilantro que he dejado en una bolsa blanca sobre la encimera.

—Nunca he probado esa sopa, pero tiene buena pinta. ¿Quieres un poco? El recipiente es muy grande. Hay de sobra para los dos.

—No, es para ti.

No tenía idea de cuándo podría Phoenix verse con fuerzas como para ir a por más comida. ¿Y qué otra cosa iba a comer?

—¿De verdad que no quieres?

—No, no tengo hambre —al menos, de comida.

Porque, de pronto, mientras su cerebro evocaba la imagen de Phoenix intentando cubrir sus senos, unos senos que, a pesar de todo, había podido contemplar, sintió un deseo voraz de volver a sentir el cuerpo de una mujer.

—¿Dónde está Jacob? —le preguntó ella.

Estaba tan segura de que despreciaba todo lo que tuviera que ver con ella que Riley sabía que jamás imaginaría que estaba luchando contra una inoportuna erección.

—Tenía que hacer un trabajo en grupo —contestó.

Se obligó después a buscar un clavo que pudiera encajar en la cerradura. Aquella mujer era Phoenix, se dijo. No podía sentirse atraído por ella.

Pero aquella reflexión no impidió que lo estuviera.

—Qué puerta tan estúpida —la voz de Phoenix volvió a filtrarse en su cerebro—. Si no fuera por ella, ya estarías en tu casa ayudándole.

—Jacob se las arregla muy bien sin mí.

—Es un muchacho magnífico. Espero que no le haya afectado mucho lo que ha pasado esta mañana.

—Estaba preocupado por ti.

—Solo ha sido una caída sin importancia.

Una caída sin importancia. Desde su perspectiva, probablemente era cierto. Tal y como ella había dicho, había tenido que enfrentarse a cosas peores. Y Riley también lo creía tras haber visto su espalda desnuda. Pero no se había fijado en ninguna cicatriz cuando la había encontrado en el pasillo. Había estado mucho más interesado en otras cosas.

Giró la ganzúa, intentando encontrar el mecanismo del pomo. Si no podía encontrarlo, abriría la puerta de un empujón. Era tan endeble que si Phoenix hubiera sido más corpulenta, podría haberla abierto ella misma.

Consiguió abrir la puerta sin ninguna dificultad. Una vez abierta, miró a su alrededor, fijándose en la pulcritud con la que Phoenix había colocado en una esquina sus escasas pertenencias, entre ellas, las prendas que Kyle y él le habían llevado. No había cómoda, y, sin embargo, había puesto la única que tenía en el dormitorio de Jacob. Fue un detalle que no le pasó por alto. También parecía haber dejado la cama más cómoda para su hijo.

—¿Has conseguido abrir? —preguntó Phoenix desde el final del pasillo.

—Sí.

Consciente de su erección, no se volvió del todo para contestar. Después, fingió estar haciendo algo relacionado con el cinturón de herramientas.

—Gracias.

Cuando alzó la mirada de nuevo, advirtió que Phoenix le miraba expectante, ansiosa por entrar en el dormitorio. Sin lugar a dudas, quería ponerse una ropa que la hiciera sentirse menos vulnerable. Pero no se acercó y él sabía que no lo haría hasta que no dejara de verse obligada a acercarse a él. Cuando había tenido que pasar por delante de él, había maniobrado para no acercarse y era obvio que estaba decidida a guardar las distancias.

¿Y quién podía culparla? Diecisiete años atrás, había recibido un duro castigo por haberse acostado con él.

—La sopa está deliciosa —dijo, inclinándose contra la pared y sosteniendo el cuenco mientras comía–. ¿Cuánto te debo?

–Nada. Invito yo.

–La has comprado en un restaurante. Déjame pagártela. Maldito orgullo.

–¿Con el dinero que ganas con las pulseras?

Aquel comentario pareció sobresaltarla.

–Solo es un negocio que empecé cuando estaba en la cárcel. Ahora no sé cómo irá.

–Parece que va bastante bien.

–Mejor de lo que esperaba –admitió con una tímida sonrisa.

–¿Cómo empezaste?

–Nos ofrecieron una clase para enseñar a trabajar el cuero. Decidí acudir y comencé a hacer cosas que a las otras mujeres les gustaban y estaban dispuestas a comprarme. Así que las vendí y con ese dinero compré más material. Después vendí las pulseras nuevas e inicié otra vez el proceso. Había una vigilante en la prisión a la que le gustaban mucho. Después de comprarme varias para regalar, me habló de la posibilidad de venderlas en Etsy.com y en eBay. Tenía que compartir mis ganancias con ella, pero es cierto que sola no habría podido hacer nada. Así es como gané la mayor parte del dinero que te enviaba.

Aquel comentario le dolió. Enviarle aquel dinero debía de haber supuesto un gran sacrificio para ella y él, en realidad, no lo necesitaba. La mayor parte estaba en la cuenta de ahorros que había abierto para pagarle a su hijo la universidad. Jacob sabía que su madre le enviaba dinero de vez en cuando, pero no que Riley apenas había tocado aquel dinero.

–Ahora que estás en la calle, ¿el negocio es solo tuyo? –esperaba que la vigilante no continuara quedándose una parte.

Phoenix asintió.

–Ese fue el acuerdo.

—Así está mejor. ¿Y la gente te paga a través de PayPal?
—Sí. Y el dinero va directo a mi cuenta. No es mucho, pero es algo.
—¿Por qué no le dijiste a Jacob que la pulsera la habías hecho tú?
—Por nada en especial —mintió.
Pero Riley sabía que no era cierto. Debía de tener miedo a que la rechazara, o, a lo mejor, no había querido que se sintiera obligado a aceptarla.
Procuraba no esperar afecto por parte de nadie, comprendió Riley.
—Gracias por... por venir a rescatarme otra vez —le dijo.
Si volvía a disculparse una vez más por las molestias que le estaba causando, iba a terminar estrangulándola.
—Ya te he dicho que no me importa.
Satisfecho por fin porque su cuerpo ya no exigía la culminación del acto sexual, Riley se guardó la ganzúa en el cinturón y se acercó a ella. Pero cuanto más se acercaba, más retrocedía Phoenix y, al final, terminaron los dos en la cocina.
—Le he dicho a Jacob que podía pasarse por aquí cuando terminara los deberes, así que supongo que querrás vestirte.
Phoenix se tensó.
—¿Va a venir aquí?
A Riley le sorprendió el pánico que reflejaba su voz.
—¿Adónde si no?
—Pero... No estoy preparada. No quiero que me juzgue por... por lo que va a encontrarse aquí. ¡Y mírame!
—No va a juzgarte en absoluto —replicó él.
Pero sabía que, por culpa de Lizzie, la habían estado juzgando durante toda su vida y que no iba a poder convencerla de lo contrario.
—Todavía no está lista su habitación —continuó Phoenix—. Me gustaría terminar de arreglar los muebles que le he puesto. Y pintar, y limpiar el patio.

Se interrumpió de pronto al ver que el papel de empapelar que había estado quitando había desaparecido.

–¿Qué ha pasado? ¿Has terminado de quitarlo?

Riley se encogió de hombros.

–No me ha llevado mucho tiempo.

–Gracias. Me estaba costando mucho hacerlo.

–Ayuda el tener una rasqueta.

–¿Qué más has hecho? –le preguntó con curiosidad.

Riley le recitó la lista de las tareas que había llevado a cabo, pero Phoenix no se mostró muy complacida.

–No tenías por qué haber hecho tantas cosas.

–No tenía ninguna otra manera de entretenerme.

–Pero...

–No me ha costado nada. ¿Entonces qué quieres que haga con Jacob? ¿Prefieres que le diga que no venga?

Phoenix se mordió el labio con un gesto de preocupación.

–Si no te importa. Me gustaría que todo estuviera perfecto cuando viniera.

Riley no pudo evitar responder a la seriedad de su expresión.

–Por supuesto.

Phoenix pareció relajarse.

–Gracias.

–En ese caso, me iré –se apartó a un lado.

–De acuerdo. Ahora mismo te devuelvo la camiseta.

Mientras ella estaba en la habitación, Riley revisó el cuenco de sopa y se alegró al ver que había comido bastante. Debía de estar hambrienta.

–¡Phoenix!

Riley no podía ver a Lizzie, pero la oyó llamar a gritos a su hija y preguntar después:

–¿Dónde estás? ¿Dónde demonios está mi cena? ¿Quieres que me muera de hambre?

Phoenix no respondió, pero Riley estaba seguro de que

la estaba oyendo; todas las ventanas estaban abiertas. Si no se equivocaba, no se atrevía a gritar como lo estaba haciendo su madre.

La imaginó en el dormitorio, cambiándose a toda velocidad para poder correr así hasta el otro tráiler, donde haría cualquier cosa que Lizzie le pidiera solo para mantenerla callada. Pero era posible que Phoenix tuviera una conmoción cerebral, le habían dado seis puntos y Riley tenía la sensación de que debería descansar.

Diciéndose a sí mismo que le llevaría más comida al día siguiente, agarró la sopa sobrante y se la llevó a Lizzie.

—Aquí tienes —le dijo—. Phoenix me ha pedido que te traiga la cena. Pensaba traerla ella, pero está ocupada haciendo pulseras.

A Lizzie estuvieron a punto de salírsele los ojos de las órbitas al reconocerle. Y cuando clavó la mirada en su pecho desnudo, Riley comprendió que debería haberse puesto la camiseta. Lo que había pasado había sido del todo inocente y él estaba tan acostumbrado a trabajar sin nada encima que ni siquiera había pensado en lo que aquello podría parecer.

—¿Qué estás haciendo aquí? —preguntó Lizzie, como si el demonio hubiera aparecido ante su puerta—. ¡No me digas que estás acostándote con mi hija otra vez! No creo que pueda ser tan estúpida.

Se oyó un sonido de pasos y Phoenix apareció corriendo por la esquina, vestida con un par de vaqueros cortos demasiado grandes para ella y una camiseta sencilla.

—Gracias —dijo, tendiéndole a Riley la camiseta que le había prestado—. Yo me encargo de mi madre, no te preocupes.

—¿Ha sido él el que te ha hecho eso? —exigió saber Lizzie en cuanto vio los arañazos, los moratones y los puntos en la frente de su hija.

Phoenix intentó interponerse entre los dos, pero se tambaleó y terminó llevándose la mano a la cabeza, como si fuera a desmayarse.

Riley la agarró del brazo para evitar que se cayera.

–No deberías estar fuera.

Ella le ignoró, pero no se apartó, como habría hecho normalmente. Desde que había vuelto al pueblo, no le había permitido acercarse a menos de un metro de ella. Su actitud en su casa cuando había tenido que pasar por delante de él era una prueba. Sin embargo, en aquel momento era evidente que estaba mareada. Necesitaba su apoyo. Y continuaba pendiente de su madre.

–No, él no me ha hecho ningún daño –le dijo, luchando contra los efectos de haberse movido tan rápido en el estado en el que estaba–. Claro que no. Me he caído y me ha dejado la camiseta para limpiarme la sangre.

Pero no había una sola gota de sangre en la camiseta y Lizzie no lo pasó por alto. El desprecio ya estaba curvando su labio superior cuando Phoenix se precipitó a añadir:

–Espera, esa es otra camiseta –se estaba poniendo nerviosa al intentar explicarse–. Pero lo otro también es verdad. Y después me ha traído a casa.

–Así que has dejado que te traiga a casa, ¿eh? –le espetó–. Supongo que diecisiete años en prisión no te han enseñado lo que te puede pasar si te abres de piernas con el niño mimado de los Stinson.

Riley la fulminó con la mirada.

–Ya basta –gruñó–. No me importa lo que digas de mí, pero ten cuidado con lo que dices de tu hija.

–¡Ah, sí! Tú eres el único que tiene derecho a tratarla mal –replicó con una carcajada.

Y volvió a meterse con su considerable envergadura en el interior del tráiler.

El portazo que dio retumbó en el silencio que siguió a su partida.

Phoenix pareció darse cuenta entonces de que se estaba apoyando en Riley y se agarró a la barandilla.

–Siento todo esto.

—No te preocupes. Ahora, vuelve a la cama.

Así podría marcharse. En cualquier caso, tampoco sabía lo que estaba haciendo allí.

Phoenix comenzó a bajar los escalones con paso enérgico.

—No es tan mala como parece, ¿sabes? Solo... solo está intentando protegerme a su manera.

Cuando se tambaleó, Riley la agarró. Si por él hubiera sido, la habría levantado en brazos. Pesaba tan poco que no le habría costado nada. Pero sabía que protestaría.

—Tienes que volver a la cama y quedarte allí hasta que te encuentres mejor —le recomendó.

—De acuerdo —se mostró de acuerdo—. Pero no te vayas enfadado a casa. Y no es cierto lo que dice mi madre. Has tenido lo mejor que la vida puede ofrecer porque te lo mereces. Me alegro de que te haya ido todo tan bien.

Lo más absurdo de todo aquello era que Phoenix parecía estar hablando en serio. Quería que fuera feliz a pesar de lo desesperado de su situación, a pesar de todo lo que había ocurrido en el pasado. No había muchas personas capaces de tanta generosidad. Y aquello dio lugar a una nueva pregunta. Si pensaba que él se merecía todo lo que tenía, ¿quería decir que ella se merecía incluso menos?

La madre de Riley contestaría a aquella pregunta con un contundente sí. Pero él no lo pensaba en absoluto.

Capítulo 9

Phoenix se despertó en medio de la noche. Como las ventas estaban abiertas, se quedó muy quieta, pendiente de cualquier sonido que pudiera anunciar un posible problema. Debería levantarse a cerrarlas, se dijo. El calor era preferible a la inseguridad. Pero solo se oía el canto de las chicharras y el croar de las ranas en el arroyo.

«No pasa nada. Todo va bien». Esperaba que Buddy se diera por satisfecho con el daño que había causado. Que, de alguna manera, aquellas heridas le hubieran ayudado a aplacar su enfado.

Como no quería concentrarse en aquel aterrador acontecimiento, recordó el momento en el que se había encontrado a Riley al salir del dormitorio y la puerta se había cerrado tras ella. Estuvo a punto de soltar una carcajada. ¿Qué probabilidades había de que ocurriera una cosa así? Sobre todo estando Riley cerca.

Debía de haber pensado que era una de sus antiguas triquiñuelas.

¡Como si no hubiera aprendido la lección!

Phoenix esperaba haberle convencido de que había sido algo accidental, porque era cierto.

Dio media vuelta en la cama e intentó volver a dormir, pero no debería haberse permitido pensar en Riley. Porque, una vez empezó, otros pensamientos, imágenes y recuerdos intrusos la invadieron. Recordaba la reverencia con la que la había acariciado la primera vez que habían hecho el amor, cómo temblaba cuando la tocaba.

Aquella había sido otra vida, se recordó a sí misma, cuando ella era otra persona. No podía seguir pensando en el pasado, ni siquiera de forma ocasional y en lo más profundo de la noche, ni tampoco podía reavivar aquel deseo y destrozar todo lo que con tanto esfuerzo estaba intentando construir.

A lo mejor debería pasar por el Sexy Sadie's aquella semana, tomar una copa, bailar y acostarse con alguien. A lo mejor aquella era la manera de poner fin a aquellos pensamientos y recuerdos.

Pero no podía arriesgarse a convertirse en el blanco de los cotilleos que una conducta así podría desatar. Ni siquiera estaba segura de que quisiera acostarse con un hombre al que no conocía. Riley había sido su única experiencia en aquel terreno.

De modo que tendría que continuar avanzando a trompicones y salir adelante lo mejor que pudiera.

Se obligó a levantarse de la cama y se dirigió al taller. Necesitaba dinero y eso significaba que tenía que trabajar. El incidente con Buddy le había costado un día entero. Pero no empezó a trabajar con algo con lo que obtener algún beneficio. Empezó a hacer una pulsera para Kyle. Su visita nocturna, la ropa y la comida que le había llevado, le habían proporcionado algo bueno a lo que aferrarse, algo en lo que podía apoyarse sin correr los riesgos que entrañaba el mostrarse agradecida por la sopa y las reparaciones de Riley.

No quería que Kyle sintiera que estaba obligado a tratarla como a una amiga cuando se encontraran en el pueblo. Le consideraba lo bastante inteligente como para mantenerse alejado de ella y pensaba dejárselo claro. Pero quería darle las gracias con algo que estuviera en su mano, por humilde que fuera.

—¿Se lo dijiste?

Riley estaba sentado en una viga de madera. Acababa de subir al ático de la casa en la que estaba trabajando para arreglar el cableado cuando Kyle llamó.

—¿De qué estás hablando?

—¡De Phoenix! ¿Le has dicho que habíamos sido nosotros los que le habíamos dejado la ropa y todo lo demás?

Riley se sacudió el aislante de los hombros. Los áticos eran lugares muy calurosos. Hacía un calor infernal.

—No, claro que no. Tengo más interés en mantener el secreto que tú. ¿Por qué iba a decírselo?

—¿Entonces cómo se ha enterado?

El calor le envolvía por todas partes.

—¿Qué te hace pensar que lo sabe?

—Ha dejado en mi casa un regalo de agradecimiento por la noche, o a primera hora de la mañana, antes de que me levantara.

Riley imaginó a Phoenix caminando tambaleante hacia él completamente desnuda y sacudió la cabeza, pero aquella imagen no paraba de aflorar a su mente desde que había salido de casa de Phoenix el día anterior.

—¿Qué regalo?

—Una pulsera de cuero.

Sí, tenía que haber sido ella.

—¿Y algo más?

—Una nota.

Demasiado nervioso como para permanecer sentado en un espacio tan agobiante, Riley se levantó y se dio un golpe en la cabeza con el techo.

—¡Mierda!

—Lo sé.

–No, no es eso. No importa –gruñó–. ¿Quieres leerme lo que te ha escrito?

–Un momento –se produjo un breve silencio hasta que Kyle regresó al teléfono–. «Querido Kyle, gracias. No tiene que haber sido fácil para ti apartarte de la línea general (no te preocupes, no se lo contaré a nadie). Solo quería que supieras que te lo agradezco mucho y te lo pagaré todo en cuanto pueda. Espero que aceptes este pequeño regalo como muestra de agradecimiento. Y, por favor, no te preocupes de tener que reconocerme en público».

Riley se frotó la cabeza, allí donde se había golpeado, y estuvo dándole vueltas a lo que acababa de oír.

–¿Todavía estás ahí? –le preguntó Kyle.

–Sí.

–¿Y? ¿En qué estás pensando?

–Estoy intentando averiguar cómo lo ha sabido.

–La llevé a casa antes de llevarle toda esa ropa. A lo mejor ha sido eso lo que le ha dado la pista. ¿A ti también te ha regalado una pulsera?

–No.

–Entonces tiene que haber sido eso. La buena noticia es que es muy probable que no tenga la menor idea de que tú también participaste, como tú querías.

Y la mala era que debía de pensar que Kyle era una suerte de caballero andante.

Pero no le importaba, se dijo a sí mismo.

–Sí, tiene que haber sido eso –estaba diciendo Kyle, cada vez más convencido de que había acertado en su suposición–. Pero... no vivo cerca de ella. ¿Cómo ha podido venir hasta aquí?

–Supongo que habrá ido andando.

Riley había dejado la bicicleta en casa de Noah antes de ir a trabajar, así que era imposible que hubiera encontrado la manera de arreglarla y servirse de ella.

–¿De noche? –preguntó Kyle con una exclamación.

Era una locura que se hubiera tomado tantas molestias para agradecer un pequeño gesto de humanidad.

—Y con seis puntos en la cabeza —añadió Riley.

—¿De qué estás hablando?

A pesar de las ganas que tenía de comenzar a moverse, la falta de espacio le obligó a continuar agachado mientras le contaba a Kyle lo que había pasado con Buddy.

—¡Qué rabia me da! —exclamó Kyle—. ¿Y qué piensas hacer?

—Fui a ver al jefe Bennet. De momento, voy a dejar que sea él el que se ocupe de este asunto. Me pidió que me mantuviera al margen y mi madre también. Pero más le vale a Buddy no volver a hacer nada más.

Kyle no contestó inmediatamente.

—¿En qué estás pensando? —preguntó Riley.

—Estoy pensando que estás en una situación difícil por lo que se refiere a tu madre. Si vuelve a ocurrir algo, debería ser yo el que se ocupara de ello.

—No. Quiero que te mantengas al margen —colgó el teléfono, pero Kyle volvió a llamar.

—¿Qué pasa? —preguntó Riley.

—Sabes que te estaba ofreciendo ayuda, ¿verdad?

—Lo siento.

—¿Qué demonios te pasa, tío?

—Nada. Todo esto está siendo muy difícil para mí. Tengo que adaptarme a la vuelta de Phoenix.

—Jamás habría esperado que reaccionaras de esa forma.

—No sé de qué demonios estás hablando.

—No me digas que de pronto te sientes atraído por ella.

¿De pronto? Se había sentido atraído por ella desde la primera vez que la había ayudado a estudiar Matemáticas. Habían sido otras cosas, otras personas, las que se habían interpuesto entre ellos: sus amigos, sus padres, sus profesores y todo aquel terrible suceso. Todo se había conjurado para convencerle de que Phoenix era el mismísimo demonio, o de que estaba loca, o de las dos cosas a la vez, y de que era indigna de él o de cualquier persona normal. Con el tiempo, Riley había llegado a olvidar la increíble química que habían compartido, lo sencilla que podía llegar a ser Phoenix, cómo se emocionaba ante el menor gesto de amabilidad. Haciendo un esfuerzo, había llegado a minimizar sus sentimientos y había dado por sentado que los había dejado en el pasado.

Pero desde la vuelta de Phoenix, estaba comenzando a sentir algo por ella.

–¿Por qué dices eso? –preguntó, esperando esquivar así una respuesta más directa.

–Eh... ¿porque parece que estás celoso?

–¡No estoy celoso! Es solo que... Hace años me acosté con ella. No me gustaría verte saliendo con ella.

–No tengo ningún interés sentimental en Phoenix. Me resultaría extraño, teniendo en cuenta que soy uno de tus mejores amigos. Y, para serte sincero, no sé si sería capaz de soportar todos los comentarios negativos de mis propios amigos y mi familia. Quienquiera que termine saliendo con ella, va a tener que luchar. Solo estoy intentando ser justo y hacer lo que me parece correcto. Tiene que ser difícil vivir aquí teniendo a tanta gente en contra.

–Es la madre de Jacob. Yo cuidaré de ella –insistió Riley.

–¿Que tú cuidarás de ella? Eso sí que es una locura –contestó Kyle, y colgó.

Riley hundió la cabeza entre las manos. Era una locura. ¿Por qué había reaccionado de forma tan negativa cuando Kyle solo pretendía ser amable?

Cuando el teléfono volvió a sonar, Riley estaba tan convencido de que era Kyle otra vez que ni siquiera miró el identificador de llamadas.

–Eh, lo siento, tío. Ahora mismo estoy muy confundido –pero, en aquella ocasión, no era Kyle.

–¿A qué te refieres?

Riley tomó aire al reconocer la voz de su hijo.

—Eh, Jacob. ¿Por qué no estás en el instituto?

—Estoy en el instituto. Pero entre clase y clase.

—Entonces... ¿qué te pasa?

—Acabo de revisar mi agenda. El miércoles tengo un partido.

—¿A qué hora?

—A las seis en punto.

—Ahí estaré, como siempre.

Tras una ligera vacilación, Jacob añadió:

—¿Sigues pensando en ir a ver a mamá, como me has dicho durante el desayuno?

Después de la conversación que acababa de mantener con Kyle, Riley sabía que debería guardar las distancias. Si Phoenix había ido andando hasta casa de Kyle y había vuelto a la suya, debía de estar bien. Pero el hecho de que no hubiera nadie pendiente de ella y el que no tuviera teléfono en el caso de que necesitara ayuda, le preocupaba. Nada podía impedir que Buddy se presentara en su casa y volviera a causar problemas.

—Sí, supongo. Sobre la hora del almuerzo, ¿por qué?

—¿Le dirás a mamá lo del partido? Le he enviado un mensaje por Facebook, pero no sé si lo recibirá.

Riley dejó caer la cabeza mientras apoyaba los codos en las rodillas.

—¿Me has oído, papá? Porque me tengo que ir. Está a punto de sonar el timbre.

—Sí, se lo diré.

—¿Cuánto me costaría regalarle un teléfono? —preguntó Jacob.

—No tienes edad suficiente para comprar ningún tipo de teléfono.

—Podrías meterla en tu plan.

Riley sacudió la cabeza. Su mundo parecía estar enloqueciendo.

—No querría un teléfono aunque se lo ofreciéramos.
—¿Por qué no?
—Es una persona muy independiente.
—Eso está bien, ¿verdad?

Cuando Jacob dijo aquello, Riley comprendió que la independencia y la fuerza de Phoenix, su determinación para volver sin contar con el apoyo de nadie, era parte de lo que le atraía de ella. Dudaba que hubiera conocido a nadie con tanta capacidad de adaptación y resistencia.

—Sí, eso está bien.
—Dile que iré a buscarla si lo necesita.
—No tendrás tiempo de ir a buscarla. Le preguntaré que si quiere que la lleve.
—Me hace mucha ilusión que venga a verme. Espero que hagamos un buen partido.
—Yo también —respondió, y colgó el teléfono.

Phoenix estaba haciendo mejor trabajo de lo que Riley esperaba a la hora de ganarse a su hijo y aquello le generaba tantas dudas como el resto de cambios que se estaban produciendo en su vida.

Cuando Riley llegó al tráiler de Phoenix, la encontró con el pelo recogido en una coleta, sin maquillaje y con unos pantalones cortos horribles y varias tallas más grandes que la suya.

—Hola.

Phoenix le sostuvo la puerta, pero sus ojos adoptaron al instante aquella expresión recelosa que parecía reservada para él, como si fuera una serpiente venenosa culebreando a una distancia peligrosa.

Riley le tendió el sándwich de pollo que le había comprado de camino hacia allí.

—El almuerzo.

Al ver que Phoenix no agarraba la bolsa, frunció el ceño.

—Es tu almuerzo. Por eso te lo estoy dando.
—Riley, no quiero que sigas trayéndome comida. No puedo permitirlo.
—Solo es comida, Phoenix. Todo el mundo tiene que comer.

Phoenix señaló hacia la cocina.

—Tengo varias latas de comida.

Que también él había comprado, aunque ella no lo supiera.

—Esto está mejor. ¿Qué tal tienes la cabeza?

Aceptando por fin la bolsa, Phoenix se apartó para permitirle pasar. No fuera a ser que tuvieran algún tipo de contacto físico.

—Como si fuera nueva.

A lo mejor había desaparecido el dolor, pero los moratones eran más visibles. Parecía que le habían dado una paliza.

—Tienes moratones por toda la cara.

—Se me pasará.

Riley percibió entonces el olor a pintura y reparó en las manchas de color beige que tenía Phoenix en la ropa y en el pelo.

—¿Estás pintando?

Phoenix señaló hacia la habitación más alejada, la que le había asignado a Jacob. Por supuesto, se había puesto a trabajar en aquella habitación antes que en cualquier otra.

Riley pensó en todo el dinero que le había enviado a lo largo de los años y en las postales y las cartas que había enviado a Jacob. Su hijo siempre había sido el destinatario de lo mejor que tenía. Hasta entonces, él había considerado aquella estrategia como un intento de manipulación, pero estaba comenzando a contemplar los intentos de Phoenix de acercarse a su hijo bajo un prisma muy diferente.

—¿Y qué tal vas?

Phoenix frunció el ceño.

—No se me da muy bien y la pintura es vieja. Se la dio

alguien a mi madre años atrás. Para serte sincera, no estoy segura de que vaya a quedar bien, pero he decidido intentarlo.

–Déjame ver.

Phoenix negó con la cabeza.

–No te preocupes. Todavía no he terminado.

Aun así, Riley avanzó hacia el dormitorio. Ella le siguió y permaneció tras él mientras supervisaba su trabajo.

–¿Has removido bien la pintura?

–Todo lo bien que he podido.

Habría hecho falta hacerlo con más vigor. Y necesitaba también cinta protectora.

–¿Estás intentando pintar a pulso?

–Lleva más tiempo, pero estoy teniendo cuidado.

No había hecho un mal trabajo, teniendo en cuenta que no debía de haber pintado nunca una habitación. Pero él sí había pintado muchas y podía hacer un trabajo mucho mejor en solo un par de horas.

Pensó en los rollos de cinta protectora que llevaba en la camioneta por si se encontraba con algo que necesitara una capa rápida de pintura y estuvo a punto de ofrecérsela. Pero si ya se había mostrado reacia a aceptar el sándwich de pollo, no creía que le hiciera mucha gracia que intentara involucrarse en su proyecto de reforma.

–Está muy mal, ¿verdad? –preguntó Phoenix al ver que no decía nada.

–Seguro que quedará bien –se volvió hacia ella–. ¿Ya ha desaparecido el dolor de cabeza?

–Casi del todo.

–¿Y no has vuelto a tener noticias de Buddy?

–¿Por eso has venido? No le habrás contado a nadie lo que pasó, ¿verdad?

–Fui a ver a Bennet. Me dijo que él se encargaría de ese asunto.

–No creo que eso vaya a funcionar como tú quieres si

Bennet le dice a Buddy algo que le moleste. Ya sabes lo impetuoso que es.

—Pero tenemos que empezar por ahí o parecerá que los problemáticos somos nosotros.

Phoenix le miró preocupada.

—No hables en plural. Esto no tiene nada que ver contigo. He intentado dejártelo muy claro.

Y también le había dicho a Kyle que no tenía por qué reconocerla en público. Sabía que era considerada una persona poco recomendable.

—El otro motivo por el que vengo es Jacob. Me ha pedido que te diga que juega un partido el miércoles a las cuatro y media.

Phoenix no mostró el entusiasmo que él esperaba.

—Quieres ir, ¿verdad?

—Claro que sí. Pero esperaba que algunos de los moratones hubieran desaparecido para entonces. En caso contrario, voy a llamar la atención incluso de personas que no saben que he estado en la cárcel.

—Hayas estado o no en la cárcel, eres más guapa que la mayoría de las mujeres. Yo no me preocuparía por eso.

Phoenix se mostró más escéptica que halagada.

—Podría esperar al próximo partido, pero me muero de ganas de verle en acción así que... a lo mejor encuentro un gorro que me permita esconder la venda.

—Es una buena idea. Además, esta primavera está haciendo mucho calor. Sin gorro podrías terminar con una insolación.

—Veré lo que puedo hacer –dijo Phoenix mientras avanzaban hacia la puerta de entrada.

—De acuerdo. Pasaré a recogerte a las tres y media.

Phoenix le agarró del brazo mientras salía, pero le soltó inmediatamente, como si se hubiera sorprendido a sí misma haciendo algo que no debía.

—Espera, ¿de qué estás hablando? ¿Para qué quieres venir a recogerme?

—Para llevarte al partido, ¿para qué iba a ser?

—No espero que me lleve nadie. Iré yo sola. No hace ninguna falta.

—Claro que hace falta.

—¡No, claro que no! Mi casa no te pilla de camino. Además, eso me recuerda algo. Tenía una bicicleta allí —señaló el lugar en el que Riley había encontrado la bicicleta—. Tú no la habrás visto, ¿verdad?

Riley consideró la posibilidad de negarlo, pero no quería darle ninguna razón para llamar a Kyle.

—Está en la tienda.

—¿En qué tienda?

—¿Te acuerdas de Noah Rackham?

Phoenix asintió.

—Su hermano murió poco después que Lori. Fue un verano muy trágico... para todos.

Riley no quería hablar de Lori. Todavía no estaba seguro de a quién debía creer, si a Phoenix o a su madre y a todos los demás.

—Tiene una tienda de bicicletas en el pueblo.

—¿Y?

—La está arreglando.

—¿Pero cómo? ¿Quieres decir que le has llevado mi bicicleta?

—Necesitas algún medio de transporte.

Phoenix endureció su expresión.

—Pero no quiero que me lo proporciones tú.

Riley esbozó una mueca.

—No permitas que tu orgullo se interponga entre tú y las cosas que necesitas, Phoenix.

—¿Orgullo? Lo único que me queda es el respeto que me tengo a mí misma. ¿También quieres acabar con eso?

Sintiéndose repentinamente incómodo, y más responsable que nunca del papel que había jugado en su juicio, Riley cambió el peso de pie.

—Esa no ha sido nunca mi intención.

—Me alegro —alzó la barbilla—. Porque pienso ir a ese partido por mis propios medios. No necesito tu ayuda.

Riley pensó en mencionarle lo mucho que había agradecido la compasión de Kyle, pero se temía que, si lo hacía, Phoenix terminaría devolviéndole a Kyle todo lo que le habían comprado.

—Como tú quieras —se encogió de hombros.

—Eso significa que no quiero más comida —insistió, tendiéndole la bolsa del sándwich—. No quiero nada. Y, por favor, deja la bicicleta en la tienda hasta que yo pueda pagar la reparación.

—Noah es amigo mío. La va a arreglar gratis.

—No me importa. No quiero la compasión de nadie. Y menos la tuya.

—No es compasión, es…

—¿Qué? —le apremió—. ¿Qué motivos puedes tener tú para querer ayudarme?

Aliviar parte de la culpa que sufría por haber permitido que sus padres le convencieran de que rompiera con ella. Y por no haber sido más generoso cuando estaba en prisión. Había habido ocasiones en las había estado a punto de cambiar de política, de permitir que Jacob recibiera sus cartas. Pero después de haberse convencido a sí mismo de los muchos defectos de Phoenix, se había sentido incapaz de hacerlo. Además, el futuro, lo que pasaría en el momento en el que Phoenix saliera de prisión, lo que podría llegar a hacer, era algo que entonces desconocía. Había llegado a la conclusión de que Jacob estaría más seguro si continuaban ciñéndose a lo que pensaban e ignoraban todas las dudas, todas las preguntas.

Además, mostrándose amable con ella les habría abierto tanto a Jacob como a él la posibilidad de llegar a creer su versión sobre lo ocurrido y aquello le habría hecho sentirse más culpable todavía.

–Siento todo el daño que te hice.
Phoenix hizo un gesto restándole importancia.
–A esa edad...
–No intentes disculparme –la interrumpió–. Sabía lo que era el amor y estaba enamorado de ti.

No esperó a que respondiera. No le estaba pidiendo perdón. Eso habría resultado excesivo. Pero quería que supiera que no había cometido ninguna locura al confiar en su propio corazón.

Phoenix salió a los escalones de la entrada, algo que le llamó la atención mientras subía a la cabina de la camioneta. No dijo nada. Ni siquiera hizo un gesto de despedida.

Pero sonrió. Y él le devolvió la sonrisa.

Capítulo 10

Cuando Kyle apareció en el partido de Jacob, llevaba la pulsera que le había hecho Phoenix. Riley intentó evitar que le molestara, pero se descubrió desviando la mirada hacia la pulsera una y otra vez.

—¿Todavía no ha llegado?

—¿Quién? —preguntó Riley, fingiendo que no había dejado de pensar en Phoenix ni un solo segundo desde que había vuelto al pueblo.

—Ya sabes a quién me refiero. A la madre de Jacob.

—No.

Kyle puso los brazos en jarras.

—A lo mejor debería acercarme por su casa para ver si necesita que la traiga.

—Ayer por la noche fui a dejarle la bicicleta.

Como era tarde y todas las luces estaban apagadas, la había dejado apoyada contra el tráiler, en el mismo lugar en el que la había encontrado, cerca de donde le habían dejado la comida y la ropa. También le había llevado una gorra de béisbol de los Whiskey Creek Miners, por si no había conseguido encontrar un gorro con el que esconder los puntos.

Kyle continuó escrutando al público.

—Es un trayecto largo.

—No tanto como si tuviera que venir andando. Estoy seguro de que no tardará en llegar.

Si no estaba dispuesta a permitir que la llevara él, no quería que la llevara Kyle.

A Kyle no pareció gustarle su respuesta, pero se sentó y apoyó los pies en la grada que tenían debajo, como estaba haciendo Riley.

—Hace falta valor para venir aquí, sobre todo en bicicleta.

—No tiene nada de malo montar en bicicleta —replicó Riley.

—Cuando lo haces para mantenerte saludable o por motivos ecológicos, no. ¿Pero verte obligado a montar en bicicleta porque has estado en la cárcel y no puedes permitirte nada mejor? Eso solo hace que la gente te mire con desprecio.

—La gente de este pueblo ya se siente con derecho a mirarla con desprecio.

—Y eso es lo que me preocupa. No me gusta la idea de que todo el mundo la señale o se la quede mirando fijamente.

—Ni siquiera ha llegado todavía, Kyle.

—Si es que al final viene.

—No le va a pasar nada. Solo quiere ver jugar a Jacob.

—Sí, y es muy valiente. Eso lo entiendo. Está siendo muy valiente en muchos aspectos. Pero no va a ser fácil.

Riley le miró con el ceño fruncido. No le gustaba el papel de defensor de Phoenix que Kyle había adoptado. De su círculo de amigos, ellos eran los únicos que no estaban casados. Ninguno de ellos había conocido a la mujer de su vida, pero no iba a permitir que Kyle comenzara a pensar en Phoenix como una posibilidad.

—En cualquier caso, tú no tienes que preocuparte de ella.

Kyle le miró disgustado. Era evidente que el comentario le había parecido innecesario, pero Riley no se retractó. Y fingió concentrarse en el calentamiento de su hijo hasta que Kyle musitó:

—¡Oh, mierda!

Riley siguió el curso de la mirada de su amigo. Al ver que sus padres se acercaban con los asientos portátiles para las gradas y la nevera, repitió mentalmente lo que acababa de exclamar su amigo. Sus padres iban a los partidos de Jacob siempre que podían y, tras haberse jubilado, eso significaba que acudían al menos a la mitad de los partidos que jugaba su nieto. Pero Riley tenía la esperanza de que se perdieran aquel. No se lo había mencionado y tampoco les había dicho que Jacob había invitado a su madre.

—¡Hola! —su madre alzó su asiento para que bajara a ayudarla.

Así lo hizo Riley mientras su padre saludaba a los padres de otro chico del equipo. Pero le costó fingir que se alegraba de verlos. Phoenix ya iba a pasarlo bastante mal convirtiéndose en el centro de las miradas de todo el mundo. Lo último que necesitaba era a su madre lanzándole miradas envenenadas.

Por lo menos no había ido Mansfield. Su madre y Helen eran tan amigas que la primera acudía de vez en cuando a ver los partidos de Jacob. Se pasaban la mayor parte del partido hablando entre ellas, pero Helen tenía así la sensación de que estaba cumpliendo con su nieto.

—¿Contra quién jugamos hoy? —preguntó.

—Contra el Dorado High —dijo Riley.

—Vienen de Placerville, ¿verdad?

—Jacob podrá con ellos —le aseguró su padre, que había terminado ya de saludar y se había reunido con ellos.

Riley esperaba que tuviera razón. Siempre sufría un poco por su hijo. Una gran parte del partido dependía del *pitcher*. Era mucha la presión que tenía sobre él, sobre todo porque Jacob tenía la esperanza de poder jugar en la universidad.

Pero aquel día tenía cosas más importantes por las que preocuparse, pensó al ver a una mujer solitaria abriéndose paso hacia uno de los lugares más aislados de la grada del equipo visitante.

Phoenix acababa de llegar.

Phoenix sentía tal revoloteo en el estómago que pensó que iba a vomitar. No dejaba de decirse que no iba a pasar nada, que si Buddy Mansfield tenía algún motivo para acudir a aquel partido no la atacaría delante de tantos espectadores. La mayor parte de los acontecimientos deportivos que se celebraban en Whiskey Creek contaban con una numerosa asistencia. No había muchas otras cosas que hacer en el pueblo. Ni siquiera tenían un cine.

Pero nadie podía predecir lo que iba a pasar. Y, por mucho miedo que tuviera a que volvieran a hacerle daño, lo que más le preocupaba era que su presencia en el partido terminara colocando a su hijo en una situación embarazosa. Si su presencia terminaba provocando un escándalo, no creía que Jacob volviera a invitarla.

Apretándose la gorra con la esperanza de que nadie se fijara en ella y de que no la reconocieran, se sentó lo más lejos que pudo del público local, en una de las gradas contrarias, en un lugar desde el que podía ver su bicicleta. No tenía candado y no quería que se la robaran. No creía que ninguna de aquellas personas quisiera quedársela por su valor, pero si se daban cuenta de que era suya, eran capaces de cualquier cosa.

Tomó aire, miró hacia el campo de béisbol y vio a su hijo en la zona de calentamiento de los lanzadores. Parecía muy mayor con el uniforme del equipo. Sonrió mientras apoyaba la mano en la barbilla y escuchaba el sonido sordo de la pelota golpeando el guante de cuero una y otra vez.

Afortunadamente, nadie del público visitante pareció reparar en ella. Y tampoco parecía estar causando el menor revuelo entre el público del equipo local. Con un poco de suerte, todo el partido transcurriría con calma.

Aquello le dio algo de confianza, así que agarró la mochila que utilizaba para llevar el ordenador y sacó las pipas de girasol y el refresco que había comprado para Jacob reuniendo todo el cambio que había podido encontrar en el tráiler de su madre. Lizzie se había quejado del jaleo que estaba montando, pero lo había hecho mientras disfrutaba del desayuno que ella le había preparado, así que no lo decía muy en serio.

Ansiosa por poder entregarle aquellos obsequios a su hijo, como estaban haciendo las otras madres, esperó a que llegara el momento oportuno. Lo último que quería era causarle a Jacob problemas con el entrenador.

Al ver que el partido estaba a punto de empezar, decidió que ya era demasiado tarde. Era preferible olvidarse de aquel pequeño obsequio que crear un problema. Pero la forma en la que Jacob miraba hacia las gradas, como si estuviera buscando a alguien, la hizo preguntarse si no estaría buscándola a ella.

Le saludó con la mano para llamar su atención y él le devolvió el saludo satisfecho. Alentada por aquel gesto y sin apartar la mirada de él se acercó hasta la valla.

—Te he traído unas pipas —dijo cuando se encontró con él—. Pero a lo mejor ya tienes.

—Siempre viene bien tener algunas más —rodeó la valla y aceptó también la bebida isotónica—. ¡Gracias!

—Me hace muchísima ilusión verte jugar —le confesó.

Jacob le dirigió una sonrisa.

—Espero no fallar.

Phoenix metió las manos en los bolsillos de los pantalones cortos que Kyle le había comprado. Se los había puesto junto a una bonita blusa de color turquesa que se había convertido en su favorita.

–No lo harás. Pero aunque falles, a mí no me importa. Me siento muy orgullosa de que estés ahí.

El entrenador le llamó y Jacob dejó el refresco y las pipas en la caseta de su equipo antes de acercarse al montículo del lanzador para terminar el calentamiento.

Phoenix permaneció junto a la valla un rato más. Desde allí podía verle mejor, porque estaba más cerca, hasta que el equipo contrario se dirigió a la caseta, impidiéndole la vista, y alguien comenzó a gritar la orden de bateo.

–¡Tú puedes! –musitó para Jacob.

Y fue entonces cuando se fijó por primera vez en Riley. Estaba sentado enfrente de ella, con una gorra de béisbol idéntica a la suya. No podía estar segura, porque la visera le ocultaba el rostro, pero tenía la sensación de que la estaba mirando fijamente. Y no era el único. Kyle estaba sentado junto a él. Y también sus padres. Phoenix no había visto ni a Helen ni a Tom desde hacía diecisiete años, pero los reconoció al instante. Y supo que el hecho de que se hubiera levantado para hablar con Jacob había alertado a todo el mundo de su presencia.

Sintiendo que estaba llamando la atención en exceso, soltó la valla a la que, sin ser siquiera consciente de ello, había estado agarrándose, y se obligó a regresar al discreto lugar que había elegido. Imaginó que si dejaba de llamar la atención, dejarían de mirarla. Una vez allí, se inclinó para ver su bicicleta que, gracias a Dios, continuaba apoyada en el poste que sujetaba las gradas. Después unió las manos en el regazo y decidió ignorar a todo el mundo y concentrarse en el partido.

Y podría haberlo conseguido si no hubiera sido porque advirtió una ligera conmoción y no pudo evitar mirar nerviosa hacia Riley. La madre de este se había levantado y había comenzado a caminar hacia ella, pero él se había levantado y la estaba agarrando del brazo.

Phoenix no podía oírles, pero sabía que estaban discutiendo por su culpa. Aquello dio lugar a un nuevo ataque de vergüenza y preocupación. ¿Debería marcharse? La gente estaba comenzando a mirarla y a susurrar. Incluso Jacob, que acababa de hacer tres lanzamientos, se había detenido para mirarles y mirarla después a ella como si supiera lo que estaba pasando.

Temiendo arruinar su concentración si se quedaba, Phoenix abandonó las gradas a toda velocidad, se montó en la bicicleta y pedaleó hasta su casa.

Jacob apenas habló cuando volvieron a casa después del partido. Riley le había preparado una hamburguesa y había abierto una lata de alubias verdes, pero se negó a servirle el puré de boniatos que su madre le había dejado en casa unas horas antes, aunque era el plato favorito de ambos. Estaba enfadado por la reacción de Helen al ver a Phoenix y por el revuelo que había causado. Jacob había tenido problemas en el montículo de lanzamiento y habían terminado apartándole. Y, para colmo, habían perdido el partido.

—¿Quieres otra hamburguesa cuando acabes con esa? —preguntó Riley mientras veía masticar a su hijo con expresión sombría.

—No.

Riley había comido ya, en cuanto habían salido las primeras hamburguesas de la parrilla. El entrenador había retenido a Jacob para hablar con él de su mala actuación, sin lugar a dudas, así que Riley había tenido que mantener caliente la comida de su hijo hasta llegar a casa.

—¿Estás bien? —le preguntó.

—He estado mejor.

—No es fácil lanzar cuando no se está concentrado en el juego. Tenías demasiadas cosas en la cabeza.

Jacob no dijo nada, de modo que Riley asumió que terminaría en silencio el resto de la hamburguesa, pero estalló de pronto.

—¡Me siento mal por ella! ¿Es que a nadie le importa que pueda ser inocente?

Riley no quería volver a enfrentarse a aquel debate. Él la había creído culpable. Y, de todas formas, no habría podido hacer nada para impedir que fuera a prisión. Pero una vez había vuelto, comenzaba a tener las mismas dudas que Jacob.

—Tu abuela no debería haber montado una escena. Phoenix tenía todo el derecho del mundo a estar allí.

—¡Exacto! ¡La invité yo! Pero la abuela cree que hace bien en odiarla y que los demás deberíamos odiarla también. He visto cómo se ha enfadado porque no le has dejado ir a ver a Phoenix. Ella también se ha ido del campo.

Había sido muy violento tener aquella discusión en público. Riley les debía muchas cosas a sus padres. Habían hecho todo lo posible por ayudarle con Jacob. No habría sido capaz de criar a su hijo sin ellos. A los dieciocho años, no podría haber sido la clase de padre que su hijo necesitaba y haber ido a la universidad al mismo tiempo.

Su madre se lo había recordado delante de todo el mundo. Pero, maldita fuera, ¿no tenía derecho a pedirle que se mantuviera al margen de ciertas cuestiones? ¿O era un desagradecido, como ella le había dicho, por aceptar el puré de boniatos, por ejemplo, pero no su consejo?

—El abuelo no se ha ido —señaló, intentando animar a su hijo.

Jacob le dirigió una mirada con la que le estaba diciendo que aquello no servía de nada.

—¡Seguro que estaba deseando marcharse al ver que fallaba la cuarta bola!

Había sido muy duro ver que su hijo no alcanzaba la zona de *strike* en tantas ocasiones, sobre todo porque sabía que eran los problemas personales los que estaban afectando a su juego. Pero no quería darle demasiada importancia. Estaba seguro de que el entrenador ya le había dicho todo lo que había que decirle.

–Todo lanzador tiene un mal día de vez en cuando, hasta los profesionales.

–No estoy preocupado por mí, papá. Al fin y al cabo, solo es un partido de béisbol. Significa mucho para mí, pero... no puedo dejar de pensar en cómo debe de haberse sentido mamá al sentirse expulsada de esa forma.

Había recorrido los más de quince kilómetros de ida y vuelta desde su casa al instituto en medio de todo el calor y con seis puntos en la cabeza. Mientras observaba el partido, Riley había estado pensando en ello. Y también había imaginado a Buddy viéndola en la carretera y obligándola a tirarse a otra zanja.

–He visto que te ha llevado un refresco –comentó–. Un gesto muy amable por su parte.

–Sí. Y también unas pipas de girasol –removió las alubias verdes en el plato, pero no parecía tener ningún interés en comerlas–. Durante toda mi vida, he estado viendo hacer eso a las madres de los otros chicos. Hoy tenía la sensación de que por fin me tocaba que lo hiciera mi madre, aunque fuera un poco tarde.

Riley había hecho todo lo posible para asegurarse de que Jacob tuviera todo lo que necesitaba, pero no había podido reemplazar a una madre. Cuando Jacob era pequeño, él había tenido incluso más trabajo, pues tenía que levantar su negocio. Tampoco había participado de forma muy activa en su colegio. Se sentía fuera de lugar cuando iba, porque, normalmente, era el único hombre y era mucho más joven que el resto de los padres.

–Tu abuela solía enviarte magdalenas cuando era tu cumpleaños.

No era un gran consuelo, pero Riley no podía decir mucho más.

—Y también me parece un gesto bonito –respondió Jacob–. ¿Pero por qué tiene que hacerme sentir mal por querer conocer a mi madre? Lo que quiero decir es que no sé si tenemos que creer lo que todo el mundo dice o podemos tener nuestra propia opinión.

Riley suspiró y se sentó en un taburete, junto a la isla de la cocina en la que Jacob estaba cenando.

—Nos debemos tanto a nosotros mismos como a tu madre el ser capaces de mantener una opinión propia.

—¿Aunque seamos los únicos a los que les cae bien?

—Aunque seamos los únicos. Por eso he detenido a tu abuela.

Jacob se metió un tenedor de alubias verdes en la boca.

—Entonces a ti no te importa que quiera conocerla.

—Yo quiero que seas feliz. Eso es lo único que me importa.

Aquello pareció animarle.

—¿Podemos ir a su casa para ver si está bien?

Riley llevaba toda la noche deseando hacerlo, pero no sabía cómo les iban a recibir. A Lizzie no le gustaba más de lo que Phoenix le gustaba a su madre. Seguramente, le consideraba un auténtico diablo. Incluso Phoenix se comportaba como si quisiera mantenerle a distancia. Y había dejado muy claro que no quería que Jacob viera el tráiler en el estado en el que se encontraba.

—No sé si le apetecerá que vayamos –respondió.

—¿Por qué no? –preguntó Jacob.

—Ya sabes cómo es su madre. Ese lugar está hecho un desastre y Phoenix se avergüenza de que lo veamos.

—Pero a mí eso no me importa. Yo solo quiero disculparme. No quiero que piense que me he puesto en contra de ella.

—Ella jamás pensaría algo así.

Aun así, ¿qué daño podía hacerles ir hasta allí? A lo mejor Phoenix sentía un poco de vergüenza, pero tendría que acostumbrarse. Además, Jacob vería lo mismo que había visto él: a una persona librando una dura batalla para conseguir mantenerse a flote.

—Muy bien. Dúchate y vamos para allá.

Las luces del tráiler estaban encendidas, pero ella no abrió la puerta.

Así que Riley gritó a través de una de las ventanas abiertas.

—Phoenix, somos Riley y Jacob. ¿Hola? ¿Estás por ahí?

No hubo respuesta y tampoco se oía movimiento alguno, pero la bicicleta que Noah había arreglado estaba apoyada contra el tráiler, así que sabía que estaba en casa.

—A lo mejor está en casa de su madre —sugirió Jacob, y se volvió hacia el otro tráiler.

Riley no quería que llamara allí. No iba a ser fácil para Lizzie llegar hasta la puerta. Y no sabía qué podría llegar a decir delante de Jacob. Lo que le había dicho la última vez sobre que Phoenix estaba abriéndose de piernas para él no era una imagen muy apropiada para la mente de Jacob.

—Tengo papel en la camioneta. Podemos dejarle una nota pidiéndole disculpas —propuso Riley.

Jacob se mostró de acuerdo, pero antes de que Riley hubiera terminado de escribir, apareció Phoenix desde la parte de atrás del terreno.

—¿Riley? ¿Jacob? —les llamó al verlos al lado de la camioneta—. ¿Qué estáis haciendo aquí?

Jacob arrugó la nota y la arrojó al suelo del vehículo antes de cerrar la puerta.

—Nada. Solo estábamos... Solo queríamos asegurarnos de que estás bien.

Phoenix se acercó a ellos con las sandalias en la mano.

—Estoy bien. No tenéis que preocuparos por mí —sonrió a Jacob, pero Riley sabía que no estaba tan tranquila como pretendía hacerles creer–. Con el uniforme del equipo parecías un jugador profesional. Me cuesta creer que tengo un hijo tan grande y tan fuerte.

Riley advirtió la rapidez con la que había intentado cambiar de tema. Había sido una reacción inteligente la de hacer aquel cumplido, pero Jacob no picó. Estaba demasiado concentrado en lo que había ido a decir.

–Mi abuela no debería haber hecho nada. Lo siento mucho.

–No te preocupes por eso. Soy consciente de que no puedes controlar a todas las personas que te rodean. Debería haberme quedado, pero me daba miedo distraerte. Deberíamos haberlo pensado antes.

–No, y quiero que vuelvas a ir a verme.

–Y yo pienso ir. Si tus abuelos no van a los partidos que juegas fuera, a lo mejor es preferible que vaya a esos. Podríamos haber intentado ser un poco más estrategas, eso es todo. No hay por qué molestar a nadie.

–¿Pero cómo vas a ir a esos partidos sin coche? Son bastante lejos.

–Para la semana que viene ya tendré algún ingreso. Siempre puedo ir en taxi.

Riley imaginaba que le habían pedido pulseras y se refería al dinero que recibiría tras su venta. Pero seguro que tenía mejores formas en las que gastar ese dinero.

Aun así, le impresionó el esfuerzo que estaba haciendo para aliviar la preocupación de Jacob.

–No te has perdido nada –gruñó Jacob–. Ha sido el peor partido de mi vida. Hemos perdido por mi culpa.

–La próxima vez ganarás –le consoló Phoenix con verdadera convicción.

Riley reparó entonces en que tenía los pies y las piernas mojados.

–No me digas que te has metido en el arroyo.

–Solo un rato. Me gusta meter los pies. Me refresca y es

un lugar muy tranquilo, sobre todo por las noches. Además, me permite alejarme de toda la basura que mi madre tiene acumulada por todas partes y disfrutar de unas vistas mucho más agradables.

–Me alegro de que hayas cerrado la puerta aunque no hayas ido muy lejos. Puede que te parezca una molestia, pero es mucho más seguro –dijo Riley.

–Hago lo que puedo, pero si Buddy quiere entrar en mi casa, no creo que una puerta cerrada le detenga. Hace demasiado calor para tener las ventanas cerradas. Terminaría ahogándome si las cerrara –se cambió las sandalias de mano–. Buddy y yo tendremos que arreglar nuestras diferencias en algún momento.

Riley hundió las manos en los bolsillos de los vaqueros.

–¿Has sabido algo de él?

–No.

A lo mejor Bennet había hablado con él y había sido más efectivo de lo que Riley esperaba.

–Bien.

–Os invitaría a pasar, pero mañana es un día de diario y supongo que Jacob tendrá que acostarse.

–Sí, tengo deberes –admitió Jacob.

–Entonces ve a hacerlos. Y pronto te invitaré a cenar. ¿Cuál es tu plato favorito?

–Los espaguetis con albóndigas.

–Supongo que si practico seré capaz de hacerlos –añadió con una risa de pesar–. No aprendí mucho de cocina antes... antes de salir.

Riley no sabía si la invitación le incluía a él, pero no iba a preguntarlo.

–Procura mantener la puerta cerrada.

–Lo haré, pero la mosquitera de la ventana más grande está justo aquí...

–¿Y? En cualquier caso, eso te dará algunos segundos para prepararte o para escapar en el caso de que ocurra algo.

Phoenix asintió.

—De acuerdo.

—Buenas noches, mamá —Jacob le dio un abrazo fugaz antes de volver a la camioneta.

Phoenix se quedó tan impresionada por aquel gesto que no dijo nada, ni siquiera respondió cuando Riley se despidió de ella. Este comenzó a acercarse a la puerta del conductor, pero Phoenix le retuvo antes de que hubiera podido abrirla y bajó la voz.

—Sabes que si supiera que os estoy poniendo en una situación difícil me iría.

Riley desvió la mirada hacia Jacob, que estaba ya dentro, poniéndose el cinturón de seguridad, para asegurarse de que no les estaba prestando atención.

—No te estamos pidiendo que te vayas.

—Lo único que estoy diciendo es que, si pudiera, os pondría las cosas más fáciles. Podría mudarme a Sacramento o algún otro lugar que no esté lejos de aquí. Jacob podría ir a verme de vez en cuando y tú ni siquiera tendrías que verme. Así los Mansfield, tu familia y todo el mundo estaría contento. Pero... el problema es mi madre. Ella no se moverá de aquí por mucho que se lo pida.

«Tú ni siquiera tendrías que verme», lo decía como si la odiara.

—No creo que tu madre pueda permitírselo.

—No, no puede. Pero en cuanto pueda mantenerme, espero que eso cambie. Creo que lo que la retiene aquí es el miedo. El miedo a lo desconocido, a la gente. Es el miedo lo que rige su vida.

—Es una tragedia.

—Es posible que no sea una buena madre, pero no puedo marcharme para vivir mi vida y dejarla aquí, donde ni siquiera puede cuidar de sí misma.

Cuando Riley abrió la boca para decir algo, ella le interrumpió.

—Lo sé. Ha estado sola diecisiete años y ha sobrevivido.

Había supuesto que Riley iba a darle argumentos para cambiar la decisión de quedarse, pero no era así. Lo que él pretendía decirle era que hiciera lo que considerara necesario y que todos los demás tendrían que adaptarse a su decisión. Pero como Phoenix siguió hablando, no tuvo oportunidad de decírselo.

—Mis hermanos la abandonaron y está tan convencida de que yo tampoco puedo llegar a quererla que hace todo lo posible para asegurarse de que no la quiera.

—Haciéndose insoportable.

—No tiene sentido, pero... Voy a demostrarle que estaré con ella a las duras y a las maduras. Aunque no tenga ninguna otra cosa en la vida, por lo menos podrá contar con eso. La familia es lo más importante. Eso es lo que he aprendido durante todos estos años. Y eso significa que no tengo otra opción.

—Jacob y yo estamos bien. No tienes que preocuparte por nosotros.

Phoenix tomó aire, elevando su pecho.

—Gracias. Yo... solo quería que comprendieras que no estoy intentando convertirme en una molestia en tu vida, aunque pueda parecerlo.

—Puedo manejar a mi madre.

—¿Y Jacob?

—Él prefiere que estés aquí.

—Gracias por decírmelo.

Riley alargó la mano hacia la puerta, pero se detuvo.

—Esa invitación a cenar que le has mencionado a Jacob...

—¿Sí?

—¿Me incluye a mí?

Phoenix pareció sorprendida.

—Por supuesto. Tú siempre eres bienvenido a cualquier cosa que haga con Jacob.

Él quería que dijera que sí, pero no por aquella razón. Phoenix parecía pensar que el único interés de él residía en controlar su relación con su hijo.

Y casi deseó que fuera así, porque algunos de los pensamientos que cruzaban por su cabeza cuando miraba a Phoenix habrían sorprendido a todo el mundo.

Capítulo 11

—Estás jugando con fuego.

Phoenix continuó sacando la comida podrida de la nevera de su madre. Casi no soportaba el olor, pero había querido vaciar la nevera desde que había salido de prisión y estaba decidida a terminar con aquella tarea aquella noche. Le resultaría mucho más fácil cocinar para su madre si era capaz de abrir la nevera.

—¿No tienes nada que decir? —la urgió Lizzie.

Estaba sentada junto a la mesa de la cocina, detrás de una pila de periódicos que solo Dios sabía los años que tenían.

—¿Qué quieres que diga? —replicó Phoenix—. Riley es el padre de mi hijo. Eso no tengo manera de evitarlo.

Lizzie tiró una uva en la jaula de los hámsteres.

—Pues serías más inteligente si lo hicieras. Jacob ya irá a buscarte cuando sea mayor.

Después de lo que había pasado en el partido, Phoenix había considerado la posibilidad de marcharse por el bien de su hijo, pero, como le había dicho a Riley, Jacob no era la única razón por la que había vuelto a Whiskey Creek. Lizzie no era consciente de que también ella formaba parte de aquella decisión y no se lo creería aunque se lo dijera.

—No quiero perderme lo poco que queda de la infancia de mi hijo.

—¿Aunque su padre sea una tentación demasiado fuerte para ti?

—¡Basta! Ya me has acusado de haberme acostado con él —protestó—. Ni siquiera me ha tocado, así que no tengo la menor idea de a qué te refieres.

—¡Oh, claro que la tienes! A lo mejor no te ha tocado todavía, pero no dejas de pensar en ello.

Phoenix odiaba que su madre tuviera razón. Estaba empezando a sentir la carencia de haber pasado diecisiete años sin un hombre. Ella había pensado que sería capaz de concentrarse exclusivamente en la maternidad por lo menos durante un par de años. Pero sus hormonas se estaban interponiendo en su camino, haciéndola desear una satisfacción más plena, y Riley era la única pareja que concebía su cerebro.

—¿No me dijiste que Riley no te gustaba? ¿Ahora te parece que es un hombre atractivo?

—El hecho de que sea guapo no significa que se pueda confiar en él.

—Antes ni siquiera admitías que fuera guapo.

Phoenix arrugó la nariz al abrir otro recipiente con comida podrida. En aquella ocasión, un arroz pegajoso. ¿Quién iba a imaginar que el arroz pudiera oler tan mal como unos huevos podridos?

—Estábamos en el instituto cuando me dejó. Supongo que no esperarías que se casara conmigo.

—Eso es lo que estoy intentando decirte. Él nunca se casará contigo, así que no le dejes meterse en tu cama. No te conducirá a nada.

Phoenix estaba empezando a pensar que con la satisfacción física tendría suficiente. Pero sabía que Riley sería una pésima opción. Solo serviría para complicar una relación ya de por sí compleja y que amenazaría la relación que estaba empezando a construir con Jacob.

—No voy a acostarme con Riley.

—No he visto a muchos otros hombres por aquí.

—¡Solo llevo una semana en casa!

—No importa. Si yo estuviera en tu lugar, buscaría a alguien, aunque solo fuera para que el padre de tu hijo sepa que tiene menos posibilidades de volver a utilizarte que una bola de nieve de sobrevivir en el infierno.

—¿De utilizarme? Disfrutamos del sexo. Los dos quisimos hacerlo. Éramos jóvenes. ¿No puedes concederle por lo menos el beneficio de la duda?

—¿Su familia y él te concedieron a ti el beneficio de la duda?

Phoenix suspiró mientras se ajustaba los guantes de goma.

—Riley podría estar poniéndome las cosas mucho más difíciles, pero está colaborando conmigo.

Para su sorpresa, que no esperaba que fuera a ser tan amable con ella.

—¿Y eso no te hace preguntarte por qué? —inquirió su madre.

—Lo que me hace es sentirme agradecida, eso es todo.

La silla en la que estaba sentada Lizzie chirrió cuando esta cambió de postura.

—¡Eh, vamos! Te encantaría volver a estar con él. Pero él se cree demasiado bueno para ti, así que no te dejes engañar.

Era evidente que también Lizzie pensaba que era demasiado bueno para ella.

—Gracias por recordarme mi posición —musitó Phoenix mientras volvía a hundirse en la nevera.

El intenso olor del esmalte de uñas de su madre, que se hacía la manicura casi a diario, batallaba con el olor hiriente de una lechuga podrida.

—¿No puedes darte prisa? —preguntó Lizzie—. ¿O cerrar la nevera? No soporto esa peste.

—Esa peste empeorará si no acabo cuanto antes con esto.

–Vale, pero no tires nada que todavía sea comestible.

–Creo que no soy capaz de ver la diferencia. Y si tú también lo fueras a lo mejor no hacía falta llegar a esto.

–Yo no te he pedido que limpiaras mi nevera –le espetó Lizzie.

Siempre tan agradecida. Phoenix sacudió la cabeza, pero no hizo ningún comentario. Saber por qué su madre se mostraba tan desagradable no hacía que resultara más fácil tratar con ella.

–¿Has considerado alguna vez la posibilidad de poner internet? –preguntó Phoenix con la esperanza de desviar la conversación hacia un tema que no fuera un campo minado.

–No tengo dinero –contestó Lizzie sin considerarlo siquiera–. ¿De qué me iba a servir, de todas formas?

–Podrías conseguir un ordenador portátil a buen precio, conocer gente por internet, hacer amigos, ver programas de televisión antiguos, series, películas. Hay toneladas de contenidos disponibles a cambio de unos dólares al mes. Menos de lo que pagas por la televisión por cable. Además, podrías disponer de videojuegos.

–Estoy demasiado ocupada.

Phoenix se mordió la lengua. ¿Su madre pensaba que estaba demasiado ocupada? Lo único que hacía en todo el día era ver la televisión y ocuparse de sus animales (afortunadamente, mucho mejor de lo que se había ocupado de sus hijos), pintarse las uñas de las manos (no llegaba a las de los pies), y organizar y reorganizar la basura que coleccionaba como si el papel de aluminio fuera oro líquido.

–Muy bien –dijo Phoenix al cabo de un rato–. Pero yo pienso contratar el servicio de internet en cuanto pueda permitírmelo. Lo necesito para mi negocio. Si al final me dejas enseñarte unas cuantas cosas, a lo mejor consigo hacerte cambiar de opinión.

–Seguro que no –su madre le dirigió una mirada penetrante. Phoenix alzó la suya justo a tiempo de verla–. No intentes cambiarlo todo. Estoy bien tal y como estoy.

Sí, estaba genial. Todo el mundo tenía aquella cantidad de moho creciendo en el refrigerador.

Se hizo el silencio entre ellas, pero, al cabo de unos minutos, Phoenix lo rompió.

–Esta noche Jacob me ha dado un abrazo.

No se lo había dicho a su madre por miedo a que Lizzie respondiera con algún comentario mordaz que le arruinara aquel recuerdo. Pero, en aquel momento, quería demostrarle que su hijo se había mostrado mucho más receptivo de lo que ella había predicho.

–¿De verdad?

Phoenix advirtió la sorpresa en su voz y sonrió.

–Ahí delante, en el patio. Me ha dicho adiós y me ha dado mi primer abrazo.

Se produjo una ligera pausa. Después, su madre preguntó en un tono más amable:

–¿Y qué ha hecho Riley?

–Nada.

–Yo no confiaría en él –insistió Lizzie, volviendo a su tono habitual.

Se lo había dicho antes y quizá tuviera razón. Pero parte del problema de Lizzie era que no confiaba en nadie.

¡Tenía treinta pedidos de pulseras! Eufórica, Phoenix clavó la mirada en la pantalla del ordenador. Estaba sentada en el Black Gold Coffee. Nunca había tenido tantas peticiones al mismo tiempo y la mayor parte eran de los modelos más caros. No podía imaginar a qué se había debido aquel crecimiento tan drástico. Hasta entonces, había recibido uno o dos pedidos a la semana como mucho.

Pero no tardó en resolver el misterio. Cuando comprobó las direcciones vio que los pedidos procedían todos de un mismo barrio de Los Ángeles en el que debía de vivir un grupo de amigos o, seguramente, había una universidad o un instituto. Tenía que ser eso, porque casi todas las direcciones de envío tenían el mismo código postal.

Qué curioso...

Sonriendo para sí, comenzó a escribir a sus nuevos clientes para comunicarles que les enviaría las pulseras. Por suerte, pedía el dinero por adelantado, así que disponía de ciento cincuenta dólares en su cuenta de PayPal. Podría comprar más material, que, desde luego, iba a necesitar, y también comida. Entre otras cosas, los ingredientes que necesitaba para invitar a Jacob a cenar y...

La campanilla de la puerta sonó y al alzar la mirada descubrió a una de las amigas que tenía Riley en el instituto. Callie Vanetta entró con un hombre, que debía de ser su marido, pero ninguno de ellos se fijó en los otros clientes de la cafetería. Se detuvieron en la caja registradora, así que Phoenix se relajó y volvió de nuevo al trabajo. Estaba tan concentrada en asegurarse de que había confirmado todos los pedidos que dejó de controlar la puerta para ver si entraba alguien que no quisiera encontrarse con ella. De todas formas, la cafetería estaba cada vez más llena y era imposible ver la puerta.

Sin embargo, cuando volvió a levantar la mirada, vio que Callie y su marido no habían abandonado la cafetería tras comprar su café, tal y como esperaba. Estaban sentados y se había unido más gente a ellos. Y cuando vio a Riley cruzar la puerta, deseó haber prestado más atención a aquel grupo. Debería haberse marchado al ver entrar a Noah Rackham y a Eve Harmon, otros dos amigos de Riley.

Este no se fijó en ella al principio. Fue alguien de la mesa el que le hizo reparar en su presencia. Oyó que alguien de la mesa preguntaba:

—¿Esa no es Phoenix?

Riley miró entonces hacia ella, se levantó y se acercó a saludarla.

—Hola.

Phoenix consideró la posibilidad de cerrar el ordenador y marcharse, pero todavía tenía que contestar a varios correos. No quería tardar mucho en contestar a los pedidos. Y tampoco le apetecía tener que volver al pueblo en bicicleta cuando Riley y sus amigos se hubieran ido para trabajar durante un cuarto de hora más.

Tenía que acostumbrarse a vivir en Whiskey Creek. Y eso significaba soportar miradas, susurros y señalamientos como aquel. No podía salir corriendo cada vez que se encontrara con alguien que conociera su historia.

—Hola.

Se reclinó en la silla y cruzó las piernas, intentando mostrarse educada, pero distante, para que Riley no se sintiera obligado a hacer nada más que saludarla. La verdad fuera dicha, ni siquiera esperaba que lo hiciera, pero le pareció un gesto muy amable por su parte.

—Estás muy guapa con esa blusa.

Llevaba la misma blusa y los pantalones cortos que se había puesto para el partido. Le daba un cierto reparo, pero no tenía mucha más ropa, y nadie lo sabía mejor que él.

—Gracias.

Riley señaló el ordenador.

—¿Estás trabajando?

—Ayer por la noche recibí varios pedidos. Dentro de unos días podré pasarte algo de dinero para Jacob.

—Ni a Jacob ni a mí nos hace falta –respondió él–. ¿Por qué no te quedas ese dinero y lo utilizas tú? Te llevará algún tiempo instalarte y a mí no me parece mal.

Riley nunca le había pedido dinero, pero aquella era, en parte, la razón por la que ella había insistido en darle a Jacob cuanto había podido. Quería dejar claro que estaba dispuesta a cumplir con su obligación. Y no quería dar a

Riley más argumentos de los que ya tenía para negarle sus visitas.

—Dejar de ocuparse de un hijo no es una opción. Y no quiero ser una carga. Además, tengo más pedidos de los que esperaba.

Riley parecía no saber qué decir, pero, al final, asintió.

—Supongo que es un alivio.

—Lo es. Pero ahora tengo que hacer las pulseras.

—¿No tienes ninguna en inventario?

—No muchas. Solo las que utilizo para las fotografías y los experimentos.

Antes de que hubiera podido decir nada más, entró Kyle en la cafetería. Al verles, pasó de largo la cola de la barra y se acercó a saludarlos.

—¡Hola! ¿Cómo estás?

Aquella muestra de amistad fue tan tranquilizadora que Phoenix sintió que cedía parte de la ansiedad y ensanchó su sonrisa. Advirtió que llevaba la pulsera que había hecho para él.

—Me alegro de verte.

—Yo también. Estás genial.

Phoenix había hecho todo lo posible para disimular los puntos. Se había peinado el pelo hacia delante en vez de hacia atrás.

—Eso es porque hay alguien que tiene un gusto excelente para la ropa.

Un músculo se tensó en la mejilla de Riley, como si no le estuviera haciendo mucha gracia aquella conversación, pero no les interrumpió.

—Me alegro de que te gustara todo —alzó la muñeca—. A mí también me gusta mucho lo que he conseguido a cambio.

Phoenix se cuidó mucho de mirar a Riley.

—Gracias. Sé que es... original.

—Querrás decir preciosa.

—Nos están esperando —Riley le dio a Kyle un golpe en la espalda, con más fuerza de la debida, a juzgar por el sobresalto de Kyle—. Y algunos tenemos que trabajar.

Kyle apretó los labios como si estuviera reprimiendo una risa.

—Yo, entre ellos —miró después a Phoenix—. Cuídate, ¿quieres?

—Tú también.

Kyle se detuvo un segundo más.

—Todavía tienes mi número de teléfono por si necesitas que te lleve a algún sitio, ¿verdad?

—Sí, lo tengo.

—No vaciles a la hora de utilizarlo. No quiero que vayas andando o en bicicleta de noche.

—No piensa llamarte —le espetó Riley y, en aquella ocasión, Kyle se echó a reír.

—Tienes razón —dijo Phoenix después de que Kyle fuera a reunirse con sus amigos—. No voy a llamarle. No te preocupes, no voy a intentar introducirme en tu círculo de amigos. Pero Kyle es un hombre muy amable y me gusta ser amable con él.

—Y el hecho de que seas una mujer guapa y estés soltera no tiene nada que ver con eso.

Phoenix no estaba segura de haber oído bien.

—¿Perdón?

—Nada. No importa.

Riley miró la carta escrita en la pizarra y miró después hacia la mesa en la que estaba sentada Phoenix. No había nada en ella, salvo el ordenador portátil y la mochila que utilizaba para llevarlo.

—¿Puedo invitarte a un café?

Phoenix se había gastado hasta su último penique el día que había ido al partido de Jacob comprando las pipas y el refresco isotónico, pero ya no le importaba. Gracias a aquellos treinta pedidos, pronto iba a disponer de dinero.

–No, gracias. Ya he tomado un café al llegar –mintió.

–También tienen desayunos. Magdalenas integrales y ese tipo de cosas.

–Estoy bien, gracias –esperaba que no comenzara a sonarle el estómago y, para su alivio, no lo hizo–. Y no quiero seguir apartándote de tus amigos.

Dichos amigos estaban sentados en una esquina, pero estaban todos estirando el cuello para verla. Aunque sonreían como si pretendieran mostrarse afectuosos con ella, Phoenix no se fiaba.

Se dijo que les dejaría satisfacer su curiosidad mientras terminaba su trabajo. Después, cerraría el ordenador y se marcharía. No le gustaba que le recordaran la diferencia entre su estatus social y el suyo.

–De acuerdo –le dijo Riley–. Enhorabuena por los pedidos.

Phoenix se despidió de él con un gesto.

–Gracias.

En cuanto Riley regresó con sus amigos, ella bajó la cabeza e intentó concentrarse en los últimos correos que había enviado. No le gustaba estar en el Black Gold cuando estaba tan lleno; esa era la razón por la que prefería llegar a primera hora de la mañana. Debería haberse marchado en cuanto había visto a los amigos de Riley, aunque eso la hubiera obligado a regresar más tarde, a la hora de más calor. Porque no habían pasado ni cinco minutos cuando oyó que alguien musitaba:

–Zorra asquerosa.

Sin saber cómo, distinguió aquellas palabras en medio del rumor de voces de la cafetería. Riley y su grupo no repararon en ellas. Hablaban y reían de tal manera que si el mundo se hubiera detenido de pronto ni siquiera se habrían dado cuenta.

Y se alegró de ello. No quería que lo notaran, porque cuando alzó la mirada, vio que era Buddy Mansfield. Había entrado con un amigo y los dos la estaban fulminando con la mirada. Buddy tenía la cara completamente roja.

—¡Dios mío, no! —musitó Phoenix mientras el corazón le daba un vuelco.

No quería montar una escena en la cafetería. Odiaría dar el espectáculo, no quería que la pusieran en una situación embarazosa delante de Riley.

Decidida a evitar cualquier tipo de confrontación, aunque fuera verbal, agarró el ordenador, dejando detrás la mochila para ahorrar tiempo, y se metió en el cuarto de baño. Habría preferido desaparecer. Desgraciadamente, era imposible. Buddy y su amigo se interponían entre la puerta y ella.

Alzó la mirada hacia la única ventana que había en el baño con la esperanza de poder escapar a través de ella. Pero era demasiado pequeña, estaba demasiado alta y no podía abrirse del todo.

Rezando para que Buddy pidiera el café y se marchara, se abrazó al ordenador y esperó, cambiando nerviosa el peso de un pie al otro.

—Vete —musitó, deseando que Buddy obedeciera.

Pero la puerta se abrió de golpe.

—¿Crees que no tengo huevos para entrar a buscarte aquí? —preguntó Buddy, bloqueándole la salida junto a su amigo, que permanecía tras él.

El recuerdo del rostro de Buddy cuando había estado a punto de atropellarla hizo que Phoenix rompiera a sudar.

—No quiero causarte problemas.

Hablaba en voz muy baja para que ni Riley ni sus amigos pudieran oírla, pero Buddy no siguió su ejemplo.

—¡Me importa un comino! —gritó—. Mataste a mi hermana, ¿crees que me apetece verte cuando voy conduciendo por el pueblo? ¿O cuando voy a tomar un café? ¿O cuando salgo a cenar?

Su amigo, aunque no dijo nada, parecía apoyarle.

—Yo no... Yo no... —comenzó a decir, pero se le trababa la lengua y no era capaz de pronunciar palabra.

Probablemente porque no estaba segura de qué decir. Quería insistir en que ella no había matado a nadie, pero sabía que no la creería. Era mucho más inteligente intentar distender la situación para poder marcharse sin sufrir más daño.

—Me iré ahora mismo, si me dejas pasar.

—¿Que te deje pasar? ¿Cuando tú me estás insultando al volver aquí, demostrándome que estás viva mientras Lori...? —se le quebró la voz, pero consiguió controlarla— ¿... mientras Lori se ha ido para siempre?

Dio un paso hacia ella y Phoenix retrocedió, pero chocó contra los cubículos del cuarto de baño.

—Siento mucho lo de Lori. Yo no quería que muriera. Para serte sincera, en muchas ocasiones he deseado que fuera ella la que estuviera aquí en mi lugar. Pero no puedo cambiar el pasado. Tanto tú como yo... tenemos que encontrar la manera de afrontarlo y continuar viviendo.

—Eso no significa que tenga que soportar tu presencia en el pueblo.

Phoenix se abrazó con fuerza al ordenador.

—También es mi pueblo, tengo un hijo aquí. Esa es la razón por la que he vuelto. Por él y por mi madre.

—Tu hijo ya tiene a su padre. No necesita a una furcia expresidiaria. Y la gorda de tu madre se merece todo lo que le está pasando. No le sirves de nada a nadie, ¿entiendes? Nos harías un favor a todos si...

—¿Qué está pasando aquí?

En el momento en el que Riley apareció en el marco de la puerta, empujando con los hombros al amigo de Buddy, Phoenix sintió que los ojos se le llenaban de lágrimas, pero tragó con fuerza y parpadeó para reprimirlas.

—Esto no es asunto tuyo —replicó Buddy—. Díselo tú, Stan.

Pero el amigo de Buddy no dijo nada. Se limitó a encogerse de hombros como si no estuviera seguro de qué hacer.

Riley le ignoró.

–No causes problemas, Buddy –le advirtió–. ¿Crees que esto te va a servir para superar lo que le pasó a Lori?

Buddy señaló a Phoenix con el dedo. Estaba tan cerca de ella que estuvo a punto de clavárselo en la nariz.

–¡No debería estar aquí!

Riley se acercó a él.

–¿Crees que estaría aquí si hubiera matado a Lori?

–¿Qué demonios estás diciendo? ¡Era ella la que conducía el coche!

–Ya ha cumplido su condena. Ahora puede ir adonde le apetezca, incluso aquí –le hizo un rápido gesto a Phoenix y añadió–: Sal de aquí cuanto antes.

Phoenix se odió a sí misma por estarle tan agradecida. Hasta que no asimiló su alivio no fue consciente del miedo que había pasado. Pero en cuanto dio un paso hacia la puerta, Buddy le dio un empujón, haciendo que Phoenix chocara contra los cubículos del baño y que el ordenador terminara en el suelo.

Phoenix supo que se había roto en cuanto lo oyó chocar contra el duro cemento.

–¡No! –exclamó. Todo su negocio dependía de aquel ordenador.

Se agachó para recogerlo, pero Buddy le pisó la mano, moviendo el pie como si quisiera romperle hasta el último hueso.

Y entonces se desató el infierno. Riley agarró a Buddy del cuello, giró con él y le dio un puñetazo. El impulso del golpe le lanzó contra el lavabo.

El amigo de Buddy gritó:

–¡Qué demonios! –y se volvió hacia Riley.

Afortunadamente, uno de los amigos de Riley, que se habían aglutinado en la puerta, paró el movimiento del puño y arrastró a Stan fuera del baño.

Phoenix pensó que todo había terminado, hasta que vio que Buddy recuperaba el equilibrio y cargaba contra Riley. Dejó entonces el ordenador en el suelo y se lanzó hacia él, intentando interceptar el golpe. Lo último que necesitaba era que alguien saliera herido. Pero Dylan Amos, una de las personas que estaba con los amigos de Riley, la estrechó contra su pecho.

–¡Sal de aquí! –gritó Riley justo antes de que Buddy comenzara emplearse a fondo.

Phoenix nunca había visto a Riley pelear con nadie. Siempre había sido una persona muy popular, apreciada y muy equilibrada. Le costaba creer que estuviera en medio de aquella pelea y no quería ser ella la causa.

–¡Riley, no! –gritó–. ¡Para!

Forcejeó para intentar liberarse e insistir en que fuera Riley el que saliera del cuarto de baño. Buddy era mucho más grande que él y tenía miedo de lo que podría pasar si la pelea continuaba. Pero Dylan la retuvo.

–¡No le distraigas! –le susurró al oído.

–¡Pero le va a hacer daño!

¿Acaso no era evidente? ¿Por qué nadie intervenía? Los amigos de Riley estaban agarrando al amigo de Stan para que la pelea fuera justa, pero nada más.

–No le pasará nada –le aseguró Dylan–. Está tan enfadado que podría acabar con cualquiera. Yo no me interpondría en su camino, y te aseguro que tengo mucha más experiencia que él.

–Nunca le había visto así –comentó alguien más.

A Phoenix le pareció que lo había dicho Kyle, pero no volvió la cabeza para asegurarse. Fijó la mirada en los dos hombres que estaban intercambiando golpes hasta que Riley recibió un puñetazo en la cara y comenzó a sangrar por la nariz. Se sintió entonces como si el puñetazo se lo hubieran dado a ella y no fue capaz de continuar mirando.

–Voy a vomitar –le dijo a Dylan–. Déjame salir.

Dylan debió de comprender que no mentía. Tras bloquearle el paso para que no pudiera cambiar de opinión y regresar al baño, la soltó.

A pesar de que le temblaban las rodillas, Phoenix consiguió abrirse camino entre la gente que se había arremolinado en la puerta. Pero apenas acababa de salir cuando vomitó.

Capítulo 12

Era una noche particularmente calurosa. Phoenix estaba tumbada en la cama, con la mirada fija en la luz del foco del tráiler de su madre que se filtraba por la ventana y oyendo girar al viejo ventilador que había encontrado en el patio. Sonaba a un ritmo constante y oscilaba hacia delante y hacia atrás. El movimiento del aire le ofrecía cierto alivio, pero no podía dormir. Cada vez que cerraba los ojos, veía el puño de Buddy echando la cabeza de Riley hacia atrás y la sangre brotando de su nariz.

Y volvía a sentirse enferma.

¿Estaría bien?

No lo sabía. No tenía la menor idea de lo que había pasado después de su marcha. En cuanto había podido limpiarse la boca, había agarrado la bicicleta y había corrido calle abajo. No tenía fuerzas para ir demasiado lejos, así que se había metido en el campo y había permanecido escondida entre los árboles de aquel ondulante paisaje durante al menos dos horas, hasta que se había sentido con fuerzas para moverse. Mientras estaba escondida, había visto a Kyle pasar por la carretera muy despacio, como si estuviera buscándola. Había visto su camioneta más de una vez, pero no había querido hablar con él, no había querido enterarse de lo que había pasado. Tenía miedo de que a Riley le hubieran roto la nariz o la barbilla.

«Tranquila, estará bien». Intentaba utilizar algunas de las afirmaciones positivas que Coop le había enseñado cuando estaba entre rejas. Pero nada parecía calmar su ansiedad. No podía dejar de imaginar a Jacob viendo llegar a su padre con el rostro amoratado y sanguinolento y echándole la culpa a ella. O a Riley, maldiciéndola por haber regresado a Whiskey Creek, donde nadie la quería.

Debía de tener tantas ganas como Buddy de que se fuera.

Y a lo mejor debería hacerlo. Al fin y al cabo, Buddy no tenía la culpa de odiarla. Él no sabía que era inocente del asesinato de su hermano. Y ella era consciente de lo poco creíble que sonaba su versión sobre que había sido otra persona la que había agarrado el volante. Nadie la había creído en el juicio y nadie iba a creerla diecisiete años después.

Pero, ¿y su madre? ¿Acaso Lizzie no se merecía algo de compasión? ¿Algo de amor y lealtad a pesar de sus problemas? ¿No era ahí donde entraba la parte incondicional del amor?

«La gorda de tu madre se merece todo lo que le está pasando».

Phoenix dio media vuelta en la cama, intentando detener el eco de aquellas palabras en su cabeza. Pero fue inútil. No conseguía tranquilizarse. Consideró la posibilidad de ir a refrescarse al arroyo. Y entonces se fijó en que todavía estaba encendida la luz del tráiler de su madre.

Phoenix estaba preguntándose si tendría la fortaleza mental necesaria para aguantar la compañía de su madre, antes había hecho la cena para las dos, pero no había mencionado la pelea, cuando vio un par de luces en el camino de la entrada.

¿Era Riley?

Imaginando que era él, corrió a ponerse una camiseta y unos pantalones cortos. Estaba tan convencida de que tenía que ser él que cuando abrió la puerta el tráiler se sorprendió al ver la camioneta de Kyle en vez de la suya.

Kyle bajó de la camioneta con la mochila y el ordenador destrozado y se los acercó.

–Hola.

Phoenix esperó a que se reuniera con ella en la escalera.

–Hola.

–¿Estás bien?

–Sí, claro –respondió Phoenix.

No preguntó cómo habían terminado las cosas en el café. Tenía miedo de oír la respuesta.

–Dylan me dijo que parecías muy afectada cuando te fuiste esta mañana.

Phoenix hundió las manos en los bolsillos traseros del pantalón y alzó la barbilla.

–No me gusta que nadie libre mis batallas por mí.

–¿Nadie? ¿O Riley, cuando hay alguna posibilidad de que salga herido?

–No sé a qué te refieres.

Le miró con el ceño fruncido para evidenciar que no le gustaba lo que estaba insinuando.

–No estoy enamorada de Riley, si es eso lo que estás sugiriendo. No le he llamado ni una sola vez, no he ido nunca a verle. Yo no he hecho nada.

–Creo que no piensas en volver con él porque crees que eso sería demasiado esperar. Pero eso no significa que no te importe.

–Eso es una locura, no es verdad… Me importa, sí, pero solo porque es el padre de Jacob.

Lo decía en un tono intrascendente, como si aquel sentimiento no fuera más allá. Y esperaba de verdad que así fuera. No habría nada más peligroso que volver a sentir lo que en otro tiempo había sentido por Riley.

Kyle se frotó la barbilla y la estudió con atención.

–¿Entonces no tienes curiosidad por saber cómo ha terminado todo?

–La verdad es que no –mintió.

A los labios de Kyle asomó una paciente sonrisa.

—Riley está bien, Phoenix. Ha salido bastante bien parado. Buddy se ha llevado la peor parte.

Phoenix respiró hondo para controlar el alivio que fluyó dentro de ella y, de pronto, sintió ganas de llorar. Pero pudo contener las lágrimas. No comprendía aquella actitud tan infantil después de haber vivido en prisión. Las otras internas se reirían de ella si la vieran. Hasta Coop sonreiría.

—¿Quién ha puesto fin a la pelea? ¿Ha intervenido la policía?

—No. Ha quedado todo entre ellos. El camarero ha llegado poco después de que tú salieras.

Phoenix se clavó las uñas en las palmas de las manos.

—¿Y después qué ha pasado?

—Nos hemos ido todos.

—Riley estaba sangrando. Eso... eso lo he visto.

Kyle se encogió de hombros.

—Solo ha sido un golpe en la nariz. La tendrá hinchada unos cuantos días. Pero es posible que Buddy se haya roto la mano y haya terminado con un ojo morado. Deberías haber visto cómo tenía el ojo.

Pero Phoenix no quería verle el ojo, solo quería olvidarse, quería que todos se olvidaran de lo ocurrido.

—Riley no tenía por qué haber intervenido. No sé por qué lo hizo.

—Alguien tenía que hacer algo, Phoenix. Buddy no puede seguir torturándote. Le compadezco y siento lo que le pasó a su hermana, pero tú ya has cumplido tu condena.

—Yo no la maté.

Hacía mucho tiempo que había dejado de intentar convencer a nadie. Le resultaba doloroso y frustrante enfrentarse a una nueva dosis de escepticismo y duda. Pero le importaba lo que Kyle pensara de ella. Por mucho que deseara lo contrario, le importaba la opinión de los amigos de Riley.

Kyle la miró en silencio durante varios segundos.

—Entonces esa es la razón por la que Riley ha decidido intervenir.

Phoenix no le entendió.

—¿Perdón?

—Imagino que eso significa que te cree.

¿Sería cierto? Phoenix casi temía esperar que lo fuera. Su sueño más preciado siempre había sido que Riley y Jacob supieran y fueran capaces de decir que era inocente.

—Toma —Kyle le tendió el ordenador—. Está roto, pero supongo que lo quieres. A lo mejor se puede arreglar.

—En realidad, era bastante viejo —contestó como si no fuera una gran pérdida.

No quería que Kyle supiera que aquel era otro terrible revés. Prefería su amistad, quizá incluso ganarse su respeto en algún momento, a su compasión. Pero la verdad era que no tenía la menor idea de cómo iba a continuar llevando su negocio sin tener acceso a internet. No había ninguna biblioteca cerca. Y al no tener coche...

—Riley estaba preocupado por lo del ordenador. Me ha dicho que te ganas la vida haciendo pulseras como esta —le mostró su propia muñeca—. Que necesitas una conexión a internet. Le he dicho que puedes pasarte por mi oficina cuando quieras y utilizar mi conexión. Mi casa está más cerca del pueblo.

—¿Tienes una oficina?

Ni siquiera sabía en qué trabajaba. Cuando había ido a llevarle la pulsera, se había limitado a buscar la dirección en la agenda de su madre y cuando había llegado hasta allí era de noche.

—Sí. Tengo una fábrica de paneles solares al lado de mi casa que, como sabes, está a poco más de dos kilómetros de aquí. Mis empleados están allí durante el día, pero antes de las ocho y después de las cinco nadie usa los ordenadores. Puedes ir cuando te apetezca y hacer lo que necesites.

Si es muy pronto, llama a mi casa y te abriré la puerta. Si quieres trabajar de noche, puedes ir un poco antes de que se vaya todo el mundo y yo te enseñaré cómo tienes que cerrar cuando hayas terminado.

—¿Confías lo suficiente en mí como para dejarme trabajar sola en tu oficina?

—Por supuesto —sonrió de oreja a oreja—. Pero no tiene mucho mérito. Lo único que se puede robar en mi oficina son archivadores.

—Están también los ordenadores —bromeó Phoenix—. Y da la casualidad de que yo quiero uno.

Kyle se echó a reír.

—Sabría dónde venir a buscarlo si desapareciera alguno.

Phoenix se puso seria.

—Es un ofrecimiento muy generoso. Gracias.

—Todo el mundo necesita una tregua de vez en cuando.

—¿Tú también?

—Sí, yo también he tenido mis momentos difíciles. Tú te los has perdido porque estabas... fuera.

Phoenix agradeció el eufemismo.

—Sería agradable oír hablar de los problemas de otros para variar. ¿Quieres pasar?

Kyle pareció tentado, pero, al final, negó con la cabeza.

—A Riley no le haría mucha gracia.

—Supongo que no quiere que me haga amiga de sus amigos. Y no le culpo. No debe apetecerle que una ex y, sobre todo, una ex tan señalada como yo, forme parte de su grupo.

Kyle la miró con expresión pensativa.

—No creo que ese sea el problema en absoluto.

—¿Entonces cuál es? —le preguntó.

—Si te lo dijera no me creerías —respondió riendo entre dientes, y regresó a su camioneta.

Phoenix no sabía cómo interpretar aquellas palabras, pero, fuera lo que fuera lo que Kyle había insinuado, era evidente que no pensaba explicárselo.

—Vendré mañana alrededor de las cinco —le dijo.
—Te veré entonces.
Le observó alejarse convencida de que por fin podría conciliar el sueño. Pero, antes de que hubiera podido volver al interior de su casa, su madre gritó por la ventana:
—¡Estás coqueteando con el peligro!

—¿Por qué lo hiciste?
Riley estudió sus nudillos arañados. Había ido al trabajo después del incidente en el Black Gold Coffee y no les había contado a sus padres nada de la pelea. Pero había corrido la noticia. Su madre había empezado a llamarle después de las cinco. Riley había ignorado todos sus intentos de ponerse en contacto con él porque no tenía ganas de hablar de la pelea, no quería enfrentarse a su enfado ni contestar a preguntas que le harían cuestionarse sus propios motivos.
Pero habría sido más inteligente atender antes a sus llamadas. Era ya media noche y tenía a sus padres sentados en el comedor de su casa.
—Baja la voz —le pidió a Helen—. Jacob está durmiendo y mañana tiene que ir al instituto.
Pero su madre no bajó la voz. Si acaso, aquello solo sirvió para que elevara el volumen.
—¿No vas a contestar?
Riley suspiró.
—Si te han contado lo que pasó, ya sabes cuál es la respuesta. Buddy ha seguido a Phoenix al cuarto de baño de mujeres de la cafetería. Le ha dado un empujón y le ha roto el ordenador. Y ella necesita ese ordenador para trabajar.
—¿Para trabajar? —repitió su madre—. ¡Pero si ni siquiera tiene trabajo!
—Tiene un negocio.
Como ocurría siempre que surgía algún asunto emocionalmente intenso, su padre permanecía en silencio.

—¿Qué clase de negocio? —se burló su madre.
—Hace pulseras.
—¿Y quién va a querer comprar algo hecho por ella?
Riley apretó la mandíbula.
—Mucha gente, mamá. Jacob lleva una de sus pulseras —y también Kyle, a no ser que se la hubiera quitado.
Su madre le fulminó con la mirada.
—Si Buddy le ha quitado su medio de ganarse la vida, a lo mejor debería quejarse a la policía.
Riley rio sin alegría alguna.
—¿Lo dices en serio? ¿Y qué crees que podría conseguir?
—No lo sé. Pero es así como debería manejar este asunto.
—Es una expresidiaria. No es probable que quiera ir a la policía. Y la entiendo. ¿Qué haría Bennet? ¿Denunciar a Buddy por una falta menor por la que recibiría un mínimo, o ningún, castigo? ¿Obligarle a pagar un ordenador nuevo? ¡No! Lo único que Buddy tendría que decir es que fue a ella a la que se le cayó el ordenador. Y si pudiera convencer a su amigo de que apoyara su versión, a lo mejor tendría incluso un testigo. Teniendo en cuenta que procede de una buena familia y que no tiene antecedentes penales, ¿hasta dónde crees que estaría dispuesta a llegar la policía para ayudar a Phoenix?
—Eso es parte del precio que tiene que pagar por haber cometido un asesinato. Como expresidiaria, ya no tiene credibilidad. En cualquier caso, si es cierto lo que me han dicho, Buddy tropezó con ella y no tenía la menor intención de romperle el ordenador.
Riley sintió que se le tensaban todos los músculos.
—¡Yo estaba allí, mamá!
—¡Ya lo veo! ¡Mira cómo tienes la nariz!
—Se me pondrá bien. Buddy estaba en el cuarto de baño de mujeres. ¿Y qué me dices de cuando intentó sacar a Jacob de la carretera y obligó a Phoenix a saltar a una zanja? ¡Tuvieron que darle seis puntos después de ese encuentro!

—Solo pretendía asustarla, hacerla probar lo que debió de vivir Lori antes de su muerte. No pretendía golpearla. Pero no estamos hablando de lo que pasó cuando iba con Jacob en el jeep. A mí eso tampoco me gustó. Buddy se pasó de la raya, sin más, y la policía ya habló con él.

Riley se irguió en la silla.

—¿Y ya está? ¿Eso fue todo lo que hizo Bennet? ¿Hablar con él?

—El hecho de que Phoenix fuera a ver a Bennet indica que no tiene tantos reparos a la hora de ir a la policía como tú crees. En cualquier caso, desde la perspectiva de Buddy, Phoenix no solo mató a su hermana, sino que también le ha causado problemas a él, que no es capaz de superar su furia. Seguramente fue eso lo que le hizo enfurecer al verla.

—No fue Phoenix la que fue a la policía —le aclaró Riley—. ¡Fui yo!

Su madre le fulminó con la mirada, pero apretó los labios.

—No es eso lo que me han dicho a mí.

—Pues es la verdad.

—No eras tú el que tenía que ir a Bennet —replicó Helen, como si estuviera pronunciando una verdad filosófica—. Phoenix puede ocuparse de sus problemas

—Mamá, no mide ni un metro sesenta y pesa menos de cincuenta kilos. No voy a permitir que Buddy la aterrorice por mucho que haya perdido a su hermana.

—No estoy diciendo que tengas que permitirle hacer nada. Pero como ya has metido en esto a la policía, deja que sea la policía la que se ocupe de ello. Eso es todo. No quiero que nadie salga herido, ¡pero tampoco quiero tener que explicarle a Corinne por qué mi propio hijo le ha dado una paliza de muerte al suyo!

Riley esbozó una mueca al oírla.

—¿Una paliza de muerte? No ha sido para tanto.

Pero si hubiera tenido tiempo, le habría dejado mucho peor. No había estado tan furioso en toda su vida.

—Por lo que me han contado, tuvieron que agarrarte entre varios para separarte.

Y Riley no se arrepentía. Todavía le dolía recordar la expresión de Phoenix cuando el ordenador había chocado contra el suelo. Tenía la sensación de que habría preferido recibir ella un puñetazo en la barbilla.

—Fue demasiado lejos y yo le recordé los límites. Eso fue todo.

—Sí, se excedió, eso no lo voy a discutir, ¿pero qué me dices de los atenuantes? ¡La mujer a la que estabas protegiendo mató a su hermana, por el amor de Dios!

Riley se levantó de un salto.

—¿Y él qué sabe?

—¡Lo sabemos todos!

—Tú no ibas en ese coche, mamá. No tienes ni idea de lo que pasó. Ni siquiera has querido oír nunca su versión de lo ocurrido.

—¿Estás hablando en serio? ¿Vas a permitirle tergiversar el pasado? ¿Vas a dejar que te mienta y te manipule para que seas tú el que libre sus batallas por ella?

La furia de Riley era tan profunda que alzó la mano.

—¡No quiero seguir hablando de esto contigo! Phoenix no me ha pedido nunca ni una maldita cosa, salvo que le llevara a Jacob cuando estaba en la cárcel. ¡Y me siento como un miserable por no haberlo hecho!

—Tomaste una decisión muy meditada y lo hiciste porque pensabas que era lo mejor para Jacob. Has sido siempre un padre muy responsable y ella no tiene derecho a pedirte nada. Pero ahí estás tú, con tu buen corazón, siempre dispuesto a facilitarle las cosas.

—Phoenix nunca ha tenido las cosas fáciles, mamá. ¡Eso es lo que no pareces querer entender! ¿O es que no te importa?

Helen también se levantó.

—Quien de verdad me importa es mi mejor amiga y la chica a la que asesinaron. ¡Eso es lo que me importa!

—¿Y qué me dices del hecho de que Phoenix sea la madre de Jacob? ¿De que Jacob quiera conocerla? ¿No crees que, aunque solo fuera por eso, quizá, y digo quizá, deberías concederle el beneficio de la duda por si acaso no es el monstruo en el que hemos decidido convertirla?

Su madre sacudió la cabeza con un gesto de impaciencia.

—Ya hemos hablado antes de esto. Jacob está mucho mejor sin ella.

Riley miró a su padre.

—¿Tú estás de acuerdo con todo eso? ¿Tú crees que debería haber permanecido sin hacer nada mientras un hombre de más de cien kilos la empujaba?

Su padre se levantó. Había ido con Helen para darle su apoyo, sin lugar a dudas, porque ella se lo había pedido, pero sus sentimientos sobre el tema no parecían ni de lejos tan apasionados como los de su esposa. Si Riley no se equivocaba, en aquel momento debía de estar deseando estar en su casa, en la cama.

—A lo mejor deberías dejar que fueran otros los que la ayudaran. Eso es lo único que te estamos diciendo.

—¿Pero quién? —le exigió saber Riley—. ¿Quién va a dar un paso adelante? Todo el pueblo la odia. Creen que es una asesina.

Su padre hizo un sonido de lamentación.

—Ha estado en la cárcel, Riley. Y todos hemos visto lo mucho que han sufrido los Mansfield.

—Sí, bueno, a lo mejor yo también he visto lo que sufre ella. Y a lo mejor estoy viendo a una persona distinta a la que vio el jurado. O vosotros, por cierto.

—¡Por el amor de Dios! —gritó su madre—. Para empezar, no sé ni por qué tuviste que salir con ella.

Después de unos doce meses intentando explicarle a su

madre la atracción que sentía por Phoenix y de haber tenido que soportarla diciéndole que solo era un niño y que no sabía lo que era el amor, Riley había estado esquivando aquella pregunta durante todos aquellos años. Helen hablaba como si el hecho de que hubiera estado con ella fuera algo degradante, algo sucio. Pero no lo había sido en absoluto. Riley no había sido nunca más feliz que cuando habían estado juntos. No necesitaban estar haciendo el amor ni nada en particular.

—Estaba enamorado de ella, mamá. Es la única persona de la que he estado enamorado.

—A esa edad, el sexo puede confundirte y llevarte a pensar...

—¡No me trates como si fuera un niño! —la interrumpió—. Ya no tengo dieciocho años. Confía en mí, he disfrutado del sexo desde entonces. Pero no he vuelto a sentir amor. No he vuelto a experimentar nada parecido a lo que sentía por Phoenix.

Se produjo un largo silencio tras el que su madre declaró:

—Lamento que sea eso lo que sientes. Pero estoy segura de que hay una mujer esperándote en alguna parte. Una mujer que de verdad se merece a un hombre como tú.

—Me estás sacando de mis casillas —replicó él.

—Y tú me estás poniendo en una situación muy difícil con mi mejor amiga. Espero que seas consciente de ello.

—Por lo menos tienes amigas. Phoenix ni siquiera tiene una familia en la que apoyarse.

—Pues parece que te tiene a ti —le espetó su madre, y se fue.

Al oír el portazo de la puerta de la calle, Riley se volvió hacia su padre.

—¿Y tú? ¿Tú qué tienes que decir en todo esto?

—Haz lo que te parezca bien —respondió—. Tú solo...

—¿Qué? —le urgió Riley.

—Tú asegúrate de que estás pensando con la cabeza.
Riley le miró boquiabierto.
—¿Perdón?
—No me fastidies, Riley. Se comenta que ha vuelto muy guapa.

—¿Papá?
Riley se encogió por dentro cuando llegó al final de la escalera. Tenía la esperanza de que el portazo de su madre no hubiera despertado a Jacob. Aquel chico era capaz de seguir durmiendo en medio de un terremoto, por lo menos a la hora de levantarse por las mañanas.
—¿Sí?
—Yo también la hubiera defendido en el cuarto de baño.
Lo último que Riley quería era que Jacob terminara viéndose involucrado en un altercado.
—Deja que sea yo el que se encargue de los problemas de tu madre, ¿de acuerdo?
—Si te ocupas tú, a mí me resulta más fácil mantenerme al margen. Y me alegro.
—Y yo me alegro de que lo apruebes.
Desde luego, sus intervenciones no iban a hacerle muy popular delante de nadie más. Pero ya era hora de que alguien se preocupara por Phoenix y estaba cansado de negar, minimizar e ignorar lo mucho que aquella mujer le había importado.
—Ahora, duérmete.
Esperó para ver si su hijo respondía algo, pero no lo hizo, así que Riley regresó al dormitorio. Sacó el teléfono del bolsillo para saber si Kyle había contestado al mensaje que le había enviado antes de que aparecieran sus padres y se alegró al ver que tenía un mensaje.
Por supuesto. He ido a su casa, como me pediste.
Riley se tumbó en la cama antes de teclear su respuesta.

¿Y?
Dice que no quiere que ni tú ni nadie os peleéis por ella.
Aquello era muy propio de Phoenix.
¿Y cuál era su plan? ¿Pensaba enfrentarse sola a Buddy?
No tenía ningún plan, pero preferiría haber sido ella la que saliera herida.

Riley frunció el ceño antes de teclear el siguiente mensaje.

¿Eso te ha dicho ella?
No, pero lo sé. Todavía te adora.

Riley sintió una extraña conciencia creciendo dentro de él al leer aquellas palabras, además de una cierta dosis de perversa esperanza.

No quiero ni que lo insinúes.
¿Por qué no? Es la verdad.
Se enfadaría mucho si te oyera.
Porque tiene miedo de que tú, o cualquiera, piense que quiere volver a atraparte. Pero no hay ningún motivo para preocuparse por eso. No se acercará a ti a no ser que lo necesite para ver a Jacob. Está tan convencida de que su amor no es suficientemente bueno que preferiría morir antes de reconocer esos sentimientos.
¿Y de dónde has sacado tú todo eso?, escribió Riley.

Le gustaba leerlo, quería creer que Kyle tenía razón. Pero le aterraba la idea de que pudiera haber algo entre Phoenix y él. No porque tuviera miedo de que comenzara a pasarse por su casa o a llamarle, como cuando era adolescente, sino porque él se sentía tan atraído hacia ella como siempre y no sabía adónde podía conducirles aquella atracción. Sabía que sería fuente de problemas y lo último que quería era volver a hacerle daño.

Un tintineo le advirtió de que Kyle había respondido.

Cuando te ha visto pelearte con Buddy ha sentido puro pánico. Dylan me ha dicho que ha tenido que agarrarla para que no se colocara delante de ti. Si hubiera sido otro el que la hubiera defendido, no sé si habría estado tan desesperada por protegerle.

Riley se frotó la barbilla durante varios segundos mientras consideraba lo que Kyle había escrito.

Supongo que tenía miedo de que me pasara algo y después no le permitiera ver a Jacob, eso es todo. No tiene dinero para llevarme a juicio y tampoco tendría muchas posibilidades de ganar el caso si lo hiciera.

Tú solo quieres ver el lado más pragmático del asunto. Pero aquí hay mucho más. Y por las dos partes. No creo que seas tan indiferente a ella como te gustaría creer.

Kyle había estado observándole de cerca, y era lógico. Si no fueran tan buenos amigos, probablemente él mismo habría mostrado algún interés en Phoenix.

Deja de decir tonterías, tecleó. *Lo último que necesito es que me llenes la cabeza de pájaros.*

¿Podrías decirme con sinceridad que estoy equivocado?

No podía. Aquel era el problema.

No me presiones.

Muy bien. Todavía no estás preparado para ser sincero contigo mismo. Ni conmigo. Así que cambiemos de tema. Se acerca tu cumpleaños.

¿Y?

Y eso significa que celebraremos nuestra gran fiesta en el lago Melones en menos de dos semanas.

Ya sé cuándo es mi cumpleaños. No me digas que vas a preguntarme si puedes llevar a Phoenix de pareja. La respuesta es no.

Porque todavía te gusta. Pero no vamos a hablar de eso, ¿recuerdas? Por cierto, voy a llevar a Samantha.

Riley ignoró la parte sobre Phoenix.

¿La chica con la que te citaste por internet? ¿No te parece un poco arriesgado? No la conoces mucho y estamos hablando de un fin de semana completo.

A lo mejor al final nos terminamos odiando, pero nunca se sabe. Podría pasarnos todo lo contrario. ¿Y tú a quién vas a llevar?

Pensó inmediatamente en Phoenix. Sospechaba que Kyle estaba insinuando que debería proponérselo. Pero sería una locura. Sabía que no iría con él aunque la invitara.

Aun así, estando casi todo el resto del grupo casado, no quería presentarse sin una cita. Ya habían acordado que sería un fin de semana con parejas, pero sin niños, lo que para él no representaría ningún problema, puesto que Jacob ya era mayor. Jacob pasaría el fin de semana con Tristan, algo que le encantaba.

A lo mejor le apetece ir a Stephanie.

Esa es la mujer a la que llevaste a San Francisco el mes pasado, ¿verdad?, tecleó Kyle.

Sí.

¿Sigues en contacto con ella?

Nos hemos mandado algún que otro mensaje. Pero los dos hemos estado muy ocupados.

¿Cómo la conociste? Ahora mismo no me acuerdo.

Hice un cuarto de baño para sus padres en Angel's Camp y fueron ellos los que nos presentaron.

Es guapa.

Sí, era guapa. Y se había ilusionado con ella después de la primera cita. Era una enfermera que trabajaba en el hospital regional. Había encajado bien con sus amigos, era atractiva y simpática. Entonces, ¿por qué de pronto tenía tan poco interés en continuar saliendo con ella?

No pienso contestar a eso, gruñó para sí mientras le tecleaba a Kyle: *Es tarde y me duele la cabeza. Hablaremos más tarde.*

¿Tienes la nariz bien?

Podría estar mejor, pero en un par de días estará como siempre.

No te olvides de llamar a Stephanie. No puedes esperar

mucho más, es posible que también ella tenga algún plan y, al final, vas a ser el único estúpido que se presente sin nadie. No quedaría muy bien, siendo tú el cumpleañero.

La llamaré, escribió.

Pero pasó el día siguiente, y el otro, y un día más, y todavía no la había invitado.

Capítulo 13

Riley no estaba seguro de que le apeteciera ir al Black Coffee aquel viernes. Desde que su hijo era mayor, normalmente era uno de los más asiduos del grupo. Disfrutaba poniéndose al día con sus amigos durante veinte o treinta minutos antes de ir a cualquiera que fuera la obra en la que estuviera trabajando. Pero sabía que todo el mundo tendría muchas preguntas para él aquella mañana. La última vez que habían estado juntos había terminado irrumpiendo en el cuarto de baño de mujeres y dándole a Buddy Mansfield un puñetazo en pleno rostro. Y, aunque había recibido varios mensajes de sus amigos después de aquel incidente, además de unas cuantas llamadas, no había contestado a casi ninguna de ellas.

Se había dicho a sí mismo que evitaría aquel encuentro. Era difícil explicar lo que estaba sintiendo por Phoenix; no quería sentirse comprometido a nada.

Pero, al final, al ver los coches de sus amigos en el aparcamiento de la cafetería, no pudo resistirse.

—¡Hola!

Dylan estaba hablando por el teléfono móvil, pero le saludó con un movimiento de cabeza. Riley le hizo un gesto con la mano y fue a buscar un café antes de sentarse con Eve, que dirigía un hostal al final de la calle. Eve vivía con su prometido, Lincoln, en Placerville, pero continuaba recorriendo a diario la media hora que la separaba del hostal. Cheyenne, la mujer de Dylan, también estaba allí, con su bebé de cinco meses sentado en su sillita.

—Esta semana estamos de servicios mínimos, ¿eh? –dijo mientras le daba un beso al bebé en la cabeza.

Eve miró el reloj.

—Todavía es pronto. Ted y Sophia también se pasarán por aquí. Y Kyle.

Aquella referencia a Kyle le recordó que Callie, la amiga que se había sometido a un trasplante de hígado, había estado reservando cierta información que, supuestamente, quería compartir con el grupo.

—¿Y Callie y Levi?

Cheyenne miró hacia la puerta.

—Hablando del rey de Roma.

Callie y Levi llegaron seguidos de cerca por Kyle, por el hermanastro de este, Brandon, y por la esposa de Brandon, Olivia.

—Ahora sí que estamos casi todos.

Pasaron varios minutos hasta que todo el mundo pidió y se instaló en su mesa habitual, una mesa situada en una esquina, pero a Riley no le importó. Le gustaba que todo el mundo estuviera ocupado. Y pensaba asegurarse de que permanecieran así mencionando el secreto de Callie. Pero Dylan le arruinó el plan sacando a relucir la pelea con Buddy en cuanto colgó el teléfono.

—¿Cómo está Mansfield, fortachón? –bromeó Dylan.

Riley estuvo a punto de soltar un taco, pero consiguió contenerse.

—Estoy seguro de que está bien. Apenas fue una ligera escaramuza.

—No tan ligera –le corrigió Eve–. Yo estaba aterrada. Nunca te había visto así.

Riley se encogió de hombros.

—No tenía ningún derecho a meterse con Phoenix, ni con nadie.

Se produjo un momento incómodo durante el que pensó que alguien iba a repetir el argumento de su madre: «mató a su hermana, ¿recuerdas?».

Pero nadie lo hizo.

—Por cierto, tu nariz está bastante bien.

—Ya he dicho que solo fue una escaramuza.

—Phoenix estaba avergonzada porque habías tenido que intervenir –dijo Levi.

—Estaba mucho más que avergonzada –añadió Dylan mientras se sentaba–. Tenía tanto miedo de que pudieran hacerle daño a Riley que se retorcía como un gato salvaje para que la soltara. No sé qué pensaba que podía llegar a hacer, pero estaba decidida a ayudar.

—Es una mujer muy luchadora –musitó Riley.

—¿Qué te hizo perder los estribos de esa manera? –preguntó Callie–. Podías haber llamado a la policía.

—Ya habría terminado todo para cuando hubieran llegado –replicó–. Hice lo que tenía que hacer.

—¿Y ella te lo ha agradecido? –preguntó Olivia.

Riley bebió un sorbo de café.

—Quiere mantenerme al margen de su vida. Y, teniendo en cuenta nuestra historia, supongo que es comprensible.

Dylan estiró las piernas.

—¿Y qué es lo que quieres tú?

—Que todo el mundo deje de atormentarla. Al fin y al cabo, es la madre de Jacob.

—¿Esa es la única razón que tienes para protegerla? –preguntó Eve.

Riley enterró la nariz en la taza antes de contestar.

—Por supuesto.

Kyle no dijo nada, pero no paraba de moverse en la silla y estaba poniendo histérico a Riley. Casi le entraban ganas de darle un puñetazo a su amigo.

—¿Y tú no tenías que darnos una noticia? —preguntó Riley, volviéndose hacia Callie.

Callie se le quedó mirando fijamente.

—¿Perdón?

—Me han dicho que tienes algo que contarnos.

Callie se sonrojó y miró a su marido. Después, apareció en su rostro una enorme sonrisa y miró alrededor de la mesa.

—La verdad es que sí. Pensaba contároslo la semana pasada, pero se montó esa pelea. Después pensé que era mejor esperar a que Baxter estuviera con nosotros. Está pensando en volver a vivir al pueblo, como ya sabéis.

Cheyenne se inclinó hacia delante.

—Pero...

—Pero pueden pasar meses hasta entonces. Ni siquiera va a venir al cumpleaños de Kyle, así que, como Kyle ya ha soltado la liebre comentándoselo a Riley...

—¡Yo no he contado nada! —protestó Kyle.

Eve se aferró a la mesa.

—¿Qué te pasa?

Callie le agarró la mano a su marido.

—Levi y yo vamos a tener un hijo.

Se hizo el silencio mientras todo el mundo asimilaba la noticia. Riley jamás habría sospechado que su secreto fuera un embarazo. Había dado por sentado que no podía quedarse embarazada debido a sus problemas de salud y a todos los medicamentos que tomaba.

—¿De verdad? —Eve parecía perpleja, pero consiguió imprimir cierto entusiasmo a su voz—. ¡Es maravilloso!

Callie frunció el ceño ante aquel pésimo intento de mostrar alegría.

—¡Basta! Ya sé lo que estáis pensando todos. Tenéis miedo de que no pueda soportar el embarazo, de que me perjudique de alguna manera o de que los medicamentos que estoy tomando puedan afectar al bebé. Pero Levi y yo hemos hablado largo y tendido sobre esto, y también con mi médico, por supuesto, y hemos decidido que, a pesar de los riesgos, vamos a seguir adelante.

−¿Cuáles son los riesgos? −preguntó Brandon, tan preocupado y sorprendido como todos los demás.

Pocas veces había un silencio como aquel mientras tomaban el café.

−No quiero pensar en ellos. Prefiero concentrarme en que hay muchas mujeres que han sufrido experiencias como la mía y han conseguido dar a luz con éxito. El médico dice que no hay ningún motivo por el que Levi y yo no podamos formar una familia.

Riley vio que una sombra cruzaba el rostro de Levi, pero este ocultó al instante aquella sombra de duda y le dio un beso a Callie en la sien.

−Todo va a salir bien −le aseguró.

−¿Cuándo darás a luz? −preguntó Olivia.

−Justo antes de Navidad −anunció con una sonrisa−. Estas van a ser las mejores fiestas de nuestra vida.

Riley deseó entonces no haberle sonsacado aquella información a Callie. ¿Qué prisa tenían en enterarse de que iban a tener que pasar preocupados los siguientes siete meses?

En realidad, la noticia le enfadó. Él jamás habría permitido que la mujer a la que amaba corriera un riesgo como aquel.

Phoenix había pasado los tres últimos días haciendo pulseras. Tenía muchos pedidos que enviar. También había estado levantándose temprano para limpiar el tráiler y cocinar comidas saludables para su madre. A última hora, se pasaba por la oficina de Kyle para ver si tenía más pedidos, mantenerse en contacto con sus clientes y empaquetar las pulseras que tenía ya hechas. Por suerte, había encontrado la manera de franquear los paquetes *online* y Kyle había tenido la amabilidad de permitir que sus paquetes salieran con el correo de la empresa. Aquello le ahorraba una considerable cantidad de tiempo. Ya no tenía que ir en bicicleta hasta el pueblo para utilizar internet o pasarse por la oficina de correos.

El viernes a última hora, cuando Kyle llegó a la oficina, encontró a Phoenix utilizando uno de los ordenadores.

—¡Pero si son casi las nueve! —exclamó—. Pensaba que te habías olvidado de apagar la luz.

—No, lo siento. Estoy hasta arriba de trabajo. Pero ya estoy a punto de terminar. Ahora tengo que ir a casa y hacer tres pulseras más.

—¿Esta noche? Pero si es fin de semana. ¿Es que tú nunca te diviertes?

—Mañana por la mañana voy a llevar a Jacob a desayunar. Eso es una diversión.

Jacob no le había dicho si su padre se reuniría con ellos, pero ella le había dejado claro que podía invitar a Riley.

—Tu hijo ha jugado un partido increíble esta noche.

Una agradable calidez atravesó su cuerpo. Jacob le había enviado un mensaje para decirle que había conseguido eliminar a varios jugadores y habían ganado cinco *runs*. Sentía habérselo perdido, debería haber dejado el trabajo para ir a verle. Para ella, no había nada más importante que su hijo. Pero no había querido molestar a sus abuelos ni a nadie presentándose otra vez en un partido, puesto que también aquel se había jugado en casa.

Le había prometido ir a verle al siguiente, que jugarían contra el Ponderosa. Eso significaba que tendría que ir a Shingle Springs el martes. Ya solo le faltaba decidir cómo iba a ir. Estaba a cuarenta y cinco minutos en coche. Jacob le había dicho que su padre estaría encantado de llevarla, pero ella no se imaginaba pasando tanto tiempo a solas con Riley. No había vuelto a verle ni a ponerse en contacto con él desde la pelea con Buddy. Imaginaba que estaba enfadado con ella por haberle arrastrado a esa situación, aunque ella no había esperado, ni le había pedido, que interviniera.

—Me alegro mucho por Jacob —envió el último correo y se volvió para mirar a Kyle—. Irás al partido contra el Ponderosa, ¿no?

—¿El martes? No. Tengo varias reuniones que terminarán después de que haya terminado el partido y está muy lejos. Para cuando quisiera llegar allí, no merecería la pena el viaje.

Phoenix asintió.

—¿Por qué lo preguntas?

—Por nada, simple curiosidad.

—¿Quieres que te preste un coche? Tengo una camioneta antigua que utiliza mi capataz para moverse por la finca. Puedes llevártela si quieres.

—Gracias, pero tengo caducado el carnet de conducir.

—Riley irá.

—Sí. A lo mejor puedo ir con él —musitó.

Kyle debió de advertir el sarcasmo en su voz porque la observó con renovada atención.

—No le importará. De hecho, creo que hasta le gustaría.

—Sí, claro —respondió ella con una risa.

—Lo digo en serio.

Era evidente que Kyle no era consciente de lo que estaba diciendo.

—Así tendrían algo de lo que cotillear en el pueblo.

—No creo. Eres la madre de su hijo.

—Ya encontraré alguna manera de ir.

—¿Cómo va el negocio? —le preguntó Kyle mientras ella iba reuniendo sus cosas.

—Ahora mismo, floreciente. No tengo ni idea de por qué, pero mis pulseras parecen haber llegado al sur de California. Casi no doy a basto para cumplir con todos los pedidos, algo muy bueno, porque necesito el dinero. Así puedo contribuir a la manutención de Jacob. Riley siempre ha tenido que hacerse cargo de casi todo y me alegro de poder colaborar ahora con él.

—Eres única —la alabó Kyle con una sonrisa.

Phoenix le miró sorprendida. No era algo que oyera a menudo y Kyle parecía sincero.

—Gracias. Ahora me iré para que puedas cerrar la oficina.

—Voy a ir al Sexy Sadie's con unos amigos esta noche. Si te apetece, puedes venir con nosotros —alzó las manos—. No te preocupes. No es una cita. Solo te lo propongo como amigo.

—¿Quién más estará? —preguntó.

—Riley, y el resto del grupo.

Phoenix elevó los ojos al cielo.

—Riley no quiere que tenga relación con sus amigos.

—No quiere que tengas relación con sus amigos varones y solteros, es decir, conmigo, puesto que Baxter es gay, pero seguro que le parecería bien que vinieras.

Riendo, Phoenix pasó por delante de él.

—Gracias de todas formas. Que os divirtáis.

—Mañana es sábado y la oficina estará vacía durante todo el día. Pero puedo dejarte una llave debajo de esa planta que hay al lado de la puerta por si quieres usar el ordenador.

—Si no te importa, te lo agradecería.

—Claro que no. Y la próxima vez que vaya al pueblo te haré una copia de la llave.

Phoenix asintió con una sonrisa y se dirigió hacia la calle, pero Kyle salió tras ella.

—¿Quieres que te deje en casa de camino al Sexy Sadie's?

—El Sexy Sadie's está en la dirección contraria —señaló ella.

—No me importa. Solo me llevará unos minutos y me harás sentirme como un caballero.

—O sea, que te estaría haciendo un favor a ti —bromeó.

Kyle se echó a reír.

—Si es eso lo que tienes que creer para aceptar que te lleve, sí.

Ya era de noche y no había farolas al salir del pueblo. Phoenix ya había hecho aquel viaje tres veces aquella semana. No era un trayecto muy largo, pero...

—De acuerdo —contestó, y subió la bicicleta a la parte de atrás de la camioneta.

Pero, una vez en casa y después de que Kyle se hubiera marchado, no consiguió concentrarse en seguir haciendo pulseras. Tenía las manos cansadas, le dolía la espalda y no dejaba de pensar en la invitación de Kyle. No había estado en un lugar ni remotamente parecido desde que había salido de prisión y antes de que la encarcelaran ni siquiera tenía edad suficiente para frecuentarlos.

La idea de permanecer sentada en un lugar discreto, escuchando música y tomándose un refresco, era muy agradable. A lo mejor podía ir hasta allí en bicicleta y buscar un lugar seguro en una esquina desde el que poder ver a los otros divertirse.

La primera preocupación de Phoenix fue averiguar si Buddy Mansfield estaba en el Sexy Sadie's. Si estuviera allí no podría quedarse. En cuanto la viera, empezarían de nuevo los problemas.

Pero mientras se deslizaba entre los numerosos clientes, se sintió a salvo. Ni siquiera vio a Kyle y a sus amigos. Miró el reloj. Eran casi las doce. Había tardado mucho en decidirse y arreglarse, así que debían de haber vuelto a casa.

Aquel era otro motivo de alivio, se dijo a sí misma mientras alisaba el bonito vestido de verano que Kyle le había regalado.

Alegrándose de pronto de haber decidido emprender aquella aventura, se sentó en una esquina. No esperaba gran cosa de aquella noche. Solo quería experimentar lo que era salir en el pueblo. Pensó que podría pedirse una copa. Si se caía de la bicicleta no le haría ningún daño a nadie, salvo a mí misma. Pero antes de que hubiera podido acercarse a la barra, un hombre grande y barbudo se acercó a ella.

Le ofreció invitarla a una cerveza, pero ella no quería deberle nada a nadie, ni siquiera algo tan nimio como una cerveza. Así que estuvieron hablando unos minutos, o intentando hablar por encima del sonido de la música. Después, él la invitó a bailar.

Cuando Phoenix intentó negarse, la agarró de la mano y tiró de ella hasta la pista de baile mientras sonaba *Poison*, de Alice Cooper. Como tenía ganas de oír aquella letra, *I want to love you but I better no touch you*, aceptó salir a bailar con él. Sospechaba que, si no lo hacía, estaría intentando convencerla durante toda la noche. Además, lo había echado mucho de menos durante aquellos diecisiete años. No había vuelto a bailar desde las pocas veces que lo había hecho en algunas fiestas del instituto, pero recordaba haber escuchado aquella canción una y otra vez cuando Riley había roto con ella.

Disfrutó el baile lo suficiente como para continuar en la pista durante otra canción. Y después aceptó las invitaciones de otros hombres. Incluso disfrutó de la copa que se había propuesto pedir, una copa de vino que paladeó sentada en la barra. Estaba empezando a sentirse relajada y feliz cuando se dio cuenta de que alguien la estaba mirando fijamente. Miró hacia el otro extremo del bar y descubrió a Riley.

¿De dónde había salido? Por lo visto, no se había marchado, tal y como ella había dado por sentado. Suponía que era porque se había sentido tan cómoda al pensar que no había nadie en el bar de quien tuviera que preocuparse que había dejado de mirar. Y había más gente que cuando había llegado.

¿Pero dónde estaba Kyle? No le veía por ninguna parte. Riley estaba sentado con un tipo al que no reconoció.

Phoenix curvó los labios en una sonrisa educada cuando hicieron contacto visual, después hizo un gesto con la cabeza para saludarle justo en el momento en el que se acercaba alguien para invitarla a bailar. Era un hombre tan borracho que parecía a punto de caerse, un hombre al que había estado intentando evitar. Pero dejar que la sacara a la pista de baile le proporcionó una excusa para no tener que ir a hablar con Riley. Así que dejó que aquel borracho desconocido la agarrara para bailar una canción de Journey.

Mientras giraban con torpeza en círculo, cerró los ojos para evitar la tentación de buscar a Riley con la mirada. Quería que Riley pudiera hacer lo que le apeteciera, y también poder hacerlo ella, para variar. Pero el hombre que estaba bailando con ella continuaba abrazándola y empezó a bajar las manos.

—Basta —siseó, obligándole a apartar las manos cuando le agarró el trasero.

—¿Qué pasa?

Con una maliciosa sonrisa, la presionó contra su erección y ella estuvo a punto de separarse de él. Recordó entonces lo que había pensado unas semanas atrás, que debería acercarse al Sexy Sadie's y elegir a alguien con quien acostarse para ver lo que era disfrutar del sexo siendo una mujer adulta. Tenía hambre de caricias. Pero comprendió lo vacía que la dejaría tan barato sustituto.

¿Quién iba a imaginárselo? Aunque fuera gentuza, no era capaz de irse a casa con un desconocido. Suponía que era una información positiva sobre sí misma.

Irritada con el manoseo de aquel borracho, le agarró las manos y se las colocó de nuevo en la cintura.

—No seguiré bailando contigo si no dejas de toquetearme —le advirtió.

Si por ella hubiera sido, habría abandonado ya la pista de baile, pero no quería que Riley pensara que volvía a tener problemas.

−¿Qué, ahora vas a hacerte la mojigata? −gruñó él.

−No, pero no me interesas.

−Vamos, dale a un pobre hombre una oportunidad −dijo, y le hociqueó el cuello.

Antes de que pudiera reaccionar, apareció Riley y le dio una palmada en el hombro a aquel borracho.

−Me toca a mí, amigo −le dijo.

−¿Qué? −el tipo tuvo que entrecerrar los ojos para poder ver con claridad.

−He dicho que a partir de ahora me toca a mí.

La interrupción pareció confundir a la pareja de Phoenix, pero Riley se comportó como si tuviera derecho a reclamarla, así que el borracho no discutió. Farfulló algo sobre que no sabía que Phoenix estaba acompañada y se marchó tambaleante.

Aliviada, pero confundida también sobre los motivos que podía tener Riley para acudir en su ayuda cuando no había ningún peligro, Phoenix le dirigió una sonrisa de agradecimiento.

−Gracias −le dijo, y comenzó a dirigirse hacia el borde de la pista.

Riley la agarró entonces del codo.

−¡Eh! ¿Adónde vas? La canción todavía no ha terminado.

Phoenix arqueó las cejas.

−¿Y eso importa?

−He salido a bailar −contestó Riley, y deslizó las manos en su cintura.

−No creo que sea una buena idea −protestó Phoenix.

Pero comenzó a moverse al ritmo de la música para no llamar la atención.

−¿Por qué no?

Phoenix bajó la voz y miró disimuladamente a su alrededor.

—No deberíamos estar juntos, y menos en un lugar como este.

—Estamos en un bar. Aquí viene todo el mundo.

—Ese es el problema. Y esta semana ya le has dado un puñetazo a un hombre que se estaba metiendo conmigo, algo que no está muy bien visto.

—Impedí que un matón le pegara a una mujer. ¿Qué tiene eso de malo?

—Te pusiste tú mismo en peligro en el proceso. La gente podría llegar a pensar algo equivocado.

—¿Como qué?

—Como que te importo.

—A lo mejor me importas —respondió él con una sonrisa traviesa.

Riley también había bebido demasiado. No había bebido tanto como el otro tipo, pero era imposible que estuviera pensando con claridad.

—¿Cómo terminaste después de... del altercado? —le preguntó. Su nariz parecía estar como siempre—. Llevo días preguntándomelo.

—Así que querías asegurarte de que estaba bien, ¿eh?

Phoenix advirtió el sarcasmo en su voz.

—Kyle me dijo que estabas bien.

—¿Has sabido algo de él?

—¿De Buddy? ¿O de Kyle?

Riley llevaba una colonia con una fragancia que a Phoenix le gustó.

—De Buddy. Sé que a Kyle le ves todas las noches.

—¿Le molesta?

—Claro que no. Pero ahora estábamos hablando de Buddy.

—No ha vuelto a molestarme.

—Eso es lo que tiene que hacer.

Riley se inclinó en exceso hacia un lado y Phoenix tuvo que sujetarle.

—Espero que no estés pensando en conducir —le advirtió ella.

—He venido aquí con un amigo. Conduce él. Pero si quieres puedes llevarme tú.

—Muy bien. Aunque supongo que me va a costar un poco más pedalear.

Riley se echó a reír.

—Meteremos tu bicicleta en su camioneta y te llevaremos a casa.

—Puedo volver sola, gracias.

Aunque solo fuera para guardar las apariencias, intentaba mantener el cuerpo tenso y no estrecharse contra él.

—¿No puedes relajarte? —musitó Riley.

—No debemos acercarnos demasiado —contestó ella, aunque nadie parecía estar prestándoles atención.

—Solo estamos bailando, Phoenix. No estamos haciendo el amor.

Aquel comentario la hizo trastabillar. Le bastaba estar bailando con él para sentirse como si estuvieran compartiendo algo muy íntimo. No estaba segura de por qué tenía que ser tan distinto a bailar con otros hombres, pero lo era.

Se aclaró la garganta e intentó ahogar los recuerdos que estaban emergiendo a la superficie. El recuerdo de la boca de Riley sobre su seno, el de su mano entre sus piernas, el peso de su cuerpo sobre el suyo en la cama...

—No te he visto cuando he llegado —habló para intentar contener aquel flujo de imágenes eróticas.

—Mejor.

—¿Por qué?

—Porque si me hubieras visto no te habrías quedado.

—No te estoy culpando de nada —le aseguró Phoenix.

—Si tú lo dices.

—¿No me crees?

—Pareces encogerte cada vez que me acerco.

—Te estoy dando tu espacio. No quiero que pienses...

—¿Que todavía me quieres? Ya hemos hablado de esto. Ya sé que no me quieres. Ni un poquito. ¿Pero para demostrármelo tienes que bailar a un metro de distancia?

—No estoy a un metro de distancia.

—Pero estás tan tensa y a la defensiva que es como si lo estuvieras.

Y tenía sus razones para ello. Pero no quería que pensara que le estaba acusando de nada.

—No estoy a la defensiva. Estoy siendo muy amable.

Riley rio entre dientes.

—Podrías serlo más.

Phoenix temió por el rumbo que estaba tomando aquella conversación.

—¿Dónde estabas? —le preguntó, cambiando de tema.

—¿Cuándo?

—Antes.

—He salido un rato.

—¿Adónde has ido?

—Estaba con Kyle y otros amigos, pero estaban cansados y querían volver a casa. Después me ha llamado Sean, un subcontratista con el que trabajo en algunas ocasiones, para que saliéramos.

Cuando la canción terminó, no la soltó, aunque ella intentó alejarse.

—Una más —le pidió mientras comenzaba a sonar *Glitter in the Air* de Pink.

Cuando volvió a deslizar los brazos por su cuello, Phoenix deseó ser tan inmune a su contacto como necesitaba. Pero Kyle desató en ella tal avalancha hormonal que renunció a resistirse y se entregó a ella.

«Aguanta. Solo serán dos o tres minutos», se dijo.

Después podría poner alguna distancia entre ellos y reparar sus defensas.

—¿Dónde está Jacob esta noche?

—Ha ido a dormir a casa de un amigo.

De alguna manera, se las había arreglado para acercarla a él y estaba hablando contra su sien.

«Piensa en algo. En cualquier cosa que no sea él», se ordenó Phoenix.

—¿No tienes que trabajar mañana?

—No tengo que levantarme pronto. No empiezo hasta las nueve.

Intentó que se apoyara en él y frunció el ceño cuando Phoenix se resistió.

—Estás bailando como un robot —protestó—. ¿Quieres hacer el favor de dejar de resistirte?

Pareció satisfecho cuando cedió. Pero Phoenix sintió que se le aceleraba el corazón. Podía oír su vertiginoso latir en los oídos mientras la estrechaba contra él. Y, de pronto, ya no fue capaz de pensar en ningún otro tema de conversación. En nada que pudiera distraerla del calor y la firmeza del cuerpo de Riley.

Apoyó la mejilla contra su pecho y se concentró en sofocar el deseo que se inflamaba en su interior. «No puedes sentir esto por él», se decía continuamente. Se estaría arriesgando a sufrir con locura si pensaba en Riley en un contexto sexual. Pero entonces él deslizó las manos por su espalda, como si estuviera disfrutando del abrazo. Y, aunque no la manoseó como había hecho el otro tipo, fue una caricia... importante. Tan importante que Phoenix temió que aquel simple baile pudiera hacerla retroceder de golpe hasta el estado emocional en el que había estado diecisiete años atrás.

Tenía que recuperar el control. Tenía que plantarse con un rotundo «no» en lo que a Riley se refería.

—Aguanta.

—¿Qué has dicho?

Phoenix no se había dado cuenta de que estaba pensando en voz alta.

—Nada.

Riley le alzó la barbilla para obligarla a mirarle.

—Sabes que lo siento, ¿verdad?

—Riley, estamos bailando demasiado pegados. Alguien puede vernos y llegar a una conclusión equivocada. Podrían contárselo a tus padres y tendrías que enfrentarte a otra discusión como la que tuviste en el campo de béisbol.

—No voy a permitir que mis padres me digan cómo tengo que vivir mi vida. Ya no tenemos dieciocho años, Phoenix.

—¿Y eso qué significa?

—Significa que deberías dejar de preocuparte de lo que piensen los demás.

—Claro que tengo que preocuparme de lo que piensen los demás. Y tú pareces haber olvidado que te estás haciendo vulnerable a las críticas y la desaprobación al estar conmigo.

—No tengo miedo.

Phoenix miró a su alrededor.

—Lo tendrías si supieras lo que es eso. Estar conmigo... estar conmigo podría hacer que todo el pueblo te diera la espalda. Si Jacob estuviera contigo, podrían llegar a entender que estuvieras hablando conmigo. Pero deberías intentar guardar las distancias cuando Jacob no esté.

—¿Y si no quiero guardar las distancias?

No iba a poder convencerle en aquel estado. Era evidente que, en aquel momento, no le importaba nada, excepto el alcohol que corría por sus venas, la música y la sensación de poder hacer lo que quisiera sin temor a las consecuencias.

—Estás borracho. No sabes lo que estás diciendo.

—A lo mejor ahora sé mejor que nunca lo que estoy diciendo.

—Estás diciendo cosas sin sentido.

Riley volvió a agarrarla por la barbilla.

—Dime solo una cosa. ¿Podrás perdonarme alguna vez?

—Cortaste conmigo a los dieciocho años. Si hubiera sido

capaz de alejarme de ti con la misma facilidad que tú, no habría pasado nada.

–Pero tú continuaste siendo fiel a tu corazón. A tus sentimientos.

–¿Y? Tú significabas mucho más para mí que yo para ti. Eso no se puede evitar.

–Hice caso de quien no debí, Phoenix. Te amaba. Quiero que sepas que estaba enamorado de ti.

«¡Maldita fuera!». Phoenix sintió que todo se agitaba en su interior. Había deseado oírle decir aquellas palabras durante mucho tiempo. Quería que confirmara que no había estado tan sola en aquella relación como al final había parecido. Todo el mundo la había tratado como si fuera una estúpida por haber pensado que Riley podía llegar siquiera a apreciarla.

Pero aquello era algo más que la reivindicación de un sentimiento. Aquello... aquello era invitar a aquel antiguo anhelo a devorarla otra vez. La acechaban los mismos deseos que la habían hecho enloquecer en el pasado, como si fueran un monstruo capaz de ocultarse entre las sombras cada vez que intentaba acabar con él.

–Gracias.

Dejó de hablar entonces y esperó que también Riley lo hiciera. Tenía miedo de lo que pudiera decir a continuación, y de lo que ella pudiera responder. No podía pensar en el pasado ni intentar resucitarlo. Tenía que concentrarse en el presente y, en el presente, tenía todos los motivos del mundo para luchar contra lo que estaba sintiendo.

–Hueles muy bien –susurró Riley.

Estaban cada vez más cerca y Phoenix estaba perdida, cercada por la intimidad del momento y por la letra tan conmovedora de la canción, *Have you ever whised for an endless night*.

¿Había deseado alguna vez una noche sin fin? La estaba deseando en aquel momento y por eso decidió apartarse de

Riley. La estaba haciendo desear cosas que jamás podría alcanzar.

No tenía ningún motivo para someterse a aquella tortura. No tenía ninguna razón para permitir que su debilidad por aquel hombre volviera a romperle el corazón.

—Es tarde, tengo que irme —dijo.

Y corrió hacia la puerta antes de que Riley tuviera alguna posibilidad de responder.

Capítulo 14

Phoenix esperaba ansiosa la llegada de Jacob en el Just Like Mom's. Se había arreglado lo mejor que había podido. En aquel aspecto estaba tranquila. Pero esperaba que Riley no acompañara a su hijo. Era muy probable que, una vez recuperada la sobriedad, se hubiera dado cuenta de que era preferible que no pasaran más tiempo juntos. Era demasiado fácil volver a caer en la tentación de mantener una relación física. Fácil para ella porque, en realidad, nunca había superado lo que sentía por él. Y fácil para Riley porque no parecía estar saliendo con nadie en aquel momento. La necesidad de una relación física por parte de Riley y su propio anhelo podrían dar lugar a otra relación desigual si ella lo permitía.

Pero no fue el jeep de Jacob el que llegó hasta el restaurante. Fue la camioneta de Riley y, al igual que dos semanas atrás, salieron juntos Jacob y su padre.

–¿Es que nunca voy a tener una tregua? –musitó para sí.

–¿Ha dicho algo? –preguntó la mujer que estaba a su lado.

Phoenix negó con la cabeza.

–No, lo siento.

La camarera acomodó a unos clientes y Phoenix se preparó para recibir a Riley y a Jacob. Estaba nerviosa. Quería comportarse como si la noche anterior no hubiera tenido lugar. Y a lo mejor no iba a ser tan difícil como pensaba. Riley no podía haber disfrutado bailando con ella tanto como le había parecido o, por lo menos, no más de lo que habría disfrutado bailando con cualquier otra mujer.

–Buenos días –saludó a Jacob cuando entraron.

Jacob la abrazó y Riley pareció a punto de hacer lo mismo. Habría sido el típico abrazo a modo de saludo, nada significativo. Pero ella fingió no reconocer su intención y retrocedió antes de que pudiera tocarla. Riley tendría que aprender a tener más cuidado a la hora de acercarse a ella, sobre todo en público, o iba a enterarse de lo que era ser tratado como un marginal.

–Gracias por venir –le dijo–. Tenía miedo de que hubieras decidido quedarte durmiendo.

Riley llevaba gafas de sol. Se irguió cuando Phoenix pasó por delante de él, pero no dijo nada.

–Estás guapísima –le dijo Jacob.

Phoenix le apretó el brazo con cariño.

–Gracias. Ya no llevo los puntos, así que estoy mucho mejor.

–¿Has ido al médico?

–No, me los quité yo sola. Para eso no hace falta ir al médico –se apartó el pelo de la cara para enseñarle una línea roja, que era la única herida que le quedaba.

–Debes de ser la madre más valiente del mundo –dijo Jacob riendo sorprendido.

–No fue tan difícil. Solo sentí un pequeño tirón.

Riley no hizo ningún comentario, pero se quitó las gafas cuando se acercó la camarera y, en cuanto pudo verle los ojos, Phoenix dedujo que tenía resaca.

–¿Tres para desayunar? –preguntó la camarera.

Riley contestó antes de que Phoenix pudiera hacerlo.

–Sí, y, si es posible, en una mesa.

–No hay ningún problema. Hay un grupo que está a

punto de terminar –miró a través del restaurante, vio que otro camarero estaba despejando la mesa en la que estaba pensando instalarles y agarró tres cartas–. En realidad, ya podemos ir hacia allí.

–¿Estás muy nervioso por el partido del martes? –le preguntó Phoenix a su hijo mientras se sentaban.

Jacob se sentó enfrente de ella y Riley al lado de Jacob.

–Sí –contestó Jacob–. ¿Podrás ir a verme?

Phoenix sonrió.

–Claro que sí. No me lo perdería por nada del mundo.

Riley bajó la carta y la abrió.

–¿Y cómo piensas ir? Está muy lejos para ir en bicicleta.

Parecía distante aquella mañana. Desde luego, no era el mismo hombre encantador con el que había bailado la noche anterior. A lo mejor se arrepentía de algunas de las cosas que le había dicho y tenía miedo de que se lo hubiera tomado demasiado en serio.

–Llamaré a un taxi.

–¿Prefieres gastarte dinero en un taxi a venir conmigo?

–No es que prefiera pagar, es solo… –miró a Jacob, que la observaba expectante, antes de volverse de nuevo hacia Riley–. No quiero causarte problemas. Y no quiero darles a tus padres más motivos para estar enfadados contigo.

–No tienes por qué ir en taxi –insistió–. Mis padres ni siquiera van a ir al partido.

–Pero podrían enterarse de que hemos ido juntos.

¿Y qué harían Riley y ella cuando llegaran al campo? ¿Sentarse en bancos opuestos? Resultaría muy violento después de haber llegado los dos en el mismo vehículo. Pero, aun así, no podía sentarse con él si no quería que todos los vecinos de Whiskey Creek que acudieran al partido pensaran que estaban juntos otra vez.

–Lo soportarán –Riley se encogió de hombros.

La camarera se acercó con una jarra de agua.

—Hola, Riley. Hola, Jacob —desvió la mirada hacia Phoenix y cuando se dio cuenta de que no la conocía, se limitó a decir—: Buenos días.

—Buenos días —musitó Phoenix.

La camarera abrió la libreta.

—¿Listos para pedir?

—Todavía no hemos mirado la carta —respondió Riley—. ¿Puedes darnos un par de minutos?

—Claro —le dirigió una sonrisa coqueta antes de alejarse moviendo las caderas.

—¿Habéis visto eso? —dijo Jacob, dándole un codazo a su padre.

—Yo sí lo he visto —contestó Phoenix—. Parece que nuestra camarera encuentra a tu padre muy atractivo.

—Marly solo tiene veintidós años —gruñó Riley—. Está más cerca de la edad de Jacob que de la mía.

—Es muy guapa —repuso Phoenix—. Y la edad no lo es todo.

Riley frunció el ceño.

—Gracias por recordármelo —dijo con sarcasmo, y volvió a concentrarse en la carta.

Si quería acostarse con alguien, Riley tenía opciones que no la incluían a ella. A pesar de su sarcasmo, Phoenix no veía nada de malo en señalarlo. A lo mejor eso le permitía desahogarse hasta que se acostumbraran a estar juntos.

—Estoy segura de que no es tu única admiradora.

—Soy perfectamente consciente de quién está disponible... y de quién no.

Phoenix había estado esperando aquel desayuno con demasiada ilusión como para permitir que el mal humor de Riley se lo agriara. Así que, tomó aire e ignoró la sombra de mal humor que Riley estaba proyectando sobre aquel encuentro.

–He tenido una semana muy buena, he conseguido docenas de clientes, así que podéis pedir lo que os apetezca –dijo, intentando contagiarles su entusiasmo–. Creo que hasta yo voy a pedir un gofre.

–Deberías, está riquísimo –le propuso Jacob, y le pidió a su padre que le dejara salir de la mesa.

–¿Adónde vas? –le preguntó Phoenix.

–Al baño. Si viene la camarera, pídeme un gofre, ¿de acuerdo?

–Hoy invito yo a desayunar –anunció Riley cuando Jacob se fue.

–No, de ninguna manera –insistió ella–. Estáis aquí porque os he invitado.

–Has invitado a Jacob, no a mí.

–Ya te he dicho en otras ocasiones que serás bienvenido a venir a cualquier cosa que haga con él –alargó la mano hacia su cartera y sacó un cheque que tenía para él–. Y supongo que te gustará saber que esta semana puedo contribuir con más dinero a sus cuidados.

Riley se quedó mirando fijamente la cantidad del cheque.

–¿Setecientos dólares? Eso es mucho dinero, Phoenix.

–Lo sé –le dirigió una sonrisa radiante. Se sentía muy bien pudiendo aportar una cantidad de dinero significativa–. Tendrás que quitar lo que te debo de la cuenta del médico. Pero el resto es para él. No es barato tener un hijo que practica un deporte.

–No quiero tu dinero –replicó Riley–. Ni siquiera tienes teléfono. Ni coche.

Phoenix se enderezó en la silla, sobresaltada por la dureza de su tono.

–Tengo un hijo y esa es mi prioridad.

–Pero a tu hijo no le falta de nada. Tú dedícate a establecer tu negocio, ¿de acuerdo? –le devolvió el cheque–. Jacob y yo estamos bien.

—No creo que vaya a conseguir un coche por setecientos dólares —respondió ella, tendiéndole de nuevo el cheque.

—Pero sí un teléfono —señaló y, aquella vez, rompió el cheque.

Phoenix cruzó las manos en el regazo.

—Puedo arreglármelas sin teléfono durante una temporada más. Jacob y yo nos comunicamos a través de Facebook.

—¿Y no se te ha ocurrido pensar que Buddy podría aparecer en tu tráiler y podrías necesitar hacer una llamada para pedir ayuda? ¿O que a lo mejor a mí me apetece llamarte de vez en cuando para saber si estás bien?

—Sé que necesito un teléfono. Pero ahora mismo tengo otras muchas cosas en las que invertir el dinero.

—Eso es justo lo que quiero decir.

—Pensaba que agradecerías que me ocupara antes de mis obligaciones como madre —bebió un sorbo de agua—. ¿No estarás tan irritable por la resaca? Si es eso lo que te preocupa, no me tomé en serio nada de lo que me dijiste ayer.

Riley no contestó. Se limitó a mirarla mientras giraba el agua en el vaso.

—Estoy esforzándome por mantenerme al margen de tu vida —añadió ella.

—¡Dios mío, Phoenix! —Riley se llevó la mano a la frente—. No sé qué hacer.

Su tono exasperado la puso nerviosa.

—Sobre...

—No consigo sacarme ese baile de la cabeza...

Temiendo que Jacob pudiera estar regresando ya del cuarto de baño, Phoenix miro en aquella dirección. Afortunadamente, no le vio.

—¿Por qué? —preguntó como si ella no hubiera dedicado ni un solo segundo a pensar en el baile.

—¿Tú no sentiste nada?

Phoenix bebió otro sorbo de agua.

—Si te refieres a ese tipo que estuvo manoseándome... te agradezco que intervinieras. Es posible que hayan pasado diecisiete años, pero no estoy tan desesperada –bromeó.

Riley apretó la mandíbula con fuerza.

—Me estás malinterpretando a propósito.

—No pasó nada más.

Riley bajó la voz.

—Quería acostarme contigo. Sé que no es justo para ti después de todo lo que has pasado. Por eso me siento fatal. Me siento miserable por tener ese deseo y por admitirlo. Pero está ahí. Esa es la verdad.

Phoenix se clavó las uñas en las palmas de las manos.

—Estabas borracho.

—¿Y ahora?

¿Qué le estaba diciendo? ¿Y por qué se lo estaba diciendo?

—Es la atracción de lo prohibido.

—La atracción de lo prohibido –repitió Riley con una risa escéptica.

—Sí, te sientes atraído por algo que no es bueno para ti. O a lo mejor es... –se aferró a la explicación que había estado dándose a sí misma–, a lo mejor es la sensación de pérdida que algunas personas experimentan cuando una persona que siempre las ha adorado pasa página. No pueden soportar esa pérdida de atención, aunque no quieran a esa persona.

—No soy tan vanidoso como para esperar que puedas adorarme sin recibir nada a cambio –replicó él con una mueca.

Phoenix volvió a mirar a su alrededor.

—Bueno. Pues intenta encontrar tú una explicación. O limítate a ignorar la tentación y a dejarla pasar. La última vez me tocó hacerlo a mí.

Riley se reclinó en la silla.

—¿Ahora vas a esgrimir el pasado contra mí?

—No, no pretendía decir eso —contestó, cada vez más nerviosa—. Siento que mi vuelta al pueblo esté resultando tan complicada para todo el mundo, pero yo estoy intentando facilitar las cosas.

—¿Y eso es lo que estás haciendo ahora?

—¿Qué quieres decir?

—Estás intentando apartarme de tu vida.

—No me puedo creer que estés diciendo eso. No estoy intentando apartarte de mi vida. ¡En realidad, tú no me quieres!

—¿Cómo sabes lo que yo quiero?

—No siento ningún resentimiento hacia ti, pero ya he sufrido demasiado por esto, ¿recuerdas?

—Entonces éramos diferentes.

—En realidad, no. Así que alguno de los dos tendrá que evitar que el otro cometa un terrible error.

—¿Un terrible error? Menos mal que estás tú para evitarlo.

Phoenix se inclinó de nuevo hacia él.

—¿Estás siendo sarcástico otra vez?

Riley suspiró.

—Supongo que tú... que tú también has pensado en nosotros, en lo que tuvimos. Acabas de decir que han pasado diecisiete años desde la última vez que estuviste con un hombre.

—Tampoco he estado con ninguna mujer, por si te lo estás preguntando. Mi madre también tenía curiosidad. Pero puedo esperar un poco más a estar con un hombre. Por lo menos, hasta que Jacob vaya a la universidad.

—Entonces soy el único hombre con el que has estado —dedujo Riley.

Demasiado incómoda como para seguir manteniendo aquella conversación, Phoenix se levantó de un salto.

—Lo siento. Si me perdonas, yo también necesito ir al cuarto de baño —dijo.

Y se aseguró de que Jacob hubiera regresado antes de volver.

¿Qué estaba haciendo?
Riley no tenía ni idea. La cabeza le latía a pesar del ibuprofeno que se había tomado antes de ir al restaurante. Tenía la boca seca por más agua que bebiera. Y le esperaban ocho horas de trabajo físico, remodelando una cocina. No iba a ser fácil en aquel estado. Y no podía estar más confundido.

¿Debería haber mantenido la boca cerrada y haber ocultado sus sentimientos? ¿Habría espantado a Phoenix?

Probablemente. Pero a lo mejor eso era lo que, de manera inconsciente, pretendía. Si Phoenix se hubiera mostrado algo más receptiva la noche anterior, quién sabía lo que podría haber llegado a pasar.

No quería volver a hacerle daño. De eso estaba seguro. Odiaba lo mucho que la había hecho sufrir en el pasado.

—¿Puede, papá?

Riley salió sobresaltado de sus pensamientos y detuvo el tenedor que estaba a punto de llevarse a la boca para mirar a su hijo. Jacob había estado hablándole a Phoenix de un amigo que se había pillado la mano con la puerta de un coche y se había desgarrado el dedo. No era una conversación agradable para un desayuno, pero Riley no había querido interrumpirle. Phoenix parecía estar encantada con cualquier cosa que Jacob quisiera contarle, así que él había desconectado.

—¿Que si puede qué?

—Venir esta noche. Le he dicho que podrías hacer unas costillas en la barbacoa para cenar y que después podemos ver una película.

—Eh... claro.

No le importaba preparar una barbacoa, pero no creía

que Phoenix aceptara la invitación después de lo que había pasado la noche anterior.

—No te preocupes —saltó Phoenix al instante—. Es fin de semana, seguro que tu padre tiene otros planes.

—No sale mucho —repuso Jacob—. Siempre le estoy diciendo que intente tener alguna cita. Cuando vaya a la universidad, se va a quedar solo. Pero ni me acuerdo de la última vez que trajo una mujer a casa.

—Tu madre no necesita que le hagas un resumen de mi vida amorosa.

La noche anterior había salido, ¿no? Y todavía se estaba arrepintiendo.

—Solo estoy diciendo que seguro que te apetece preparar una barbacoa esta noche.

Riley se terminó el zumo de naranja.

—Me encantaría.

—¿Lo ves? —Jacob miró de nuevo a Phoenix, pero al ver que vacilaba, le preguntó—: ¿Es que no quieres venir?

En cuanto le oyó formular aquella pregunta, Riley supo que Phoenix haría todo lo posible para tranquilizar a su hijo.

—¡Claro que quiero ir! —respondió—. ¿A qué hora?

Jacob se volvió hacia Riley.

—¿A las seis?

—Me parece muy bien.

Phoenix sonrió, pero Riley estaba convencido de que había muchos nervios detrás de aquella sonrisa.

—Allí estaré.

—Iré a buscarte a tu casa —se ofreció Jacob, y ella asintió.

A la hora de marcharse, Riley pagó el desayuno, a pesar de las protestas de Phoenix. Una vez fuera, Jacob se encontró con un compañero del colegio y se detuvo para saludarle, lo que le permitió a Riley quedarse de nuevo a solas con ella.

—No te preocupes por lo de esta noche —musitó.

—No puedo evitar preocuparme —respondió ella.

Riley sonrió de oreja a oreja.

—¿Por qué? Si de verdad tienes tan superado lo mío como dices, debería resultarte fácil resistirte.

Riley pensó que lo dejaría así, pero Phoenix le sorprendió diciendo:

—Siempre hay alguna posibilidad de que pueda utilizarte con fines sexuales —sonrió con dulzura—. Al fin y al cabo, diecisiete años es mucho tiempo.

Riley comprendió que se había permitido hacer aquel comentario porque creía que tenía la última palabra y esa fue la razón por la que decidió volver a intervenir.

—Si hay algún lugar al que se pueda enviar una solicitud para aspirar a ese puesto, llámame —replicó.

Y no pudo menos que soltar una carcajada cuando la vio abrir los ojos como platos.

—Estás muy callada —dijo Lizzie—. ¿Es por algún motivo en particular?

Phoenix contestó por encima del chisporroteo de la cena de su madre en la sartén. Era una hamburguesa de pavo un poco más delgada de lo que Lizzie solía tomarlas, pero no iba a decírselo a su madre. Había pasado por el supermercado de camino a casa, cuando había vuelto del desayuno.

—No, solo estoy pensando.

—¿En...?

—En mi negocio. Estoy recibiendo muchos pedidos.

Como el sillón reclinable de su madre era el único asiento en el que esta podía sentarse de forma confortable, hacía tiempo que lo había llevado a la cocina, al lado de la mesa. El sillón crujió cuando cambió de postura.

—¿Cuánto has ganado esta semana?

Phoenix le dirigió a Lizzie una sonrisa de satisfacción.

—Lo suficiente como para pagar esa factura de la luz por la que estabas tan preocupada.

Lizzie dijo algo así como:

—Gracias —pero no quedó muy claro.

A la madre de Phoenix no le resultaba fácil mostrar agradecimiento. Con voz algo más estridente preguntó:

—¿Qué tal ha ido el desayuno?

Después de localizar una espátula en los desordenados cajones de su madre, Phoenix le dio la vuelta a la hamburguesa y le echó sal y pimienta. Tenía que servirle la cena a Lizzie antes de lo habitual para poder estar lista a la hora que había quedado con Jacob. Por supuesto, Lizzie no aprobaba que fuera a casa de Riley. Lo había dejado bien claro cuando le había mencionado sus planes, pero, al final, había dejado el tema.

—Ha sido agradable.

—¿Y ya está? ¿Eso es todo lo que tienes que decir?

—¿Qué quieres oír?

No podía compartir con ella lo que de verdad estaba pensando. El recuerdo de aquellos minutos de baile con Riley y de lo que le había dicho aquella mañana: «quería acostarme contigo».

—Podrías hablarme de Jacob. Está siendo muy simpático contigo.

—Sí, estoy sorprendida de lo receptivo que está siendo.

—¿Es tan guapo como su padre?

Se estaba pintando las uñas otra vez. Parecía muy concentrada en aquella simple tarea, pero Phoenix no se dejaba engañar. Lizzie tenía mucho más interés en Jacob del que quería mostrar, sobre todo desde que Phoenix estaba empezando a conocerle.

—Creo que sí. Se parece mucho a su padre.

—¿Y cómo te trata Riley?

Phoenix volvió a pensar entonces en la atracción que ambos estaban intentando superar. No quería hablarle de ello a su madre, pero estaba muy preocupada. Una relación con Riley, en el caso de que no saliera bien, arruinaría todo lo que estaba consiguiendo con Jacob. Y sabía por experiencia que estaba destinada a salir mal.

—No puedo quejarme. Esta mañana ha pagado él el desayuno.

Lizzie demostró su escepticismo con un sonido burlón.

—Ese hombre no me gusta.

—Sí, ya me lo has dicho. Pero siempre y cuando yo me porte bien con él, él se portará bien conmigo.

—Hace años no se porto muy bien.

Phoenix se colocó un mechón de pelo tras la oreja.

—Ya hemos hablado de eso, mamá. Pero tenemos que olvidar el pasado.

—¿Olvidar diecisiete años en prisión? ¿Eres capaz de olvidar algo así y de ir a una barbacoa a su casa esta noche?

—Él no tiene la culpa de que fuera a prisión.

—¿No testificó contra ti?

—Testificó sobre mi conducta en aquella época. Y dijo la verdad. No paraba de llamarle, de pasar en coche por delante de su casa, de suplicarle que volviera conmigo. Estaba rota y era demasiado inmadura como para afrontar el haberle perdido.

Por no mencionar que sus hermanos también la habían abandonado y tampoco había superado aquella pérdida.

—¿No es consciente de lo que hizo? —preguntó Lizzie.

—Creo que sí. Ya se ha disculpado dos veces.

—¡Puf!

—Si le dieras una oportunidad, te caería bien.

—Como si me la fuera a dar él a mí.

Phoenix no contestó. No sabía qué decir. Lizzie hacía muy difícil que a la gente pudiera caerle bien.

El chisporroteo de la hamburguesa llenó el silencio hasta que Lizzie volvió a romperlo.

—Por fin he tenido noticias de tu hermano.

Phoenix tomó aire. Aunque se alegraba de que Kip y

Cary hubieran podido escapar a su situación y continuar con su vida, les echaba de menos.

—¿Con cuál de los dos?

—Con Kip.

—¿Y qué te ha dicho?

—No gran cosa. Ha sido una llamada corta. Cuando llaman, siempre es así. Se alegra de que estés fuera.

—Phoenix sacó un plato y preparó el pan para la hamburguesa de su madre.

—¿Ha dicho algo de Cary? ¿Siguen en contacto?

—Siempre han estado en contacto. Me ha dicho que Cary ha vuelto a divorciarse. Tiene dos hijos de su última esposa.

—¿Entonces tiene cuatro en total?

Cuatro hijos a los que ni su madre ni ella conocían. Pero Phoenix estaba comenzando a darse cuenta de que sus hermanos no eran personas más integradas socialmente que su madre.

—¿Y cómo los mantiene?

—¿Cómo voy a saberlo? A mí me dice que está trabajando, pero nunca me ha enviado dinero para ayudarme.

Una vez satisfecha con el grado de cocción de la hamburguesa, Phoenix apartó la sartén del fuego.

—Por lo menos parece que son capaces de ganarse la vida. Eso ya es algo.

—No estaría mal que pensaran en su madre de vez en cuando —replicó Lizzie malhumorada.

Pero Phoenix sabía que era porque le dolía su negligencia.

—Tienen otras responsabilidades —les excusó—. Además, no los necesitamos. Nos tenemos la una a la otra.

Lizzie la miró con recelo.

—Hasta que te vayas.

Phoenix colocó la carne sobre el pan.

—¿Y por qué voy a irme?

—Estás empezando a ganar dinero, ¿verdad?

–¿Y?

–Que pronto podrás comprarte un coche y marcharte.

–¿Crees que estoy aquí porque no me queda más remedio?

–¿Por qué ibas a haber vuelto si no? Tus hermanos nunca han vuelto.

–Yo no soy como mis hermanos.

Lizzie deslizó una zanahoria a través de las rejas de la jaula de los hámsteres.

–Teniendo en cuenta cómo te ha tratado este pueblo, deberías marcharte de aquí. Siempre podrías venir de vez en cuando a ver a tu hijo.

–¿Te vendrías conmigo? –preguntó Phoenix.

Pero no tenía ninguna esperanza. Conocía de antemano la respuesta.

–Soy demasiado vieja y estoy demasiado gorda como para ir a ninguna parte. La gente de aquí no me quiere, pero ya están acostumbrados a mí. No quiero tener que enfrentarme a un lugar desconocido.

–Más vale malo conocido que bueno por conocer, ¿eh? –bromeó Phoenix mientras añadía ensalada al plato de su madre.

–Aquí estoy bien. No tiene sentido que me vaya a ninguna otra parte.

Sus fobias la retenían en Whiskey Creek. Phoenix lo comprendía.

–En ese caso, me quedaré contigo –dijo, mientras le ponía delante el plato con la cena.

Lizzie no alzó la mirada. La mantuvo fija en la comida.

–Deberías marcharte y empezar de nuevo –le recomendó con suavidad–. Eres joven y puedes hacerlo. Y yo solo soy una molestia.

–Molestia o no, sigues siendo mi madre –le dio un rápido abrazo.

No tenía la menor idea de si lo despreciaría. A su madre siempre le habían incomodado las muestras de afecto. Pero

Lizzie toleró aquella e incluso musitó algo sobre lo bien que olía la hamburguesa.

Phoenix sonrió mientras su madre comenzaba a comer.

—No te preocupes por nada, ¿de acuerdo? —le dijo mientras salía para ir a cambiarse.

También tenía que terminar la ensalada de pasta que quería llevar. Quería contribuir llevando algo a la cena, aunque ni Jacob ni Riley se lo habían pedido.

Capítulo 15

A Phoenix le impresionó la casa de Riley. Tenía tres bonitos dormitorios y dos baños y la habían construido Jacob y él. Contaba con numerosos extras: revestimientos y suelos de madera, chimenea de piedra, barandillas de madera, electrodomésticos de acero inoxidable y unos armarios maravillosos. No pudo evitar preguntarse cómo sería vivir en un lugar con aquel. Y tampoco envidiarles un poco, sobre todo cuando salió a la parte de atrás y vio que tenían un patio enorme con una bonita terraza y una piscina de la que Jacob le había hablado cuando había ido a buscarla.

—¡Es precioso! —exclamó.

Riley estaba ya en la barbacoa, pero se volvió para dirigirle una sonrisa. Estaba orgulloso, pero no tanto como Jacob, que se lo estaba enseñando todo.

—La piscina la pusimos el verano pasado —le explicó—. Y en cuanto haga más calor, empezaremos a organizar fiestas.

Le hizo un gesto con la mano para que le siguiera de nuevo al interior de la casa.

—Ven. Voy a enseñarte mi habitación.

Phoenix pensó que podía resultar demasiado indiscreto subir a las partes más privadas de la casa, pero Riley no protestó. Le puso la tapa a la barbacoa y subió con ellos por una escalera en forma de ele, como si también él quisiera ser testigo de su reacción.

—¿Qué te parece? —preguntó Jacob cuando entraron en el que, obviamente, era el dormitorio de un adolescente.

Los muebles combinaban entre ellos, lo cual era una novedad para Phoenix. Había un ventilador en el techo, un bonito vestidor y pósteres colgando de las paredes.

—Me parece que eres un chico con suerte. Tu padre ha sido capaz de darte muchas cosas.

Jacob hundió las manos en los bolsillos y miró a su alrededor como si estuviera viendo la habitación a través de sus ojos.

—Sí, lo sé. Pero eso no significa que no sea bueno que tú también formes parte de mi vida.

Phoenix sonrió, conmovida por aquellas palabras, cuando ella tenía tan poco que ofrecerle.

—Gracias. Es muy bonito eso que acabas de decirme.

Su gratitud debió de avergonzarle, porque Jacob bajó la cabeza y continuó la gira.

—Este es el estudio de mi padre —dijo cuando entraron en la siguiente habitación.

El estudio no estaba tan ordenado como el resto de la casa, pero no estaba sucio, solo revuelto. Por lo que Phoenix pudo ver, Riley dirigía un negocio de éxito y se alegraba tanto por él como por Jacob. Tenía todo lo que a ella le había faltado. Pero siempre había querido demasiado a Riley como para desearle otra cosa.

—¿Cuánto tiempo hace que tienes la licencia de contratista? —preguntó mientras recorría con la mirada el ordenador, el escritorio y las estanterías.

Aparte de por un breve saludo, Riley había dejado que fuera Jacob el que hiciera las labores de anfitrión, pero contestó a su pregunta.

—A los veintidós años. Justo después de graduarme en la Universidad de California Davis en Gestión Económica.

—¿Gestión Económica?

—Básicamente, es una licenciatura de negocios.

Phoenix acarició la suave superficie de la madera.

—¿Y qué crees que te ha sido más útil? ¿Los estudios o la experiencia?

—En el mundo de la construcción, la experiencia tiene un gran valor a la hora de conseguir trabajo. Pero hay muchos contratistas buenos, capaces de levantar una casa, que no saben dirigir un negocio. Así que yo diría que hacen falta las dos cosas para ganarse la vida.

—Y esa es la razón por la que Jacob también va a ir a la universidad, ¿verdad? —bromeó Phoenix, dándole un codazo a su hijo.

—¡Ese es el plan! —contestó Jacob. Señaló hacia el pasillo—. Y este es el dormitorio de mi padre.

Phoenix no necesitaba ver el dormitorio de Riley. Esperaba que se detuviera y la guiara de nuevo al piso de abajo, donde estaban el cuarto de estar y la cocina. Pero no lo hizo. Y ella no dijo nada. Sentía demasiada curiosidad. Además, aquella casa la habían levantado ellos. No le estaban enseñando algo que el dinero les hubiera permitido comprar, sino el fruto de su trabajo.

Riley tenía una cama enorme, la cama más grande que Phoenix había visto en su vida. Las ventanas tenían contraventanas de madera y había un balcón con vistas a la terraza del jardín. El diseño le recordó al de las casas que salían en la revista *Southern Living*, de la que solía disfrutar en prisión, no solo por su tamaño, sino también por el ventilador que giraba sobre sus cabezas.

Jacob la condujo a la zona del baño y el vestidor, que era casi tan grande como el dormitorio.

—¡Aquí todo es gigantesco! —dijo, medio esperando que el eco rebotara contra el suelo de mármol y las encimeras de granito.

—Estuve pensando en venderla cuando la terminé —le explicó Riley–. Yo no necesito tanto espacio, pero a la mayoría de las mujeres les encantaría.

–Estoy segura –no pudo evitar compararlo con el lugar en el que ella estaba viviendo. Su baño era más pequeño que la mitad de aquel armario–. Has hecho un gran trabajo.

Riley la miró a los ojos.

–Gracias.

Phoenix desvió la mirada.

–Y, si no la vendes, estoy segura de que a tu esposa, cuando encuentres a la mujer de tu vida, le encantará.

–Si es que la encuentra alguna vez –musitó Jacob–. Aunque es bastante difícil cuando no sales con nadie.

Riley no respondió al instante, así que Phoenix intentó dar una respuesta tranquilizadora.

–No es tan fácil conocer a alguien cuando sales de la universidad y te tienes que poner a trabajar, sobre todo si vives en un pueblo pequeño.

–Eso significa que tú vas a tener el mismo problema – reflexionó Jacob con el ceño fruncido–. Pero también hay citas por internet. Así es como la mayoría de la gente encuentra ahora pareja.

–¿La mayoría de la gente? –Phoenix se volvió hacia Riley–. ¿Tú has conocido a alguien a través de internet?

Riley negó con la cabeza.

–Nunca lo he intentado.

Phoenix abrió la ducha y vio que era suficientemente grande como para que cupieran dos personas. Tenía incluso un banco.

–Yo tampoco, por supuesto. Ni siquiera sabría cómo empezar.

–Es fácil –la tranquilizó Jacob–. Como Facebook. Aprendiste muy rápido. Si queréis, puedo ayudaros a encontrar pareja en Match.com.

–Adelante, puedes hacer de casamentero con tu padre –dijo Phoenix entre risas–. Yo creo que voy a posponer ese tipo de cosas durante una temporada. De todas formas, no sé si mi perfil resultaría muy tentador: expresidiaria odiada por todo su pueblo busca el amor mientras vive en un vertedero y se ocupa de una madre con una seria discapacidad.

Se echó a reír al imaginar que alguien pudiera responder a un anuncio como aquel, pero, más que divertidos, Jacob y Riley la miraron preocupados.

—¡Eh, basta! —les dijo a los dos—. Solo era una broma. Sé que saldré adelante con el tiempo. Y entonces encontraré a alguien.

—¿Y por qué no buscas a alguien que pueda ayudarte a pasar por todo esto? —preguntó Jacob—. No tienes por qué mencionar nada de lo que has dicho.

—¿Quieres decir que puedo mentir como hacen los demás? —se echó a reír otra vez—. No, gracias.

—Eres muy guapa. Si pones una fotografía, seguro que te llamarán muchos hombres.

—Porque la mayoría de los hombres no son lo bastante inteligentes como para comprender que deberían preocuparse por algo más que la imagen —bromeó.

—Pero eso no es lo único bueno que tienes —replicó él—. Tienes muchas otras cosas buenas que no tienen nada que ver con el pasado.

—Todavía no necesito enfrentarme al mundo de las citas. Pero tu padre sí que debería subir su perfil. Está en una posición mucho mejor que la mía para acceder a ese mercado.

La expresión de Riley indicaba que tampoco a él le apetecía.

—Yo tampoco estoy preparado todavía.

—¿Quieres quedarte soltero durante el resto de tu vida? —le preguntó su hijo.

Riley le dio un pequeño puñetazo en el brazo.

—No, pero prefiero dirigir mi vida amorosa sin tu ayuda, gracias.

—Muy bien. Ayudaré a mamá cuando esté preparada. Porque tú quieres casarte, ¿verdad, mamá?

Phoenix fingió estar fascinada con los pomos dorados de la cómoda.

—Sí, algún día.

—¿Y te gustaría tener más hijos?

Era una pregunta extraña, procediendo de Jacob, pero se alegró de que no pareciera incomodarle la idea.

—Sí, me gustaría... si a ti no te importara.

—Esa decisión no tengo que tomarla yo.

—Ya es hora de cambiar de tema —Riley les condujo fuera del dormitorio—. Además, la carne ya debe de estar hecha.

En cuanto estuvieron de nuevo en el pasillo, Phoenix se detuvo para ver unas fotografías de Jacob cuando era más pequeño y se sorprendió al ver que Riley también se detenía.

—Son preciosas —susurró ella casi sin aliento, arrebatada con aquellas imágenes de su hijo durante todos los años que no había podido estar a su lado.

—Debería haberte enviado copias —se lamentó Riley con la voz cargada de arrepentimiento.

—Comprendo que no lo hicieras. Al pasar por el supermercado, he comprado una cámara desechable para poder hacerle algunas fotos esta noche.

—También te enviaré una copia de estas. Las tengo todas escaneadas, así que puedo mandártelas por correo electrónico.

—No sabes cuánto te lo agradecería.

Riley comenzó a bajar delante de ellos.

—No sé por qué no me deja abrirle un perfil en Match. com —se quejó Jacob.

—¿Creerá que eso le haría parecer un poco desesperado?

—¡Pero la mayoría de la gente de su edad busca las citas así!

—¿Te refieres a la gente de nuestra edad? —le guiñó un ojo.

Le costaba creer que una mujer pudiera rechazar a un hombre con Riley. Era guapo, fuerte, tenía carisma, un negocio de éxito... Todo lo que podía desear una mujer. Pero, por supuesto, ella no podía permitirse el verle de esa forma.

—Será mejor que vayamos a ayudarle —propuso.

Unos minutos después, estaban los tres sentados alrededor de la piscina con los platos llenos.

—¡Qué bien huele! —exclamó Phoenix mientras comía.

Había imaginado que se sentiría incómoda cenando en casa de Riley y, al principio, le había resultado un poco embarazoso. Riley había tenido diecisiete años para forjarse una vida agradable y ella apenas estaba empezando. Pero, a medida que fue avanzando la cena, fueron relajándose en la terraza, estuvieron riendo y haciéndose fotografías, y ella empezó a disfrutar. Hablaron del último trabajo de Riley, de las clases de Jacob, de sus amigos y de todos los cambios que se habían producido en Whiskey Creek y en la zona en general.

Era casi de noche cuando comenzaron a despejar la mesa.

—La cena estaba riquísima.

Esperaba que en aquel momento alguno de los dos propusiera empezar a ver una película, pero Riley sugirió que se dieran un baño y le preguntó que si había llevado el bañador.

—No tiene —dijo Jacob.

Phoenix respondió al mismo tiempo que él.

—Os miraré mientras os bañáis.

—Puedes ponerte algo que tengamos en casa —sugirió Riley.

Phoenix no imaginaba el qué. Los dos eran mucho más grandes que ella.

—No hace falta. Haré unas cuantas fotografías más y después meteré los pies.

Riley no tuvo oportunidad de convencerla. Jacob intentó

empujarle a la piscina y empezaron los dos a pelear, cada uno de ellos intentando tirar al otro al agua.

Phoenix les hizo varias fotografías. Después, dejó la cámara con intención de acercarse hasta el extremo más alejado del jardín. Cuando llegó, se dio cuenta del precario equilibrio de Riley y Jacob al borde de la piscina, de lo fácil que le resultaría empujarles, y sintió una oleada de traviesa emoción. Así que, cambió de dirección, fue corriendo hasta ellos y les dio un empujón. Los dos cayeron al agua con un grito sobresaltado y un sonoro chapoteo.

Cuando salieron de nuevo a la superficie, Phoenix todavía se estaba riendo con tantas ganas que le costaba mantenerse en pie. Pero dejó de reír cuando le oyó decir a Riley:

—Tú lo has querido.

Vio el brillo de sus ojos y comprendió que iban a por ella. Desapareció entonces la risa. Con un grito de pánico, escapó hacia la casa.

—Quieres jugar sucio, ¿eh? —gritó Riley tras ella, y la atrapó mientras estaba intentando abrir la puerta.

—¡No tengo traje de baño!

Ellos habían terminado en el agua vestidos, así que, obviamente, no le importó. La levantó con un brazo, tiró de ella y Jacob se hizo a un lado mientras Riley la tiraba a la zona más honda de la piscina.

Phoenix no había vuelto a nadar desde que era adolescente, pero no había olvidado cómo se hacía. Podría haber llegado con facilidad al borde de la piscina si hubiera querido. En cambio, salió a la superficie chapoteando y tragando agua como si estuviera a punto de ahogarse.

Vio el pánico en el rostro de Riley un segundo antes de que se tirara a salvarla. Pero cuando la agarró, ella le apartó.

—¡Phoenix! —gritó Riley, todavía preocupado.

Phoenix se echó a reír y comenzó a nadar.

—¡Inocente!

Riley se apartó el pelo de la cara.

—¡Has estado a punto de provocarme un infarto!

Phoenix le salpicó.

—¡Has sido tú el que me ha tirado al agua sin preguntarme si sabía nadar!

—¡Esta vez te has pasado! —replicó él, y tiró de ella agarrándola del pie.

Después, empezaron a salpicarse los tres en medio de una melé en la que cada uno de ellos intentaba hundir al otro. Jacob la hundió alguna que otra vez, pero casi siempre hacían equipo Phoenix y él para ir contra Riley. Durante los siguientes quince o veinte minutos estuvieron peleando y riendo de tal manera que apenas podían respirar, y mucho menos hablar. Solo se detuvieron cuando alguien gritó desde la terraza:

—¡Eh, tío! ¿Qué te ha pasado?

Respirando con dificultad, se separaron y alzaron la mirada hacia Tristan.

—¿Qué quieres decir? ¿Habíamos quedado?

—Me dijiste que me ayudarías a pedirle a Amber que me acompañara al baile de promoción, ¿no te acuerdas?

—¡Ah, sí! Íbamos a organizar juntos una búsqueda del tesoro para darle una sorpresa. Lo siento, me había olvidado.

—Todavía estamos a tiempo, ¿no? —preguntó Tristan.

—Sí, pero...

Miró a su padre y Riley le hizo un gesto con la mano para que se marchara.

—Yo llevaré a tu madre a casa. No te preocupes. Vete con Tristan.

—¿Te parece bien, mamá?

Phoenix sonrió.

—Por supuesto.

—Gracias —nadó hasta el borde de la piscina, pero una vez allí, se detuvo con una sonrisa feliz y cansada—. Ha sido muy divertido. Me alegro de que hayas venido —le dijo a Phoenix.

—Yo también —contestó ella.

Y le observó mientras se dirigía con su amigo hacia el interior de la casa.

Phoenix comenzó salir de la piscina, pero Riley no pudo resistir la tentación de hacerle una última aguadilla.

—Así aprenderás quién manda aquí —bromeó.

Pero Phoenix tenía más energía y determinación de lo que él pensaba e intentó devolvérsela.

Estuvieron forcejeando durante unos minutos más, hasta que ella se quedó sin fuerzas.

—Por mucho que me cueste admitirlo, has ganado, maldita sea.

Riley se echó a reír ante aquella concesión hecha a regañadientes. Le parecía muy divertido que hubiera intentado derrotarle pesando la mitad que él.

—Entonces, dilo.

—¿Que diga qué? —le preguntó Phoenix con los ojos entrecerrados.

—Di que no puedes contra mí.

—¡Acabo de decirlo!

—Pero quiero oírlo otra vez. Di: «Riley, admito que no soy oponente para ti».

Phoenix le dirigió una mirada traviesa.

—Ya has oído todo lo que estoy dispuesta a decir.

Riley la apartó entonces del borde de la piscina, de modo que Phoenix tuvo que agarrarse a él para no hundirse.

—Entonces tendrás que darme un premio.

—¿Qué clase de premio?

Mientras la sostenía en el agua, las ganas de reír de Riley desaparecieron.

—¿Riley?

Riley bajó la mirada hacia sus labios.

—Podrías besarme.

Los dos respiraban con dificultad. Riley podía sentir sus senos, escondidos bajo la ropa mojada, elevándose contra él.

—No, no puedo.
—¿Por qué? Un beso no puede hacernos ningún daño.
Phoenix cerró los ojos como si no soportara mirarle a los suyos.
—¿Y si te limpio la cocina?
Riley esperó a que volviera a mirarle otra vez.
—No sería ni la mitad de satisfactorio.
—Pero sería mucho más sensato.
Casi podía saborearla. Dos centímetros más y sus labios se tocarían.
—Pero tampoco es eso lo que tú quieres.
Phoenix se estremeció. Riley sabía que aquel temblor no había tenido nada que ver con la temperatura del agua. Imaginó que había sentido la presión de su erección, que no podía hacer nada para ocultar.
—Sí, sí quiero.
—No, no es verdad.
—¿Cómo lo sabes?
—Porque tienes las piernas alrededor de mis caderas, como si te gustara la presión que estás sintiendo.
Los ojos de Phoenix relampaguearon mientras se liberaba.
—Lo siento. Yo no... quiero decir. Estaba...
No terminó la frase. Y Riley tampoco sabía cómo podía haberlo hecho.
—No importa. No te preocupes —le dijo, pero Phoenix comenzó a alejarse de él.
Riley llegó al borde de la piscina justo después que ella.
—Phoenix, no te vayas —le susurró al oído.
La oscuridad se había hecho más intensa y las chicharras estaban comenzando a cantar. Una vez Jacob se había ido, estaban solos en el jardín, que parecía mucho más íntimo, sobre todo en aquel extremo de la piscina, el más alejado de la terraza.
—Tengo que irme.

Riley percibió el temblor del miedo en su voz, pero también el deje ronco del deseo y aquello hizo palpitar con fuerza su corazón.

–No, no tienes que irte. Siento mucho lo que pasó años atrás, cuando estábamos en el instituto...

–No te estoy pidiendo otra disculpa –le interrumpió–. Pero no podemos hacer esto. Necesitas buscar a otra mujer –comenzó a salir, pero Riley la estrechó de nuevo contra él.

–Podríamos... podríamos dar algún tiempo a lo que sentimos, para ver hasta dónde nos lleva.

–¿Quieres saber hasta dónde nos lleva? –repitió ella–. Yo ya he hecho ese recorrido y sé que no es seguro.

–Han pasado diecisiete años. No puedes saber lo que va a pasar ahora.

Esperaba que Phoenix volviera a pedirle que la soltara, pero no lo hizo, y el deseo de acariciarla más íntimamente le devoraba. Sabía que tenía alguna posibilidad, en caso contrario, Phoenix le habría apartado.

Los músculos se le tensaron, anticipando la caricia mientras deslizaba la mano bajo su blusa y le desabrochaba el sujetador.

Phoenix no le detuvo, no dijo nada. Al sentir el tacto resbaladizo de la piel de su seno desnudo bajo la palma, una oleada de deseo le atravesó, les atravesó a los dos. El pezón se irguió contra su mano antes de que lo hubiera tocado siquiera, aumentando su excitación y animándole a deslizar la mano bajo los pantalones.

–Riley –jadeó Phoenix cuando hundió la mano en las bragas.

–Solo quiero acariciarte.

Aunque permanecía rígida, Riley sabía que no quería detenerle y la sintió temblar cuando deslizó los dedos en su húmedo calor.

–¡No! –susurró–. No podemos...

–Shh –deseaba besarla, pero ella se estaba alejando de

él y Riley no se atrevía a cambiar de postura–. De acuerdo. Solo... solo quiero sentirte.

Phoenix bajó la mano para agarrarle la muñeca. Parecía indecisa, vacilante. Riley cerró los ojos, temiendo que decidiera poner fin a un momento que se estaba convirtiendo en uno de los más exquisitos de su vida. Pero ella no movió un solo dedo. Gimió mientras se presionaba contra él y Riley terminó temblando también.

–No tienes por qué hacer nada –le prometió a Phoenix–. Con esto es suficiente. Solo quiero que disfrutes con mis caricias. Sentirte correrte entre mis brazos.

Phoenix echó la cabeza hacia atrás mientras Riley comenzaba a poner en práctica todo lo que había aprendido sobre el cuerpo de una mujer para poder ofrecerle aquella experiencia.

–Relájate. No pasa nada –susurró.

No sabía hasta dónde iban a llegar, pero no tuvo oportunidad de averiguarlo. La voz de su madre llegó desde el interior de la casa, dejándoles a los dos petrificados.

–¿Riley? ¿Jacob? ¿Dónde estáis? ¿Por qué nadie contesta al teléfono?

Phoenix tomó aire asustada, se apartó de él y nadó hasta el extremo más alejado de la piscina, que estaba en sombra gracias a los árboles que bloqueaban la luz de la luna. Riley no había dicho una sola palabra, se había limitado a atarse los pantalones. Aquello le indicó, como si no fuera obvio, que no quería que su madre supiera que estaba allí.

Por su parte, a Riley le habría gustado asegurarle que no iba a permitir que su madre la maltratara. Pero Phoenix se encontraba en una situación muy delicada, intentando regresar a su pueblo tras haber pasado diecisiete años en un lugar infernal. Él suponía que, en cierto modo, Whiskey Creek también estaba resultando ser un infierno. Y su madre había sido una de sus principales detractoras. Riley no quería exponerla a su presencia sin que ella se hubiera mostrado de acuerdo y ya no había tiempo para eso.

—¿Riley?

Su madre había abierto la puerta trasera de la casa y estaba entrando en la terraza.

Riley comenzó a chapotear para desviar la atención de Phoenix, que estaba en el otro extremo de la piscina.

—¡Estoy aquí! ¿Qué pasa?

Le habría gustado salir, acompañar a su madre al interior de la casa y dejar a Phoenix tranquila, pero su erección se lo impedía.

—He estado intentando localizarte —contestó Helen.

Su tono apremiante le irritó. ¡Como si tuviera que estar disponible las veinticuatro horas del día!

—Tengo el teléfono dentro, en el mostrador.

—¿Qué...? —le miró con atención—. ¿Qué haces en el agua vestido?

Riley imaginó a Phoenix hundiéndose bajo el agua oscura o, por lo menos, agachándose bajo el borde de la piscina para evitar ser vista.

—Jacob me ha tirado al agua hace unos minutos, justo antes de que Tristan viniera a buscarle.

—¿Se ha ido?

—Sí, querían ir a casa de Amber. Tristan le ha pedido a Amber que le acompañe a su promoción y necesitaba un ayudante.

—¿Qué Amber?

Afortunadamente, había conseguido desviar su atención.

—DeVane. No creo que conozcas a la familia. ¿Qué ha pasado? —repitió.

—Acabo de estar en casa de Corinne.

Riley tuvo que resistir las ganas de mirar a Phoenix. Aquello la delataría y sabía que, si lo hacía, ella se marcharía a su casa. Aunque no creía que le permitiera volver a tocarla, y menos donde la había acariciado antes, no estaba preparado para poner fin a la velada. Habían disfrutado mucho. Mucho más de lo que había disfrutado él desde hacía meses. Además, todavía tenían que ver una película.

—¿Y?

—Buddy quiere hablar contigo. Ha propuesto que nos reunamos para ver si arreglamos las cosas.

—No hay nada que arreglar. Siempre y cuando deje a Phoenix en paz, todo irá bien.

—Phoenix mató a Lori, Riley. Las cosas no son tan sencillas.

A Riley no le gustaba estar hablando de aquel tema delante de Phoenix. Ya no la creía capaz de hacer algo tan terrible, pero no sabía lo que podría llegar a contestar su madre. La forma más rápida de deshacerse de ella era aceptar ir a aquella reunión con los Mansfield.

—¿Cuándo?

—El lunes a las siete.

—¿Dónde?

—Quiere que sea en su casa. Dice que hará ella la cena.

—No voy a llevar a Jacob.

—¿Por qué no?

—Porque no quiero que oiga lo que se puede llegar a decir en esa reunión.

—A lo mejor debería oírlo. Necesita estar preparado para decidir qué tipo de relación quiere tener con su madre.

Seguro, por fin, de que podía permitir que su madre le viera de cuerpo entero, Riley salió del agua y avanzó hacia la terraza.

—Ya está preparado.

—Riley, cualquier persona que quiera mantener una relación con Phoenix debería ir al psicólogo.

Riley apretó los dientes.

—Hace frío. Vamos dentro.

La condujo al interior de la casa. Helen vio entonces la ensalada de pasta que había llevado Phoenix para la cena.

—Qué buen aspecto tiene. ¿La has hecho tú? —preguntó.
Tomó una de las espirales de pasta y se la metió en la boca.
—Sí, la he hecho yo.
—¿Y de dónde has sacado la receta?
—En internet se puede encontrar cualquier cosa.
Señaló entonces los tres platos que habían llevado al fregadero.
—¿A quién habéis invitado a cenar?
—Ya te he dicho que había venido Tristan.
—Has dicho que había venido a buscar a Jacob.
—Ha venido a cenar, ¿te parece mal?
—No, claro que no.
—En cualquier caso, ahora tengo que recoger esto y acostarme. Me parece bien reunirme con los Mansfield el lunes. ¿Quieres que lleve algo? ¿El vino, por ejemplo?
—Sería magnífico —contestó Helen.
Riley la acompañó entonces a la puerta.
—Gracias por venir.
Su madre le miró otra vez con extrañeza.
—Estás enfadado conmigo.
—Estoy frustrado por la situación de Phoenix.
—Todos sabíamos que tendríamos que enfrentarnos a esto algún día. Es una pena que no nos haya puesto las cosas más fáciles.

Riley no podía responder a aquello. Quería deshacerse de su madre lo antes posible, y eso fue lo que hizo. Se mordió la lengua, se mostró de acuerdo con ella en que todo sería más fácil si Phoenix hubiera decidido vivir en cualquier otra parte y consiguió que Helen se marchara. Pero cuando Riley regresó al jardín, Phoenix se había ido.

Capítulo 16

—¿Qué he hecho? ¿Qué he hecho? —murmuraba Phoenix para sí mientras abandonaba la casa, empapada y temblando.

La temperatura había bajado al caer la noche. Sabía que no debería haber dejado que Riley la acariciara... Pero se había dejado arrastrar por la intensidad del momento y por aquel deseo antiguo. Era una mujer saludable y en la flor de la vida. Claro que deseaba estar con un hombre. No era que deseara a Riley. Ya había superado lo que sentía por él. Se había pasado diecisiete años luchando para superarlo. No podía volver a caer en el hoyo del que por fin había podido salir. Se había prometido hacer todo lo que estuviera en su mano para evitarlo.

Aparecieron tras ella los faros de un coche y se escondió entre la enea que crecía cerca del arroyo, casi al borde de la carretera. No sabía qué coche tenía Helen Stinson, pero el Cadillac que la adelantó le pareció un buen candidato.

Y lo último que quería era que la madre de Riley la viera saliendo de su casa.

Pero se alegraba de que Helen hubiera aparecido cuando lo había hecho. No sabía lo que podría haber llegado a pasar si no hubiera tenido la oportunidad de recuperar el sentido común. Podría haber terminado en la cama de Riley.

Cuando volvió a la carretera, se abrazó a sí misma. Hacía un frío glacial, pero el cuerpo le ardía allí donde Riley la había tocado como si hubiera retenido el calor de sus manos.

—¡Olvídalo! —se ordenó a sí misma, mortificada por el recuerdo de cómo le había agarrado a Riley la muñeca para animarle a continuar.

Después de aquello, jamás se creería que no estaba dispuesta a revivir su antiguo romance. ¿Y de qué manera podrían afectar aquellos minutos a sus posibilidades de llegar a conocer a Jacob?

«Eres idiota». Las lágrimas le ardían tras los párpados mientras imaginaba a Riley tentándola, instándola a exhibir su debilidad. ¿Estaría poniéndola a prueba? ¿Estaría intentando descubrir cuáles eran sus verdaderas intenciones? ¿Pensaría que estaba pensando en una posible reconciliación?

¿Y si después de aquello ponía fin a sus encuentros con Jacob?

—Por favor, no dejes que eso suceda —rezó—. Me mantendré alejada de él. No volverá a pasar.

Vio otro par de faros tras ella y estiró la cabeza mientras se escondía entre los arbustos. No estaba lejos de casa de Riley y no quería que nadie la reconociera, sobre todo porque no sabía cómo iba a poder explicar el hecho de estar empapada y oliendo a cloro.

Pero el vehículo no siguió avanzando. Aminoró la marcha y aparcó a unos tres metros de distancia.

—¿Phoenix? —llamó Riley.

Había visto algo, o a alguien. Y como Phoenix iba a pie y había salido de su casa unos diez minutos antes, no podía haber ido muy lejos.

Pero si le estaba oyendo llamarla, no contestó.

—Vamos, Phoenix. Contesta, ¡maldita sea! Siento mucho

lo de mi madre. Pero no puedo controlarla ni hacerla cambiar, igual que tú no puedes controlar ni hacer cambiar a la tuya.

Se movió entre los juncos de la orilla del arroyo, esperando encontrarla y, por fin, consiguió que saliera.

—No hacía falta que vinieras —dijo ella.

Al oírla, Riley se volvió y consiguió distinguirla a pesar de la oscuridad.

—¡Estás aquí!

—Pensaba que al final renunciarías.

—Muchas gracias.

—No pretendo ser desagradecida. Pero no hace falta que te preocupes por mí.

¿Que no hace falta que me preocupe? —repitió—. No me puedo creer que te hayas ido sin despedirte. Y sin haberte secado. Tienes que estar helada.

—Un poco —admitió—. Es curioso el frío que se puede llegar a pasar cuando se está mojado.

—Te he traído una toalla —regresó hacia la camioneta para buscar la toalla con la esperanza de que Phoenix le siguiera, pero ella no se movió—. Te has dejado el bolso y la cámara en mi casa —le dijo.

—¿Los has traído? Por lo menos la cámara...

Había esperanza en su voz. Pero cuando su madre se había ido de casa, en lo único que había pensado Riley había sido en una toalla. Tenía demasiada prisa.

—Si vienes conmigo, puedo darte algunas fotografías de Jacob —le propuso.

Riley quería tranquilizarla o, por lo menos, ayudarla a recuperar el buen humor de antes.

Pero ella permanecía donde estaba, abrazándose a sí misma y frotándose los brazos.

—No, no te preocupes. Puedes enviarme la cámara con Jacob la próxima vez que quedemos —bajó la voz—. Si es que piensas dejar que siga viéndole.

¿Aquello era lo que le estaba pasando por la cabeza? ¿Pensaba que estaba poniendo en peligro su relación con Jacob? No le extrañaba que estuviera temblando. Sabía lo mucho que significaba para ella aquella oportunidad de recuperar a su hijo.

—Claro que voy a dejar que sigas viendo a Jacob. ¿Crees que estoy enfadado por lo que ha pasado? ¿Que te culpo de lo ocurrido?

—Debería haberte detenido.

—Espero que estés de broma. Te he oído gemir cuando te he acariciado. Y eso es, exactamente, lo que esperaba que hicieras.

En cuanto mencionó aquello, Phoenix giró sobre sus talones y avanzó hacia la carretera como si no soportara que se lo recordaran, pero Riley corrió tras ella.

—¡Espera! No ha sido para tanto, ¿de acuerdo? A lo mejor te lo parece porque... porque hace mucho tiempo que no estás con un hombre. Pero tampoco es que hayamos hecho el amor. ¿No puedes dejar de arrepentirte?

La agarró del hombro y le tendió la toalla.

—Déjame llevarte a casa.

Phoenix no quería seguir cerca de él. Pero se mordió el labio y miró hacia la carretera, pensando, seguramente, en lo largo y difícil que sería regresar sola hasta el tráiler. Y la oscuridad lo haría más difícil todavía.

—Le he dicho a Jacob que te llevaría —intentó convencerla—. Así que, si te niegas, tendré que seguirte. Eso nos llevaría un par de horas. E imagínate el espectáculo que daríamos ante cualquiera que pasara por la carretera.

Phoenix elevó el pecho, como si estuviera tomando aire, y aceptó la toalla.

—Claro. De acuerdo, ¿por qué no?

Riley quería abrazarla para ayudarla a entrar en calor, pero Phoenix estaba demasiado asustada como para permitir que se acercara tanto.

—Genial. Vamos.

Volvieron a la camioneta, pero Phoenix esperó a que Riley se colocara tras el volante para subir. Después, se sentó lo más lejos posible de él y no volvieron a hablar durante todo el trayecto.

Justo antes de llegar al tráiler, él intentó empezar una conversación.

—Siento mucho que lo que he hecho en la piscina te haya afectado tanto.

—No me ha afectado.

—Más que afectada, pareces arrepentida.

—Hagamos como que no ha pasado. Perdona que me haya dejado llevar y…. y haya hecho lo que he hecho.

—¡No has sido tú! He sido yo.

Phoenix clavó la mirada en el vacío.

—No hay por qué buscar culpables. Ha sido una noche divertida. Aunque al final haya habido cierta confusión…

—¿Cierta confusión? —repitió Riley—. ¿Sobre qué? Yo quería acariciarte. Lo admito —bajó la voz—. Y a ti parecía gustarte.

—Como tú mismo has dicho, hace diecisiete años que no estoy con nadie. A veces, echo de menos esa clase de contacto. Le pasaría a cualquiera.

No tenía por qué ponerse a la defensiva. Él podía entenderlo. No había estado tanto tiempo sin relaciones, pero también echaba de menos aquella clase de contacto.

—Así que no he sido yo el que te ha excitado.

Se dibujaron en la frente de Phoenix unas arrugas provocadas por la extrañeza.

—¿Qué?

—¿Cualquier hombre podría hacer lo mismo? ¿Cualquier hombre podría excitarte?

Phoenix le fulminó con la mirada.

—Será mejor que no hablemos de eso.

Riley suspiró. No confiaba en él y no podía culparla. Ni

siquiera sabía qué podía decirle para hacerla cambiar de opinión porque no podía hacer ninguna promesa de futuro. Solo sabía que le gustaba lo que había conocido de ella hasta entonces. A lo mejor ella se veía a sí misma como una expresidiaria a la que odiaba todo el pueblo. Pero él veía a una mujer guapa, con coraje, honesta, humilde, entregada a aquellos a los que quería y con valor suficiente como para arriesgarlo todo para formar parte de sus vidas. ¿Cómo no iba a apreciar a una mujer así?

—¿Y si te dijera que me gustaría que vinieras con mis amigos y conmigo a la cabaña este fin de semana para celebrar mi cumpleaños? —le preguntó.

—Te diría que invitaras a otra.

—Ni siquiera te lo has pensado.

—No necesito pensármelo. Todavía tengo el estómago revuelto por lo que ha pasado en tu casa. Creía que lo había estropeado todo y que no volverías a dejarme ver a Jacob. No puedo arriesgarme a que pueda pasar algo así en el futuro —le dijo, y abandonó la camioneta.

Le había rechazado. Riley estaba un poco sorprendido. Después de todo lo que había pasado, tampoco podía decir que esperara que cayera rendida en sus brazos. Salir con él representaría dar un gran salto en el vacío. Pero estaba sola y allí, en Whiskey Creek, no tenía muchas opciones.

Y eso se debía a que Phoenix era uno de los secretos mejor guardados del pueblo, comprendió mientras permanecía tras el volante, con el motor en marcha. Kyle sabía que Phoenix no era como todo el mundo pensaba y por eso estaba interesado en ella. Solo una amistad de toda una vida le mantenía en el estado de «manos fuera».

Y otros tipos también la desearían en cuanto se dieran cuenta de lo que se estaban perdiendo.

¡Mierda! Recordó la sensación de las bragas de encaje,

imaginaba que eran las que Kyle y él le habían comprado, y recordó lo que había encontrado en su interior. Había llevado las cosas demasiado lejos, y demasiado rápido. No le extrañaba que Phoenix hubiera ido agarrada a la puerta durante todo el trayecto. Y, desde luego, lo que había dicho su madre delante de ella no había ayudado. Phoenix, que se sentía herida, estaba siempre en guardia, decidida a no volver a ponerse en una situación de riesgo.

Y no la culpaba. Pero no era habitual que una mujer pensara que estar junto a él podía colocarla en una situación de riesgo.

Le sonó el teléfono y, aunque fuera absurdo, puesto que sabía que no tenía forma de llamarle, esperó que fuera Phoenix para decirle que había cambiado de opinión.

No era ella, por supuesto. Era Kyle.

Riley continuó saliendo del camino de casa de Phoenix mientras presionaba el botón para contestar.

—¿Diga?

—¡Estás ahí! ¿Por qué no contestabas el teléfono?

—He estado ocupado.

—¿Haciendo qué?

—Cenando.

—¿Tenías una cita?

Riley volvió a revivir la suavidad del seno de Phoenix bajo su mano.

—Jacob ha invitado a cenar a su madre.

—¡Ah! —se produjo un momento de silencio. Después, Kyle preguntó—: ¿Y qué tal ha ido?

—Bien. Perfecto —mintió—. ¿Por qué?

—No, solo me lo preguntaba. En realidad, ella es la razón por la que estaba intentando localizarte.

—¿Qué quieres de ella?

—¿Lo ves?

—¿Que si veo qué? —preguntó Riley.

—Vuelves a estar celoso.

—Me gusta, ¿de acuerdo? Me gusta mucho.
—¡Vaya! ¿Por fin lo admites?
Riley se frotó la frente.
—Sí, por fin lo admito.
—¿Y ella lo sabe?
Riley conectó el Bluetooth para poder hablar mientras conducía.
—Lo de menos es que lo sepa. No confía en mí.
—Supongo que no te extraña.
—¿Lo dices para que me sienta mejor o peor?
—¿Qué ha pasado esta noche?
Riley no podía contar nada de lo que había pasado en la piscina sin comprometer la intimidad de Phoenix, así que se concentró en lo que había pasado después.
—Le he pedido que venga a pasar el fin de semana con nosotros a la cabaña.
—¿Y?
—Ha dicho que no.
—Ya entiendo. Pero supongo que también eso podías esperártelo.
Riley se pasó la mano por el pelo.
—Sí, también me lo esperaba.
—¿Entonces?
—Ahora no estoy seguro de si me apetece ir a mí.
—¿Qué? —gritó Kyle—. Vamos, Riley. Llevamos meses esperándolo. Gail y Simon no vienen a vernos muy a menudo. Él siempre está rodando, casi siempre fuera del país. O tienen a los niños con ellos y están ocupados visitando a la familia. Será divertido poder volver a estar con todo el grupo, ya lo verás.
Aquello no le tranquilizó, pero no quería estropearles el fin de semana a sus amigos.
—Has dicho que llamabas para preguntarme por Phoenix.
—Y es verdad.
—Y todavía no me has dicho por qué.

—Porque no creo que esto vaya a alegrarte la noche.

Riley apagó la radio.

—Dímelo de todas formas.

—Ha venido antes a mi oficina y me ha dejado un sobre en el escritorio.

Iba a menudo a la oficina de Kyle a utilizar los ordenadores. ¿Estaría empezando a sentir algo por él? Riley se aferró con fuerza al volante.

—¿Qué había dentro del sobre?

—Un cheque por veinticinco dólares. Está intentando pagar la ropa que le compramos. Junto al cheque había una nota en la que decía que me irá pagando veinticinco dólares al mes hasta que termine de pagar todo lo que le compramos.

Riley dejó escapar un largo suspiro. Aquello era mejor que lo que había imaginado.

—Me parece muy propio de ella.

—Supongo que sí. Pero ahora me siento culpable por dejar que crea que fui solo yo cuando tú pagaste la mitad de la ropa —le explicó Kyle—. Me gustaría que se hubiera olvidado del tema. Al fin y al cabo, fuimos nosotros los que decidimos comprarle todo aquello. Pero es demasiado orgullosa.

Aquella era una de las cualidades que Riley admiraba de ella. ¿Quién, estando en una situación tan extrema con la suya, iba a rechazar la ayuda de personas que, evidentemente, tenían muchos más recursos que ella?

—Rompe el cheque.

—¿Estás seguro? Me temo que si lo hago, empiece a traerme dinero en efectivo cada vez que venga a usar el ordenador.

—Siempre puedes rechazarlo.

—¿No prefieres que le diga que tú también colaboraste? De esa forma, podrás ocuparte tú de arreglarlo junto con todos los asuntos que quedan pendientes entre vosotros.

Diecisiete años de distancia no habían conseguido borrar lo que en otro tiempo había sentido por Phoenix. Habían sido solo una tregua. La verdad era que se sentía más atraído por ella que años atrás porque podía confiar en su propio criterio y había vivido lo suficiente como para ser capaz de identificar los rasgos que quería en una pareja.

—No, no hace falta que lo sepa.
—De acuerdo, pero...
—¿Qué?
—Estoy preocupado.
—¿Por qué?
—Es una mujer que ha sufrido mucho en el pasado. No puedo evitar pensar que... quizá no sea bueno que muestres tanto interés en ella.

Riley aceleró la camioneta. Iba demasiado rápido, pero le importaba muy poco estando tan confuso y frustrado.

—¿Y crees que sería mejor que lo mostraras tú?
—Yo no veo a Phoenix de esa forma.
—¿Entonces cómo la ves?
—Como a una amiga. No le viene mal tener amigos y supongo que tú también podrías considerar la posibilidad de ser amigo suyo.

Kyle tenía razón. Probablemente les iría mucho mejor a los dos si tomaban aquel camino.

—Lo intentaré.
—A lo mejor lo que voy a decirte te ayuda. Voy a decirle a la chica que va a venir conmigo a la cabaña que se lleve a alguna amiga. Necesitas salir con alguien.

¡Necesitaba cualquier cosa! Era muy egoísta por su parte dejarse llevar por el deseo que sentía por Phoenix. Los dos eran muy jóvenes cuando Lori Mansfield había muerto. Riley sentía que se había convertido en una persona diferente y que el pasado no podía lastrar aquello que podían llegar a disfrutar como adultos. ¿Pero cómo esperar que Phoenix olvidara algo así, algo que le había arrebatado tantos años de su vida?

—Gracias —le dijo, y colgó el teléfono.

Afortunadamente, continuaban llegando pedidos de pulseras. Aquella era una buena noticia. Phoenix estaba ganando el dinero que tanto necesitaba y estaba ganando más de lo que nunca habría creído posible. Intentaba olvidarse de lo que había pasado el sábado por la noche en la piscina concentrándose en el trabajo. El domingo estuvo trabajando hora tras hora, y también el lunes, hasta que se acercó a la oficina de Kyle. Una vez allí, abrió su cuenta de Facebook para ver si tenía alguna noticia de Jacob y descubrió un mensaje preguntándole si iba a ir al partido.

Le contestó para decirle que sí. Lo dejó así, pero no había vuelto a tener noticias de Riley desde la noche de la barbacoa y todavía no sabía cómo iba a llegar hasta allí. Lo más inteligente sería que evitaran ir juntos. Y, quizá, Riley había llegado a la misma conclusión.

Pero tenían un hijo. Y eso hacía inevitable que hubiera cierto contacto entre ellos.

Kyle llegó a la oficina cuando estaba a punto de cerrar el ordenador.

—¿Sigues haciéndote rica? —le preguntó al entrar.

—Soy más rica de lo que era —bromeó—. Sobre todo porque no me estás dejando devolverte el dinero de la ropa que me compraste.

Kyle le había dejado el sobre con el cheque roto pegado con celo en el ordenador que ella utilizaba.

—Deberías dejarme hacer una buena acción.

—¿Y qué crees que son todas la veces que me has llevado a mi casa?

—Eso no me cuesta nada. Y parece que ya has terminado,

así que… —sacó las llaves de la camioneta—, supongo que te alegrará saber que voy a pasar otra vez por tu casa.

Phoenix le dirigió una sonrisa radiante.

—Siempre apareces en el momento oportuno. Demasiado oportuno como para que te crea.

Kyle le devolvió la sonrisa.

—Tú monta en la camioneta.

—¿Por qué eres tan amable conmigo?

—Porque somos amigos y ese es el tipo de cosas que la gente hace por sus amigos.

Phoenix se colgó el bolso al hombro.

—Lo que no entiendo es por qué eres mi amigo. Sé que estás muy unido a Riley. ¿No tienes la sensación de estar confraternizando con el enemigo?

—¿Por qué dices eso? Riley también es tu amigo. Él mismo me lo ha dicho.

Si fuera su amigo, no habría intentado tener relaciones con ella. Pero no quería pensar en eso. Ya era suficientemente difícil sacar aquel recuerdo de su mente cuando estaba por la noche en la cama y tenía que esperar hora tras hora hasta la llegada del amanecer.

—Es el padre de mi hijo.

Kyle revisó unos sobres que le habían dejado en la mesa.

—Lo que hace que sea una suerte que podáis tener una relación civilizada.

—Es cierto —señaló la pulsera que le había regalado—. No tienes por qué llevarla puesta, no me ofenderé si te la quitas.

—La llevo porque me gusta. A Jacob también. Y todos los pedidos que estás recibiendo deberían demostrarte que están muy solicitadas.

Sí, parecían estar ganando popularidad. No sabía cuánto iba a durar aquella racha, pero pensaba aprovecharla.

—No has cambiado de opinión sobre lo de ir al partido que tiene Jacob mañana, ¿verdad? —le preguntó a Kyle.

—Me temo que no. Tengo un compromiso de trabajo. ¿Por qué? ¿Necesitas que alguien te lleve?

—Me gustaría encontrar a alguien, pero no te preocupes. Ya encontraré la manera de ir.

—¿No quieres ir con Riley?

Phoenix se aclaró la garganta.

—No es que no quiera ir con él. Es que... no he vuelto a saber nada de Riley y no me resulta fácil ponerme en contacto con él.

En realidad, aquel no era el problema. Era solo una excusa, por eso se sobresaltó al ver que Kyle sacaba el teléfono, presionaba un botón y se lo tendía.

—Ahora puedes hablar con él.

¡Oh, no! Estuvo a punto de devolverle el teléfono, pero Riley contestó al instante.

—¿Qué pasa?

La boca se le secó de tal manera que le resultaba difícil hablar.

—Soy... soy Phoenix.

Se produjo una ligera pausa antes de que Riley preguntara:

—¿Cómo estás?

—Bien, ¿y tú?

—Bien también.

Phoenix se alejó de Kyle para que no pudiera ver la ansiedad de su rostro.

—Me estaba preguntando si... si podría ir contigo al partido de Jacob.

—Por supuesto.

—Gracias. ¿A qué hora piensas ir? ¿Quieres que quede contigo en el pueblo para que te resulte más fácil?

—No, puedo ir a buscarte a tu casa. Estaré allí a las tres.

—Estaré lista.

—Me estás llamando desde el teléfono de Kyle.

Phoenix miró a Kyle por encima del hombro.

—Sí, ahora mismo estoy en su oficina.

—No pienso permitir que eso me moleste —replicó Riley.

—¿Qué? —preguntó Phoenix, sorprendida por aquella contestación tan extraña.

—No importa. Hasta mañana —contestó, y colgó.

—¿Problema resuelto? —preguntó Kyle mientras ella le devolvía el teléfono.

Aquel problema, quizá. Pero su forma de derretirse por dentro al oír la voz de Riley revelaba que se enfrentaba a un problema mucho mayor que conseguir desplazarse por la zona sin coche. A lo mejor era la mujer más estúpida, o la más loca, sobre la faz de la tierra, pero no conseguía superar lo que sentía por Riley. Aquel era el verdadero problema.

Capítulo 17

Buddy estaba sentado a la mesa de la cocina con una escayola en la mano derecha cuando Riley llegó. Por lo que había oído por el pueblo, Buddy negaba que la lesión fuera fruto de la pelea, pero tenía que serlo. Riley recordaba que había recibido un puñetazo que le había lanzado contra la pared que tenía detrás. A juzgar por el grito de Buddy había sido entonces cuando se había roto la mano. Pero no quería que la gente supiera que había sido él el que se había llevado la peor parte en su pequeña escaramuza. Iba en contra de su imagen de tipo duro el que un hombre de menor envergadura y con menos experiencia en peleas que él hubiera salido de una pelea sin una herida seria.

Pero quizá aquella mano rota fuera la razón por la que él no había resultado herido. Buddy no había podido pegarle después.

—Gracias por venir, Riley.

Riley no había visto nunca a Corinne con una expresión tan fría. El gesto de su boca indicaba que estaba tan enfadada con él como Buddy. Aunque estaba intentando ocultarlo bajo una fachada de corrección.

—De nada —le tendió el vino que había llevado—. Siento que... que todo el mundo esté pasando por un momento tan difícil.

—Hola, cariño.

Su madre ya estaba allí, sentada en el sofá con su padre, que también le saludó. Helen dejó un hueco en el medio y palmeó el sofá.

—Siéntate con nosotros —le ofreció.

El marido de Corinne era bastante mayor que ella, pero parecían un matrimonio feliz. Aunque no era el padre de sus hijos, pues el primer matrimonio de Corinne había terminado en divorcio veinte años atrás, era el apoyo de toda la familia. Al igual que el padre de Riley, no hablaba mucho. Era un hombre callado y sereno. A Riley siempre le había caído mejor B.J. que Corinne, una mujer muy pasional.

Y esperaba que continuara cayéndole bien después de aquella noche.

—¿Quieres tomar algo?

La hermana mayor de Lori y su marido estaban también allí, además de sus tres hijos, que estaban en secundaria. A Riley no le gustaba que los niños participaran de algo así. Para él, aquel era un problema entre adultos. Phoenix no necesitaba que la siguiente generación de vecinos de Whiskey Creek también la odiara. Pero los Mansfield consideraban que estaban a punto de hablar de una amenaza pública. Su imagen de Phoenix era muy distinta a la que tenía él.

—No, muchas gracias.

Se sentó en el borde de una butaca reclinable y B.J. apagó la televisión con el mando a distancia. Era tal la tensión que había en el ambiente que el silencio que se hizo después resultó ensordecedor.

—Siento que llegaras a las manos con Buddy en la cafetería —comenzó a decir Corinne—. Me gustaría que nos contaras qué te llevó a pegarle.

Riley se recordó a sí mismo que aquellas eran buenas personas. No solo eran amigos de su madre, sino también buenos vecinos con los que llevaba relacionándose mucho tiempo y a los que había admirado. No se comportarían de forma tan irracional si no sintieran que tenían motivos para ello, si no estuvieran luchando contra la pérdida de un miembro de su familia por culpa de lo que consideraban un acto voluntario por parte de otra persona. Riley había presenciado muy de cerca su dolor y su pérdida y siempre les había compadecido. Pero conocer de nuevo a Phoenix le estaba demostrando que la situación no era tan clara como todos pensaban.

—Buddy debió de provocarle —respondió su madre antes de que él pudiera contestar.

Riley no llevaba ni cinco minutos allí y la reunión ya se había convertido en un enfrentamiento entre madres defendiendo a sus hijos. Él no quería ser el causante de un distanciamiento entre ellas, pero alguien tenía que defender a Phoenix.

—Estaba empujando a una mujer. Y no solo eso, sino que, por su culpa, a Phoenix se le cayó al suelo el único objeto de valor que tiene.

—No era una mujer cualquiera. Era la asesina de mi hermana —se defendió Buddy—. Así que no esperes que la compadezca. Yo solo estaba intentando hablar con ella. Lo que le pasó al ordenador no fue culpa mía.

Riley estaba a punto de replicar, indignado como estaba por su mentira, cuando Corinne alzó la mano, pidiendo que le permitiera hablar antes a ella.

—Buddy no debería haberla seguido al baño —dijo—. Eso lo admito. Pero tú sabes lo mucho que ha sufrido. Sabes lo que ha supuesto Phoenix para nuestra familia. ¿No puedes comprender que el dolor y el enfado le hayan cegado en un momento determinado? ¿No podrías haber dejado que fuera otro, alguien que no estuviera tan vinculado a nuestra familia, el que controlara la situación?

—Lo habría hecho si hubiera habido alguien dispuesto a intervenir —respondió Riley—. Pero no he encontrado una sola persona, aparte de su madre y una pareja de amigos míos, que esté de su lado. Y Lizzie no está en condiciones de defenderla. Siento que me haya tocado a mí, pero no permitiré que ni Buddy ni nadie atormente a Phoenix. Eso no va a devolvernos a Lori. Y Phoenix ya ha pagado con diecisiete años de su vida por aquel incidente. Ella dice que es inocente. ¿Qué pasaría si fuera cierto?

–¡No puedes estar hablando en serio! –exclamó Corinne.

Riley no quería discutir. No había manera de llegar a ninguna conclusión en aquel aspecto. Era imposible determinar, sin ningún género de duda, lo que había pasado.

–Incluso en el caso de que sea culpable, eso ahora es irrelevante. Un error no se enmienda con otro error. No pretendo ser insensible, pero lo que ha estado haciéndole Buddy a Phoenix es ilegal. Además, la primera vez que la atacó, Jacob iba en ese coche. Y, aunque no hubiera estado, no se puede sacar a alguien de la carretera, ni tampoco amenazar con hacerle daño, sea quien sea.

Buddy se levantó de un salto.

–No pretendía hacerle daño. Fue ella la que saltó a aquella zanja cuando yo iba conduciendo. Miró hacia atrás, me vio y se asustó.

–¡Porque estabas conduciendo como si pretendieras provocar un accidente! Y no se te ocurra negarlo. Como ya te he dicho, mi hijo también estaba allí y me contó lo que había pasado.

–¡Solo estaba haciendo el idiota! –el gesto de Buddy y su tono de voz sugerían que Riley estaba exagerando–. Y el ordenador lo tiró ella. Yo no lo toqué.

–Hiciste que se le cayera y esa es la única herramienta que tiene para llevar su negocio.

–¿Su negocio? –repitió él–. ¡Como si Phoenix fuera capaz de sacar un negocio adelante!

Riley estaba seguro de que pronto estaría ganando mucho más dinero que Buddy, pero se mordió la lengua.

–¡Y a quién le importa su estúpido ordenador o su negocio! –gritó Buddy–. ¡Es una asesina! ¿Por qué de pronto te importa tanto lo que haga o deje de hacer?

Riley apretaba la mandíbula con tanta fuerza que le costaba hablar.

–Será mejor que la dejes en paz, y también a mi hijo, o terminaremos teniendo problemas.

–¡Buddy jamás le haría ningún daño a Jacob! –exclamó Corinne, como si le hubiera ofendido la mera sugerencia.

–Pues estuvo a punto –replicó el padre de Riley.

A Riley le sorprendió su intervención, pero no tendría por qué. Sus padres siempre habían protegido a Jacob tanto como él.

Buddy elevó los ojos al cielo.

–¡Qué tontería!

–¿Qué te juegas tú en esto, Riley? –preguntó Allison, la hermana de Buddy–. ¿A qué viene tanto interés en protegerla? Phoenix te decepcionó, al igual que a otros muchos, cuando mató a Lori y te dejó a cargo de su hijo. Apuesto lo que quieras a que se quedó embarazada a propósito para atraparte.

–¡Eso no es cierto! –gritó.

–¿Cómo lo sabes?

–Porque yo también estaba allí, ¿recuerdas? No fue ella la que quiso acostarse conmigo. De hecho, antes de estar conmigo, era virgen.

Aquello les silencio y, seguramente, avergonzó a su madre. Helen se cubrió la cara y sacudió la cabeza, pero la verdad era la verdad. Ya era hora de mostrar a todo el mundo el otro lado de la moneda, las cosas que Phoenix hacía y que la convertían en una persona normal y no en una joven desequilibrada por los celos.

–Te fías demasiado de ella –le espetó Corinne.

–Y tú demasiado poco –replicó Riley–. Solo tenía dieciocho años, estaba embarazada y acababa de abandonarla el padre de su hijo. La mayor parte de las chicas se habrían comportado de forma irracional en su situación. Estaba asustada, aterrada, dolida. Pero eso no la hace culpable de nada. Por trágica que fuera la muerte de Lori, prefiero vivir y dejar vivir a arriesgarme a atormentar a una persona inocente, sobre todo a una que ya ha sufrido tanto.

–¿No crees los testimonios que oíste en el tribunal? –preguntó Jon, el marido de Allison–. ¿Crees que fue otro el coche que atropelló a Lori?

–No, pero en el coche iban dos personas y eso deja espacio para la duda.

–Esa persona era Penny Sawyer y ella confirmó que la que conducía era Lori –le recordó Jon.

–Penny podría haber agarrado el volante –señaló Riley.

–No tenía ningún motivo para hacerlo, así que no es probable que lo hiciera.

Riley se inclinó hacia delante.

–Es una posibilidad que deberíamos contemplar. Vosotros no conocéis a Phoenix.

–¿Y cómo es que tú estás de pronto tan seguro de conocerla? –le interpeló Allison–. ¡Ha estado en la cárcel durante diecisiete años!

Helen le puso la mano en la espalda.

–Riley, tú siempre has tenido un gran corazón. Me temo que tu empatía te está confundiendo.

–No es eso. La chica con la que salí cuando estaba en el instituto, y la mujer a la que estoy tratando ahora, jamás le habría hecho ningún daño a nadie –les miró a la cara uno a uno–. Mirad, vosotros tenéis una familia maravillosa. Y yo también. Somos muy afortunados. Phoenix nunca ha tenido nada. Todos sabemos cómo es Lizzie. Y el padre de Phoenix nunca ha formado parte de su vida. Sus hermanos se marcharon en cuanto tuvieron edad para ganarse la vida. Sean cuales sean los pecados de Phoenix, ya ha sufrido bastantes privaciones. ¿Por qué no podemos seguir adelante? El estado ya la ha castigado. Dejemos que con eso sea suficiente.

—Para ti es fácil decirlo —musitó Corinne.

—Phoenix no es bienvenida en este pueblo —insistió Buddy—. ¿Por qué tengo que encontrarme con la asesina de mi hermana donde quiera que vaya?

—Porque la ley no te deja otra opción —respondió Riley—. Por si te sirve de algo, Phoenix me dijo que si hubiera podido, se habría ido a cualquier otra parte. Pero no puede convencer a su madre de que se vayan del pueblo. Las fobias de Lizzie le impiden salir de ese asqueroso tráiler. Hasta ese punto siente que le es hostil el mundo. Y, de todas formas, es demasiado grande como para caber en un coche.

—¿Y de quién es la culpa? —preguntó Buddy.

A Riley le entraron ganas de volver a darle un puñetazo. Y Corinne debió de darse cuenta, porque se levantó.

—Buddy, tranquilízate. Por injusto que nos parezca que Phoenix se mueva por el pueblo libre como un pájaro cuando Lori ya no podrá volver a disfrutar de un solo amanecer, Riley tiene razón en lo que se refiere a las cuestiones legales —miró a Riley—. Pero lo que me gustaría saber es por qué no contrataste a un abogado para que la defendiera años atrás.

—¿Te refieres a cuando tenía dieciocho años y todo el mundo me decía que no era digna de ser mi novia? ¿Que era una mujer terrible, una asesina? Estaba muy afectado por la muerte de Lori, por no mencionar que estaba a punto de convertirme en el padre de un niño cuya madre era una persona a la que odiaba todo el pueblo.

—¿Y ahora estás convencido de que es una buena persona? —preguntó Allison—. ¿Qué ha cambiado?

—Me arrepiento de no haberla defendido antes. Si hubiera sido mayor, si hubiera sido más fuerte y decidido, si hubiera confiado menos en la opinión de los demás, podría haber impedido que una persona inocente fuera a prisión.

Allison curvó el labio superior con un gesto de desprecio.

—¡Dios mío, Riley! Estás yendo demasiado lejos. Te comportas como si estuvieras enamorado de ella otra vez.

La madre de Riley soltó una exclamación.

—¡No está enamorado de ella! ¡En absoluto!

Pero Riley no podía negarlo. Esperaba que no fuera así, pero sabía que sentía algo por Phoenix, algo que era mucho más fuerte de lo que debería.

—Eso es asunto mío. En cualquier caso, quiero que quede bien claro que no voy a permitir que nadie maltrate ni atormente a Phoenix nunca más —se volvió hacia su madre—. Mamá, siento que esto no haya salido como esperabas —dijo, y se marchó a grandes zancadas antes de que hubieran podido siquiera sentarse a cenar.

A la tarde siguiente, Phoenix salió del tráiler antes de que Riley hubiera aparcado la camioneta en la puerta. Era evidente que había estado pendiente de su llegada. Riley agradeció que estuviera lista porque no quería llegar tarde al partido. Tenían cuarenta y cinco minutos de trayecto. Y él tenía una preocupación mayor. No paraba de pensar en su discusión con los Mansfield y tenía miedo de que los problemas de Phoenix no hubieran terminado.

Y, para colmo, Phoenix se había puesto los vaqueros cortos que Kyle y él le habían comprado y le iba a resultar difícil acordarse de su determinación de ser su amigo y nada más que su amigo.

—¿Por qué tienes que estar tan guapa? —musitó.

Por un segundo, temió que su belleza le estuviera cegando. A lo mejor los Mansfield y sus padres tenían razón. Pero rechazó aquella idea al instante. No era su físico lo que le atraía. Al menos, no del todo. Había salido con otras mujeres atractivas durante aquellos años. Lo que Phoenix tenía era una gracia, una elegancia especial, y aquello era algo más duradero y difícil de encontrar, sobre todo porque había sido capaz de mantenerla en las circunstancias más terribles.

Cuando se inclinó para abrirle la puerta, ella le sonrió vacilante. Subió a la camioneta y colocó una bolsa entre ellos.

—Te agradezco que hayas venido a buscarme hasta aquí.

Su dulzura le resultó refrescante. Riley intentó olvidar todo lo que se había dicho en casa de los Mansfield. No quería que continuara arruinándole el día cuando le bastaba estar con ella para sentirse bien.

—No tienes por qué agradecérmelo. Jacob está emocionado porque vas a ir a verle jugar.

—Estoy deseando verle.

Riley señaló la bolsa.

—¿Qué es eso? ¿La cena?

—Son unas galletas que he hecho para el equipo —respondió con orgullo—. Ahora que tengo dinero, las virutas de chocolate no me parece que cuesten su peso en oro, así que me he puesto a hornear.

A Riley le pareció conmovedor que estuviera tan ilusionada por poder llevarle a Jacob un simple regalo. Phoenix no daba nada por garantizado, ni siquiera unas virutas de chocolate. Tenía tan poco que ver con lo que los Mansfield pensaban de ella...

—¿Así que has empezado a hornear?

—Por lo menos lo he intentado. Espero que hayan salido bien. En realidad, no son las mejores que he probado. Lo habría intentado otra vez, pero no tenía tiempo.

Parecía sinceramente preocupada.

—¿Crees que no están ricas? —le preguntó Riley.

—No lo sé. He sido incapaz de decidirlo —contestó con una risa.

—Con la mantequilla y el azúcar es imposible equivocarse. Estoy seguro de que a los chicos les encantarán.

Phoenix sacó un recipiente de la bolsa.

−¿Quieres probarlas?

En cuanto lo hizo, Riley supo que habían estado a punto de quemársele. Pero aquello no era lo peor, había utilizado demasiada sal, o demasiado bicarbonato. Si Phoenix no hubiera estado sentada a su lado, habría escupido la galleta nada más probarla.

−¿Qué te parece? −preguntó Phoenix con los ojos abiertos como platos.

Riley consiguió tragar.

−Está... deliciosa.

−¿De verdad? Porque no quiero que Jacob tenga que pasar vergüenza si no lo están.

Él también temía la posible reacción de los chicos, pero no por Jacob. Aunque tampoco quería que su hijo pasara vergüenza, sabía que sería ella la única que se sentiría herida si se quejaban, se negaban a comerlas, se las tiraban los unos a los otros o se metían con Jacob.

−No te preocupes por eso −consiguió imprimir suficiente convicción a su voz como para resultar creíble, pero giró hacia Just Like Mom's en cuanto entraron en el pueblo.

−¿Por qué paras? −le preguntó Phoenix cuando aparcó.

Riley eligió un sitio desde el que Phoenix no podía ver la puerta del restaurante.

−Tengo que ir al cuarto de baño.

−¿Por qué no me lo has dicho? Podías haber ido en el tráiler.

−Tú quédate aquí. Ahora mismo vuelvo.

Corrió al interior del restaurante, compró dos docenas de galletas de chocolate, salió y las escondió entre los arbustos. Después, entró de nuevo y pidió un café, como si acabara de decidir que lo necesitaba, regresó a la camioneta y llamó a la ventanilla de Phoenix.

Esta parecía completamente desconcertada mientras bajaba la ventanilla.

−¿Qué pasa?

—Nada. He pedido un café. ¿No te importa esperar dentro a que lo hagan mientras yo voy a echar gasolina?

—¿Vas a tomar un café a esta hora de la tarde? ¿Es que no has tenido bastante?

—Hoy ha sido un día muy largo. Necesito cafeína.

Phoenix se desató el cinturón de seguridad.

—De acuerdo —lo dijo, alargando las sílabas.

Parecía pensar que era una locura detenerse por algo tan insustancial cuando estaban ansiosos por llegar al partido de Jacob.

Riley esperó a que entrara en el restaurante antes de tirar las galletas malas al contenedor más cercano y llenó el recipiente de plástico con las que él había comprado.

Por suerte, tenía el depósito lleno, porque cuando se acercó de nuevo a la puerta, Phoenix ya estaba saliendo con el café.

—¿Ya estás lista?

—Si lo estás tú —le tendió el café antes de ir a sentarse al asiento de pasajeros.

Riley esperaba que no decidiera probar una de sus galletas. Si notaba la diferencia, no sabía lo que le iba a decir.

—Nos está costando mucho arrancar —se quejó Phoenix.

—Ahora ya vamos de camino —contestó Riley.

—¿Qué te pasa? —le preguntó Phoenix al ver su expresión.

Riley estaba teniendo problemas para contener la risa, pero, después del esfuerzo que había hecho, no iba a delatarse. Se puso serio y sacudió la cabeza.

—Nada. Tú relájate y disfruta del viaje.

Cuando llegaron al campo de béisbol, Phoenix agarró las galletas y salió de un salto de la camioneta. La experiencia del último partido no había sido buena, pero Ponderosa estaba suficientemente lejos como para que no acudieran muchos vecinos de Whiskey Creek, más allá de los padres de los jugadores. Y esperaba que estos ignoraran su identidad y su pasado o, por lo menos, que decidieran ocuparse de sus propios asuntos.

Alguien a quien no reconoció detuvo a Riley cuando se acercaron a los puestos. Por lo que pudo oír, dedujo que era el padre de otro jugador, dispuesto a analizar lo que tenían que hacer los Miners para ganar al otro equipo.

Cuando Riley se detuvo para charlar con él, Phoenix continuó avanzando. Aquella era la última oportunidad que tenía de poner alguna distancia entre ellos y, si tenía suerte, de evitar convertirse en el centro de atención. Si no parecía que estaba con Riley, nadie se fijaría en ella, así que se comportó como si hubiera sido una coincidencia el que hubieran entrado juntos en el campo.

Como las gradas del equipo de casa estaban abarrotadas, renunció a sentarse allí y subió hasta la última grada del equipo visitante. No pensaba acercarse a Jacob con las galletas tan pronto. Lo haría después del partido, cuando el equipo estuviera, ojalá, celebrando la victoria.

Eligió el que le pareció un lugar discreto, se sentó y soltó lentamente el aire que había estado reteniendo. Nadie la estaba mirando. De momento, se sentía a salvo, protegida por el anonimato, y pensó que quizá pudiera ver todo el partido sin ningún incidente.

Pero lo siguiente que supo fue que Riley se estaba alejando de los puestos y caminando hacia ella.

Le hizo un gesto de negación con la cabeza, haciéndole saber que no esperaba que se sentara a su lado. En realidad, prefería que se sentara lejos de ella. Pero si Riley reconoció su intento de disuadirle, lo ignoró y subió hasta donde estaba ella, llamando mucho más la atención.

Era evidente que seguía siendo tan popular como siempre. Y el hecho de que Jacob fuera el lanzador del equipo no ayudaba. Aquella era una distinción añadida.

Al cabo de un rato, después de haber saludado a todo el mundo, Riley se sentó a su lado.

—¿Qué haces? –le preguntó Phoenix en un susurro.

Vio que la gente a la que había estado saludando estiraba el cuello para poder verla bien.

—¿Cómo que qué hago?

—Sé que estás intentando ser amable con una persona a la que todo el mundo margina y todo eso. Me parece un gesto muy noble y, si no fuera yo la que estuviera involucrada, lo admiraría. Pero prefiero que no llames la atención sobre mí. Así que, ¿por qué no te vas a otra parte?

—No –replicó–. La gente tiene que acostumbrarse a tu presencia. Y también es una manera de ir haciendo obvio, empezando por un pequeño grupo de gente, que has vuelto y que vas a venir a los partidos de tu hijo.

Pero no era él el que debería tomar aquella decisión.

—Preferiría no ser tan visible, gracias.

—Tú sonríe. Ya has cumplido tu condena. No tienes por qué evitar ser vista.

—Hasta hace un minuto, todo estaba yendo bastante bien.

—Porque nadie sabía quién eras. Pero lo sabrán cuando juguemos en casa y supongo que te apetecerá poder ir a los partidos también allí, ¿verdad?

Phoenix entrelazó las manos con fuerza en el regazo.

—Esperaba que eso llegara con el tiempo.

—Esto es como una tirita, Phoenix. Al final viene bien arrancársela.

—Tú puedes arrancarte todas las tiritas que quieras –gruñó Phoenix–, pero deja que me quite yo las mías.

Riley le dio un codazo.

—No voy a permitir que nadie te trate mal.

Phoenix se volvió hacia él, pero desvió rápidamente la mirada.

—No tienes por qué intervenir. ¿Quién te ha dicho que tienes que protegerme?

—Me gustaría haber hecho un trabajo mejor al respecto hace diecisiete años, te lo aseguro.

Phoenix clavó la mirada en el campo de béisbol para que la gente no supiera que estaban hablando de algo mucho más importante que el partido que estaba a punto de empezar.

—No podrías haber impedido lo que pasó.

—No tenía que haber supuesto un problema más para ti.

—Te enamoraste de una chica mejor que yo. Lori era más guapa, más popular y mejor estudiante que yo. También tenía una familia perfecta que, además, estaba muy unida a la tuya. Eran credenciales mucho mejores que las mías para un chico como tú.

—¿Credenciales?

—¿Cómo lo llamarías tú? ¿Atributos?

Recordó a Lori, caminando por la cuneta minutos antes del fatídico atropello y se encogió por dentro, como le ocurría siempre. Había tenido que pasar una década para dejar de sentir náuseas. Ir dentro de aquel coche había sido terrible. Pero que la culparan...

—Me gustaría que no hubiera muerto. Me gustaría no haber dicho jamás nada malo sobre ella. No haberla señalado. Entonces, a lo mejor Penny no habría gastado aquella broma, no habría agarrado el volante y... y a lo mejor ahora estarías casado con ella.

—A mí también me gustaría que Lori siguiera aquí —por el sonido de su voz, Phoenix supo que también él estaba mirando hacia delante—. Por su bien, por el de su familia y por el tuyo. Pero no me habría casado con ella porque no estaba enamorado de Lori.

De pronto, Phoenix dejó de ser consciente de las miradas que estaban atrayendo. El corazón le latía con fuerza, necesitando proclamar su inocencia. Aunque había luchado durante años para superar aquel impulso, pues había aprendido que cuanto más y más alto protestaba más culpable parecía, la tentación retornaba de vez en cuando. Le parecía injusto que, dijera lo que dijera, a nadie le importara, que todo el mundo continuara convencido de que había matado intencionadamente a otro ser humano.

—También me gustaría que pudieras creerme —dijo con voz queda—. Que supieras que no choqué contra ella a propósito.

Esperaba la consabida respuesta del tipo «me reservaré mi opinión, pero no estoy seguro de que te lo merezcas» que había recibido en otras ocasiones, no solo de él. Aquello le dolía casi tanto como la incredulidad explícita o incluso la burla. Pero Riley la sorprendió al decir con toda sinceridad:

—Te creo.

Phoenix se llevó la mano al pecho.

—¿Me crees? ¿Sabes que yo no giré el volante?

Riley la miró a los ojos.

—Eso es exactamente lo que estoy diciendo.

—Eh, ¿esa no es la madre de Jacob? —gritó alguien.

Phoenix tuvo la suficiente entereza como para apartarse un poco de Riley, de manera que no pareciera que estaban demasiado juntos. Y cuando se confirmó su identidad y varias personas se acercaron a conocerla, saludó y asintió, fingiendo que era como cualquier otra madre. No tardó en comprender que Riley se había sentado a su lado a propósito. Estaba marcando el tono para que los otros padres supieran cómo tenían que tratarla. Estaba asegurándose de que entendieran que, si no la aceptaban, se enfadaría. Aquello ya era algo inmenso para Phoenix, pero palidecía frente a su inmenso alivio.

Por fin alguien la creía. La creía de verdad.

Y la persona que la creía no era una persona cualquiera.

Era Riley.

Cuando el partido terminó, Riley insistió en llevarle las galletas a Jacob y Phoenix no lo discutió. No tenía ningún interés en entrar en la refriega. Estaba encantada esperando desde la valla y saludando a Jacob, que le devolvió el saludo con una enorme sonrisa.

En cuanto Jacob abrió las galletas, estas desaparecieron en un abrir y cerrar de ojos. Algunos de los chicos se volvieron hacia ella para felicitarla por lo buenas que estaban.

«Desastre evitado...».

–Les han encantado –se regocijó ella mientras salían.

Riley sonrió ante la sorpresa que reflejaba su voz.

–¿Te refieres a las galletas?

Phoenix le mostró el recipiente vacío.

–Se han comido todas.

–Sí, no ha quedado una sola miga.

–Tendré que hacer más en el siguiente partido.

Al oírla, Riley estuvo a punto de tropezar.

–Claro, por supuesto. Es una gran idea. Pero, a lo mejor, la próxima vez podrías hacerlas en mi casa.

–¿Por qué? –le preguntó con extrañeza.

–Para que me enseñes a hacerlas.

Y para asegurarse de que salieran bien. Hasta el momento, él tenía más experiencia en hornear galletas que ella.

Phoenix pareció sentirse halagada.

–¿Tanto te han gustado?

Era ella la que le gustaba. Si no fuera así, no habría hecho el esfuerzo de sustituir aquellas galletas saladas y duras como una piedra.

–Te ayudaré. Pero no creo que tenga ninguna magia en especial. Me he limitado a seguir la receta que aparecía en la caja de las virutas de chocolate.

–Tú tienes mucha magia –bromeó él.

–¿De verdad? –le dirigió una mirada fugaz–. ¿Y qué clase de magia?

La clase de magia que le hacía pensar en ella en todo momento, pensó Riley. Pero contestó cambiando de tema.

–¿De verdad no quieres venir a la cabaña a celebrar mi cumpleaños?

—¿Irá Jacob?

Era obvio que se estaba preguntando si sería una fiesta familiar.

—No, se quedará en casa de Tristan. Es una reunión de amigos.

Técnicamente, era una reunión de amigos y acompañantes o cónyuges, pero no quería espantarla.

—¿Irá tu grupo de amigos de siempre?

—Sí.

—¿Dónde está la cabaña?

—Cerca del lago Melones. En realidad, es la cabaña de Simon O'Neal. Le conoces, ¿verdad? Me refiero al actor.

—¡No puede ser!

—Me temo que sí. ¿No lo sabías?

—He estado mucho tiempo fuera del circuito. Y, en realidad, nunca me he movido en el mismo círculo que tú.

Riley ignoró aquel comentario.

—Gail DeMarco, una de las chicas con las que iba al instituto...

—Sí, me acuerdo que ella. Íbamos juntas a clase de Salud y Bienestar.

—Bueno, pues cuando salió de la universidad, se fue a Los Ángeles y abrió una agencia de relaciones públicas. Le fue muy bien, consiguió que algunos actores importantes contrataran sus servicios, entre ellos Simon. Y, al cabo de un tiempo, se casaron.

Phoenix elevó los ojos al cielo.

—Tendría que habérmelo contado mi madre. Es una noticia muy importante en un pueblo tan pequeño.

—¿Tu madre te escribía cuando estabas en la cárcel?

Phoenix le dio una patada a una piedra mientras caminaban.

—Ya te dije que no es tan mala como parece.

—¿Cada cuánto estabais en contacto?

—Cada semana. Es la única persona de la que tuve noticias durante todo ese tiempo, así que, supongo que no debería sorprenderle a nadie que sienta que le debo cierta lealtad.

Riley adoptó un gesto contrito.

—Deberías odiarme.

—Ojalá pudiera —contestó.

Pero le dirigió una sonrisa radiante en el momento en el que llegaron a la camioneta.

—¿Qué me dices entonces? —le preguntó Riley cuando estuvieron ya dentro de la cabina.

—¿De lo de la cabaña? ¿Simon y Gail estarán allí?

—Esa era la idea —contestó Riley, y puso el motor en marcha.

—El lago Melones no está cerca.

Riley sacó el vehículo del aparcamiento.

—Te llevaría yo, por supuesto.

—Pero eso significa que tendría que quedarme allí todo el fin de semana.

Estaba a punto de darse cuenta de que aquello sería una cita. Riley sabía que aquello no se ajustaba a su decisión de mantener una relación de amistad. Pero ella era la única mujer a la que le apetecía llevar, de modo que se le hacía difícil no pedírselo.

—La cabaña es muy grande.

Phoenix pareció tentada, pero, al final, negó con la cabeza.

—No. Tengo muchos pedidos pendientes. Será mejor que me quede trabajando en casa. Además, ¿qué pensarían tus padres si se enteraran de que he estado en tu fiesta de cumpleaños?

Riley se encogió de hombros.

—Habrá otra mucha gente.

—Ni siquiera tengo traje de baño.

—Me encantaría comprarte uno.

Phoenix le dirigió una mirada de advertencia.

—Y tú sabes que no me haría ninguna gracia que lo hicieras. Ya me compraré yo uno cuando pueda gastarme el dinero en ese tipo de extras.

–¿Extras? Cuando llega el verano, la mayor parte de la gente de nuestra edad lo considera una necesidad.

–Prefiero ayudarte con Jacob. Ahora que por fin puedo hacerlo, me siento muy bien.

–Eres demasiado cabezota para tu propio bien.

Después de aquel intercambio, estuvieron hablando del partido, de lo bien que había jugado Jacob y de lo contento que estaba con su victoria. También hablaron de si asistiría o no Phoenix al siguiente, aunque fuera en casa. Ella dijo que seguramente esperaría, que debería ir integrándose en Whiskey Creek por etapas y él no lo discutió. No le gustaba la idea de que pudieran ofenderla, y yendo a un partido en Whiskey Creek se arriesgaba a enfrentarse a situaciones que Riley no podría controlar.

–¿Y cuándo piensas invitarnos a Jacob y a mí a esos espaguetis con albóndigas? –le preguntó cuando llegaron al tráiler.

Phoenix abrió la puerta de la camioneta, pero no bajó.

–¿Qué tal el domingo?

–Estoy libre y Jacob también suele estarlo los domingos, pero lo consultaré con él.

Tenía ganas de cenar con ella fuera como fuera, pero esperaba que se le dieran mejor los espaguetis que las galletas.

–Avísame.

–Lo haré –puso el freno de mano–. ¿Te importa que le eche un vistazo al tráiler?

Phoenix vaciló.

–¿Para...?

Riley recordó entonces la agria discusión que había mantenido con los Mansfield.

–No confío en Buddy.

–Últimamente todo ha estado bastante tranquilo.

–Solo será un momento –le aseguró.

Y se sintió mucho mejor cuando, tras haber recorrido el tráiler, vio que no había nada extraño.

Acababa de desearle buenas noches y estaba a punto de volver a la camioneta cuando Phoenix le sorprendió deslizando los brazos por su cintura y dándole un rápido abrazo.

–Gracias por todo, pero... sobre todo quiero darte las gracias por decir que crees mi versión de lo que pasó hace diecisiete años –le dijo.

Después, sonrió y cerró la puerta.

Capítulo 18

—¿Estás comprando un bikini? —preguntó Jacob.

Riley sabía que Jacob estaba en la cocina, preparándose algo de comer antes de irse a la cama, pero estaba demasiado concentrado en lo que estaba haciendo como para darse cuenta de que estaba justo detrás de él.

Minimizó la web en la que había estado buscando bañadores, pero, al hacerlo, dejó al descubierto la página de Phoenix en Etsy. Estaba tan cansado de ver a Jacob y a Kyle con las pulseras de Phoenix que había estado a punto de pedir una. En realidad, pensaba comprar varias para que así tuviera dinero para comprar un traje de baño y aceptara pasar el cumpleaños con ellos. Pero todavía no sabía a dónde podía pedir que enviaran las pulseras para no descubrir su identidad.

Se levantó y fue a buscar una cerveza. Esperaba distraer así a Jacob del ordenador. Cerrar la página de Etsy, como si le hubieran pillado haciendo algo que no debía, solo serviría para que su interés en Phoenix fuera mucho más obvio.

—¿Eso es lo que has estado haciendo toda la noche?

—No, claro que no. La mayor parte del tiempo la he pasado trabajando.

Había trabajado, sí, pero también había pasado más

tiempo del que estaba dispuesto a admitir visitando páginas relacionadas de una u otra forma con Phoenix. Primero, había estado haciendo una búsqueda con el nombre de Penny Sawyer. Quería hablar con ella, saber qué tenía que decir sobre la muerte de Lori diecisiete años después. No podía evitar preguntarse si habría cambiado de opinión.

Pero no encontró nada con aquel nombre, de modo que asumió que se habría casado y habría cambiado de apellido. Tampoco la encontró en Facebook, donde había pensado que podría seguirle el rastro.

Como no había tenido éxito, había entrado en la página de venta de Phoenix, pensando en la posibilidad de encargarle algunas pulseras, pero la había dejado de lado para buscar trajes de baño. Había encontrado varias opciones que quedarían fabulosas en el compacto y pequeño cuerpo de Phoenix, pero no sabía qué hacer, puesto que Phoenix le había dejado muy claro que no quería que le comprara ninguno.

—A mamá le está yendo bastante bien, ¿verdad? —preguntó Jacob—. Lo digo porque me dejó un mensaje en Facebook diciendo que quiere darme cuarenta dólares. ¿Crees que debo aceptarlos?

—No sé por qué no. Si te lo ofrece, está bien que aceptes algún dinero de vez en cuando. Pero no lo hagas muy a menudo y ten cuidado de no dejar que te dé demasiado. Seguro que te has dado cuenta de que estaría dispuesta a sacrificarlo todo por ti. Pero necesita dinero, tiene muchas reformas que hacer.

—Eso es lo que estaba pensando. Ya le dije que no necesitaba nada, que no era necesario. Pero no me ha hecho caso.

Cuarenta dólares debían de ser la mitad de lo que costaba un traje de baño y Jacob tenía todo lo que necesitaba. Pero Riley lo comprendía. Jacob era la prioridad de Phoenix en aquel momento.

Jacob maximizó la página de los trajes de baño en el ordenador de Riley mientras este último se reclinaba contra la encimera.

—¿Y cuál piensas quedarte? —una sonrisa traviesa curvo sus labios cuando alzó la mirada—. Creo que te quedaría bien el blanco, pero, por favor, no te lo pongas delante de mis amigos.

Riley le miró con el ceño fruncido.

—Ya vale.

Jacob continuó riendo entre dientes, solo para pincharle, pero cuando decidió que ya había tenido bastante, se puso serio.

—Te gusta, ¿eh?

—¿Phoenix?

—No, mi profesora de inglés —replicó Jacob entornando los ojos.

Como siempre, Jacob no iba a dejar que eludiera la pregunta. Los niños eran muy inteligentes en aquella época, y muy rápidos a la hora de captar el más pequeño matiz.

—De acuerdo, sí, me gusta.

Jacob sonrió de oreja a oreja, marcando un hoyuelo en su mejilla.

—Me di cuenta cuando estábamos en la piscina.

Riley ya se había enfrentado a la desaprobación de sus padres y podía imaginar la opinión del resto el pueblo. Pero no estaba seguro de lo que pensaba Jacob.

—¿Te molesta?

—Me preocupa —admitió—. Y no me lo esperaba, porque la última vez que estuvisteis juntos la cosa no terminó demasiado bien.

—No fue todo tan mal. Te engendramos a ti. Y ya sabes lo que significas para nosotros.

Jacob sacó una silla y se sentó.

—¿Crees que ella volvería contigo?

—No.

—Yo no lo tengo tan claro. Sé que no quiere que le gustes, pero...

Riley le dio un sorbo a la cerveza.

—Pero...

—Le gustas.

—¿Cómo lo sabes?

—Tendría que estar ciego para no verlo. Te mira como si fueras capaz de caminar sobre el agua.

Riley era consciente de que Phoenix le tenía en muy alta estima. Le trataba como si fuera alguien especial, siempre le había tratado así. Pero había perdido toda la confianza en su capacidad para ser amada y su capacidad para amar. Sin aquella confianza, jamás respondería a sus sentimientos.

—Incluso en el caso de que sea cierto, creo que estará mejor si la dejo en paz.

—¿Cómo lo sabes?

—Ya le hice daño en el pasado. Mucho daño. No quiero volver a hacerla sufrir.

—Entonces, no le hagas daño.

Para Jacob, la vida era así de sencilla. Riley negó con la cabeza.

—Cuando comienzas a salir con una persona, no siempre sabes cómo terminará la relación. Todavía nos queda un largo camino por recorrer antes de tomar cualquier decisión seria.

—Por alguna parte tendrás que empezar.

—Este caso es diferente por todo lo que ha tenido que pasar Phoenix y el papel que jugué yo en ello. Y, si llegáramos a ser pareja, eso te afectará, tanto si la historia funciona como si no.

Jacob alzó las manos.

—No me utilices como excusa.

—¿Como excusa?

—Para no arriesgarte. Nunca habéis estado juntos, por lo menos desde que yo nací, así que, si no funciona, para mí no sería ninguna decepción. Creo que deberías arriesgarte.

Riley exhaló un largo suspiro y estudió el líquido que quedaba en la botella.

—Ya veremos.

Jacob se dejó caer por casa de Phoenix después del entrenamiento del miércoles, después del partido del jueves y el viernes al salir del instituto, puesto que habían cancelado el entrenamiento. Phoenix quería haber tenido su habitación preparada antes de que la viera y, sin embargo, Jacob había terminado convirtiéndose en parte del proceso de reparación. Estaba impresionada por todo lo que Riley le había enseñado. Jacob era capaz de hacer casi cualquier cosa en lo relativo a la construcción y la reparación de una vivienda. Con solo dieciséis años, era él el que le estaba dando consejos para decirle cómo mejorar el tráiler.

A veces, si Riley todavía tenía que quedarse en el trabajo, era ella la que le preparaba la cena. No tenía televisión ni videojuegos, así que las mejoras de la casa les permitían hacer algo mientras hablaban.

El viernes, Jacob llamó a Tristan para que se pasara por allí, pues su amigo quería una pulsera. Después, utilizó su Smartphone para entrar en Facebook y enseñarle a Phoenix la chica con la que iba a ir a la fiesta de promoción.

Phoenix adoraba cada minuto que pasaba con su hijo. Todo le parecía idílico, por lo menos, hasta que Jacob estaba a punto de irse el viernes por la noche. Acababa de acompañarle al jeep cuando Lizzie llamó desde la entrada de su tráiler.

—¿No vas a venir nunca a ver a tu abuela?

Era evidente que no estaba hablando con Phoenix. Y, como siempre, el tono de su voz era duro. Imaginando que Jacob no sabría cómo responder, susurró:

—A lo mejor puedes ir a saludarla un momento. Pero no tienes que hacer nada más.

Jacob estaba empezando a acostumbrarse a la presencia de su madre en su vida. Phoenix no quería forzarle a mantener también una relación con su abuela. Pero, al mismo tiempo, era consciente de lo mucho que significaría para Lizzie poder verle.

Con expresión vacilante, Jacob se volvió hacia el terreno.

Lizzie le miró desde detrás de la puerta, sin abandonar su zona de confort.

—Estás muy mayor.

Jacob hundió las manos en los bolsillos.

—El año que viene será mi último año de instituto.

—Últimamente vienes mucho por aquí.

Se produjo un breve silencio, pero antes de que Phoenix pudiera intervenir, Jacob dijo:

—Ahora mi madre vive aquí.

—Yo siempre he vivido aquí —replicó Lizzie, acusándole así de abandono.

—¡Mamá! —comenzó a decir Phoenix, pero su hijo la interrumpió.

—Es verdad. Nunca hemos tenido oportunidad de conocernos.

Lizzie no contestó y él sacó de nuevo las llaves del coche, pero Lizzie le detuvo.

—Tengo cinco perros, a lo mejor te apetece verlos.

—Ya vendrá en otro momento, mamá. Ahora tiene que irse a casa —intentó disuadirla Phoenix.

Pero Jacob la sorprendió empezando a caminar hacia el tráiler.

—Puedo esperar un poco antes de irme —le dijo.

Phoenix no pudo evitar sentir pánico al imaginar a su hijo entrando en aquella casa. Tenía miedo de que se asustara de tal manera al ver lo que había dentro que no se atreviera a volver por temor a que Lizzie le exigiera ir a verla.

—Jacob, mi madre tiene un problema —musitó, e insistió en que esperara mientras iba ella a por los perros.

Jacob estaba sentado en los escalones de su tráiler cuando Phoenix regresó con los cinco perros de su madre. Parecieron gustarle, estuvo jugando con ellos mientras Lizzie permanecía tras la puerta de su casa, observándole. Le hacía alguna pregunta cada pocos segundos y él contestaba. Al final, todo salió mucho mejor de lo que Phoenix esperaba. Pero cuando su madre le sugirió al chico que fuera a ver los hámsteres, intervino con más autoridad.

—No, esta noche no. No quiero que su padre se preocupe porque no está en casa.

—¿No puede llamarle? ¿No tiene un móvil como todos los chicos de su edad? —replicó Lizzie—. Si no, puede llamar desde casa.

Por lo visto, estaba disfrutando de la compañía de Jacob, aunque Phoenix sabía que después lo negaría.

—Ya ha llamado —contestó Phoenix—. Se supone que tenía que haber llegado a su casa hace media hora. Será mejor que no le causemos problemas.

Jacob ya había hablado con su padre, así que no tenía por qué irse tan pronto. Pero ella prefería animarle a marcharse porque no quería que Riley pensara que pasaba demasiado tiempo con ella.

—¡Muy bien! —y, sin más, Lizzie llamó a los perros y cerró de un portazo.

—Lo siento. Por lo menos podría haberte dicho adiós —susurró Phoenix.

Pero Jacob sonrió como si no le importara y le tomó la mano mientras avanzaban hacia el jeep.

—Es una suerte tener un hijo como tú —dijo Phoenix cuando le soltó—. Te quiero.

Pretendía haber guardado para sí la última parte. Tenía miedo de que fuera demasiado pronto, de llegar a incomodarle. Pero Jacob se volvió hacia ella y la abrazó.

—Me alegro de que hayas vuelto a casa —le dijo.

—Espero que mi presencia en el pueblo no esté siendo una molestia para tu padre. Si hago algo que termine siendo una molestia para él, me lo dirás, ¿verdad?

—No estás causando ningún problema. A papá le gustas. Está deseando que llegue el domingo para venir a cenar.

—¡Seguro! —respondió ella con una risa.

Jacob abrió la puerta del jeep.

—Lo digo en serio. Ha mencionado la cena varias veces.

—No pretendía ser sarcástica. Yo también le aprecio. Ha demostrado ser muy buen padre.

Jacob estudió con atención las llaves del coche antes de alzar la mirada de nuevo hacia ella.

—¿Si alguna vez te pidiera salir con él aceptarías?

Phoenix había tenido un gran cuidado en ocultar sus sentimientos. ¿Jacob habría notado algo en su forma de mirar a Riley o de hablar de él?

—No, no —sacudió la cabeza—. Yo no soy la mujer adecuada para él.

—¿Y cuál crees que sería la mujer adecuada para él? —preguntó Jacob.

—Una mujer sin antecedentes penales —bromeó, intentando evitar que la conversación adquiriera un tono demasiado profundo.

—Dijiste que tú no habías matado a Lori.

—Y no lo hice. Pero tus abuelos son amigos íntimos de los Mansfield y eso coloca a tu padre en una posición muy difícil. Quiere ser justo conmigo, pero, al hacerlo, arriesga otras relaciones que también son importantes para él.

—A veces, cuando quieres estar con alguien, hay que evitar preocuparse por esas otras cosas.

—Yo jamás pondría en peligro esas relaciones, ni siquiera en el caso de que tu padre estuviera dispuesto a ello, cosa que no sucede. Con el tiempo, encontrará a alguien, pero no seré yo.

Esperaba que se diera prisa en encontrar novia. Quizás así le resultara a ella más fácil convencer a su corazón de que siguiera los dictados de la razón.

Jacob la miró como si no supiera qué contestar.

—Bueno, espero que no te enfades si te compra un traje de baño.

—¿Por qué va a comprarme un traje de baño?

—No importa.

Phoenix apenas podía mantener los ojos abiertos. Después de que Jacob se fuera, había ido en bicicleta a la oficina de Kyle para utilizar el ordenador y había pasado allí casi toda la noche. El sol saldría en un par de horas y la esperaba un largo sábado haciendo pulseras, pero no quería abandonar cuando le faltaba tan poco para terminar lo que estaba haciendo. Riley le había enviado por correo electrónico más de cien fotografías de Jacob en diferentes momentos de su vida, fotografías que ella estaba aprovechando para hacer un álbum digital que le regalaría a Riley por su cumpleaños. Cara, la vigilante que la había ayudado a dirigir su negocio cuando todavía estaba en la Prisión Central de Mujeres de California, había llevado un álbum con fotografías de su nieto para enseñárselo antes de que Phoenix saliera y a Phoenix le había encantado la idea.

Tenía miedo de que Riley ya tuviera uno, pero no se le ocurría otro regalo que pudiera permitirse y que a él pudiera gustarle tanto. Y siempre había un cierto componente artístico, de modo que era imposible que tuviera un álbum idéntico.

El único problema era la dificultad de aprender a manejar el programa. Aunque el trabajo era fácil una vez se aprendía a importar las fotografías, a girarlas y a recortarlas, era el primer álbum que intentaba hacer y tardó horas en conseguir que cada página quedara como quería.

Con un suspiro de cansancio, miró el reloj de la pared. Eran casi las cuatro. Kyle había pasado a saludarla y a darle las buenas noches antes de irse a la cama, alrededor de las once y Phoenix no quería seguir allí cuando se despertara. Pero Kyle regresó antes de que se hubiera ido, vestido solamente con unos vaqueros que, obviamente, se había puesto para poder salir de casa.

−¿Todavía estás aquí?

Phoenix minimizó el álbum, que acababa de revisar por última vez. Era probable que Kyle lo viera en la fiesta de cumpleaños de Riley. Pensaba entregárselo antes de que fueran a la cabaña si le enviaban el álbum a tiempo. Pero no quería que Kyle supiera la cantidad de tiempo y esfuerzo que había invertido en él. Aquel número de horas parecería desproporcionado teniendo en cuenta su relación, o su falta de relación, con Riley.

−Lo siento −le dijo−. Ya casi he terminado.

−No tienes por qué disculparte. No me molesta que estés aquí.

−¿Entonces por qué te has levantado de la cama en medio de la noche?

−Me he levantado para ir al baño, he visto la luz encendida y he pensado que a lo mejor te habías quedado dormida.

−No, pero tengo unas ganas locas de meterme en la cama.

Riley se colocó tras ella.

−¿Y qué es eso tan importante que te ha mantenido despierta toda la noche?

−Solo las pulseras. He estado escribiendo a los compradores y ese tipo de cosas. Y Riley me mandó algunas fotografías de Jacob. La mayor parte no las había visto nunca, así que he estado viéndolas.

−Eso está muy bien. Da la sensación de que Riley y tú hacéis buenas migas.

−Está siendo mucho más amable de lo que esperaba. Sé que le asustaba un poco mi vuelta.

Kyle se cruzó de brazos.

—Claro, como eres un ogro.

Phoenix sonrió ante su tono jocoso.

—Para algunos lo soy.

—¿Has vuelto a tener problemas con Buddy?

—No, desde el incidente en el Black Gold.

—Espero que comprendiera el mensaje.

—Estoy intentando mantenerme alejada de él. A lo mejor termina dándose cuenta de que atormentarme le causa más problemas que beneficios.

—¿Por qué no te llevo a casa ahora que ya estoy despierto?

—No, es demasiado tarde. Vuelve a la cama. He traído la bicicleta.

—Podemos llevar la bicicleta en la camioneta. Ya lo hemos hecho otras veces.

—Solo estoy a tres kilómetros. No tardaré más de diez minutos.

—¿Entonces cierras tú la oficina?

—Sí, la cerraré yo, te lo prometo.

—De acuerdo, hasta mañana.

Se volvió para irse, pero ella le detuvo.

—¿Kyle?

Kyle se volvió hacia ella.

—Eres un buen hombre —le dijo—. Gracias por ser tan bueno conmigo.

—Sé que todavía no te has dado cuenta, pero eres una persona muy especial.

Phoenix no tenía la menor idea de a qué se refería.

—¿En qué sentido?

—La mayoría de la gente en tu situación habría dejado que el resentimiento y la amargura les devoraran vivos. Pero tú has conseguido evitarlo. Por lo que a mí concierne, una persona como tú siempre termina ganando.

—¿Ganando qué? —musitó Phoenix mientras él se marchaba.

Desde luego, sus problemas no habían desaparecido. Pero no podía quejarse. Por fin había recuperado la libertad. Estaba construyendo una relación con Jacob y, a pesar de su pasado, estaba consiguiendo ganarse la vida. Y se alegraba de haberse ganado también el respeto de Kyle.

Capítulo 19

Phoenix retrocedió por enésima vez para estudiar cómo quedaba la mesa. Había conseguido recuperar suficientes platos. No eran todos iguales, pero había improvisado lo mejor que había podido y, por lo menos para ella, había logrado combinarlos con cierto estilo. No creía que Riley y Jacob lo notaran, pero se sentía orgullosa de lo que había conseguido rebuscando en el patio. Había utilizado un plato como mantequera, una sartén honda con dos asas como cuenco para la pasta y una tabla de madera cubierta por un bonito trapo de cocina como fuente para el pan de ajo. Había hecho el mantel con una tela a cuadros y había utilizado la tela sobrante para las servilletas. Iban a tener que beber en unos frascos reciclados, pero, si no se acercaba lo suficiente como para ver los defectos, podía decir que sus esfuerzos se habían visto recompensados. El olor de la comida era delicioso gracias a la albahaca, el orégano y el tomillo que había echado a la salsa de los espaguetis. Jacob había comido otras veces en su casa, pero nunca había sido una cena tan formal. Se había limitado a prepararle unos huevos revueltos, un burrito de queso y frijoles o un sándwich de queso.

Y nunca había invitado a Riley.

Satisfecha, corrió al cuarto de baño. No quería que llegaran antes de que hubiera podido ducharse y cambiarse de ropa.

Cuarenta y cinco minutos después, estaba poniéndose la blusa turquesa con una bonita falda estampada que había encontrado rebajada en una de las tiendas para turistas del pueblo, y empezando a mirar el reloj. Se suponía que tenían que llegar a las siete, al cabo de quince minutos. Miró la mesa otra vez, enderezó el tenedor del plato de Jacob y arregló las flores silvestres que había cortado en el arroyo y había colocado en un frasco que había pintado de rojo para hacer un centro de mesa. Después, se metió en la cocina para espolvorear el parmesano rallado en la salsa y abrió el horno, intentando evitar que el pan de ajo se endureciera en exceso. A continuación, fue al cuarto de estar para asomarse a la ventana.

A las siete menos cinco apareció la camioneta de Riley en el camino de la entrada y ella sintió un revoloteo de mariposas en el estómago. No entendía por qué estaba tan nerviosa. Solo iban a cenar juntos. Pero no consiguió que el corazón le latiera a un ritmo normal.

Quizá tuviera miedo de que su madre intentara arruinarles la velada. Phoenix se había planteado la posibilidad de invitar a Lizzie o intentar cenar en su casa, pero no se imaginaba a los cuatro juntos. Todavía era demasiado pronto para algo así. De modo que le había llevado la cena antes de lo habitual y le había dicho que se la calentara cuando quisiera cenar.

Al oír que llamaban a la puerta, quiso salir corriendo a abrir, pero se reprimió. Contó hasta diez para no parecer demasiado ansiosa, tomó aire y abrió la puerta.

—¡Hola! Podéis pasar.

Riley llevaba una botella de vino y un ramo de flores que le tendió.

—Estás muy guapa —la alabó.

Él también estaba muy guapo, recién duchado y vestido

con unos pantalones cortos de color caqui y una camiseta marrón con cuello de pico que se pegaba a su pecho y hacía resaltar las motas doradas de sus ojos.

−Gracias.

Sonrió, pero se dijo a sí misma que no debía tomarse demasiado en serio aquel tipo de cumplidos. Riley solo estaba siendo educado. La gente decía cosas de ese tipo cuando iba a cenar a casa de alguien. Se obligó a desviar la mirada hacia su hijo.

−Espero que todo haya salido bien. Ya sabes que no tengo mucha experiencia en la cocina, así que no te hagas demasiadas expectativas.

Jacob le dio un abrazo, a pesar de que Phoenix tenía las manos ocupadas.

−Si la salsa de los espaguetis está la mitad de rica que tus galletas, nos va a encantar.

Riley tosió.

−Es una reacción alérgica −dijo cuando Phoenix le miró extrañada−. Huele muy bien.

Phoenix buscó un recipiente para dejar las flores. A diferencia de las suyas, aquellas eran flores por las que había que pagar.

−El lunes tengo otro partido −anunció Jacob mientras ella rebuscaba en los armarios.

−¿Es fuera?

−Sí.

−Pues allí estaré.

−¡Si ni siquiera sabes dónde es!

−No importa −respondió, y le oyó reír.

Cuando Jacob fue al cuarto de baño, Riley se acercó a la zona de la cocina situada más cerca de la mesa.

−¿Puedo ayudar en algo?

Ojalá no oliera tan bien ni fuera tan guapo. Así le resultaría más fácil concentrarse en lo que tenía que concentrarse, pensó Phoenix.

Al ver que no encontraba ningún recipiente para colocar las flores, Riley pasó delante de ella, rescató la lata de tomate que había tirado Phoenix a la basura, la lavó y colocó las flores en ella.

—Tienes buen ojo —le dijo ella.

Riley le guiñó el ojo.

—Te conviene tenerme cerca.

Phoenix ignoró las implicaciones de aquella frase, a pesar de la sonrisa de Riley, que le daba un especial significado.

—¿Puedo hacer algo más? —preguntó Riley.

—Lo tengo todo bajo control. Siéntate. ¿Tienes hambre?

—Estoy muerto de hambre.

—Bueno, no creo que esto se parezca a las comidas que te prepara tu madre, pero... espero que esté rico.

—Estás guapísima —volvió a decirle.

En aquella ocasión, Jacob no estaba cerca para ver su expresión. Y Riley la miró como si apenas pudiera reprimir las ganas de acariciarla.

Decidiendo que aquello tampoco merecía una respuesta, Phoenix tomó la toalla vieja que utilizaba a modo de guante para el horno para sacar el pan.

—¿Estás ilusionado con tu próximo cumpleaños?

—Estaría más ilusionado si vinieras tú también a la cabaña.

—Es mejor que me quede. Además, así podré ayudarte con Jacob. No tiene por qué ir a casa de Tristan. Puede quedarse aquí si quiere.

—Los padres de Tristan se quieren llevar a los chicos a San Francisco.

—¿Entonces él también va a pasar fuera el fin de semana?

Riley la estudió con atención.

—¿Lo ves? Jacob tampoco te necesita. Podrías venir conmigo.

—Eso terminaría confundiendo a todo el mundo —y, sobre todo, a ella.

—No, claro que no. Vendrá un montón de gente. Tú solo serás una más.

Phoenix nunca había estado en una situación como aquella. No había participado ni en una celebración colectiva ni en una fiesta desde que había salido del instituto. Aquello la tentaba. Además, tenía un regalo fabuloso para Riley, siempre y cuando llegara a tiempo el correo.

Pero negó con la cabeza. No se imaginaba socializando con su grupo. No iba a poder disfrutar sabiéndose el blanco de todas las miradas.

—Ojalá pudiera —musitó.

Riley apoyó las manos en sus hombros.

—Puedes venir, Phoenix. Lo único que tienes que hacer es decir que sí.

Estaba tan cerca de ella que Phoenix podía sentir el calor que emanaba su cuerpo y aquello reavivó el recuerdo de las caricias de la piscina.

—A veces no sé si estás bromeando conmigo…

—¡Claro que no!

Phoenix se quedó un poco sorprendida por su indignación.

—O… o me estás poniendo a prueba.

—¿Para qué voy a ponerte a prueba?

—Para asegurarte de que puedes estar tranquilo, supongo. Para no tener que preocuparte de que… de que me esté aferrando demasiado a ti.

Riley tensó las manos sobre sus hombros.

—Eso no me da ningún miedo, Phoenix.

Entonces, ¿qué estaba haciendo? Phoenix sabía lo que diría su madre, que pretendía utilizarla y abandonarla después. Phoenix odiaba creerla, pero Riley se comportaba como si de verdad se sintiera atraído por ella, y sabía que ella no tenía nada que pudiera atraer a un hombre como él. ¿Tendría razón su madre? ¿Esperaría Riley recibir placer a cambio de permitirle mantener una relación con Jacob?

—No me mires tan asustada —añadió él—. De momento, solo te estoy invitando a mi fiesta de cumpleaños.
—Pero tenerme allí podría causarte problemas.
—¿En qué sentido?
¿Había olvidado ya lo que había pasado en la piscina? ¿Lo fácil que habría sido dar un paso adelante?
—Para empezar, la gente hablará.
—¿Y qué van a decir?
—Que... que no he aprendido la lección.
—Phoenix...
Al oír la cisterna del cuarto de baño y los pasos de Jacob en el pasillo, Phoenix se llevó un dedo a los labios y rodeó a Riley por miedo a que su hijo les viera tan cerca.

Riley se presionó el puente de la nariz con el pulgar y el índice cuando oyó que Phoenix le decía a Jacob que había hecho un bizcocho de chocolate. La había puesto nerviosa. A medida que avanzaba la noche, estaba cada vez más convencido. Phoenix se concentraba solo en Jacob y estuvo hablando de temas como la fiesta de promoción, los entrenamientos, los partidos, sus amistades o las universidades que estaba considerando como opción.

Riley cenó en silencio, maravillado de que la comida estuviera tan sabrosa. Después de las galletas que Phoenix había llevado al partido de Jacob, pensaba que iban a tener problemas para tomar cualquier cosa que cocinara. Pero jamás había probado unos espaguetis tan ricos y a Jacob le gustaron tanto como a él. Hasta el bizcocho de chocolate estaba bueno.

Phoenix les invitó a repetir de todo, también del postre, pero ella apenas comió. Riley decidió entonces que no debería haberla presionado para que fuera a la cabaña. La propuesta la había afectado y comprendía por qué. Había pasado diecisiete años reprochándose el haberse enamorado de él y le estaba pidiendo que volviera a meter la mano en el fuego.

Era demasiado pronto para pedirle algo así. Si quería volver a salir con ella, tendría que ir despacio, más despacio de lo que iría con cualquier otra mujer. Pero no era tan fácil como parecía. No era capaz de sacarla de su cabeza y las ganas permanentes de acariciarla le estaban volviendo loco, sobre todo desde que estaba convencido de que Phoenix quería lo mismo que él. Por lo menos, en la piscina se había comportado como si lo deseara. Le bastaba pensar en lo que le había permitido hacer para excitarse.

Cuando terminaron de cenar, Jacob se retiró al cuarto de estar para hacer los deberes de Química y Riley insistió en ayudar a Phoenix a recoger.

—Se supone que los invitados no tienen que ocuparse de eso —le dijo Phoenix—. ¿Por qué no te relajas? Puedes ir a ver si Jacob necesita ayuda.

—Jacob está perfectamente. Y no me importa retirar algunas cosas de la mesa.

Llevó los platos al mostrador, pero no era capaz de decidir qué hacer con las sobras. Phoenix no parecía tener recipientes para guardarlas. Se le ocurrió cubrir los cuencos en los que había servido la comida con papel de aluminio. Por suerte, había papel de aluminio. Pero cuando abrió la nevera, la encontró abarrotada de antiguos frascos de mayonesa y mantequilla de cacahuete llenos de... sacó uno, ¿más salsa para la pasta?

—¡Vaya! ¿Por qué has hecho tanta? —se volvió y la vio retirando los vasos.

Phoenix se encogió de hombros como si no tuviera ninguna importancia, pero parecía un poco avergonzada.

—He tenido que hacer varios intentos hasta que me ha salido bien.

—¿Has repetido varias veces la salsa?

—Esta era mi primera cena con invitados. No podía servir

algo que no estuviera rico –le explicó, como si cualquiera hubiera hecho lo mismo que ella.

¡Pero sus únicos invitados habían sido Jacob y él! Riley señaló los frascos que había en la nevera.

–¿Y qué problema ha habido con todas estas salsas?

Phoenix frunció el ceño.

–No han salido bien, pero no estoy segura de en qué me he equivocado.

–¿Y por qué las guardas?

–No me gusta desperdiciar la comida. Me las comeré yo. Ahora solo necesito comprar bolsas para congelados.

Así que consideraba que eran suficientemente buenas para ella. Riley no creía haber conocido nunca a una mujer como Phoenix. ¿Quién habría imaginado que terminaría admirando a la mujer más despreciada del pueblo como a ningún otro de sus vecinos? Resultaba casi cómico el miedo con el que había esperado su vuelta, sobre todo cuando comparaba su primera reacción con lo que sentía en aquel momento.

–Bueno, pues al final has descubierto el secreto. La salsa estaba riquísima.

–Gracias.

Pareció sentirse gratificada con el cumplido, como si hubiera alcanzado el objetivo que se había marcado. Pero no estaba alentándole de ninguna manera. Riley sabía que si él avanzaba hacia la nevera, ella se apartaría. Y si se acercaba a la mesa, ella iría hacia el fregadero.

Aquella determinación de no rozarle siquiera le resultaba bastante irónica. Phoenix le había deseado con locura diecisiete años atrás. Y cuando era él el que la deseaba, no quería ni acercarse a él, a pesar de lo que dijeran los demás.

Terminaron de lavar los platos y estuvieron jugando a las cartas mientras esperaban a que Jacob terminara los deberes. Durante la partida, Riley la miraba más a ella que a sus cartas, pero Phoenix desviaba la mirada cada vez que sus ojos se encontraban. Después, fueron a dar un paseo por el arroyo. Cuando Jacob le dio a Phoenix la mano para evitar que resbalara al pisar una piedra, Riley deseó poder estar al otro lado.

Pero se limitó a seguirles.

–Podríamos ayudarte a limpiar todo esto –le propuso Jacob a Phoenix, mirando por encima del hombro para señalar el terreno en el que estaban los tráileres.

Phoenix estaba más contenta de lo que Riley la había visto nunca. Era indudable que le encantaba tener a Jacob de la mano. El mero hecho de verles juntos le hizo volver a sentirse culpable por haberse interpuesto entre ellos hasta entonces. Era un milagro que Phoenix no le guardara ningún rencor.

O, a lo mejor, aquello era parte del problema. A lo mejor sí estaba resentida. Él no sentía aquel resentimiento por parte de Phoenix, pero era imposible que no le odiara por haberle negado lo que más quería.

–Lo tendré en cuenta. Me encantaría poder hacerlo antes o después, pero tengo que tener cuidado con mi madre. Que mueva sus cosas, y, sobre todo, que me deshaga de ellas, la afecta mucho. Y, al fin y al cabo, esta es su casa. Yo solo soy una invitada.

–Una invitada que cuida de ella –señaló Riley.

–Todo lo que ella me permite.

–No hay ninguna prisa –dijo Jacob–. Vendremos cuando nos necesites.

–Eres un encanto –Phoenix le dirigió una sonrisa radiante y después se detuvieron durante unos segundos cerca del agua para contemplar la puesta de sol.

Cuando Riley llegó a su lado, Jacob dijo:

–Dale la mano a mamá un momento. Voy a ver si encuentro piedras para hacerlas saltar en el agua.

–No necesito ayuda –protestó Phoenix.

Pero Jacob les hizo unir las manos y emprendió la búsqueda.

Riley tiró de Phoenix lo suficiente como para hacerle perder el equilibrio. Instintivamente, ella gritó y se aferró a él para no aterrizar en el agua.

—¿Estás bien? —le preguntó Riley.

—¡Lo has hecho a propósito! —le acusó.

Riley alzó las manos, mostrándole sus dedos entrelazados.

—Y ha funcionado, ¿verdad?

—¿Qué tal ha ido todo?

Riley le dirigió una mirada fugaz a su hijo mientras regresaban a casa.

—¿Qué quieres decir? Tú también estabas allí. Ha ido todo muy bien, ¿no te parece?

—Me dijiste que la cena a lo mejor no estaba muy buena. Yo me la habría comido de todas formas, pero me ha parecido que estaba perfecta.

—Y lo estaba —no mencionó las galletas que había tenido que cambiar, ni que Phoenix había preparado quién sabía cuántos litros de salsa de tomate—. Está aprendiendo a cocinar.

—Y...

—¿Y qué?

—¿Y a ti cómo te ha tratado?

¿Estaría empezando Jacob a albergar la esperanza de que terminaran juntos?

—Como ya te he dicho, estabas allí.

—Pero estaba haciendo los deberes mientras estabais en la cocina.

Riley apretó los labios mientras recordaba.

—Ha sido... educada.

—¿Y ya está?

–He conseguido que me diera la mano.
–¿En casa?
–No –admitió con la mirada fija en la carretera.
–No te referirás a cuando estábamos en el arroyo –esbozó un mueca–. No sé si cuenta el haber estado a punto de tirar a una chica al agua.

Riley jamás habría imaginado que su hijo estuviera en condiciones de criticar su capacidad para seducir a una mujer. Pero su relación era muy especial. La diferencia de edad no era tan grande como entre la mayoría de padres e hijos; durante dieciséis años habían estado solos ellos dos y trabajaban juntos a menudo. Todo ello contribuía a que, en ocasiones, Jacob le tratara como a un amigo.

–Está muy recelosa.
–Pero cuando habla de ti, te pone siempre por las nubes.
–Eso no significa que esté dispuesta a hacer algo más que profundizar en nuestra amistad.
–Necesitas tiempo para ganártela.
–Salir de Whiskey Creek, llevarla a algún lugar en el que no se sienta perseguida por el pasado, ayudaría –reflexionó Riley–. Me gustaría poder convencerla de que viniera a la cabaña conmigo el fin de semana que viene.
–¿No quiere ir?

Riley negó con la cabeza y Jacob dijo:
–Intentaré convencerla.

Riley le pidió que no lo hiciera. No le parecía justo involucrar a Jacob, sabiendo que Phoenix haría cualquier cosa por él. Le parecía una ventaja injusta. Pero su negativa no disuadió a su hijo. Durante los siguientes días, le dejó a Phoenix un mensaje en Facebook, se acercó a verla y le estuvo hablando de su partido. Y también le confesó que Riley había dicho que debería ir al lago Melones a pasar el fin de semana. Que sería divertido. Que tendría oportunidad de hacer nuevos amigos. Y que la vida consistía en algo más que en cuidar de su madre y levantar un negocio.

Riley incluso había oído parte de una de aquellas conversaciones, puesto que había llevado a Phoenix al partido. Pero, por lo que había oído aquel día, y por lo que Jacob le había contado después, la respuesta de Phoenix siempre era la misma, decía que no encajaría con su grupo de amigos.

Para el viernes por la mañana, Riley estaba deseando quedarse en su casa. Kyle le había dicho que tenía a una mujer dispuesta a acompañarle en aquella salida, pero ni siquiera le apetecía conocerla. Lo único que evitó que se quedara fue que no quería dejar plantados a sus amigos. Al fin y al cabo, era su cumpleaños y estaba deseando ver a Gail y a Simon, que llevaban mucho tiempo sin ir al pueblo.

La mujer a la que Kyle había invitado estaba esperándole cuando llegó. Se llamaba Candy Rasmussen y era tan guapa como Kyle había prometido. También parecía simpática. Le dirigió una sonrisa radiante cuando les presentaron y tiró de él para que se sentara a su lado casi al instante.

Pero en cuanto conocieron a Simon, tanto ella como la cita de Kyle, una mujer llamada Samantha, empezaron a adularle como auténticas admiradoras y Riley comprendió que aquel iba a ser un fin de semana muy largo.

Capítulo 20

El regalo de Riley llegó el viernes por la tarde. Phoenix lo abrió para asegurarse de que era tan bonito como le había parecido en el ordenador y descubrió emocionada que era incluso mejor. En cuanto pudiera reunir el dinero suficiente, pensaba pedir otra copia para ella.

«Le va a encantar», pensó. Esperando poder dárselo antes de que saliera para la cabaña, corrió a casa de su madre para llamar al móvil de Jacob.

Lizzie, que estaba sentada junto a la mesa, la miró malhumorada.

—No se lo merece. No se merece nada —protestó.

De modo que Phoenix se volvió en cuanto Jacob contestó y bajó la voz.

—¿Jacob?

—Hola, mamá, ¿qué pasa?

—Quería saber si tu padre anda todavía por casa.

—Ha salido hacia la cabaña a las nueve, ¿por qué? ¿Has cambiado de opinión? Porque, si quieres ir, puedo darte la dirección. Tenemos en el móvil esa aplicación que me permite ver dónde está en cada momento. Además, les ha dejado la dirección a los padres de Tristan.

Phoenix se había pasado toda la semana contemplando la posibilidad de ir y había estado a punto de ceder. Incluso había llegado a parecerle una opción segura cuando Jacob había empezado a convencerla. Pero su madre siempre había estado allí para recordarle lo tonta que sería si volvía a confiar en Riley otra vez. Y a Phoenix no le cabía en la cabeza que pudiera estar interesado en ella. De modo que su madre tenía que tener razón.

–No he cambiado de opinión –le dijo a Jacob–. Yo solo… tengo un regalo para él y había pensado que podía dárselo esta tarde.

–Deberías llevárselo a la cabaña. Le encantaría que fueras.

Una vez más, estuvo a punto de sucumbir a la tentación. Y probablemente lo habría hecho si su madre no hubiera estado escuchando la conversación.

–No quiero molestarle ni a él ni a sus amigos. Esperaré hasta que vuelva a casa –dijo.

Pero después de colgar, Jacob volvió a llamar e insistió en que apuntara la dirección. Por algún motivo, tenía mucho interés en que fuera y, tras otras tres horas de deliberación, Phoenix se dirigió al tráiler de su madre y llamó a un taxi para que fuera a buscarla.

A lo mejor era una locura, una insensatez, como decía Lizzie. Pero cuando miró hacia el tráiler de su madre y observó hasta dónde se podía llegar al intentar caminar siempre sobre seguro, se dio cuenta de que el miedo podía llegar a encarcelar a una persona con la misma severidad que la Prisión Central de Mujeres de California.

Así que decidió liberarse y acudir a la fiesta.

La cabaña resultó ser una mansión. Un edificio maravilloso de madera, piedra y cristal. Y la madera era el único elemento que recordaba a una cabaña. Un lugar como aquel no soportaba el adjetivo «rústico».

–Muy bonito –dijo el taxista con un silbido.

Ni siquiera podían verla al completo. Les faltaba toda la parte que quedaba fuera del alcance de los focos de la fachada delantera. Le había costado tanto encontrar un medio de transporte que ya era de noche. Eran casi las diez.

Phoenix no dijo nada. Aquel comentario no requería respuesta. ¿Habría cometido un error pagándole a aquel hombre para que la llevara hasta allí? ¿Cómo demonios se le había ocurrido? Para empezar, no se le daba bien socializar, ¿y estaba a punto de irrumpir en la fiesta que Riley celebraba en el lago sin llevar siquiera un traje de baño?

El conductor rodeó el taxi.

—¿Señora?

Phoenix se frotó la frente. Todavía estaba a tiempo de dar marcha atrás. Podía pedirle que la llevara a su casa y…

—Sí, eh… siento cambiar de planes en el último momento, pero he decidido regresar.

—¿A Whiskey Creek?

Phoenix asintió.

—¿Le parece bien? —le preguntó al taxista.

—Lo siento, pero tengo otro cliente en San Francisco a media noche y ya voy a tener problemas para llegar a tiempo.

—¡Ah!

Ni siquiera se le había ocurrido pensar que a lo mejor no podía llevarla aunque estuviera dispuesta a pagarle otros cien dólares por el viaje de vuelta.

El taxista señaló hacia la cabaña.

—Estoy seguro de que se divertirá.

Phoenix bajó del taxi. ¡Maldita fuera! Ella no pintaba nada en una fiesta como aquella. No debería haber ido.

El taxista le tendió entonces la pequeña y maltrecha maleta que Lizzie le había pedido prestada a su madre y le dio las gracias cuando le dio una propina de diez dólares. Después, la dejó frente a la puerta de la cabaña de Simon O'Neal… el mismísimo Simon O'Neal, una de las estrellas de cine más importantes del país.

Como si el hecho de que Riley estuviera allí no fuera suficiente.

—Esta vez sí que la he hecho buena.

Miró a su alrededor, preguntándose si habría otra manera de salir de allí, pero apenas había tráfico en la estrecha y serpenteante carretera por la que había llegado hasta allí. Aquello no le dejaba muchas opciones. Al fin y al cabo, era imposible salir de aquel lugar en autobús.

En otras palabras, estaba atrapada.

Dejó escapar un largo suspiro y sacudió la cabeza.

—¡Qué tonta soy!

Era evidente que Riley le gustaba más de lo que estaba dispuesta a admitir. Si no fuera así, con regalo o sin él, no se habría puesto en aquella situación.

Pero ya estaba allí y lo único que podía hacer era intentar salir lo mejor parada posible.

Subió con la maleta los tres escalones que conducían a la casa y continuó cargando la maleta por la zona de la entrada, puesto que no tenía ruedas, a diferencia de la mayor parte de las maletas fabricadas durante los últimos veinte años. Después de dejarla en el suelo, permaneció frente a la puerta durante cerca de un minuto y llamó al timbre.

Le abrió Simon en persona. A Phoenix se le trabó la lengua de tal manera que casi no podía hablar.

—Eh... mm, vengo al cumpleaños de Riley. Estoy invitada.

Simon arqueó las cejas como si fuera una sorpresa y Phoenix comprendió por qué. Debía de ser muy distinta al resto de invitados. Y era muy probable que Riley ni siquiera la hubiera mencionado. No tenía ningún motivo para hacerlo.

Tuvo que reconocerle a Simon el mérito de abrirle la puerta sin vacilar apenas.

—Genial. Cuantos más seamos, más nos divertiremos —dijo—. Pasa. Estamos todos en la parte de atrás.

A Phoenix se le antojaba un poco descarado entrar en aquella casa con la maleta, pero no podía dejarla en la puerta. Afortunadamente, Simon la agarró antes de que pudiera hacerlo ella.

–Déjame llevarte la maleta.

Phoenix no estaba segura de si debería hacer o no mención a su fama. ¿Debería felicitarle por su última película? Imaginó que sería lo más educado. Él debía de saber que le había reconocido. No había mucha gente en los Estados Unidos que no supiera quién era. Pero nunca le había visto actuar, no había visto ninguna de sus películas. Solo le había visto en los periódicos que a veces había en la biblioteca de la cárcel, cuando alguna de las funcionarias, o cualquier otra persona, los donaba. Y no creía que fuera una buena idea mencionar la prisión.

–Tienes una casa preciosa –dijo en cambio.

–Gracias.

Simon inclinó la cabeza como si hubiera algo en Phoenix que no terminara de comprender, pero ella había esperado aquel tipo de reacción, de modo que no se ofendió.

–Siento haber llegado tan tarde –se disculpó–. No he podido venir antes.

–No importa –dejó la maleta en la entrada–. Bueno, de momento, dejaremos aquí la maleta. Mi esposa te enseñará tu habitación dentro de un momento. Hasta entonces, puedes ir a por una nubecita gigante y derretir unas cuantas más, como está haciendo todo el mundo.

Phoenix agradeció que estuviera siendo tan atento.

–Suena delicioso.

Pero tenía miedo de atragantarse si intentaba comer algo antes de tener los nervios bajo control.

–Por ahí –le indicó Simon.

La condujo a través de varias habitaciones muy elegantes que, sin duda, habían sido decoradas por algún profesional. Phoenix intentaba no quedarse embobada mirándolo todo, pero nunca había estado en una casa tan opulenta. Aunque, quizá, no fuera «opulenta» la palabra más adecuada. No era una casa pretenciosa. Pero destilaba calidad.

En el cuarto de estar había una enorme chimenea de piedra y una pared de cristal con vistas a la terraza. Phoenix vio a un nutrido grupo reunido alrededor de una hoguera, pero no fue capaz de determinar quién era quién. No hizo contacto visual con nadie por miedo a descubrir a alguien mirándola horrorizado o con desprecio. Porque, aunque aquel fuera el caso, no le quedaría otra opción que salir a la terraza cuando Simon le abriera la puerta y la instara a cruzarla.

—Riley, viene alguien a felicitarte.

Simon tuvo que elevar la voz para que le oyeran en medio de aquel bullicio, pero los invitados de Riley se volvieron uno a uno y se hizo el silencio.

A Phoenix le ardía la cara de tal manera que tuvo la sensación de estar dentro de la hoguera en vez de a su lado. Y aquello fue antes de que la persona que estaba delante de Riley se apartara y Phoenix le descubriera sentado con una mujer muy atractiva en el regazo. Aquello le revolvió el estómago. Por un instante, se preguntó si el invitarle a llegar hasta allí no habría sido una broma intencionada y cruel.

Pero entonces se dio cuenta de que todo el mundo iba con su pareja.

¿En dónde se había metido? Cuando Riley le había pedido que fuera, lo había hecho sonar como si fuera a ser una gran fiesta con gente de todo tipo. Por supuesto, ella había dado por sentado que habría algunas parejas, puesto que muchos amigos de Riley estaban casados, pero no sabía que Kyle y él irían con sus respectivas citas. Era lógico que Simon no hubiera sabido decirle dónde iba a dormir. Debía de estar preguntándose qué demonios iban a hacer con ella y si Riley de verdad esperaba que se quedaran las dos mujeres.

—¡Phoenix! —Riley se levantó tan rápido que estuvo a

punto de tirar a aquella mujer rubia al suelo–. No... no sabía que ibas a venir.

–Lo siento. No pensaba venir, pero al final... al final...

No fue capaz de acabar la frase. No se le ocurría ninguna excusa que justificara aquel cambio de opinión puesto que la única razón por la que había ido eran sus ganas de estar con él. Pero tenía que decir algo. Todo el mundo la estaba mirando con la boca abierta. Así que sacó el regalo que llevaba bajo el brazo y se lo tendió.

–Solo quería darte esto.

Era evidente que le había pillado por sorpresa. No debería haberse presentado sin avisar. Tanto su cita como todos los demás intercambiaron miradas interrogantes, preguntándose qué demonios era todo aquello.

Afortunadamente, Ever Harmon, cuyos padres eran propietarios de un hostal cuando Phoenix estaba en el instituto, y quizá todavía lo fueran, se levantó al instante.

–¡Phoenix! Cuánto tiempo. Casi no nos hemos visto desde, eh, desde que volviste. Siéntate aquí.

Callie y su marido empujaron la silla que habían estado compartiendo hacia Eve, para que Phoenix pudiera sentarse a su lado. El resto de las sillas estaban ocupadas.

Phoenix parpadeó, sintiéndose impotente. No quería sentarse. No quería interrumpir su diversión. En aquel momento, lo único que quería era desaparecer. Pero no tenía escapatoria. Todavía no.

–Gracias.

Se prometió a sí misma que se quedaría una media hora haciendo sándwiches de galletas, chocolate y nubecitas, puesto que Kyle estaba ya entregándole un elegante pincho para derretir las nubecitas. El hecho de que lo único que hubiera utilizado Phoenix en su vida para hacerlo hubiera sido una percha vieja daba una idea de hasta qué punto estaba fuera de su elemento.

Media hora, se recordó. No podía irse nada más llegar

sin generar una situación más incómoda todavía. Lo primero que tenía que hacer era intentar atenuar de alguna manera su error, intentando comportarse como si no tuviera ninguna importancia. Después, encontraría la manera de escapar de la fiesta y de volver a casa, aunque tuviera que ir andando.

Riley sintió el peso del regalo de Phoenix en las manos y deseó poder apartarla a un lado para tranquilizarla y darle las gracias por haber ido hasta allí. Pero la mujer a la que había invitado estaba a su lado, tan estupefacta como todos los demás ante aquella inesperada intrusión. La única manera de aliviar la vergüenza de Phoenix era desviar la atención abriendo el regalo.

–Pesa mucho –dijo–. No tengo ni idea de qué puede ser.

Esperaba que le regalara una pulsera. Había estado a punto de encargar una pulsera cerca de media docena de veces. Pero aquel paquete era demasiado pesado y voluminoso.

Todo el mundo se acercó mientras rasgaba el papel. Tenían tanta curiosidad como él por ver lo que Phoenix le había llevado. Habían oído hablar mucho de ella, algunos en labios de Riley. Él siempre había creído de tal manera en su culpabilidad que, aunque nunca le hubiera deseado ningún mal, siempre había justificado el mantenerla alejada de Jacob.

Deseó haber permanecido en contacto con ella o, al menos, haber hablado con ella en algún momento. Años después comprendía que haberse distanciado tanto de Phoenix había sido una pérdida para los dos. Si algo se había hecho evidente desde su regreso era precisamente eso.

Cuando terminó de desenvolver el regalo, se encontró con una fotografía en la que aparecía él llevando a Jacob a hombros cuando este tenía dos años. Al ir girando las páginas, descubrió que Phoenix había incluido en aquel álbum casi todas las fotografías que le había enviado. En algunas aparecía solo Jacob, como en una en la que salía a los tres años con un cuenco en la cabeza y los espaguetis resbalándole por la cara. En otras aparecían juntos. Había también fotografías de grupo, de Jacob con sus diferentes equipos en las fiestas de cumpleaños. En una de ellas se veía a Riley con un disfraz de payaso, porque el payaso al que habían contratado se había echado atrás en el último momento.

Solo por amor podía uno ponerse un traje así.

—¡Hala! Es precioso —exclamó Gail.

Se oyeron otros tantos murmullos de admiración. Riley había visto otros álbumes como aquel, pero nunca se había tomado la molestia de crear uno. Ni siquiera habría sabido por dónde empezar. Era evidente que Phoenix había puesto un gran esfuerzo y dedicación en aquel proyecto, lo que lo hizo mucho más significativo para él.

Invitó a su cita a ocupar la silla que acababan de dejar libre para así poder terminar de ver el álbum. Aquella mujer, cuando no estaba comiéndose a Simon con la mirada, se mostraba demasiado afectuosa con él, algo que Riley había soportado hasta entonces por darle una oportunidad. Como Kyle le había dicho, tenían que ser más tolerantes. Cualquier mujer quedaría deslumbrada al ver a Simon. Pero aquel exceso de familiaridad le molestaba estando Phoenix delante. No quería que viera a Candy tan cerca de él. Hacía que su relación pareciera algo que no era.

Le encantó ver a Jacob creciendo ante sus ojos, y también las citas sobre padres e hijos que había añadido Phoenix.

Las fotografías de las dos últimas páginas no se las había proporcionado él. Las había hecho Phoenix cuando había ido a su casa y habían estado jugando en la piscina. Era la primera vez que él las veía. El recuerdo de lo que se habían divertido aquella noche dio lugar a una luminosa sonrisa, que se ensombreció al ver la última fotografía. Él pensaba que el álbum terminaría con la fotografía que se habían hecho los tres juntos. Y la fotografía estaba allí, tal y como esperaba. Pero Phoenix se había recortado a sí misma, como si pensara que estaban mejor sin ella.

Aquello le afectó. Phoenix se negaba a reconocer que sus sentimientos estuvieran cambiando Pero aquel álbum era algo especial y le servía como prueba de que Phoenix no había superado lo que sentía por él, a pesar de lo que quería hacerle creer. De modo que reavivó su lánguida sonrisa.

–Gracias. No podías haberme hecho un regalo mejor.

Aunque Phoenix asintió, lo hizo con un gesto vago, poniéndose a la defensiva. Mantenía la mirada fija en la puerta. Riley sabía que se estaba arrepintiendo de haber ido y estaba deseando marcharse.

–En serio –dijo, esperando convencerla–, me encanta.

–Me alegro –contestó–. Jacob es un buen chico y tú has sido muy buen padre para él.

–¿Cómo lo has hecho? –preguntó Gail.

Gail tenía muchísimo dinero y podría contratar a cualquiera para que le hiciera todos los álbumes que quisiera, pero le preguntó a Phoenix por el programa que había utilizado como si pensara hacerlo ella misma. Callie, Olivia, Levi, Noah, Addy y los demás admiraron también la creación de Phoenix, algo por lo que Riley les estaría siempre agradecido. Sus amigos estaban haciendo todo lo posible para que se sintiera bienvenida. Pero cuando cesaron las preguntas y la conversación giró hacia Baxter, un amigo que había roto recientemente con su novio y no había podido asistir, Phoenix se levantó y Riley supo lo que iba a decir a continuación.

–Será mejor que me vaya –le dijo en una aparte, sugiriendo así que prefería marcharse sin que nadie lo notara.

Pero Eve la oyó y replicó:

–No estarás pensando en irte, ¿verdad? ¡Pero si acabas de llegar!

Todo el mundo volvió a quedarse en silencio y Phoenix se descubrió convertida en el centro de la conversación, una posición que Riley sabía que odiaba.

Se aclaró la garganta.

—Me temo que sí. La verdad es que no esperaba quedarme.

Tenía que ser mentira. Riley habría apostado cualquier cosa a que no se había desplazado hasta allí a aquellas horas solo para entregarle un regalo. Pero comprendía los motivos por los que quería marcharse. Estaba intentando evitar una situación embarazosa para ambos. Y se quedó estupefacto cuando vio que se dirigía a Candy antes de marcharse.

—Siento haber interrumpido la velada. De verdad. Pero me han enviado hoy el álbum por correo y... y quería que lo tuviera el día de su cumpleaños. Pero no estamos saliendo... ni nada parecido. Tenemos... tenemos un hijo juntos, pero hace diecisiete años que no somos pareja. Solo somos amigos y, en realidad, desde hace muy poco tiempo.

Candy extendió los brazos, sorprendida por el esfuerzo que estaba haciendo para explicarse. Pero, por lo que ella sabía, Candy y él podían llevar meses saliendo. El hecho de que Jacob hubiera insinuado durante la barbacoa que su padre no estaba saliendo con nadie era lo de menos. Él no tenía por qué saber lo que hacía Riley cuando no estaba en casa.

—Gracias por la aclaración —dijo Candy, como si estuviera a punto de echarse a reír.

Riley apretó los dientes. Aquella mujer no comprendía su historia. No comprendía lo que estaba haciendo Phoenix para asegurarse de no volver a interponerse en su camino, para no interferir en su vida amorosa.

Una vez más, fue Eve la que intentó relajar la situación.

—Me alegro de que hayas venido. Y me gustaría que pudieras quedarte.

Riley no sabía si estaba fingiendo la decepción que reflejaba su voz, pero le alivió que pareciera sincera, y también que estuviera intentando apoyar a Phoenix.

Aunque sabía que aquello no iba a convencer a Phoenix. Necesitaba salir de allí y nada de lo que pudieran decir iba a hacerla cambiar de opinión.

Phoenix inclinó la cabeza.

—Quizá la próxima vez.

Algunos de los amigos de Riley le miraban como si le estuvieran preguntando si quería que también ellos la abordaran. Él deseó poder darles alguna indicación de que así era. No estaba preparado para verla marchar. Quería que se sintiera mejor antes de irse. Odiaba pensar que iba a volver a casa castigándose a sí misma por haber vuelto a confiar en él. Aquello era culpa suya, no de ella. Pero detenerla no sería justo para Candy, ni para Phoenix, puesto que no iba a poder estar con ella tal y como quería. De modo que no se manifestó ni en un sentido ni en otro y prefirió concentrarse en cuestiones más prácticas.

—¿Y tienes como marcharte?

Phoenix se alisó el vestido de verano que Kyle y él le habían comprado. Se lo ponía cada vez que quería estar atractiva, una prueba más de que su visita a la cabaña no había sido tan intrascendente como ella pretendía.

—Sí, me están esperando.

Riley imaginó que había sido lo suficientemente precavida como para pedirle a cualquiera que la hubiera llevado hasta allí que esperara hasta que comprobara cuál era la situación en el interior, de modo que asintió.

—De acuerdo. Te llamaré cuando vuelva a casa.

Phoenix inclinó la cabeza y desapareció entre la multitud y Riley intentó dejar que marchara sin salir tras ella. Si tenía un coche esperándola, llegaría a su casa sana y salva. Siempre podría reembolsarle lo que se había gastado, y pensaba hacerlo. Un taxi hasta el lago debía de costar una fortuna.

Pero en el último segundo, le dirigió a Candy una mirada

de disculpa y salió detrás de Phoenix. Sabía que no era muy elegante, pero tampoco lo había sido Candy mostrando un interés tan obvio en Simon. Y no podía permitir que Phoenix se fuera sin pedirle disculpas por la presencia de Candy, sin decirle que se alegraba de que al final hubiera cambiado de opinión y hubiera decidido reunirse con ellos. También quería asegurarse de que tenía dinero para pagar a quienquiera que la fuera a llevar a casa.

–¡Phoenix!

Esta todavía no había salido del cuarto de estar cuando se volvió.

–No hace falta que interrumpas la velada –le dijo, señalando hacia la hoguera de la terraza–. Siento haber venido por sorpresa. No era consciente de que era... este tipo de fiesta.

Porque él mismo había pensado que tendría más posibilidades de que accediera a ir si la describía de forma diferente...

–Claro que no. Tenía miedo de que no vinieras si te lo decía. Pero como al final rechazaste la invitación, Kyle decidió invitar a una amiga de la chica con la que iba a venir. No había visto a Candy en mi vida. Y estaba sentada en mi regazo porque no teníamos sillas suficientes y ha insistido en sentarse encima de mí cuando me he levantado para cederle la mía.

–No tienes por qué darme explicaciones –le dijo como si no la afectara en nada su vida sentimental–. No debería haber cambiado de opinión en el último momento.

–Pero estoy encantado de que lo hayas hecho. Si lo hubiera sabido no habría hecho... otros planes.

–No te preocupes. Vuelve con los demás.

Pero él no quería volver. No era ella la que tenía que marcharse.

–Déjame acompañarte a la puerta por lo menos.

Phoenix le bloqueó el paso.

—No hace falta. Tus amigos te están esperando. No tienes que preocuparte por mí.

Pero ya había abandonado a sus amigos. Unos minutos más no supondrían ninguna diferencia.

—Prefiero verte marchar, me quedaré más tranquilo.

Se preguntó si le dejaría llevarla a alguna parte el sábado siguiente para compensar lo que había pasado y quería proponérselo mientras la acompañaba hacia el coche. Pero cuando abrió la puerta de la calle vio que no había ningún coche esperándola.

Phoenix suspiró mientras salía tras él.

—Supongo que al final el taxista ha tenido que marcharse.

Riley la miró con el ceño fruncido.

—Sabías que no había nadie esperándote, ¿verdad?

Phoenix no contestó.

—¿Entonces qué pensabas hacer? ¿Intentar volver caminando en medio de la oscuridad? ¡Te llevaría toda la noche, y eso si consiguieras llegar a salvo!

Phoenix continuó en silencio.

—¿Tienes idea de lo peligroso que es?

—Sé cuidar de mí misma.

—No, si esto es un indicativo de algo.

¿Cómo podía estar dispuesta siquiera a correr tamaño riesgo? ¿Por qué no podía decirle que no tenía manera de regresar a su casa y dejar que fuera él el que se encargara de todo lo demás? La seguridad de Phoenix tenía prioridad sobre la cortesía que le debía a Candy. Tenía prioridad sobre cualquier otra cosa.

Desde que había vuelto a Whiskey Creek, Phoenix había estado tan preocupada por no volver a sufrir una decepción que se había negado a confiar en él. Comprendía sus motivos, pero lo odiaba. Odiaba que no pudiera confiar en nada de lo que dijera o hiciera. Le había juzgado como una persona en la que no podía depositar su confianza y él no tenía ningún derecho a protestar por ello, aunque solo tuviera dieciocho años cuando había roto con ella.

Kyle cruzó en aquel momento la puerta con su maleta.

—¡Eh, te olvidas esto!

Phoenix no se había olvidado de la maleta. Pero sabía que no podía llevársela. Y Riley ni siquiera había considerado la posibilidad de que tuviera equipaje. Había estado demasiado preocupado por la sorpresiva aparición de Phoenix e intentando averiguar cómo salvar los pocos progresos que había hecho con ella.

¿Habría alguna manera de hacer las cosas bien? Si Candy no estuviera allí, podría haber pasado algunas horas con Phoenix en una situación que implicaba cierto interés sentimental, una situación en la que Phoenix no podría decirle, ni decirse a sí misma, que estaban juntos por su relación con Jacob. Y aquello era exactamente lo que pretendía cuando la había invitado: intentar reconstruir su confianza en él.

Al final, había manejado tan mal todo aquel asunto que era muy poco probable que Phoenix volviera a darle otra oportunidad.

—¿Dónde está el taxi? —preguntó Kyle, mirando a su alrededor.

Riley no contestó.

—Tú y tu maldito orgullo —musitó para Phoenix.

—Pensaba llamar a alguien —respondió ella—. No es para tanto. Seguro que puedo encontrar un taxi.

—A estas horas de la noche no, y creo que lo sabes —señaló la carretera que serpenteaba por la montaña—. Si no hubiera salido a acompañarte, habrías comenzado a caminar en medio de la oscuridad, te habrías ido a pie y...

—Y no habría tenido ningún problema. Hay mucha gente que se desplaza sin coche.

—¿Y cómo pensabas hacerlo tú?

—Pensaba ir hasta la autopista y, una vez allí, hacer autostop.

El miedo a que algún psicópata o un violador pudieran retenerla le enfureció.

—¡Y un infierno! —le dijo—. ¿De verdad crees que voy a permitir que te vayas de esa manera?

Phoenix le miró boquiabierta.

—¡Tú no tienes nada que decir sobre lo que yo haga o deje de hacer!

Alguien tenía que cuidar de ella. Phoenix pensaba que, como había sido capaz de soportar la prisión, sería capaz de sobrevivir a cualquier cosa, pero Riley recordaba la facilidad con la que la había tirado a la piscina. Si alguien intentaba hacerle daño, no tendría una sola oportunidad de resistirse.

—Intenta alejarte de mí y lo comprobaremos. ¡Estoy dispuesto a hacerte volver a rastras!

Dirigiéndole una mirada con la que sugería que dejara de presionarla, Kyle se interpuso entre ellos.

—Riley no pretendía decir eso. Lo que te está diciendo es que deberías quedarte a jugar una partida de billar. Sabe que eres capaz de cuidar de ti misma y que esto es asunto tuyo, pero yo necesito una pareja y... —imprimió alegría a su voz para convencerla, haciendo que Riley se sintiera como un patán—, ese es el verdadero problema.

Phoenix inclinó la cabeza para mirar tras él.

—Por lo menos hay alguien que piensa con la cabeza.

Riley también tuvo que inclinarse para poder verla.

—¡Es peligroso que te vayas sola! ¿Eso me convierte en el malo de la película? ¿El intentar evitar que te hagan daño?

—Ni siquiera he tenido oportunidad de llamar a un taxi —replicó ella—. ¿Cómo sabes que no voy a conseguir uno?

—¡Son casi las once y estamos en medio de la nada! Sería una pérdida de tiempo y energía.

Eran muy pocas las posibilidades que tenía de encontrar a alguien que la llevara a su casa. Solo estaba intentando salvar la situación. Además, ni siquiera había pedido que le permitieran utilizar el teléfono. Había ido directa hacia la puerta. De modo que, ¿cómo y cuándo pensaba llamar a un taxi?

—Te resultará mucho más fácil mañana por la mañana —insistió Riley.

—¿Mañana por la mañana? —elevó los brazos al cielo—. ¡Estás con una mujer! Los dos estáis con una mujer.

—En realidad, no —le aclaró Kyle—. Lo que quiero decir es que, en realidad, Riley no está con nadie porque fui yo el que le pidió a esa mujer que viniera.

Phoenix elevó los ojos al cielo.

—De todas formas, no creo que haya sitio para mí.

Kyle señaló hacia la casa.

—Esta casa es enorme.

—Y vosotros sois un montón de amigos y todos necesitáis una cama.

Pero a Riley aquello no le preocupaba. Pensaba encontrar una cama para Phoenix aunque él tuviera que dormir en el sofá. Pero dejó que fuera Kyle el que respondiera, puesto que parecía tener más posibilidades de convencerla con aquella forma más amable y delicada de abordarla.

—No tantos como para que no quepa una persona más —contestó—. A Riley y a mí nos han asignado unas literas. De todas formas, somos demasiado altos para dormir en ellas. Así que puedes quedarte tú en nuestro dormitorio y ya buscaremos otra habitación para nosotros.

Phoenix negó con la cabeza.

—Os lo agradezco, pero...

—Pero nada —harto de dejar que fuera Kyle el que manejara la situación, Riley le apartó de su camino—. Además, será mejor que te quedes porque, si insistes en irte, voy a terminar llevándote a tu casa y mandando la fiesta de cumpleaños al infierno.

—No —respondió ella al instante—. No puedes marcharte. A todo el mundo le parecería muy raro que se fuera el invitado de honor. Y para cuando regresaras sería muy tarde. No quiero arruinarte tu fiesta de cumpleaños. Estás exagerando.

–¡Eres tú la que está exagerando! ¿Qué daño puede hacerte pasar aquí unas cuantas horas más? Te llevaré a casa, o conseguiré que alguien te lleve, pero mañana.

–Y he sido yo el que ha invitado a Candy, no Riley –añadió Kyle.

Phoenix le miró con el ceño fruncido.

–Por favor, deja de decir eso. No hay nada entre Riley y yo, así que eso es lo de menos.

–¿No has venido aquí porque querías estar conmigo? –le exigió saber Riley.

Fue evidente que a Phoenix la sorprendió que le hubiera atribuido aquella intención.

–No, no exactamente.

Riley puso los brazos en jarras.

–¿Entonces por qué has venido?

–¿Qué quieres decir? –tragó con fuerza–. Hoy es tu cumpleaños. Quería darte tu regalo.

Aquello no era todo. Una ex no hacía tal esfuerzo sin tener otra motivación. Podía haber esperado a que regresara a casa para darle el álbum.

–¿Entonces por qué no te quedas? –le preguntó–. Si no tienes ningún interés en mí, no debería importarte que tenga una cita, incluso en el caso de que al final decidiera seguir saliendo con Candy.

Cuando se miraron a los ojos, Riley pudo ser testigo del brillo desafiante que sus palabras habían provocado. Pero aquella era su intención. Phoenix sería capaz de quedarse solo para demostrarle que no le importaba.

–Puedes hacer con Candy lo que te apetezca –replicó.

–No va a salir con Candy –le aseguró Kyle–. Ni siquiera le gusta.

Riley le dio a Kyle una palmada en la espalda.

—No necesita explicaciones. Ya la has oído. No le importa lo que yo haga porque no le importo.
—¡En ese sentido! —le aclaró ella.
—A lo mejor ya va siendo hora de que te enfrentes a la verdad. Me quieres aunque no quieras. Lo sé.
Phoenix abrió los ojos como platos.
—¿Pero qué estás diciendo?
Para ser sincero, no estaba seguro. Desde luego, aquello no estaba saliendo como habría querido. La necesidad que sentía de forzarla a comprometerse le estaba llevando a presionar con demasiada dureza. Tenía que intentar atemperar sus sentimientos y actuar con frialdad.
No entendía cómo era posible que estuviera haciendo las cosas tan mal.
—Nada, no importa. Ya está todo decidido.
—Estupendo. Me la quedaré, ¡aunque eso signifique que tengas que dormir abrazado a Candy! —le espetó.
—No dejes que te engañe —intervino Kyle—. No quiere estar con Candy.
—Kyle, no necesito tu ayuda.
Riley ya estaba suficientemente frustrado y tener a Kyle intentando arreglar las cosas solo servía para empeorar la situación.
Pero Kyle continuó sin inmutarse:
—La verdad es que tanto Candy como la mujer que ha venido conmigo parecen más interesadas en estar con Simon. Supongo que mientras él esté fuera, continuarán haciendo sándwiches de nubecitas y chocolate.
—Qué lástima —se burló Phoenix—. Odiaría que Riley se viera privado de su compañía. Está demasiado acostumbrado a conseguir todo lo que quiere.
—Creo que seré capaz de soportar la desilusión —dijo Riley.
¿O estaría intentando decirle Phoenix que, en realidad, no iba a conseguir nunca lo que esperaba de ella?

—Genial —Kyle batió palmas con fingido entusiasmo—. Entonces, ¿por qué no vamos al piso de abajo y jugamos una partida de billar antes de que empecéis a discutir de verdad? Le diré a Candy y a Samantha que pueden bajar cuando quieran.

Phoenix se frotó los brazos como si todavía no hubiera tomado una decisión y no le gustaran mucho las opciones que tenía.

—¿Voy a por las llaves de la camioneta? —le preguntó Riley—. ¿Nos vamos?

Phoenix dejó caer las manos.

—No.

—Entonces, ¿te quedas?

—Solo hasta mañana por la mañana —contestó a regañadientes, y se volvió hacia Kyle—. ¿Contra quién vamos a jugar al billar?

—Contra Riley y Lincoln.

Riley estuvo a punto de soltar una carcajada cuando la vio esbozar una mueca al oír su nombre. La había hecho enfadar, pero ya estaba harto de fingir. Tenían un pasado en común, un pasado difícil de superar. Pero no creía que el próximo tipo con el que saliera fuera a tratarla mejor de lo que lo había hecho él. Riley nunca le había deseado ningún mal, nunca había querido hacerle daño. Estaba empezando a pensar que el problema era que se habían conocido demasiado pronto...

—¿Quién es Lincoln? —le preguntó.

Fue Kyle el que volvió a contestar.

—El prometido de Eve.

—¿Es bueno al billar?

—Sí —Kyle señaló con la cabeza hacia Riley—. Riley y él han sido invencibles hasta ahora. Son los campeones. Pero podemos intentarlo. En cualquier caso, solo se trata de divertirse.

—No nos des por perdedores demasiado pronto —respondió ella secamente—. Todavía no me has visto jugar.

Kyle apretó los labios como si la estuviera analizando.
–Tú tampoco les has visto jugar a ellos.
–No me importa. Cien dólares a que ganamos.
Riley le agarró la maleta.
–Yo no apostaría tanto si estuviera en tu lugar.
–No tengo miedo a perder.
Cuando Phoenix le fulminó con la mirada, Riley deseó que las cosas no fueran tan complicadas entre ellos. Era tan fuerte la atracción que despertaba en él que la sentía incluso en aquel momento. Y sabía que también ella la sentía.
–Tú misma –respondió.
Entró de nuevo en la casa y dejó la maleta de Phoenix al lado de la puerta, pensando que ya se ocuparía de ella más tarde.
–Ve a buscar a Lincoln –le dijo a Kyle–. Phoenix y yo iremos preparando las bolas.

Capítulo 21

Después de tres cervezas, Phoenix ya no tenía tanta prisa por volver a su casa. Las citas de Kyle y de Riley no habían ido a reunirse con ellos, aunque llevaban cerca de una hora jugando al billar. Su ausencia también contribuyó a aliviar su ansiedad.

Kyle y ella habían ganado la primera partida. Todavía se regodeaba al recordar la cara que había puesto Riley cuando se había dado cuenta de que jugaba tan bien como él. Pero después de un comienzo estelar, habían perdido la segunda partida. Aunque habrían ganado las dos si Kyle no hubiera fallado un par de tiros.

En aquel momento, estaban compitiendo para ver quién ganaba la tercera.

Sintió a Riley observándola mientras ella se preparaba para la siguiente tirada y se preguntó en qué estaría pensando. ¿Estaría arrepintiéndose de haber dejado que se quedara?

Era probable. Fruncía el ceño cada vez que le miraba. Pero, aun así, cuando pasaban el uno cerca del otro, la tocaba como si lo hiciera por casualidad, como sin darse cuenta, y ella sentía que prolongaba el contacto durante más tiempo del necesario.

Tuvo miedo de que estuviera intentando demostrar algo

y estuviera teniendo éxito. Porque estaba empezando a pasar delante de él a propósito, para sentir sus caricias.

—¿Dónde aprendiste a jugar? —le preguntó Lincoln.

No era tan abierto y afable como Riley y Kyle, pero era el único de los cuatro que no había bebido una sola cerveza, de modo que quizá fuera por eso.

—En la cárcel —golpeó la bola que había ido colocando en los dos tiros anteriores y la metió en la tronera correspondiente.

Se detuvo después durante el tiempo suficiente como para dirigirle a Riley una sonrisa victoriosa. Este arqueó una ceja en respuesta, en reconocimiento de su destreza. Pero también le estaba lanzando un desafío en un sentido que Phoenix jamás habría esperado. Estaba haciendo tan explícito su interés en ella que incluso sus amigos debían de estar dándose cuenta.

—Muy interesante —dijo Lincoln.

Phoenix golpeó otra bola.

—Para alguien como tú, mi pasado debe de resultar más impactante que interesante, ¿no?

—¿Para alguien como yo? —repitió Lincoln.

En condiciones normales, Phoenix no se habría mostrado tan comunicativa a la hora de hablar de su pasado por miedo a comprometer a Riley. Pero ella también le estaba lanzando un desafío. Si esperaba volver con ella, tenía que comprender que su pasado formaba parte de su vida.

—Alguien que forma parte del grupo de los más populares —le explicó y tuvo la mala suerte de fallar el siguiente disparo.

Estudiando el tablero para analizar su próxima jugada, Lincoln se dirigió hacia el otro extremo.

—Teniendo en cuenta que yo también he estado en la cárcel, no puedo decir que me haya impresionado.

Se echó a reír al ver su sorpresa. Después, metió dos

bolas en una rápida sucesión y se dirigió al extremo opuesto de la mesa para golpear a una tercera.

—¿Y fue allí donde aprendiste a jugar al billar?

—No teníamos mesa. Pero puedo derrotar a cualquiera jugando al baloncesto gracias a la cantidad de horas que me pasaba en el patio.

Phoenix había estado utilizando su pasado como si fuera una armadura, sirviéndose de él para rechazar cualquier propuesta de amistad, así que aquello la hizo sentirse un poco estúpida.

—¿Cuánto tiempo llevas fuera?

—Una temporada.

Era una respuesta muy vaga, pero imaginaba que le gustaba tan poco hablar de su pasado como a ella.

—Mucho más que tú —añadió después Lincoln—. Esa es la razón por la que he sacado el tema, para decirte que, al salir, hay que aprender a adaptarse. Y eso lleva tiempo.

Phoenix consiguió esbozar una sonrisa de agradecimiento.

—Lo tendré en cuenta.

—¡Eh! Ten cuidado con eso —le advirtió Lincoln.

—¿Con qué? —preguntó ella confundida—. ¿Con el taco de billar?

—No, con esa sonrisa. Yo estoy enamorado y soy inmune —le palmeó la espalda a Riley—. Pero me temo que este pobre canalla no tiene defensas contra ella.

—Métete en tus asuntos —gruñó Riley.

Lincoln no pareció ofenderse. Se echó a reír.

—¿Y qué me dices de este otro pobre canalla? —Kyle se señaló a sí mismo.

Phoenix sabía que lo estaba haciendo para provocar a Riley.

—Por si no lo has notado, tú ni siquiera entras en la competición —replicó Lincoln.

Y se echó a reír cuando Kyle le enseñó el dedo corazón.

Siguieron con las bromas hasta que terminaron la partida. Sin Kyle como compañero, Phoenix podría haber ganado, pero este falló un disparo al final, dejando que Riley ganara antes de que le hubiera tocado de nuevo a ella.

Kyle y Lincoln comenzaron a hablar de un libro escrito por su amigo Ted mientras subían a buscar algo de comer. Pero Riley no parecía tener prisa por salir de la habitación de billar. Cuando Phoenix fue a colocar su taco, se colocó tras ella.

–Supongo que me debes cientos de dólares.

Phoenix no se molestó en mirarle.

–No paro de intentar pasarte dinero y tú nunca lo aceptas.

Riley posó la mano en su cintura y le rozó el cuello con los labios.

–Hay otras cosas que me apetecen más.

Phoenix contuvo la respiración. ¿Sería aquella la chispa que arrasaría con todas sus buenas intenciones y volvería a destrozarle la vida?

–¿Como cuáles?

Riley no tuvo oportunidad de contestar. Candy entró en aquel momento en la habitación y Riley dejó caer la mano y se apartó de ella.

–¡Estás aquí! –exclamó–. Me preguntaba dónde te habías metido.

Phoenix se mordió la lengua. Candy no podía tener muchas dudas, puesto que Kyle se lo había dicho.

Phoenix estaba sentada en la terraza, con la mirada fija en el fuego, mientras, frente a ella, Brandon, Kyle y Gail hablaban de la última película de Simon. Habían intentado incluirla en la conversación, animándola a acercarse a ellos y haciéndole algunas preguntas. Pero al ver que contestaba solo lo estrictamente necesario, habían dejado que continuara sumida en sus pensamientos. A ella le bastaba con disfrutar del murmullo de sus voces, la brisa fresca del lago y los millones de estrellas que resplandecían sobre su cabeza.

Por lo menos Riley había ido al interior de la casa y ya no estaba sentado alrededor de la hoguera. A Phoenix no le había resultado fácil ignorar a Candy. Estaba en todo momento encima de él, incluso sentada de nuevo en su regazo, a pesar de que la mitad del grupo se había dispersado hacia diferentes zonas de la casa para jugar al billar, ver una película o comer algo, de modo que quedaban muchas sillas disponibles.

Riley no la detuvo. Se limitaba a mirar a Phoenix como si estuviera preguntándole «¿estás segura de que no te importa?».

La puerta se abrió y entró Eve. Phoenix dio por sentado que se reuniría con sus amigos, pero fue directa hacia donde estaba Phoenix y se acercó una silla.

—Me han dicho que eres una gran jugadora de billar.

—He tenido muchos años para practicar. Tu prometido también es muy bueno.

Eve pareció complacida con su comentario.

—Es bueno en muchas cosas.

—¿Cómo os conocisteis?

Phoenix había procurado ser lo más discreta posible aquella noche. No quería imponer a nadie una presencia que podía no ser deseada. De modo que había pasado gran parte de la velada tomando una copa de vino mientras ordenaba la cocina. A pesar de las protestas de Gail, que le decía que ya se encargaría ella de la cocina al día siguiente por la mañana, limpiar la hacía sentirse útil y le proporcionaba algo que hacer.

Aunque todo el mundo era muy educado con ella, la mayoría de los invitados tendía a relacionarse con aquellos que más conocía. Eve era la excepción. Iba siempre a buscarla. Quizá porque estaba comprometida con un hombre que también había estado en prisión, parecía ser más comprensiva con aquello que podía salir mal en la vida de una persona y sabía que no todo el que acababa encerrado en una celda se lo merecía.

—Lincoln estaba visitando el País del Oro para... para descansar del trabajo y nos conocimos en el Sexy Sadie's —le explicó.

—¿Y te fijaste en él? —preguntó Phoenix.

—Así fue como empezó todo. Vi a un hombre maravilloso en la barra y me sentí atraída hacia él —sonrió como si lo ocurrido encerrara algún elemento de humor, pero no profundizó en ello. Se limitó a añadir—: Supongo que tenía que pasar.

Phoenix asintió en señal de aprobación.

—Parecéis muy felices juntos.

—A Lincoln le ha costado mucho llegar hasta aquí. Tuvo una infancia muy difícil. Esa es una de las razones por las que terminó por el mal camino. Pero todo eso ya forma parte del pasado.

¿Significaría aquello que él sí había merecido ir a prisión? A Phoenix le había caído tan bien que aquello no cambiaría la opinión que tenía sobre Lincoln, pero sintió curiosidad por saber lo que había hecho. No podía ser tan grave como aquello de lo que la habían acusado a ella.

—No tenía necesidad de decirme que había... que había pasado por una experiencia similar a la mía. Sé que lo ha hecho para que me sintiera más cómoda y se lo agradezco.

—Los malos tragos te hacen más sensible a las necesidades de los otros.

Phoenix no quería hablar de malos tragos. Había pasado por demasiados como para parecerse a ninguna de las personas con las que estaba allí reunida. Aparte de Lincoln, claro. Señaló hacia la cabaña.

—Es un lugar maravilloso.

—Y Gail y Simon son muy generosos al compartirlo con nosotros.

—Desde luego.

—¿Ya te han dicho dónde vas a dormir esta noche?

—Sí, Gail. Hace cerca de una hora.

En vez de instalarla en la habitación de Riley y de Kyle, Gail le había llevado la maleta a la habitación de la niñera.

—¿Entonces estás en el piso de abajo?

—Encima del garaje.

—¿Y estarás cómoda allí?

Phoenix rio entre dientes.

—Por supuesto.

Era imposible que Eve no supiera que dormir en el suelo en una casa como aquella sería mucho mejor que hacerlo en cualquiera de los lugares en los que se había alojado hasta entonces.

—Me alegro —le apretó la mano—. Siento que sea tan difícil participar de una reunión como esta cuando no conoces a casi nadie.

—No está siendo tan terrible. Todo el mundo está siendo muy amable conmigo. Riley tiene suerte de tener tan buenos amigos.

Eve la miró con atención.

—Parece tener una gran opinión sobre ti.

Phoenix no sabía cómo responder.

—Estamos haciendo todo lo posible para apoyar a Jacob. Y resulta más fácil si somos capaces de mantener una relación cordial.

Eve inclinó la cabeza.

—¿Eso es lo único que hay entre vosotros? ¿Una relación cordial por el bien de Jacob?

A pesar del frío que había estado sintiendo hasta unos minutos antes, de pronto Phoenix experimentó un intenso calor. Alejó la silla del fuego.

—Sí, eso es todo. Yo no pretendía irrumpir de esta manera

en la fiesta. No era consciente de que era una fiesta pensada para parejas.

—Pero Riley sí lo sabía cuando te invitó.

Phoenix no se había permitido pensar en ello. No tenía sentido que Riley quisiera aparecer con ella en público. Pero ella era una novedad en su vida y, de alguna manera, aquello la hacía interesante. Y Riley se sentía seguro a la hora de hacer lo que le apeteciera. Para él, Whiskey Creek nunca había sido el pueblo inhóspito y despiadado que había sido para ella.

—Solo estaba intentando ser amable conmigo porque... porque yo no salgo mucho.

—¿Me estás diciendo que te invitó por pena?

—Eso es lo que pienso yo.

Eve se levantó riendo.

—Conozco a Riley lo suficientemente bien como para decirte que esa no es la razón por la que ha pasado la mayor parte de la noche pendiente de ti mientras intentaba que Candy dejara de toquetearle.

Phoenix se negó a reconocer que estaba celosa de su cita.

—Candy ha bebido demasiado. Pero es muy guapa y parece estar interesada en él. Hacen muy buena pareja.

Eve esbozó una mueca.

—¿Lo dices en serio?

—¿Perdón?

—¿Has hablado con ella?

—La verdad es que no. Pero lo que yo piense de ella es lo de menos. Eso es cosa de Riley.

—Entiendo que digas lo que dices, pero creo que está muy claro con quién quiere estar Riley.

—No creo que sea conmigo —insistió ella.

—¿No estás dispuesta a aceptar lo que te está ofreciendo?

—No me está ofreciendo nada.

—Supongo que tú eres la única que no se está dando

cuenta. Pero, en cualquier caso, me alegro de que Riley no tenga ningún interés en Candy.

A pesar de la insinuación de Eve, a Phoenix le resultaba imposible creer que a los amigos de Riley pudiera hacerles ilusión que este terminara con una persona que había estado encarcelada durante diecisiete años por asesinato y que todavía no había podido demostrar su inocencia. ¿Qué más daba que Eve estuviera con un hombre que también había estado en prisión? Él no tenía un pasado, ni enemigos, en Whiskey Creek. Eso significaba que podía heredar la reputación de Eve, que podía empezar desde cero.

Phoenix podría haber contestado todo aquello, pero Eve ya se estaba alejando. Parecía dirigirse hacia el interior de la casa, hasta que Gail la detuvo para preguntarle para cuándo estaba previsto que Callie diera a luz.

La noticia de aquel embarazo era una novedad para Phoenix, pero las palabras se fundieron con el ruido de fondo a pesar de su interés. Riley acababa de llegar a las puertas de cristal de la terraza y la estaba mirando fijamente. Candy debía de haberse ido a la cama, porque no estaba con él. Cuando Riley salió a la terraza, Phoenix tuvo la impresión de que pensaba acercarse a ella, pero se sintió demasiado acorralada como para resistir un asedio a sus defensas. De modo que cuando uno de los amigos de Riley le abordó, ella rodeó la hoguera y se deslizó en el interior de la casa.

Estaba huyendo de él y sabía que se había dado cuenta. Pero no quería empeorar la situación dejando el control a los sentimientos. No se atrevía a pasar más tiempo con él por miedo a que terminaran en la cama.

Ya era hora de poner fin a la noche y ahorrar energías para la batalla que tendría que librar al día siguiente. A la luz del día, quizá no le resultara tan difícil resistirse.

Capítulo 22

−¿Qué te ha dicho?
Eve, que estaba en la cocina, sirviéndose un vaso de agua, se volvió hacia Riley.
−¿Quién me ha dicho qué? –le preguntó.
Riley frunció el ceño.
−No te hagas la tonta. Sabes de quién te estoy hablando.
−¿Te refieres a Phoenix? Me ha dicho que Candy y tú hacéis muy buena pareja.
Riley terminó la cerveza que se había llevado y dejó el casco en una caja.
−No me puedo creer que estén las dos aquí. Ha sido una situación de lo más embarazosa.
−Riley, incluso en el caso de que consigas conquistar a Phoenix, estar con ella no será fácil. Está a la defensiva, recelosa y asustada.
−Es posible, pero no creo que fuera ella la que mató a Lori. Y me siento como un miserable por haber llegado a creerlo.
Eve se sentó en el mostrador.
−Por lo que yo he oído siempre, sobre eso no hay muchas dudas.
−Hay montones de dudas. Ella no fue.
Lo dijo con vehemencia. Sentía que las dudas contra las

que había batallado habían estado apuntando hacia la verdad durante mucho tiempo y deseaba haber hecho caso a su intuición diecisiete años atrás.

–Parece una buena persona –dijo Eve–. Muy buena, de hecho –pero parecía haber cierta reserva en su respuesta.

–¿Pero... crees que debería salir con ella?

–No la conozco tan bien como para asegurarlo. De todas formas, me cae mucho mejor que Candy –se volvió para mirar hacia el cuarto de estar–. Y hablando de Candy, ¿dónde está tu cita?

Riley bajó la voz.

–Por fin se ha cansado.

–Pero está bien, ¿verdad?

–Sí, está bien. Solo un poco bebida. Y yo agradecido por el descanso.

–Es... bastante lanzada.

–Demasiado lanzada. Ha intentado meterme en el dormitorio varias veces.

–¿Y cómo la has rechazado?

–Lo único que he hecho ha sido hacerla volver a la fiesta.

–¡Uf!

–Espero que para mañana esté recuperada. A lo mejor no resulta muy educado, pero voy a pedirle que se vaya.

Eve se reclinó en la encimera, apoyándose en las manos.

–¿No ha traído ella a Samantha?

–Kyle puede llevarse a Samantha más tarde si quiere que se quede.

–La verdad es que no creo que le importe mucho que Samantha se vaya –reflexionó Eve–. Por lo que he visto, la evita todo lo que puede.

Riley se acercó al frigorífico para buscar la fruta que le había visto guardar a Phoenix.

–Ya le dije que no conocía lo suficiente a esa mujer como para pasar todo un fin de semana con ella.

Eve meció las piernas contra los armarios, dándoles un ligero golpe.

—Es una lástima que no hayan congeniado mejor. Perder a Olivia fue muy duro para él. Y estando Brandon y ella en el pueblo...

—Samantha no es la mujer que le va a ayudar a superar lo de Olivia –replicó él, metiéndose unas uvas en la boca.

Eve suspiró.

—Estoy de acuerdo. ¿Y dónde está ahora Samantha?

—Se ha acostado. La he visto hace unos segundos, se estaba disculpando por la conducta de su amiga.

—Por lo menos eso ya es algo.

—Jamás en mi vida me habían acosado como lo ha hecho Candy.

—Cuando Simon se ha ido a la cama, estaba disparada.

—Supongo que si no puede tenerle a él, se conformará con alguien de su círculo.

—¿Tan superficial es?

—¿Es que no lo has notado?

Eve se encogió de hombros.

—No puedo decir que sea una mujer que me haya impresionado.

Riley pensó entonces en la rapidez con la que había desaparecido Phoenix cuando Candy se había ido a la cama.

—¿Entonces crees que tengo alguna oportunidad con Phoenix?

—Todo lo que ha sufrido tiene que haberla cambiado. Y eso me preocupa.

—A mí también, pero... –miró con el ceño fruncido las uvas que tenía en la mano–, creo que ha cambiado para mejor. De todas formas, eso no impide que siga queriéndola.

—En ese caso, a lo mejor deberías dejar de luchar contra ese sentimiento. Darle una oportunidad –dijo Eve, intentando mantener la mente abierta.

–Lo estoy deseando, pero... supongo que puedes comprender que se muestre reacia.
–Por supuesto. Y también sé que las personas como Lincoln, que tienen problemas para confiar en los demás, pueden llegar a recuperarse si se les da suficiente amor y confianza.
–Pero yo soy el último hombre en el que podría confiar.
–Yo no diría eso. Eres el padre de su hijo. Y eres un hombre sólido, emocional y físicamente. Y te quiere. ¿Quién va a ser más capaz que tú de darle todo lo que necesita?
Riley sonrió.
–Te gusta cómo suena eso.
–Sí –admitió él, y le dio un abrazo.
Como Kyle estaba viendo una película con algunos de los amigos que quedaban despiertos, Riley bajó solo a su habitación. Pero no permaneció allí durante mucho tiempo. No se sentía cómodo en una cama tan pequeña. Y no le ayudaba el tener tantas cosas en la cabeza. No podía dejar de pensar en el álbum que Phoenix le había hecho, en lo considerada que había sido. Se sentía mal porque, después de haber reunido valor para ir hasta allí, e, incluso, después de haber pagado una buena suma de dinero al taxista, se había encontrado con una desagradable sorpresa al llegar.
A Riley le habría gustado quedarse a solas durante unos minutos con ella para poder agradecerle el regalo de cumpleaños. También querría haberle aclarado que no se estaba acostando con Candy. Cuando habían estado sentados alrededor del fuego, él había terminado yéndose porque Candy le estaba acosando. Si no hubiera sido por eso, no habría abandonado a Phoenix sabiendo que se sentía tan fuera de lugar.
–¿Adónde vas? –Kyle apartó la mirada de la televisión al ver entrar a Riley.
–A beber algo –le dijo.
Kyle debió de comprender que no era cierto porque ro-

deó el sofá y le tendió algo. Riley no pudo ver lo que era en medio de la oscuridad, pero la suave textura del envoltorio del preservativo era inconfundible.

—Por si no has venido preparado —susurró.

—Claro que no he venido preparado —respondió Riley—. No esperaba que Phoenix estuviera aquí. Pero no necesito esto. Solo quiero hablar con ella. No me va a permitir que la toque.

—No te hará ningún mal llevarlo —musitó Kyle, y volvió a concentrarse en la película.

El agua estaba helada. Phoenix sabía que no debería bañarse en el lago sola y en medio de la noche. Ni siquiera llevaba la indumentaria adecuada. Había tenido que bañarse en bragas y sujetador, puesto que no tenía traje de baño. Pero había descubierto un pequeño balcón y unas escaleras fuera de su habitación, encima del garaje, que bajaban hasta un pequeño sendero que terminaba en el agua, y necesitaba hacer algo para contener los pensamientos y deseos que la bombardeaban desde todos los flancos.

Después de diecisiete años, había llegado a aceptar que Riley jamás la querría. Había regresado a su pueblo con la idea de construir una vida que solo incluía a Riley en el papel que siempre había jugado como padre de Jacob. ¿Y de pronto él quería volver con ella?

Era imposible. Incluso en el caso de que fuera cierto, no tenían una sola oportunidad. Por lo menos en el mundo que ambos conocían fuera de aquella maravillosa cabaña.

El problema era que su cuerpo no parecía estar recibiendo el mensaje. Pensaba constantemente en él y ardía cada vez que la tocaba. Toda la velada había sido como una especie de danza de cortejo.

El impacto del agua fría la ayudó. Por lo menos le dio otra cosa en la que concentrarse. Su madre tenía razón: no debería haber ido. La tentación de olvidar lo que era, y la razón por la que se había convertido en una mujer más cauta que la mayoría, que mujeres como Candy, por ejemplo, la habían llevado a la cabaña.

Diciéndose que, con el tiempo, encontraría a alguien que de verdad pudiera enamorarse de ella, siguió nadando, alejándose cada vez más de la orilla. Cuando se volvió, pudo ver que las luces de la casa iban haciéndose cada vez más tenues, pero no le importó. Si hubiera podido, habría vuelto nadando hasta su casa. Afuera reinaban la paz y el silencio, allí no tenía que ver a Candy con Riley, ni tampoco la expresión intensa de su rostro con la que parecía querer darle a entender que era a ella a la que quería.

A lo mejor debería pedirle a Jacob que le creara un perfil en Match.com. Tener citas la ayudaría a distraerse y evitaría que cometiera otro error.

Le pareció oír su nombre. Pero era tarde. Era imposible que alguien hubiera notado que no estaba en su habitación.

Siguió nadando.

Y volvió a oír que la llamaban.

Era Riley. Estaba en la orilla. No podía verle la cara, las luces de la cabaña formaban un halo a su alrededor, pero le identificó por instinto. Además, ¿quién sino él podía haber ido a buscarla? Había estado siguiéndola durante toda la noche, e intentando separarse de Candy.

El temblor que había estado experimentando durante los últimos minutos se intensificó. No podía enfrentarse con él a solas y en medio de la oscuridad. No sabría distinguir entre la realidad y lo que formaba parte de aquel cuento de hadas.

Pensó que si le ignoraba él volvería a la cabaña y la dejaría en paz. Pero no lo hizo. Lo siguiente que supo fue que Riley se había quedado en bóxers y estaba nadando hacia ella.

—¡Estás demasiado lejos! —le gritó.

—No te preocupes —respondió ella—. Estoy bien, solo... solo quería relajarme dándome un baño.

Pero Riley no volvió a la orilla. Continuó nadando hacia ella. Cuando estuvo a unos dos metros de distancia, se detuvo y permaneció flotando en el agua.

—Vamos a la orilla y hablemos allí. Esto no es seguro. Has estado bebiendo.

—No estoy borracha. Ni siquiera un poco mareada.

Se había achispado un poco al principio de la noche, pero desde entonces había tenido cuidado de beber con moderación.

—Nadie se baña en el lago de noche, y menos aun cuando el agua está tan fría —replicó él—. ¿Qué te proponías?

—Nada. Solo despejar la cabeza. Eso es todo.

—No creo que congelarte te ayude. Esta agua nace en las montañas de Sierra Nevada, por el amor de Dios. No se caldea hasta que no estamos en pleno verano. Y con el viento que hace esta noche...

—Vete. Yo saldré dentro de unos minutos.

—¿Es por Candy? —preguntó él—. Porque no siento nada por ella. Si pudiera elegir, ni siquiera estaría aquí.

Phoenix se quitó el agua de los ojos.

—¿Y por qué estoy yo aquí? Eso es lo que me gustaría averiguar. ¿Por qué me has invitado cuando sabías que iban a estar aquí todos tus amigos?

—¿Por qué crees que te he invitado?

—Entiendo que quieras acostarte conmigo. Pero podrías haberme abordado en mi casa. Pedirme que me reúna contigo en una ocasión como esta, en la que todo el mundo ha venido emparejado, es como hacer una declaración pública.

—Exacto. Pero la destinataria de esa declaración eres tú, Phoenix, no son ellos. Esto no tiene nada que ver con el sexo. No te estoy pidiendo que te conviertas en una especie de oscuro secreto.

—¿Entonces qué quieres? Me está costando enfrentarme

a todas estas contradicciones. Por fin había conseguido convencerme de que no me querías... ¿y ahora resulta que me quieres?

Riley se apartó el pelo de la cara.

—No es justo, lo sé. No termino de comprender por qué las cosas salieron como salieron. Pero, desde que has vuelto, me siento como... me siento como si fueras tú la persona que he estado esperando durante todo este tiempo.

—Me parece que tú estás incluso más confundido que yo —comenzó a poner cierta distancia entre ellos.

—¡No sigas adentrándote en el lago! —le gritó él—. ¡Me estás poniendo nervioso!

Phoenix le ignoró.

—No fui lo bastante buena para ti cuando estaba en el instituto y, después de haber pasado diecisiete años en la cárcel, no se puede decir que haya prosperado mucho. Tengo que luchar cada día por las cosas más básicas. ¿Cómo es posible que le guste a un hombre como tú?

Y, lo más importante, ¿qué tenía ella para retenerle? No podía pasar por lo mismo que había pasado diecisiete años atrás. Y menos aún con el mismo hombre.

Riley comenzó a nadar para acortar la distancia que los separaba.

—Jamás en mi vida pensé que no fueras suficientemente buena para mí, por lo menos, no en el fondo de mi corazón. Es en él en quien debería haber confiado. Y lo habría hecho... si todo el mundo se hubiera mantenido al margen.

—Pero esas personas que te advertían contra mí eran tus padres y tus amigos. Y no han desaparecido —arguyó—. ¡Volverán a decirte lo mismo que te dijeron entonces!

—Pero no me harán cambiar de opinión, Phoenix. Esta vez no. Y siento que lo hicieran diecisiete años atrás.

Cuando estuvo cerca de ella, la agarró y Phoenix no se resistió. Riley era demasiado fuerte y, de todas formas, no quería luchar contra él. Quería creerle, pero no estaba segura de que pudiera. No, después de haber pasado casi veinte años recibiendo como mucho un par de cartas de Riley al año.

–No tienes por qué pedirme disculpas otra vez. No es eso lo que estoy buscando...

–Pero necesito que lo comprendas –la abrazó con fuerza como si, al verla temblar, quisiera compartir el calor de su cuerpo–. Pensaba que era demasiado joven e inexperto como para ser el único capaz de darse cuenta de lo maravillosa que eras. Dudé de mí mismo, me dejé guiar por la presión y la ceguera de las personas en las que confiaba. No era consciente de que no eran capaces de ver lo que debían. Ellos solo veían el montón de basura que rodea el tráiler de tu madre, el peso de tu madre y sus fobias. Tu ropa negra y de segunda mano, tu inconformismo. Y pasaban por alto lo que de verdad importa.

Phoenix estaba más confundida que nunca.

–¿Y qué es lo que de verdad importa? Siempre seré la hija de Lizzie, Riley. Cuando consiga remontar, pienso buscar algún tipo de ayuda para ella, pero ni siquiera sé si me lo permitirá. No puedes obligar a nadie a ir a terapia. Sospecho que mi madre siempre será como es ahora.

–No quiero estar con tu madre, quiero estar contigo.

–¡Pero mi madre forma parte de mi vida! ¡Y también el estigma por lo que se supone que hice!

–Lo único que a mí me importa es que tienes el corazón más grande que se pueda imaginar –apoyó la frente contra la suya y le enmarcó el rostro entre las manos–. Y eres la persona más bondadosa, modesta y generosa que he conocido jamás. ¿Qué hombre no sería feliz con una mujer como tú?

Phoenix intentó apartarse.

–No puedes estar hablando en serio.

Riley la agarró del brazo antes de que pudiera escapar.

—Creo en todas y cada una de las palabras que he dicho. Sé que a ti te resulta difícil creerme. Pero tengo mucha más confianza en mí mismo ahora que he madurado. Y también mucha más confianza en ti y en lo que podemos llegar a hacer juntos. Por eso espero…

Phoenix dejó de respirar mientras alzaba la mirada hacia él.

—¿Esperas…?

—Espero que puedas darme otra oportunidad —susurró.

¿Pero cómo iba a darle otra oportunidad? Estaban en Whiskey Creek y eso significaba que el pasado siempre se interpondría entre ellos.

—¿Phoenix? —la urgió.

Phoenix había cerrado los ojos, pero cuando le oyó decir su nombre, respiró hondo y los abrió.

—Han pasado más de diecisiete años desde la última vez que estuve con un hombre. Tú fuiste ese hombre y lo sabes. No soy buena en la cama. Apenas puedo recordar el aspecto que tiene un pene y, menos aún, qué se supone que puedo hacer con él.

—Estás menospreciando todo lo que te he dicho. Crees que solo quiero acostarme contigo.

—No, creo que tienes buenas intenciones.

—Pero…

—Pero también las tenías hace diecisiete años. Esta noche, mientras estemos lejos de nuestra rutina habitual, lo único que puedo ofrecerte es sexo. Mañana será como si no hubiera pasado nada.

—¡No digas eso! Puedo enfrentarme a todo el mundo, enviar a todo el mundo al infierno y decirles que estaremos juntos si es eso lo que queremos. Estoy dispuesto a luchar por los dos. Pero necesito tenerte de mi lado. Tengo que saber que estoy librando una batalla que estoy en condiciones de ganar.

Phoenix negó con la cabeza.

–Estar conmigo no sería bueno para ti. No puedo permitir que luches por mí.

–¡Mierda! –Riley comenzó a nadar hacia la orilla, pero, al darse cuenta de que no le seguía, se volvió–. No puedo dejarte ahí. Por lo menos déjame llevarte a casa y ayudarte a entrar en calor.

En cualquier caso, Phoenix no podía seguir en el agua. Ya no sentía ni las piernas ni los brazos.

–Ahora voy.

Capítulo 23

«Esta noche, mientras estemos lejos de nuestra rutina habitual, lo único que puedo ofrecerte es sexo».

Riley había rechazado aquel ofrecimiento en un primer momento. Le había resultado fácil hacerlo cuando estaban los dos helándose en el lago. Pero, cuando habían ido corriendo a la habitación de Phoenix y ella se había desabrochado el sujetador empapado, casi le había resultado imposible recordar por qué le había dicho que no.

Había sido ella la que había sugerido que pasaran la noche juntos. Él jamás habría presionado para que se acostaran y no lo haría hasta que no le hubiera demostrado que podía confiar en él. Tenía que cuidar a Phoenix. Por muchas razones, no era una mujer como las demás. Pero...

Aquel repentino atrevimiento por su parte le había pillado desprevenido. Phoenix parecía comportarse con imprudente abandono, empujada por una sensación de fatalismo, dejando de lado toda precaución como si estuviera dispuesta a tomar lo que quería y a aceptar el castigo o la decepción consiguientes.

Aquel no era el mejor estado de ánimo para un encuentro.

Pero aun así... Phoenix estaba dejando caer la poca ropa que llevaba puesta, que parecía estar descartando al mismo tiempo que sus defensas, lo cual suponía para él un nuevo desafío.

—Te estás desnudando delante de mí —le recordó con los ojos clavados en sus senos.

Phoenix vaciló un instante.

—¿Y no es por eso por lo que estás aquí?

—Estoy más que convencido de que no ha sido eso lo que te he dicho en el lago.

—Pero no tenías por qué venir a mi dormitorio. Puedo meterme sola en el cuarto de baño.

Era cierto. En su defensa, Riley podía argüir que quería cuidar de ella, asegurarse de que entraba en calor, de que la dejaba sana y salva antes de ir a la cama. Pero al tener que enfrentarse de nuevo a una decisión, tuvo que reconocer que también deseaba sentir las piernas de Riley alrededor de su cintura mientras le arrastraba dentro de ella. Y el hecho de que se hubiera quitado el sujetador le retenía allí como el más poderoso imán.

Tensó los músculos mientras luchaba contra la testosterona que corría por su cuerpo.

—Entonces contéstame a algo. ¿Qué tengo que perder?

Phoenix todavía estaba temblando.

—¿Perder?

—Quiero asegurarme de que no voy a convencerte de algo terrible si no me voy.

Phoenix se cruzó de brazos con repentina inseguridad, dejándose las bragas puestas. Riley las reconoció como unas de las bragas de encaje que Kyle y él le habían comprado y se preguntó si serían las mismas que llevaba el día de la piscina. Pero aquel era un recuerdo que no debería evocar si todavía estaba pensando en dormir en su propia cama. Recordar cómo se había aferrado a su muñeca mientras él exploraba su calor le hacía sentirse demasiado ansioso por volver a hacerlo.

—¿Phoenix? Dime que no pasará nada.

La voz de Phoenix sonó ligeramente ronca cuando dijo:

–No pasará nada. No espero que te vayas. Ni siquiera quiero que te vayas.

Su expresión parecía confirmar sus palabras.

Excepto por los bóxers mojados, Riley ya se había desprendido de toda su ropa. Después de salir del lago, los dos habían tenido demasiada prisa como para vestirse. Apenas se habían detenido durante el tiempo suficiente como para agarrar la ropa que habían dejado en la orilla.

–¿No tienes miedo de que hagamos el amor después de tantos años?

Phoenix deslizó la mirada por su pecho, descendiendo hasta la erección que asomaba bajo los bóxers.

–Creo que es inevitable.

También pensaba que era inevitable que su relación con ella acabara después. Pero quizá la manera más fácil de convencerla de lo contrario fuera demostrarle que estaba equivocada, pensó Riley.

Se dirigió al cuarto de baño y abrió el grifo de la ducha.

–Ven aquí.

Mucho más nerviosa una vez había adquirido un compromiso, Phoenix se mordió el labio mientras se reunía con él en el cuarto de baño.

–Eres preciosa –la elogió Riley, acariciándole la cara y evitando sus senos con toda intención–. Lo sabes, ¿verdad?

Como Phoenix esbozó una mueca y comenzó a sacudir la cabeza como si no esperara cumplidos tan efusivos, Riley le presionó las mejillas y la hizo mirarle.

–Es la verdad.

–Tengo muchas cicatrices.

–Que no te hacen menos bella –posó la mano sobre la que tenía en el abdomen–. ¿Qué te pasó aquí?

Un músculo se tensó en la mejilla de Phoenix.

–Me dieron un navajazo.

Había vuelto a adoptar aquella actitud con la que parecía estar diciéndole «tómame o déjame, esto es lo que soy», que había mostrado cuando estaban jugando al billar. Era casi como si estuviera destacando todo lo que imaginaba que no le gustaba de ella para demostrarle que no podía estar interesado en una relación.

Pero se equivocaba. Los aspectos menos atractivos de su vida y de su pasado no le asustaban, al menos, no tanto como en el pasado. Imaginarla tumbada sangrando sobre el sucio cemento de la prisión le hizo enfurecerse consigo mismo. ¿Por qué no habría hecho algo más para ayudarla durante los últimos diecisiete años, algo más para hacer más fácil el tiempo que había pasado en prisión?

Se había empecinado en rechazarla, decidido como estaba a dejar a la madre de Jacob en el pasado.

—¿Por qué y cuándo te atacaron? —le preguntó con voz queda.

—Prefiero que no hablemos de mis cicatrices. Son... antiestéticas.

Riley había pensado que podría ayudarla el abordar aquel tipo de temas. Quería que supiera que no tenía nada de lo que avergonzarse o por lo que sentirse insegura. Comprendía quién era y, aun así, la quería.

—A mí no me lo parecen. Son parte de lo que tú eres. Ni esa cicatriz ni ninguna de las otras me importa —deslizó el dedo por el elástico de las bragas—. ¿Por qué no te quito esto?

Cuando Phoenix asintió, él se las bajó y alzó después la mirada hacia ella.

—¿Y bien? —preguntó Phoenix, cohibida ante su mirada silenciosa.

—Todo va a salir bien.

Se quitó los bóxers, la levantó en brazos y la metió bajo el agua caliente.

Riley estaba de rodillas delante de ella. Phoenix sabía que una mujer más confiada, una mujer como Candy, se habría aferrado a su pelo y habría tirado de él para unir sus labios. Ella quería hacer eso, quería besarle mientras le empujaba dentro de ella.

Pero la experiencia le había enseñado a no expresar lo que sentía, sobre todo en lo relativo a Riley.

De modo que permaneció inmóvil mientras él lamía las gotas de agua que se deslizaban por el interior de sus muslos. A medida que Riley ascendía, el placer se fue haciendo tan intenso que Phoenix comenzó a temblar, pero no fue capaz de alentarle arqueándose hacia él, dando voz a sus sentimientos. El recuerdo del dolor, del rechazo y la humillación que habían llegado tras el placer diecisiete años atrás eran demasiado potentes, por mucho que intentara bloquearlo.

–¿No te gusta? –preguntó Riley con los párpados entrecerrados mientras alzaba la mirada hacia ella.

Phoenix tenía los ojos cerrados, pero los abrió al oír su voz. Riley se estaba preguntando por qué no se mostraba más receptiva, comprendió. Debía de sentirse como si estuviera solo en aquel encuentro. Pero ella ni siquiera era capaz de asegurarle que le gustaba. Y mucho. Quizá fuera esa la razón. Aquel no estaba siendo el frenético encuentro que había imaginado. Un encuentro rápido y sin trascendencia habría sido una cosa. Pero estaba siendo un encuentro lento y seductor. Estaba quebrantando todas las reglas que ella misma se había impuesto antes de salir de prisión y aquellas reglas eran la única manera de evitarse problemas.

–¿Phoenix? ¿No lo estoy haciendo bien?

Riley sabía lo que estaba haciendo, pero cada mujer era diferente. Teniendo en cuenta su falta de respuesta, Phoenix entendía que se lo preguntara. Pero el problema era de ella, no suyo. Aunque el corazón le estuviera latiendo a toda velocidad, se sentía... helada.

«Ahora se irá. No eres capaz de hacerlo. Con él no».

–Ya te había dicho que iba a ser horrible –le recordó–. No tienes por qué quedarte.

Riley la miró con los ojos entrecerrados.

–¿De qué estás hablando? Quiero quedarme. Me muero por quedarme.

–Es demasiado peligroso –comenzó a salir de la bañera, pero él la retuvo.

–No te creo.

Y volvió a posar los labios sobre ella. El agua fluyó alrededor de sus senos mientras Riley se aferraba a sus nalgas y deslizaba la lengua sobre ella. Phoenix apenas podía respirar, pero intentaba contenerse. De alguna manera, dejarse llevar por lo que sentía no le parecía tan peligroso como permitir que Riley supiera lo mucho que estaba disfrutando. Era ahí donde tenía que haberse equivocado la vez anterior. Se había mostrado demasiado anhelante, demasiado entusiasta, demasiado transparente. Y jamás volvería a ser tan vulnerable. Eran solo dos cuerpos, dos cuerpos actuando por instinto...

–Deja de reprimirte –musitó él.

–No puedo evitarlo.

–Lo único que tienes que hacer es relajarte.

–No puedo dejar de oír a mi madre diciéndome que soy tonta.

–Los dos te hemos decepcionado. Pero tú estás intentando confiar en ella otra vez, estás intentando vivir de nuevo con ella. Eso es lo único que te pido que hagas por mí.

–Pero creo que es posible que en esto no me equivoque. Siempre hay consecuencias. No sé lo que va a pasar a continuación.

–Lo que va a pasar es que vas a alcanzar el orgasmo. Eso es lo que va a pasar –contestó, y, haciéndola separar las piernas, volvió a hacerla emerger del agua otra vez.

Phoenix estaba haciendo todo lo posible para sabotear su propio placer. Riley nunca había visto a nadie que intentara permanecer tan distante. Se estaba resistiendo a sus propios deseos, algo que al principio le había confundido. Pero no tardó mucho en comprender lo que le pasaba. Estaba intentando participar físicamente, pero no mentalmente. Parecía creer que, de alguna manera, aquello la protegería, la haría menos vulnerable.

«Mañana será como si no hubiera pasado nada». Estaba decidida a no permitir que aquello cambiara nada.

Pero también él estaba decidido a darle a conocer la intensidad de su conexión para ver cómo reaccionaba.

Jamás se había esforzado tanto para darle placer a una mujer, ni se había sentido tan gratificado como en el momento en el que Phoenix gritó.

Alzó la mirada hacia ella con expresión triunfal y reconoció en sus ojos el impacto que le causaba el ser consciente de que su resistencia había sido una pérdida de tiempo, de que aquella noche podría cambiarlo todo.

La ayudó entonces a salir de la bañera y la guio hasta la cama. Ni siquiera se secaron. Acababa de romper todas sus defensas. Por fin estaba preparada para hacer el amor tal y como él quería, con pasión y ternura, pero, sobre todo, concediéndole todo su significado.

Cuando Riley la acarició en la cama, lo hizo con una reverencia que Phoenix no le había conocido hasta entonces. Se colocó a su lado, apoyándose sobre un codo y dibujó un sendero entre sus senos. Phoenix tuvo la impresión de que quería que hicieran el amor muy despacio, saboreando cada segundo.

Deslizó la mirada sobre ella, contemplándolo todo, puesto que no habían apagado la luz.

—Me gusta tu cuerpo —bajó la boca hasta sus labios y la besó—. Y cómo sabes —deslizó la nariz por su cuello y sus senos—. Y cómo hueles.

Phoenix no se atrevía a hablar. Sus sentimientos eran demasiado intensos como para ser expresados con palabras y tenía miedo de lo que pudiera salir de sus labios si lo intentaba. Lo último que necesitaba era decirle que ningún hombre podría significar nunca para ella lo que él había significado. Que, tanto si estaban juntos como si no, le amaría hasta el día de su muerte. Cualquier mujer capaz de esperar durante diecisiete años, enfrentándose al rechazo y a todo cuanto había sufrido, tenía que ser mujer de un solo hombre. Y, por la razón que fuera, Riley era aquel hombre para ella.

Riley posó la mano en su seno mientras succionaba el pezón y hundía la otra mano en su pelo. Después, alzó la cabeza, la miró a los ojos y buscó con los dedos rincones mucho más íntimos.

–Me he imaginado estando contigo muchas veces –le dijo–. En el Sexy Sadie's, en la piscina, en mi cama. Pero la realidad supera con creces todo lo que había imaginado.

Phoenix comenzó a explorar su cuerpo. Imaginaba que aquella sería su única oportunidad de dar rienda suelta al deseo que había despertado en ella. ¿Por qué no tomar lo que quería? ¿Por qué no olvidar la precaución, el control y el miedo a lo que podría ocurrir después? ¿Por qué no añadir una noche más a su pequeño, pero preciado, alijo de recuerdos con un Riley adulto?

A Riley pareció sorprenderle que se tornara más activa. Hasta entonces, lo único que había hecho había sido intentar recordarse que aquello no la llevaría a una relación permanente. Que eso era mucho pedir y que había aprendido muchos años atrás a no desear en exceso. Pero si amar a Riley era inevitable, por lo menos disfrutaría de las siguientes horas.

–¿Phoenix? –susurró él–. ¿En qué estás pensando?
–No estoy pensando en nada. Y no perdamos el tiempo

hablando –sintió cómo se tensaba el cuerpo de Riley cuando le rodeó con la mano–. Necesito...

–¿Qué? –Riley cerró los ojos–. ¿Qué necesitas?

–Necesito sentirte dentro de mí –contestó–. Y no quiero esperar.

Riley no necesitó más aliento. Después de aquellas palabras, todo creció en intensidad. Los besos de Riley cambiaron, se hicieron más hambrientos y decididos y Phoenix pensó que la penetraría casi al instante. Pero no lo hizo. Fue a buscar un preservativo y se lo puso. Después, le sostuvo los brazos por encima de la cabeza y se detuvo para mirarla a los ojos.

–Estar dentro de ti es maravilloso –dijo–. Gracias por darme la oportunidad, aunque no me la merezca. Te demostraré que he cambiado. Ya lo verás.

Phoenix gimió al sentir cómo iba llenando su cuerpo.

–Sí –susurró, intentando ignorar sus palabras para no cometer el error de creer en ellas–. ¡Dios mío, me gusta!

Habían pasado muchos años y nunca, durante todos aquellos años, había deseado a nadie más.

Phoenix se despertó unas horas después. Todavía no había amanecido, de modo que no sabía qué podía haberla despertado, hasta que sintió que algo se movía a su lado. Después de dormir sola durante tantos años, había alguien en su cama, y no un alguien cualquiera.

Aquel era el único hombre al que se había prometido evitar.

Reprimiendo un suspiro ante su debilidad, pues había hecho el amor con él no una, sino dos veces, se apoyó sobre un codo y le recorrió con la mirada a la luz de la luna que se filtraba por una claraboya del techo. Durmiendo estaba incluso más guapo.

–¿En qué estás pensando? –musitó Riley.

Phoenix no sabía que estaba despierto y no pensaba decirle la verdad.

—En que eres muy bueno en la cama.

—Tú tampoco estás mal. Y creo que subestimas tu capacidad, ¿sabes? La segunda vez... casi me matas.

Phoenix sabía que se refería al atrevimiento con el que se había colocado a horcajadas sobre él, y notó que se le incendiaba el rostro.

—¿Qué quieres decir? Estabas muy bien.

—He estado a punto de perder la vida. Jamás había hecho el amor de esa manera.

—Deja de tomarme el pelo —le reprochó Phoenix, y le dio un puñetazo juguetón.

Riley le agarró las manos.

—¿Por qué? Me ha gustado tanto que he estado a punto de sufrir una humillación. He hecho todo lo posible para poder durar un poco. Me basta pensar en tu cara mientras te corrías para excitarme otra vez.

—No tenemos más preservativos y ya hemos utilizado la marcha atrás una vez. No deberíamos arriesgarnos. Con la suerte que tengo, podría repetirse la historia.

—Desde luego, sería una ironía que volvieras a quedarte embarazada —dijo él.

Pero parecía más anhelante que horrorizado ante la idea.

—Por lo menos ahora somos mayores. Ya no nos importa lo que puedan decir los demás.

—Ser adulto tiene sus ventajas.

—Pero si me quedo embarazada, esta vez criaré a mi hijo.

Sonaba inflexible, como si no estuviera dispuesta a permitir que se lo robaran otra vez. Riley le acarició el pelo.

—Estás dando por sentado que tendrías que hacerlo sola.

—No espero nada de ti, Riley. Soy más fuerte de lo que pensaba. Puedes seguir tu camino y no me pasará nada.

Riley le acarició la mejilla con el dedo.

—No voy a ir a ninguna parte —le dijo, tumbándola de nuevo a su lado.

Eran casi las once cuando Riley se despertó. No sabía cómo podía haber dormido tanto, estaba acostumbrado a despertarse temprano. Cuando vio que Phoenix no estaba en el dormitorio, se asustó al pensar que podía haber decidido marcharse por sus propios medios. Quería ser él el que la llevara a su casa, así que se vistió sin molestarse en ducharse, se pasó los dedos por el pelo para alisarlo y corrió hacia la casa.

Afortunadamente, Phoenix estaba allí, ayudando a preparar el desayuno, y no se veía a Candy por ninguna parte. ¿Sería demasiado esperar que hubiera sido ella la que se había marchado?

No vio tampoco a Samantha, una señal esperanzadora.

—Buenos días.

Gail le sonrió radiante mientras llevaba a la mesa una fuente de huevos revueltos. Eve la seguía con las salchichas.

Riley desvió la mirada hacia Phoenix, que estaba friendo patatas. Al oír su voz, miró hacia atrás y curvó los labios en una fugaz sonrisa antes de volver a concentrarse en su trabajo. La inseguridad de aquella sonrisa le animó a acercarse a ella, pasarle el brazo por los hombros y darle un beso en la cabeza.

—¡Hola, guapísima!

Phoenix miró hacia la mesa de la cocina, donde estaban observándola todos sus amigos.

—Será mejor que vayas a por un plato ahora que los huevos están todavía calientes —contestó ella, sonrojándose—. Ahora mismo llevo las patatas.

Simon estaba a su lado, ocupándose de los gofres. Esbozó una sonrisa ladeada y le dio un codazo a Riley cuando este pasó por su lado.

–¿Has dormido bien en una cama tan pequeña?
–Ha sido la mejor noche de mi vida –contestó él.
Simon rio entre dientes.
–Me alegro de oírlo.
Todo el mundo le sonreía con expresión de cierta suficiencia, pero a Riley no le importaba que supieran que había estado con Phoenix. No se avergonzaba lo más mínimo. Había conseguido lo que quería: ya solo tenía que averiguar cómo retenerla. Jacob le había asegurado que no le importaba que volvieran a estar juntos. Pero estaban sus padres, y los Mansfield, y todos los habitantes de Whiskey Creek que la consideraban culpable de la muerte de Lori. Y no era probable que Lizzie le perdonara nunca el dolor que le había infligido a Phoenix.

Pero lo primero era lo primero. Tenía que comenzar aquella segunda oportunidad con Phoenix pidiéndole a Candy que se marchara.

–¿Dónde están Candy y Samantha? –preguntó.

Callie señaló con la cabeza a Kyle, que ya estaba sentado a la mesa.

–Alguien te ha echado una mano y les ha dicho que su presencia aquí no estaba yendo según lo previsto.

Kyle bebió un sorbo de zumo de naranja.

–Así no podrás decir que nunca he hecho nada por ti.

–Gracias. Pero fuiste tú el que la trajiste –alzó las manos–. Solo es un comentario.

Kyle frunció el ceño fingiendo enfado.

–Porque tú no eras capaz de conseguir que nadie te acompañara.

Aliviado al pensar que se había liberado de aquel obstáculo, Riley se sirvió un café y se sentó con los otros a la mesa.

–¿Y... cómo ha ido todo? ¿Qué te ha dicho?

–Ya se había dado cuenta de que no estabas interesado en ella. Cuando he llamado a la puerta de su habitación, estaba haciendo las maletas.

—No hay nada como la sobriedad para poner las cosas en su lugar.

Eve soltó una carcajada.

—¿Y Samantha? —preguntó Riley—. Ella podría haberse quedado.

Kyle chasqueó la lengua.

—Esto tampoco estaba yendo a ninguna parte.

Riley bajó la taza de café y le apretó el hombro.

—Lo siento, amigo.

Kyle se encogió de hombros y fijó la mirada en Olivia, que acababa de entrar en la habitación con Brandon, su marido.

—La atracción es una cosa extraña.

Había estado enamorado de Olivia durante muchos años, pero la había perdido a favor de su hermanastro. Riley apenas podía imaginar lo duro que tenía que ser estar viéndoles constantemente.

—Desde luego.

Tampoco Riley había sido capaz de escoger a la mujer por la que se sentía atraído. Phoenix había intentado, y en más de una ocasión, advertirle que estar con ella no sería fácil, pero ella era la única mujer a la que de verdad deseaba y parecía imposible escapar a aquella atracción.

—¿Quién quiere un gofre? —preguntó Simon, pero en aquel momento sonó el teléfono y alzó un dedo, pidiendo silencio.

—Riley, es Jacob —dijo un segundo después.

Riley fue consciente del interés de Phoenix mientras se levantaba. Pero como todo el mundo se puso a hablar de nuevo, se llevó el teléfono a otra habitación para poder oír.

—¿Qué pasa, hijo?

—¿Por qué no contestas el teléfono? —preguntó Jacob.

Lo había dejado en la mesilla de noche, al lado de la cama en la que se suponía que iba a dormir, pero no iba a confesarlo.

–Me olvidé el cargador –mintió–. Pero pediré prestado uno para que puedas localizarme cuando me necesites.

–Me alegro de que les dieras a los padres de Tristan el número de teléfono de la cabaña.

–¿Por qué? ¿Ha pasado algo?

Jacob no contestó a aquella pregunta.

–¿Ha ido mamá?

Riley miró hacia la cocina y vio a Phoenix poniendo las patatas en una fuente.

–Sí.

–¿Y? ¿Han ido las cosas bien?

Riley no pudo menos que sonreír. Al principio, la noche anterior había sido un poco complicada. Phoenix estaba dispuesta a guardar las distancias para protegerse, pero, al final, cuando habían llegado a la cama y había comenzado a sentirse cómoda con él...

–Desde luego. Estoy encantado de que esté aquí.

–¿Y ella está contenta? –quiso saber Jacob.

Riley recordó entonces que había estado a punto de tirar a Phoenix al arroyo la última vez que Jacob había intentado ayudarle, y sonrió de oreja a oreja.

–Creo que sí.

–Supongo que al menos eso es un alivio.

Jacob no parecía tan complacido como Riley habría esperado. Parecía más triste y preocupado que cualquier otra cosa.

–¿Qué ocurre?

–Antes de salir hacia San Francisco hemos pasado por Gas'n Go para llenar el depósito.

Riley sintió un estremecimiento de inquietud, no por lo que Jacob estaba diciendo, sino por su tono de voz.

–¿Y? ¿Qué ha pasado?

–Buddy Mansfield estaba allí.

Riley agarró con fuerza el teléfono y apoyó un pie contra la pared.

—Espero que no te haya dicho nada.

—No, no me ha amenazado ni nada parecido. Pero ya no me cae bien. No me gusta nada. Es un estúpido.

A Riley nunca le había caído bien, pero sí apreciaba a Corinne y al resto de la familia.

—Tú lo único que tienes que hacer es ignorarle.

—Y eso era lo que pretendía. Pero me ha dicho que tía Corinne había encontrado a Penny Sawyer y que Penny por fin podría aclararnos lo que hizo mi madre.

«Oh, Dios mío», Riley se inclinó hacia la esquina y vio a Phoenix sentada a la mesa al lado de Noah. Cuando alzó la mirada hacia él, Riley se ocultó de nuevo tras la pared.

—Tú madre no mató a Lori intencionadamente, Jacob. Fue Penny la que agarró el volante.

—Sí, yo lo sé, y tú también. Pero... no creo que Penny vaya a admitirlo. Y parecía como si fuera a venir al pueblo. Si viene, removerá todo ese asunto otra vez. Todo el mundo odiará a mamá, digamos lo que digamos. Y tengo miedo de que le hagan la vida tan difícil que no pueda seguir aquí.

Riley había intentado localizar a Penny a través de Facebook con la esperanza de conseguir que dijera la verdad. La noche anterior, había contemplado incluso la posibilidad de contratar a un detective privado para limpiar el nombre de Phoenix. Pero si los Mansfield la habían encontrado y pensaban llevarla al pueblo, dudaba que estuviera diciendo las cosas que a él le gustaría oír.

—¿Cuándo piensa venir?

—No lo ha dicho, o, por lo menos, yo no lo he oído. Tristan me ha sacado de allí a toda velocidad para que no termináramos peleando.

—¿Se estaba complicando la cosa?

—Sobre todo por mi parte. Le he dicho que dejara a mi madre en paz. Pero no lo hará. Y tampoco la tía Corinne. Es muy injusto.

Riley se frotó la cara. No sabía lo que iba a hacer.

—¿Papá?
—Tú no te preocupes por nada. Ve a San Francisco y disfruta. Tu madre está aquí, conmigo. No le va a pasar nada.
—¿Va a quedarse allí todo el fin de semana?
—Sí.
—Muy bien. Tenía miedo de irme por si aparecía Penny y no estábamos ninguno de nosotros.
—Ya te he dicho que yo me encargaré de todo. Todo saldrá bien —insistió, pero estaba nervioso cuando colgó el teléfono.

Capítulo 24

En cuanto vio a Riley volviendo del teléfono, Phoenix se acercó a la barra que había en la cocina para ir a buscar el zumo que se había olvidado. Habría querido hablar con Jacob y tenía la esperanza de que hubiera preguntado por ella, pero, al parecer, no había sido así.

—¿Va todo bien? —le preguntó mientras Riley comenzaba a servirse.

Riley asintió, pero no parecía tan despreocupado como cuando había bajado a desayunar.

—Sí, Jacob está de camino a San Francisco.

—¿Está contento?

—Creo que sí. No podido hablar mucho con él porque iba en el coche.

La respuesta tenía sentido, pero, aun así, Phoenix tenía la sensación de que algo había ensombrecido el buen humor de Riley.

—¿Entonces solo llamaba para decirte que estaba bien?

—Quería asegurarse de que habías llegado bien.

Phoenix sonrió, recordando lo mucho que había presionado Jacob para que fuera a la fiesta.

—Ha sido él el que ha conseguido que venga hasta aquí.

—No podía haber tenido mejor compinche.

—Bueno, ¿y a qué hora volvemos?

—No vamos a volver —le dio un codazo, pero su jovialidad no parecía tan natural como antes—. Por lo menos, hoy. Vas a quedarte aquí encerrada durante todo el fin de semana, así que espero que estés dispuesta a disfrutar bajo el sol.

Phoenix bajó la voz.

—Ni siquiera tengo traje de baño. Vine aquí dejándome llevar por un impulso. No he venido preparada.

—Debería haberte comprado uno. Y lo haré en cuanto volvamos a casa.

—Ya me lo compraré yo... —comenzó a decir, pero Riley la interrumpió.

—De momento, vamos a ver si a Gail le sobra alguno.

Phoenix era más pequeña que Gail, más pequeña que todas las amigas de Riley, en realidad. Pero imaginaba que siempre podía ir con la ropa un poco ancha. Y, teniendo en cuenta sus cicatrices, casi lo prefería.

Cuando estaba regresando a la mesa para terminar el desayuno, Riley le dio una palmada en el brazo.

—¿Estás dispuesta a quedarte, ¿verdad?

A Phoenix estuvo a punto de salírsele el corazón cuando alzó la mirada hacia su rostro. Desde luego, no iba a quejarse de poder pasar otra noche con él.

—Sí, claro.

—Gracias —le sostuvo la barbilla y le dio un beso en los labios—. Este es el cumpleaños perfecto.

Pero si de verdad lo pensaba, ¿por qué parecía preocupado?

Phoenix estaba sentada en la terraza de Gail y Simon con Riley y algunos de sus amigos. La música sonaba de fondo mientras Noah, el amigo de Riley que le había arreglado la bicicleta, preparaba y servía margaritas. Algunos invitados habían desafiado el agua helada.

Gail le había prestado a Phoenix un biquini que no le

quedaba del todo mal. Llevaba encima una camiseta de Riley que este le había animado a quitarse para no terminar con un moreno de camionero. Pero todavía no estaba preparada para que los amigos de Riley vieran sus cicatrices. Ya se había expuesto bastante. La noche anterior, se había presentado en la fiesta como la tercera en discordia. Todo el mundo sabía que la cita oficial de Riley se había marchado y la mayoría imaginaba que Riley había pasado la noche en su cama. De vez en cuando, descubría a alguno de los amigos de Riley mirándola con curiosidad. Siempre sonreían cuando ella alzaba la mirada, pero estaba segura de que no estaban muy convencidos de la decisión que había tomado su amigo.

Y no podía culparles por estar preocupados. Desde su perspectiva, desde la perspectiva de casi todo el mundo, podría elegir a una mujer mucho mejor.

—Estás muy callada.

Riley había ido a por unas patatas fritas y una salsa para untar. El último comentario salía de los labios de Levi, el marido de Callie, que estaba tumbado enfrente de ella.

—Estoy... disfrutando del sol.

Pero estaba disfrutando de mucho más que eso. De poder untarle protector solar en la espalda a Riley o de verle dirigirle aquellas sonrisas resplandecientes que hacían que le diera un vuelco el corazón. Poder estar con él era como estar viviendo un sueño, sobre todo con la casa flotante, la cabaña y toda aquella gente maravillosa que rodeaba a Riley. Eran un grupo al que admiraba cuando estaba en el instituto, aunque siempre había intentado fingir que no les envidiaba.

—¿Entonces te lo estás pasando bien?

No podría habérselo pasado mejor. Justo cuando había decidido renunciar al sexo durante los dos o tres siguientes años, había disfrutado de la gran noche de su vida, y lo había hecho junto al padre de Jacob. Pero no podía menos que preguntarse dónde acabaría todo aquello. Gran parte de su relación con su hijo dependía de Riley. Si al final él decidía que no era inocente o que tenía algún problema, la opinión de Jacob también cambiaría.

Pero todavía no habían regresado a Whiskey Creek. ¿Por qué arruinar aquel fin de semana preocupándose por el futuro?

—Es agradable poder salir.

Levi se incorporó en la tumbona y se quitó las gafas de sol.

—Espero que estés disfrutando, porque... la gente siempre va a hablar. O mirará de forma especial a aquellos que son nuevos o diferentes. Así es la vida y no puedes permitir que eso te afecte. Y puedo asegurarte que todas las personas que están aquí te desean lo mejor.

Phoenix miró a su alrededor para asegurarse de que nadie podía oír su respuesta. Por suerte, Callie, la esposa de Levi, estaba en la cocina, ayudando a Noah a preparar la mezcla para las margaritas.

—Te agradezco lo que estás haciendo, de verdad, pero sé que son amigos de Riley. Y tú también. Es lógico que tengáis miedo de que esté cometiendo un error al salir conmigo. Y no puedo culparos por ello.

—Si Riley te quiere y te cree tiene que ser por algún motivo.

—Está mejor sin mí —dijo ella muy seria—. Y también el resto de vosotros.

—Porque...

—Porque ser amigo mío significa tener que enfrentarse a todo Whiskey Creek.

—Pues si es necesario, habrá que hacerlo. ¿Pero por qué no dejas de preocuparte por lo que deberíamos o no deberíamos hacer los demás? —se levantó y miró hacia el lago.

—¡Eh, ven! —le llamó Brandon en cuanto le vio—. ¡El agua está buenísima!

Levi se volvió hacia Phoenix y señaló hacia el agua.
—¿Vamos?

Phoenix sintió que la estaba desafiando a ser quien realmente era y comprendió lo inútil de intentar esconder nada. Había pasado unos años difíciles, unos años que no se merecía. Así que iría con la cabeza bien erguida y dejaría que los demás pensaran lo que quisieran sobre su pasado.

Con un asentimiento de cabeza, se levantó y se quitó la camiseta. Advirtió entonces que Levi bajaba la mirada hacia la cicatriz que tenía en el abdomen. Después, le sonrió como si a nadie tuviera por qué importarle nada y ambos se zambulleron en el agua.

Fue un fin de semana idílico. Phoenix no se lo había pasado tan bien jamás en su vida. Después de que Levi la convenciera para que se bañara con él y con Brandon, había dejado de estar tan en guardia con los amigos de Riley. Había comenzado a comprender que no era tan distinta como siempre había pensado. Por supuesto, había tenido un pasado escandaloso y todo el mundo conocía los detalles más terribles de su vida. Pero Lincoln había estado en prisión. Y Levi había insinuado que su vida no había sido perfecta. Y, cuando el grupo habló de Cheyenne y de Dylan, que no habían ido porque no habían querido dejar a su bebé, comenzó a recordar la fama que tenía este último cuando estaban en el instituto. Era un chico problemático con P mayúscula, y también sus hermanos pequeños. Simon había aparecido de forma recurrente en los periódicos. Riley y sus amigos bromeaban incluso con su pasado. Y estaba también Callie, que tenía que tener mucho cuidado con la comida y con todo aquello con lo que tuviera contacto por cuestiones de salud, y Addy y Sophia, que habían dejado entrever que la vida también había sido difícil para ellas. Eve había sido hospitalaria con ella desde el primer día y el resto iba siendo más amable a medida que ella interactuaba más con ellos.

Los amigos de Riley eran un añadido a la diversión, pero, por supuesto, lo mejor era estar con él y las noches que habían pasado juntos. En el instituto nunca había disfrutado tanto del sexo. Ni siquiera era consciente de que pudiera ser algo tan placentero.

Cuando llegó la tarde del domingo, tenía muchas menos ganas de marcharse de las que había imaginado. De alguna manera, se había desprendido del fatalismo en el que se había aislado desde que había recibido los peores golpes de su vida y había comenzado a albergar esperanzas. La esperanza era un sentimiento estimulante, refrescante. Pero también era aterrador, porque implicaba que podían volver a hacerle daño.

El hecho de que hubiera olvidado tan pronto las lecciones y las cicatrices del pasado era una prueba de la capacidad de resistencia y adaptación del ser humano. Habían bastado tres días con el hombre con el que había soñado durante la mayor parte de su vida, unos cuantos amigos, unos buenos momentos y unas risas para sentirse como si los años en prisión nunca hubieran existido.

–Es una pena que tengamos que volver tan pronto –se lamentó mientras cerraba la cremallera de su maleta.

Riley estaba a unos metros de distancia, preparando su propia bolsa, pues, después de la primera noche, se había mudado a su habitación. Alzó la mirada al oírla, se acercó a ella y posó las manos en sus hombros.

–Este fin de semana solo ha sido el principio. Por lo menos en lo que se refiere a nosotros.

Phoenix asintió.

–Es cierto.

Riley frunció el ceño.

—Tú también lo crees, ¿verdad?

—Por lo menos ahora tengo la mente más abierta al respecto —bromeó.

Riley la miró preocupado y bajó las manos.

—Tengo algo que decirte. Algo que he estado retrasando hasta este momento.

¿Y tenía que decírselo justo cuando acababa de bajar la guardia? Phoenix se tensó.

—¿Y qué es?

—No tiene que ver con nosotros, pero es algo que te afecta a ti. He esperado hasta ahora porque no quería arruinarte el fin de semana, pero quiero que estés preparada.

Phoenix se clavó las uñas en las palmas de las manos.

—¿Para?

—¿Te acuerdas de la llamada de Jacob?

A Phoenix se le cayó el alma a los pies.

—¡Me dijiste que estaba bien!

—Y lo estaba. Pero... me llamaba para decirme que había algo que le preocupaba.

—Y era...

—Los Mansfield han conseguido localizar a Penny Sawyer.

El recuerdo de todo aquello que le había destrozado la vida regresó con fuerza. La muerte de Lori, el sentimiento de culpa por haber sido incapaz de controlar el coche después de que Penny hubiera dado aquel volantazo, el horror de todo lo que había ocurrido después, la desesperación de que nadie la creyera... Durante los días que había pasado en la cabaña, se había sentido como una persona distinta, una persona normal. Había llegado a creer que podría distanciarse de todo aquello. Había comenzado a relajarse... y acababa de recibir el primer puñetazo.

—Déjame imaginar. No está decidida a contar la verdad.

—Supongo que continuará aferrándose a su versión de lo ocurrido. En caso contrario, no vendría al pueblo.

¿Pensaba ir a Whiskey Creek? Phoenix se separó de él para sentarse en la cama.

—¿Por qué me hacen esto? Yo ya he cumplido mi condena. No pueden volver a encarcelarme. ¿Qué piensan conseguir?

Pero la respuesta era obvia. Estaban enfadados porque Jacob y Riley les habían abandonado para hacerse amigos de la asesina de Lori. Los Mansfield querían convencerles, y a todos aquellos que se mostraran dispuestos a aceptarla, de que era la mala persona que ellos decían. Querían sacarla para siempre de sus vidas.

—Están buscando la manera de sentirse algo mejor después de lo que le pasó a Lori, eso es todo. Y al castigarte a ti sienten que están vengando su muerte.

—¿Y no les basta con que una persona inocente haya pasado la mitad de su vida en prisión?

—Ni siquiera una eternidad sería suficiente para ellos, puesto que te consideran culpable.

Phoenix se pasó la mano por el pelo.

—Tengo miedo de que vuelvan a Jacob en mi contra. Me gustaría… me gustaría que me dejaran en paz.

—Sí, eso sería maravilloso, pero, por lo menos, ya no estás sola en esto.

Phoenix se le quedó mirando fijamente.

—No permitiré que te hagan daño —le aseguró Riley.

—¡No quiero que te involucres en nada de esto! —gritó—. Si Jacob y tú os ponéis de mi parte, se sentirán más obligados a demostrar que estáis equivocados.

Riley se sentó a su lado y le tomó la mano.

—No me queda otra opción.

—Claro que sí. Necesitas alejarte de mí y mantener un perfil bajo.

—Eso es imposible.

—¿Por qué?

Riley se llevó su mano a los labios y la besó. Después, esperó a que alzara la mirada hacia él.

—Porque estoy enamorado de ti.

Phoenix quería creerle. Había anhelado oírle pronunciar aquellas palabras una vez más. Y quizá le hubiera creído si no hubieran estado en el idílico mundo de aquella cabaña. Pero tenían que enfrentarse al mundo real. Tendrían que regresar a Whiskey Creek en cuestión de horas.

—En ese caso, deberías ser suficientemente inteligente como para desenamorarte –respondió. «Como la última vez». No lo añadió, pero quedaba implícito.

Al verle adoptar un gesto contrito, se arrepintió de haberle echado en cara el pasado. Era obvio que lo que Riley esperaba era que se arrojara a sus brazos y le dijera que también ella estaba enamorada. Hasta aquel momento, se había cuidado mucho de confesar sus sentimientos. Le había entregado todo lo demás, pero había retenido aquellas palabras por miedo a que se rompiera el hechizo bajo el que Riley parecía estar.

Además, apartándole de su lado le estaba haciendo un favor. Había muchas otras mujeres en el mundo. ¿Por qué iba a querer estar con una a la que tenía que defender constantemente cuando podía enamorarse de cualquier otra?

—Mis sentimientos no son tan volubles como crees –replicó él, y tiró de ella para que se levantara.

Era de noche cuando regresó a casa, pero su madre debía de estar esperándola. En cuanto Riley giró en el camino de la entrada y Phoenix bajó de un salto de la camioneta, los perros salieron corriendo del tráiler de Lizzie mientras esta permanecía escondida tras la puerta, como tan a menudo hacía.

—¿Por fin has vuelto? –le gritó a través de la rendija.

Phoenix consiguió esbozar una sonrisa y hacerle un gesto con la mano.

—Sí.

—¿Te has divertido?

Riley también bajó de la camioneta, pero no dijo nada.

—Ha sido... muy agradable —contestó Phoenix.

—Supongo que ya ha conseguido lo que quería, señor Stinson —le dijo Lizzie a Riley en tono burlón.

Riley apretó un músculo en la mejilla. Sabía que Lizzie no pretendía ser amable con él, pero se obligó a responder con educación.

—Me alegro mucho de que decidiera venir.

—Estoy segura —replicó Lizzie con una carcajada—. ¿Eso significa que has quedado satisfecho? ¿Ya has conseguido lo que querías y no volveremos a tener noticias tuyas?

Phoenix rodeó la parte delantera de la camioneta y agarró a Riley del brazo cuando vio que este pretendía dirigirse al tráiler de Lizzie.

—Ignórala —susurró.

Pero Riley no lo hizo. Se desasió de la mano de Phoenix y avanzó hacia su madre.

Lizzie cerró de un portazo y echó la llave antes de que hubiera podido llegar a los escalones de la entrada.

—No voy a hacerle daño —gritó él—. Pero tengo algunas cosas que decir y quiero que me escuche —llamó a la puerta, pero ella no abrió.

Phoenix sabía que su madre temía que viera lo mucho que había engordado más que ninguna otra cosa. En realidad, Lizzie disfrutaba con las discusiones porque le permitían desahogar todo el enfado y el resentimiento que la convertían en una mujer amargada.

—Riley, no te molestes —farfulló Phoenix.

—Me gustaría hablar con ella.

—No hay nada que decir.

—¡Y un infierno! —volvió a golpear la puerta, pero, al final, tuvo que resignarse a hablar a través del panel—. Entiendo lo que está insinuando, pero se equivoca, ¿de acuerdo? Me importa mucho su hija.

La voz de Lizzie resonó alta y clara.

−¿Ah, sí? Ya veremos cuánto.

−Lo que pasa es que tiene miedo de perderla −replicó Riley−. Ella es la única persona amable con usted y no quiere volver a quedarse sola.

−¿Es que te has vuelto loco? −le espetó Lizzie en respuesta.

−No tengo que estar loco para ver que todo le da un miedo insuperable. Pero no deje que esos miedos arruinen también la vida de su hija. Eso es lo único que pido. Ella se merece mucho más.

−¿Eso significa que te merece a ti?

−Se merece todo lo que pueda darle.

−¡Ah! Y supongo que cualquier mujer debería considerarse afortunada con eso.

Riley no replicó. Aunque era obvio que estaba más que disgustado con aquel intercambio, regresó junto a Phoenix e insistió en revisar el tráiler, como había hecho la vez anterior, para asegurarse de que Buddy no había hecho nada malo en su ausencia.

−Dale recuerdos a Jacob de mi parte −le pidió Phoenix cuando Riley terminó y se detuvo en la puerta.

Sabía que su hijo había llegado a casa porque Riley le había llamado durante el trayecto de vuelta.

Riley clavó en ella su mirada.

−Sé que me quieres, así que no finjas lo contrario −respondió. La estrechó en sus brazos y la besó−. Esta noche va a ser una mierda sin ti −le dijo, mostrándole el aspecto más juvenil y apasionado de su personalidad.

−Iría contigo si pudiera, pero me temo que Jacob alucinaría si me quedara a pasar la noche en vuestra casa.

Y sospechaba que también el resto del pueblo, salvo los amigos más íntimos de Riley, que ya sabían que estaban juntos.

−Supongo que se imagina que nos hemos acostado. Tu

madre no ha tardado mucho en darse cuenta. Y cuando llamó le dije que las cosas estaban yendo bien.

—¿Que estaban yendo bien? ¿Y eso significa que nos hemos acostado? ¿Es alguna clase de código entre hombres? —preguntó Phoenix con una risa.

—Jacob prefiere no entrar en detalles. Como tú misma dijiste, se le haría extraño.

—Me temo que le debe de resultar muy raro vernos como... como algo más que amigos.

—Se comporta como si le gustara la idea, pero creo que, en parte, podría ser porque quiere que te proteja.

Phoenix negó con la cabeza.

—Y eso es lo que yo no quiero. No quiero que terminéis haciéndoos enemigos en el pueblo cuando siempre habéis sido tan apreciados.

—No soy yo el que anda buscando pelea.

El recuerdo de Riley y Buddy golpeándose en el cuarto de baño le revolvió el estómago.

—Eso no importa. No quiero que te pelees con nadie.

—Deja de preocuparte. Parece que quieras llevar todo el peso del mundo sobre tus hombros. Te veré mañana, cuando venga a buscarte para ir al partido de Jacob.

Phoenix se agarró con una mano al dintel y sostuvo la puerta con la otra.

—¡No puedo ir a ese partido!

—¿Por qué?

—¿No juega en casa?

—A ti te encanta verle jugar y tienes todo el derecho del mundo a estar allí.

—Ese podría ser el primer incidente en Whiskey Creek, sobre todo si también van los Mansfield. Podrían convertirlo en un intento de defender su territorio. Ahora que están más beligerantes porque han encontrado a Penny y están convencidos de que pueden demostrar mi culpabilidad, quién sabe hasta dónde podrían llegar.

Riley se encogió de hombros.

–Kyle estará allí para ayudarme. Y a lo mejor también consigo que vayan Noah y Ted.

–¿Riley?

Riley se había vuelto ya para marcharse, pero se detuvo para mirarla.

–¿Qué?

–Te quiero.

Una tierna sonrisa curvó los labios de Riley.

–¿Lo ves? No era tan difícil, ¿verdad? –y regresó para volver a besarla.

Capítulo 25

La madre de Riley frunció el ceño cuando abrió la puerta y le vio en la entrada. Podría haber entrado sin llamar, pero la puerta estaba cerrada. A las diez de la noche de un domingo, era lógico que su madre pensara que ocurría algo preocupante.

−¿Qué pasa? −le preguntó Helen−. No pareces muy contento.

Riley abrió la pantalla de la puerta.

−No lo estoy.

Su madre se hizo a un lado para permitirle entrar en la casa. La casa de la infancia de Riley estaba bien construida y cuidada. Él mismo había hecho la mayor parte de las reparaciones, al menos durante los últimos quince años, y eso había incluido la reforma del tejado. También había remodelado la cocina y los dos cuartos de baño, había ayudado a su padre a cortar algunos árboles enfermos del jardín y había puesto estanterías en el garaje. De modo que la vivienda de sus padres, una casa de tres habitaciones estilo ranchero, estaba bien acondicionada, aunque no era particularmente grande ni disponía de grandes lujos.

Oyó la televisión en el cuarto de estar, donde encontró a su padre sentado en su butaca favorita.

−¿Debería preguntarte si tienes algún problema?

Su madre se fue directa a por el tarro de las galletas. Desde que era niño, lo primero que hacía Riley al llegar a casa era acercarse a aquel tarro de galletas con forma de mono y su madre había terminado asumiendo aquella rutina.

—Quizá no, porque voy a pedirte que lo soluciones.

Helen le quitó la cabeza al mono e inclinó el tarro en su dirección. Continuaba teniendo las galletas de avena favoritas de Jacob y de Riley, pero, por primera vez desde que podía recordar, Riley las rechazó.

—Ahora ya no me cabe la menor duda de que es un problema serio.

Aunque Helen estaba de broma, había un deje de seriedad en su voz. Dejó el tarro en la mesa de la cocina.

—¿Qué se supone que tengo que solucionar? ¿Acaso tengo la posibilidad de decir algo en todo esto?

—No, si me quieres —respondió él.

Cesó el sonido de la televisión.

—¡Eh! ¿Quién ha venido?

—Soy yo, papá —Riley le cedió el paso a su madre antes de entrar en el cuarto de estar.

—Llegas en un buen momento. Tienes que ver esto —dijo su padre, y rebobinó la parte del programa que estaba viendo.

Riley se maravilló ante las diez mejores jugadas que estaba emitiendo el canal deportivo ESPN, sobre todo al ver una canasta lanzada desde medio campo en el último segundo de un partido de baloncesto. Pero después le pidió a su padre que apagara la televisión.

—¿Por qué? —preguntó este sorprendido—. ¿Qué pasa?

—Quiero hablar con vosotros.

Una vez apagada la televisión, Riley se sentó en un sofá de dos plazas. Su madre se sentó al borde de un sillón.

—Dime que esto no tiene nada que ver con Phoenix —le pidió Helen—. Porque haría cualquier cosa por ti, pero lo de Phoenix no tengo manera de arreglarlo.

—Puedes hacer muchas cosas por ella –replicó.

—¿Entonces es Phoenix lo que te ha traído a casa a estas horas? Riley, durante estos últimos días han pasado algunas cosas que deberías saber...

—Déjame imaginar –la interrumpió–. Corinne y tú habéis encontrado a Penny Sawyer.

Su madre abrió los ojos como platos.

—Yo no he tenido nada que ver con eso, pero, sí, la han localizado. ¿Cómo te has enterado?

—Buddy se lo dijo a Jacob el sábado por la mañana y Jacob me llamó cuando estaba en la cabaña.

—¿Y por eso pareces tan enfadado? Corinne solo quiere tener una reunión en la que oigamos lo que Penny tiene que decir.

—¿Y con qué motivo?

—Está preocupada por nosotros. Quiere hacernos un favor. Si Phoenix no es lo que está fingiendo ser, somos los que más tenemos que perder.

—¿Lo que está fingiendo ser? –sacudió la cabeza–. Es igual. Ya sabemos lo que va a decir Penny, ¿qué sentido tiene volver a hablar con ella?

—El hecho de que se haya mantenido fiel a su versión durante diecisiete años le da mayor legitimidad a su declaración –replicó su madre.

—Así que Corinne ya te ha dicho que continúa defendiendo su versión sobre lo ocurrido.

—Sí.

—Muy bien, a lo mejor para ti eso le añade legitimidad –contestó–, pero para mí solo indica lo que ya sabía: que no quiere que la culpen.

—Por lo menos deberías escucharla. Si miente, a lo mejor la delatan su expresión o sus gestos.

Helen miró a su marido en busca de apoyo.

—Por lo menos deberíamos escucharla –repitió Tom.

—Es la única persona que iba en el coche con Phoenix

—continuó Helen—. La única persona que puede contarnos lo que ocurrió. Sé que Phoenix está encantadora desde que ha vuelto, pero... —hizo un gesto para que no la interrumpiera—, escúchame un momento. ¿Y si todo fuera mentira? ¿Y si de verdad quiso matar a Lori?

—Soy incapaz de creer una cosa así.

—¿Pero y si...?

—Lori ya no está. No podemos devolverle la vida.

—En eso no puedo estar más de acuerdo.

—¿Entonces de que va a servir continuar persiguiendo a Phoenix?

—Nadie está persiguiendo a nadie. ¿Pero de verdad quieres que Jacob abrace a una mujer así como madre?

Riley había abrazado a Phoenix en un sentido mucho más literal y sus padres no tardarían en enterarse. Sin embargo, admitir un interés sentimental en ella se volvería contra él en aquel momento. Les convencería de que estaba demasiado cegado por sus sentimientos como para poder ver a Phoenix tal como era.

—Penny no puede decir la verdad, mamá. No, a no ser que quiera que los Mansfield y todos los demás la odien tanto como odian a Phoenix.

—Penny ni siquiera vive aquí. ¿Por qué iba a importarle?

—Porque el enfado podía suponer su detención en el caso de que los Mansfield vayan a la policía y, posiblemente, lo harán.

—¡Dios míos! ¿Te estás oyendo? Estás acusando a Penny de haber hecho algo casi tan horrible como atropellar a Lori. ¿Qué clase de persona es capaz de culpar a otra de un incidente tan terrible?

—Es algo que ocurre, mamá. Con mucha frecuencia. Así es como funciona el instinto de supervivencia.

Helen se inclinó hacia delante.

—Aun así, creo que deberíamos escuchar lo que Penny

tiene que decir. El que tengas tanto miedo a oírla es una señal de que no quieres enfrentarte a la verdad.

Riley reprimió un suspiro. Estaba frustrado, pero comprendía los motivos por los que su madre creía lo que estaba diciendo. Y también comprendía que los Mansfield y todos los demás lo creyeran. Aquel había sido el problema durante todo aquel tiempo. No tenía ningún sentido que Penny hubiera hecho lo que había hecho.

—¿Qué tipo de persona es Penny ahora? —preguntó.

—No tengo ni idea. Como ya te he dicho, yo no he tenido nada que ver con su búsqueda. El día que te peleaste con Buddy, Corinne contrató a un detective privado para localizarla. Eso es lo único que sé.

Si Penny iba a añadir más sufrimiento a la vida de Phoenix, Riley se alegraba de no haber intentado localizarla por su cuenta.

—Entonces, ¿irás a oír a Penny o no? —preguntó Helen.

Riley no podía negarse. Su madre tenía razón. Si no iba, pensarían que se estaba resistiendo a reconocer la verdad y aquello no le ayudaría a convencer a nadie.

—Muy bien. Escucharé lo que Penny tenga que decir. Pero quiero dos cosas a cambio.

—¿Y son…?

—Quiero el contacto del detective privado. Si Corinne ha tenido oportunidad de investigar antes de esa reunión, yo también tengo derecho a hacerlo. Y quiero que inviten también a Phoenix. Ella también debería tener oportunidad de defenderse.

—El contacto del detective puedo proporcionártelo sin problema. Corinne me reenvió uno de sus correos. Pero jamás permitirá que Phoenix ponga un pie en su casa.

—Entonces nos reuniremos en cualquier otra parte. Yo ofrecería mi casa, pero preferiría no meter a Jacob en este asunto.

—¿Por qué no lo hacemos aquí? —propuso Tom.

Helen apretó los labios.

—Sí, supongo que podríamos hacerlo aquí.

—Si eso ya está resuelto, ¿cuándo piensa venir Penny?

—Corinne está haciendo todos los arreglos. Te lo diré mañana, en el partido de Jacob.

Eso significaba que tenía que ponerse a trabajar.

—Envíame la dirección de ese detective esta misma noche.

—Ahora mismo lo haré.

—Y solo para que lo sepas, Phoenix irá mañana al partido.

—Ya ha ido otras veces —señaló su padre—. Nos limitaremos a ignorarla —añadió para tranquilizar a Helen.

—Pero esta vez estará conmigo —dijo Riley.

Helen se levantó.

—Riley, por favor, intenta no aparecer con ella en público. Espera... solo una semana. Espera a que hayamos hablado con Penny.

—Ya le he dicho a Phoenix que iría a buscarla.

Helen intercambió una mirada de preocupación con Tom.

—Hijo... —comenzó a decir.

—No te entrometas —la interrumpió Riley—. Jacob quiere que su madre vaya a ese partido.

—Muy bien —replicó Helen—. Espero que sepas lo que estás haciendo.

—¿Y?

Phoenix alzó la mirada de las gachas de avena que estaba revolviendo en la cocina.

—¿Y, qué? —repitió.

Pero no había ningún misterio en lo que esperaba su madre de aquella conversación. Aunque Lizzie nunca lo admitiría, se moría por oír los detalles de la excursión a la cabaña, sobre todo después de lo que había dicho Riley la noche anterior.

—¿Ha merecido la pena?

—¿El qué?

Lizzie elevó los ojos al cielo.

—¿Tú qué crees?

—Me lo he pasado muy bien.

—Con Riley.

Phoenix bajó el fuego.

—Sí, con Riley.

Su madre vaciló un instante. Después preguntó:

—¿Cuánto tiempo esperas que dure esta vez?

—No lo sé —replicó—. No puedo predecir el futuro, y tú tampoco. Así que deja de lanzarme advertencias. Estoy intentando vivir al día.

—¿Crees que Riley va a sacarte de todo esto? —señaló a su alrededor, pero Phoenix sabía que se refería a aquel terreno en general—. ¿Ese es el objetivo?

—¡No! No estoy intentando que haga nada por mí. Le quiero, ¿vale? La relación puede funcionar o no, pero, al parecer, tengo el corazón más obstinado de la historia, porque soy incapaz de dejar de quererle.

—Ni él ni su familia me gustan —farfulló Lizzie—. Conseguirán que termines avergonzándote de tu propia familia.

—No puedo hablar de sus padres, pero Riley no es así.

—¡Qué estupidez! —se burló Lizzie con una carcajada—. Ya lo verás. Si empiezas a salir con él, no tardarás en no querer darme ni la hora.

Su madre volvía a mostrarse beligerante, pero había un deje de irritabilidad en su voz que le permitió a Phoenix reconocer el miedo que le inspiraba aquella situación. Lizzie creía que Riley intentaría sacarla de su vida, por eso quería ser ella la que se deshiciera antes de él.

En cuanto comprendió lo que ocurría, el impulso de replicar cedió. Apagó la cocina para que las gachas de avena se enfriaran un poco y se sentó enfrente de Lizzie.

–¿Qué haces? –Lizzie señaló hacia la cazuela que contenía el desayuno como si no comprendiera por qué Phoenix no lo estaba sirviendo–. ¿Qué pasa? ¿Por qué me miras así?

–Porque quiero asegurarme de que me prestes atención.

–Ya te estaba prestando atención. ¿Acaso no te estaba hablando?

–Sí, me estabas hablando. Pero lo que me decías no tenía mucho sentido. Pase lo que pase, no voy a abandonarte, ¿lo entiendes? No voy a irme a ninguna parte. Ni siquiera si vuelvo con Riley.

En cualquier caso, no estaba convencida de que aquello pudiera llegar a ocurrir. No sabía adónde les conduciría la experiencia que habían compartido en el lago Melones.

–Ni siquiera te abandonaré en el caso de que termine yéndome de Whiskey Creek. Siempre seré tu hija, siempre te querré y haré todo lo posible para ayudarte. A veces pueden ser cosas que no quieras que haga –le aclaró–, pero no voy a abandonarte como lo hicieron mis hermanos.

En la frente de Lizzie aparecieron arrugas de extrañeza, mientras fingía no entender de qué le estaba hablando.

–Eso no me da ningún miedo. No me importa que me abandones –le espetó.

Pero era una mentira tan obvia que Phoenix no pudo tomárselo en serio.

Se mordió la mejilla por dentro para reprimir una sonrisa.

–Pues tanto si quieres como si no, te va a resultar imposible librarte de mí –le advirtió.

Y notó que su madre se mostraba mucho más amable después de aquello.

Phoenix estaba nerviosa, pero no quería que Riley supiera hasta qué punto. Cuando fue a buscarla a su casa, se comportó como si ir a un partido que se jugaba en casa no fuera distinto a asistir a otro en campo ajeno.

—Espero que Jacob juegue bien.

Riley apoyó el brazo en el volante.

—Jugará bien. Está en racha.

Phoenix se secó las manos en los pantalones cortos. Después, revolvió el bolso para sacar el brillo de labios. Le habría gustado volver a hacer galletas para el equipo, pero como había pasado el fin de semana en la cabaña no había tenido tiempo. Había estado demasiado ocupada intentando ponerse al día con los pedidos de pulseras.

—¿Estás bien? —le preguntó Riley, dirigiéndole una mirada fugaz.

—Por supuesto —contestó con una sonrisa.

—Mis padres estarán allí, pero no te preocupes por eso.

¿Que no se preocupara? El estómago le ardía por la acidez provocada por los nervios.

—De acuerdo. ¿Pero ellos saben que voy a estar allí?

—Sí. Les avisé para evitar que hagan nada que pueda hacerte sentir incómoda.

El mero hecho de que estuvieran la haría sentirse incómoda, pero, aunque le lanzaran dardos con la mirada, ella respondería sonriendo o mirando hacia otro lado. No quería que Riley volviera a discutir con sus padres, no quería interponerse entre su familia y él. Hacer que su relación con ella le costara una de las relaciones más importantes de su vida no era un acto de amor. Sería puro egoísmo y lo sabía.

—Estaré bien.

Riley bajó entonces la radio.

—Todo va a salir bien. Confía en mí.

Phoenix permitió que Riley le tomara la mano.

—¿Cuándo va a venir Penny al pueblo? ¿Ya te has enterado?

—Por lo que me ha dicho mi madre esta mañana, estará aquí el sábado.

—¿Tan pronto?
—Sí. Han estado presionándola para que viniera cuanto antes.
—Antes de que te eche el lazo —musitó.
—Pero ya es demasiado tarde para eso —bromeó él. Al ver que Phoenix no reaccionaba a aquella broma, se puso serio—. Mi madre me ha pedido que vaya a escuchar a Penny y le he dicho que iría.

Phoenix contuvo la respiración.
—¿Sí? ¿Por qué?
—Porque es importante que tengamos la oportunidad de presentar nuestra versión.
—¿Nuestra versión?
—Sí, eso es lo que iba a decirte a continuación. Tú también estarás allí. Mi madre ha aceptado incluirte en la reunión.

Phoenix había llegado a convencerse de que no volvería a ver a Penny en su vida, así que no estaba segura de lo que sentía al pensar en un encuentro cara a cara. Le bastaba pensar en ella para reavivar su enfado, su antiguo enfado, y también la inutilidad de su furia, que era todavía peor. Siempre le había resultado difícil la injusticia a la que había tenido que enfrentarse y, una vez estaba de nuevo en casa, ¿tenía que volver a lidiar con las mentiras de Penny?

—¿Qué le han prometido? —preguntó.
—¿Qué quieres decir?
—Es imposible que quiera volver aquí. Si yo hubiera mentido como mintió ella, no querría volver a ver este pueblo jamás en mi vida.

Riley frunció el ceño.
—¿Qué quieres decir? ¿Crees que los Mansfield le han pagado algo?
—A no ser que haya empezado a creer sus propias mentiras. O que tenga alguna razón para convertirse de nuevo en el centro de atención. Tiene que tener alguna razón. Yo

ya he cumplido mi sentencia, así que no puede ser para que vuelvan a condenarme.

—Por eso tenemos que estar allí los dos para averiguarlo. Entonces, ¿qué me dices? —bajó la cabeza para poder verle la cara—. No será fácil enfrentarse a ella, pero creo que deberíamos aceptar el desafío.

—¿Por qué? —preguntó Phoenix—. La creerán a ella, como hasta hora. Lo que ellos quieren es convencerte a ti.

Riley le apretó la mano.

—No podrán, Phoenix. Esa no es la razón por la que yo quiero ir. Ha pasado mucho tiempo. Las cosas han cambiado. Tengo la esperanza de poder sonsacarle la verdad.

Después de tanto tiempo y de todas las cartas que le había enviado a Penny y que nunca habían tenido respuesta, ella ya ni siquiera se atrevía a albergar esperanzas. No, después de lo mucho que había rezado para, al final, no conseguir nada.

—¿Cómo va a admitir algo así?

—He estado trabajando en ello.

Pasaron por la ferretería, por la tienda de refrescos y por una tienda de ropa.

—¿Perdón?

—Todavía no quiero hablarte de ello. No quiero que te hagas ilusiones por si al final falla. Pero tampoco quiero que te preocupes. No van a tener tanta ventaja como piensan.

—¿A qué te refieres?

—Ya lo verás.

Phoenix le miró con el ceño fruncido.

—Dímelo —insistió, pero ya estaban llegando al instituto.

—Tú confía en mí —le pidió Riley mientras aparcaba.

Salió de la camioneta, pero Phoenix no se sentía capaz de seguirle. Al menos, no de forma inmediata. Así que Riley rodeó el vehículo y le abrió la puerta.

—Estaré en todo momento a tu lado —le aseguró.

Pero, en cierto modo, aquello sería incluso peor. Sería

como hacer una declaración pública y casi todo el mundo reaccionaría ante ello.

Phoenix cerró los ojos, tomó aire y lo soltó bruscamente.

—Espero que Jacob juegue bien —volvió a decir, y bajó de la camioneta.

Capítulo 26

Phoenix estuvo muy callada durante el partido. Riley estaba seguro de que no había dicho más de dos palabras durante las nueve entradas. Estaba rodeada de los amigos de Riley y con la mirada fija en el campo. Cada vez que alguien le ofrecía algo, un perrito caliente, un chicle, o unas pipas de girasol, rechazaba el ofrecimiento con la cabeza.

Eran muchas las personas que la miraban fijamente. Y Riley también podía oír los susurros: «¿No es esa la mujer que mató a Lori Mansfield?». «Riley no habrá vuelto con ella, ¿verdad?». «Es muy guapa, eso hay que reconocerlo, pero, vaya, no sé cómo puede meter a una asesina en su vida, y mucho menos en su cama. Como no tenga cuidado, cualquier noche terminará recibiendo un navajazo».

Sabía que también Phoenix los oía, aunque fingiera no hacerlo. Y le entraban ganas de responder y hacer callar a todos, pero sabía que no les quedaba más remedio que soportar aquellas lenguas viperinas. Con el tiempo iría apagándose el interés y todo el mundo se acostumbraría a la vuelta de Phoenix y a verlos juntos.

Al final, sus padres no aparecieron. Riley imaginó que pondrían alguna excusa ridícula. Le dirían que estaban ocupados, o demasiado cansados, pero él imaginaba que habían evitado a propósito el partido al saber que iría Phoenix. No querían que les vieran con ella, no querían que nadie pensara que aprobaban aquella relación. Estaban esperando la gran confrontación de aquel fin de semana con la esperanza de hacerle entrar en razón y conseguir que pensara lo mismo que ellos.

Pero, para entonces, era muy posible que también él tuviera muchas cosas que contar.

Durante los días siguientes, Jacob estuvo pasándose por casa de Phoenix al acabar el entrenamiento y Riley iba a verla al salir del trabajo. El tráiler de Phoenix era pequeño, caluroso y mucho más humilde que su casa, pero pasaban mucho tiempo allí. Phoenix pensaba que lo hacían porque les gustaba que les hiciera la cena y, al fin y al cabo, ya tenía que cocinar para su madre, y, quizá, también disfrutaban saliendo de su entorno habitual. Porque en ningún momento hacían mención al calor o a las muchas cosas de las que carecía. Tampoco intentaron convencerla de que fuera a su casa. Parecía bastarles con estar donde estaba ella.

El miércoles, Riley llevó una televisión pequeña y un montón de DVD y disfrutaron de un maratón de películas. Cuando, alrededor de la media noche, Jacob se quedó dormido en el sofá, Phoenix tuvo la sensación de que Riley tenía ganas de llevarla al dormitorio. No habían vuelto a dormir juntos desde que habían estado en la cabaña. Los dos habían tenido mucho trabajo. Y, cuando no estaban trabajando, Jacob estaba con ellos. Pero, por mucho que Phoenix ansiara acariciar a Riley, tenía miedo de que su hijo pudiera despertarse.

—¡Dios mío! Echo de menos poder estar contigo —susurró Riley mientras permanecía tras ella en la cocina, a donde había llevado Phoenix los cuencos que habían utilizado para las palomitas.

—A lo mejor podemos quedarnos a solas este fin de semana —susurró ella en respuesta.

Pero los dos sabían lo que iba a suceder al día siguiente. Riley iría a buscarla a las diez y la llevaría a casa de sus padres, donde habían quedado con Penny Sawyer. Con aquella perspectiva en el horizonte, Phoenix no iba a poder pegar ojo.

–No tendrás miedo de ver a Penny, ¿verdad? –le preguntó Riley.

Como Phoenix continuó lavando los platos, la hizo volverse hacia él.

–Estoy aterrada. Tengo miedo de que la creas. Preferiría que no quisieras oír lo que tiene que decir.

–Ya no estoy tan ilusionado como antes.

Phoenix se secó las manos.

–¿Eso qué significa?

–Como ya te comenté cuando te llevé al partido, tenía ciertas esperanzas. Pero... –esbozó una mueca–, ahora se han hecho añicos.

–¿Qué ha pasado?

–Contraté al detective privado de Corinne para que investigara para mí. Hizo algunas búsquedas sobre el pasado de Penny e incluso llegó a localizar al exmarido.

–¿Y qué querías de su ex?

–Es habitual que la gente comparta secretos con sus parejas. Esperaba que me dijera que había admitido haber sido ella la causante del accidente.

–¿Y no lo ha hecho?

–Yo creo que sí, pero él continúa siéndole lo suficientemente leal como para no divulgar un secreto que podría causarle problemas.

–Entonces no tenemos nada. Solo más mentiras.

Riley apoyó la cabeza en su frente.

–Lo siento. Esperaba que todo saliera bien.

–¿Eso significa que podemos cancelar la cita de mañana y seguir como hemos estado hasta ahora?

–Si cancelo la cita parecerá que estoy asustado, que tengo miedo de oír la verdad, o que no estoy dispuesto a enfrentarme a ella. Yo debería ir. Pero puedo responder por ti. Tú no tienes por qué estar allí.

–¡No señor! Sí tú vas, también iré yo. Por lo menos, si Penny me ve, no le resultará tan fácil mentir. Aunque, desde luego, fue capaz de hacerlo en el tribunal.

–Nada de lo que pueda decir me convencerá de que no eres una persona maravillosa –le aseguró.

La besó varias veces, hasta que sus besos se hicieron tan apasionados que Phoenix tuvo que apartarle.

–Delante de Jacob, no.

Riley no se quejó. Se limitó a despertar a Jacob para llevarle a casa.

Phoenix pensó que iba a tener que pasar sola el resto de la noche, ocho horas sufriendo por aquella reunión. Pero Riley llegó menos de una hora después, solo, y se quedó hasta el amanecer antes de regresar a su casa para estar en su propia cama cuando Jacob se despertara.

—Me siento como si esto fuera *El día de la marmota* –dijo Phoenix mientras Riley aparcaba en la acera de la casa de sus padres.

–¿El día de la marmota?

–¿No has visto esa película? Mi madre la tiene. La vimos la noche que llegué a casa. Actúa Bill Murray en ella. La verdad es que no le presté demasiada atención. La vi sobre todo por ella. Pero el protagonista revive el mismo día una y otra vez.

Riley pareció confundido por la comparación.

–Este día no se parece a ningún otro. Hace diecisiete años que no ves a Penny.

–Pero vuelvo a tener la sensación de estar adentrándome en arenas movedizas, como en el partido de béisbol de ayer, en la excursión a la cabaña o cuando fui a la cafetería después de salir de prisión. Pero esto... –se mordió el labio–, esto es lo que más miedo me da.

–No permitiré que Penny te trate mal –le aseguró Riley.

–La que me preocupa es tu madre. Esta es la vez que más cerca voy a estar de ella desde que rompimos.

Riley se echó a reír.

–No es tan terrible como crees. Y ahora no hemos roto. Eso cambia la situación.

–No hemos roto todavía. ¿Pero qué pasará cuando entremos en esa casa y Penny comience a vomitar su veneno?

–Ya te lo dije. No cambiará nada entre nosotros. Pensaba que lo de anoche te había convencido.

–Lo de anoche fue... memorable –sonrió con expresión traviesa–. Volvamos a casa, desnudémonos y olvidémonos de todo esto.

Riley avanzó para abrirle la puerta.

–Por apetecible que me parezca, antes tendremos que pasar por esto. No podemos echarnos atrás, o pensarán que han ganado.

Phoenix se inclinó detrás de él para mirar hacia la puerta.

–Ellos siempre ganan.

Riley la miró durante varios segundos, después, frunció el ceño como si se sintiera inseguro.

–A lo mejor deberías quedarte aquí. No tengo la menor idea de lo que pueden llegar a decirte. No voy a poder evitar que hablen y no quiero que te hagan daño. Te llamaré para que entres si creo que puede servir de algo.

–No. Ya he llegado hasta aquí. Veamos si Penny puede mentir como la última vez ahora que ya no soy una mujer embarazada, paralizada por el pánico y enfrentándome a una larga pena de prisión.

Bajó de la camioneta y Riley le tomó la mano mientras se acercaban a la casa.

–No tienes por qué ir de mi mano –le dijo ella.

–Lo sé –respondió, pero no la dejó marchar.

No llegaban tarde, pero, aun así, ya estaba todo el mundo dentro, como si sus enemigos se hubieran reunido por adelantado para diseñar una línea unificada de ataque.

A pesar de sus palabras anteriores, Phoenix se descubrió apretando la mano de Riley con más fuerza.

Todos los ojos se volvieron hacia ella. Phoenix ignoró la hostilidad del rostro de Buddy al igual que la expresión sombría de los demás. Incluso ignoró a la madre de Riley. Estaba más interesada en Penny, que alzó la cabeza, pero no fue capaz de mirarla a los ojos.

—Gracias por venir —la madre de Riley asintió mirando a Phoenix con un tenso, pero educado recibimiento.

Phoenix le devolvió el saludo en silencio.

—Los dos os acordáis de Penny —Helen señaló hacia una mujer alta y delgada que estaba a varios asientos de distancia—. Sugiero que empecemos y acabemos con esto lo más rápidamente posible.

Corinne tomó las riendas.

—Penny, sé que es difícil volver a contar lo que pasaste. Hemos llorado juntas por teléfono. Pero Helen tiene razón. Es mejor que nos cuentes cuanto antes la verdad.

Estaban tratando a Penny con una delicadeza exquisita. ¡A la asesina de Lori! Phoenix apenas podía creer lo irónico de la situación.

Penny se aclaró la garganta y cambió de postura, pero no dijo nada. Así que Corinne la apremió.

—¿Puedes contarnos lo que pasó el día que asesinaron a mi hija?

Fue algo casi imperceptible, pero a Phoenix le pareció ver a Penny encogerse antes de cuadrar los hombros.

—La verdad es la que dije en el juzgado. Nada ha cambiado.

Phoenix había imaginado que se sentiría cohibida, como le ocurría cada vez que abandonaba la seguridad del tráiler. Pero aquella sensación había desaparecido al ver a Penny.

Aquella era la persona responsable de que hubiera pasado diecisiete años en prisión por un crimen que no había cometido, la persona que la había privado de pasar todos aquellos años con su hijo. Penny había salido de aquel terrible accidente sin sufrir ninguna consecuencia, pero aun así... exudaba cierto aire de desesperación, como si temiera terminar peor parada que la última vez.

¿Por qué? ¿A qué se debía? Continuaba siendo una mujer atractiva con aquella melena rubia y sus pómulos bien marcados. También iba muy bien vestida, con una falda larga, sandalias y una bonita blusa de mangas transparentes. Pero la ropa parecía tan nueva que Phoenix tuvo la impresión de que se había arreglado para la ocasión.

O de que se había disfrazado.

Phoenix recordó entonces que ella misma creía que los Mansfield le habían pagado para que fuera. Aquella reunión debía de tener alguna motivación para Penny. No podía ser un acto de justicia cuando ella misma había conseguido escapar a la justicia.

—¿Puedes darnos más detalles? —le pidió Corinne—. ¿Puedes contarnos lo que ocurrió paso a paso?

Continuaba hablando con mucha delicadeza, como si se estuviera dirigiendo a una niña asustada. A Phoenix le resultaba irritante, pero demostró ser efectivo.

Una vez empezó a hablar, Penny contó, básicamente, lo mismo que había contado ante el jurado. Pero continuaba sin ser capaz de mirar a Phoenix. Se detenía de vez en cuando y Corinne tenía que persuadirla para que continuara. Pronto estuvo tan nerviosa que comenzó a morderse las cutículas e interrumpió su relato para preguntar cuánto tardarían en llevarla de nuevo al aeropuerto.

Fue entonces cuando Phoenix se fijó en las llagas que tenía en las manos.

—¿Crees que Phoenix fue a por Lori? —preguntó Corinne, intentando, una vez más, que Penny se concentrara en el relato.

—Phoenix odiaba a Lori —Penny hablaba como un robot. Phoenix sospechaba que había ensayado aquella parte—. Estaba... celosa de ella. Quería estar con Riley.

Aquel era el móvil que le habían atribuido desde el primer momento. No había nada nuevo o inesperado, era lo mismo que había contado ante el tribunal.

Penny no embelleció la versión original, no recreó ningún diálogo de cuando estaban en el coche como, sin lugar a dudas, los Mansfield esperaban que hiciera. Aquello fue lo único que pudieron obtener de ella.

Llevar a Penny hasta allí no parecía haber aportado nada nuevo. A lo mejor aquella fue la razón por la que Helen, frustrada, decidió tomar las riendas de la reunión.

—Para ser justos, deberíamos escuchar también a Phoenix —le hizo a Riley un gesto con la cabeza—. Phoenix, ¿tienes algo que decir?

—Es mentira —dijo Phoenix—. Yo no giré el volante. Fue ella y lo sabe.

Penny no se levantó indignada como había hecho ante el juez. Pareció encogerse en la silla.

—¿Por qué? —preguntó Helen—. ¿Qué motivo podía tener Penny para girar el volante?

—Eso habrá que preguntárselo a ella —contestó Phoenix—. ¿Penny? ¿Por qué lo hiciste? ¿Y por qué permitiste que fuera a prisión por ello?

Penny movía la pierna nerviosa y parecía estar ausente. Una vez más, fue incapaz de responder.

—¿Penny? —insistió Helen.

Penny la miró con el ceño fruncido y adoptó una postura más combativa.

—No fui yo y no me importa lo que diga nadie. ¿Por qué iba a querer hacerle ningún daño? Yo no tenía nada contra Lori.

—No creo que quisieras hacer daño a nadie —dijo Phoenix—. Fue un accidente, ¿de acuerdo? Hiciste una estupidez porque pensabas que era divertido. Y terminó teniendo consecuencias trágicas.

Penny negó con la cabeza.

—¡No, claro que no! No es cierto. Ella... miente —dijo, señalando a Phoenix—. Ya os dije que me acusaría a mí.

Riley intervino entonces.

—Lo único que queremos es saber la verdad.

Penny se levantó, se tambaleó y estuvo a punto de caerse antes de recuperar el equilibrio.

—Ya he contado la verdad. No me puedo creer que estéis cuestionando mi integridad. No debería haber venido. Por mi parte, yo ya he terminado. He venido y he contado mi versión de la historia, como me pedisteis que hiciera. ¿Ahora quién va a llevarme al aeropuerto?

—Un momento —dijo Riley, alzado la mano—. ¿Tú versión? Eso es relevante, ¿no te parece?

—Quería decir que he contado lo que ocurrió —se corrigió Penny, un poco nerviosa.

Riley la miró con los ojos entrecerrados.

—Por supuesto. En ese caso, a lo mejor no te importa contestar unas cuantas preguntas.

Penny taladró a Corinne con la mirada antes de volverse hacia él.

—¿Qué preguntas? Ya he contado todo. No podéis retenerme aquí en contra de mi voluntad.

—Te hemos pagado el viaje —le recordó Corinne—. Y también vamos a pagarte por el tiempo que nos has dedicado, puesto que dijiste que podrías perder tu trabajo.

Así que había dinero de por medio. Por lo menos, aquello contestaba a una de las preguntas de Phoenix. Ya sabía los motivos por los que Penny se había mostrado dispuesta a hacer algo así. Estaba casi segura de que era adicta a las drogas. A lo mejor no ganaba suficiente en el trabajo. O, a lo mejor, aquella era la única manera de conseguir un ingreso. Los adictos a las drogas eran capaces de robar en un supermercado para conseguir menos de cincuenta dólares.

—Ni siquiera tiene trabajo—dijo Riley.

Pero Corinne estaba demasiado concentrada en ella como para reaccionar a su intervención.

—Creo que nos debes al menos unos minutos más —le dijo a Penny.

Riley esperó hasta contar con la plena atención de Penny. Entonces dijo:

—¿Conoces a un hombre llamado Roger Hume?

—Ese es... mi exmarido.

—Por lo menos ya estamos de acuerdo en una cosa. Roger es tu exmarido. Estuviste casada con él durante casi diez años, ¿correcto?

Phoenix no tenía la menor idea de adónde quería llegar. La noche anterior, cuando estaban lavando los platos, le había dicho que Roger no le había proporcionado la información que buscaba.

—¿Y eso qué importancia tiene? —replicó Penny—. Hace mucho que no estamos juntos. Él ya pertenece al pasado.

Los Mansfield, e incluso los padres de Riley, estaban tan concentrados en lo que allí estaba ocurriendo que les observaban con la boca abierta.

—Estáis legalmente divorciados desde hace años —continuó Riley—, pero os separasteis mucho antes. Por lo que me contó él, discutíais a todas horas por culpa de tu afición a las drogas.

Penny parecía tan estupefacta como confundida por el hecho de que Riley tuviera tanta información.

—No...

—He investigado tu pasado.

Penny parpadeó.

—¿Y eso qué significa?

—Tengo informes policiales que lo demuestran. Estuviste arrestada por intentar atropellar a Roger con tu coche, le pegaste e intentaste prender fuego a tu propio apartamento. En otra ocasión estuviste detenida por ir por la calle desnuda, ibas tan drogada que ni siquiera sabías quién eras o dónde estabas y...

—Quiero irme de aquí —le interrumpió.

Phoenix apenas podía oír nada por encima de los latidos de su propio corazón. ¿Qué estaba haciendo Riley?

—¿Qué clase de drogas consumes? —le preguntó él a Penny—. Porque es obvio que no las has dejado.

—Eso no es asunto tuyo. Esto no tiene que ver ni con mi adicción, ni con mis hábitos ni con ninguna otra cosa.

—Tiene mucho que ver con tu adicción. Has venido hasta aquí por dinero, ¿verdad?

—No —negó con la cabeza, pero era evidente que se trataba de una mentira—. Sufro una depresión y... estoy medicada. Pero hay muchas personas que sufren depresiones.

Riley chasqueó la lengua.

—Esto es un poco diferente. Roger me dijo que las cosas se pusieron tan mal que, de vez en cuando, desaparecías durante toda una semana. También me contó que te sentías perseguida por una terrible tragedia que había ocurrido cuando estabas en el último año de instituto y que no conseguías olvidar.

Penny movió la mano, señalando la habitación.

—¿Y acaso no estamos todos afectados por la muerte de Lori? ¡Yo iba en un coche que giró bruscamente y mató a un ser humano!

Riley bajó la voz, pero habló como si fuera indiscutible la veracidad de sus palabras.

—Porque agarraste el volante.

Penny parpadeó varias veces.

—¡No es cierto! ¡Y si eso lo dijo Roger, estaba mintiendo! Él no puede saber lo que ocurrió porque no estaba allí.

—Pero se lo contaste tú, ¿verdad? En un momento en el

que estabas colocada, o triste, o eras incapaz de olvidar, compartiste con él tu oscuro secreto.

—¡Me habéis traído engañada! —se volvió hacia Corinne—. ¡Me dijiste que lo único que tenía que hacer era aparecer y contar mi versión, que me darías doscientos dólares por el tiempo que iba a invertir y me pagarías el billete de avión! Quiero mi dinero y quiero salir de aquí.

—¿Doscientos dólares? —preguntó Phoenix—. ¿Eso es lo único que hace falta para que mientas y vuelvas a hacerme daño otra vez?

—¿Qué daño puede hacerte lo que diga ahora? Ya estás fuera, ¿no? Ya no pueden hacerte nada y a mí me viene bien ese dinero.

Corinne se llevó la mano al cuello como si necesitara que alguien pusiera fin a todo aquello.

—¿Es verdad? —preguntó con voz ahogada—. ¿Es verdad lo que Riley está diciendo?

Preocupado, el marido de Corinne se levantó y posó la mano en su hombro.

—No le hagas caso, mamá —dijo Buddy—. Todo esto es culpa de Phoenix, que está intentando confundirnos. Fue ella la que...

—¡Eso es ridículo! —explotó Riley—. Sois vosotros los que habéis traído a Penny hasta aquí y ahora que tengo la oportunidad de hablar con ella, quiero saber la verdad. Si vosotros no queréis, o no podéis, aceptar que estáis equivocados, os podéis marchar.

Por el rostro de Penny comenzaron a rodar las lágrimas.

—¡Yo no lo hice!

—¿Entonces por qué dice tu marido que lo hiciste? —preguntó Helen.

A los ojos de Penny asomó tal miedo que a Phoenix le recordó a un animal acorralado.

—Está enfadado, amargado. ¡Es mi exmarido, por el amor

de Dios! Algunos ex serían capaces de hacer cualquier cosa para vengarse de sus antiguas parejas.

—A mí no me pareció un hombre amargado —le discutió Riley—. Me dijo que una parte de él siempre te querrá, pero que necesitabas ayuda. Que habías caído tan hondo que no sabía si ibas a ser capaz de levantarte.

Penny cerró los ojos y se tapó la cara, pero las lágrimas continuaban fluyendo. Phoenix las veía gotear desde su barbilla.

—Di la verdad —continuó Riley, inflexible, insistente—. ¡Por una vez en tu vida, di la maldita verdad!

Penny comenzó a temblar.

—Yo no quería hacerle daño —susurró entre los dedos—. El cielo sabe que no quería hacer daño a nadie. Fue... un accidente. Nadie debería ser castigado por haber sufrido un accidente.

Phoenix estaba tan sorprendida de que por fin hubiera confesado su culpabilidad que tardó un segundo en registrarlo. Miró a Riley para asegurarse de que él también lo había oído. Después, miró a su alrededor y comprobó que todo el mundo estaba tan estupefacto como ella.

—Pero, aun así, empeoraste lo que tú misma habías hecho permitiendo que una persona inocente fuera a prisión —dijo Riley—. Por un accidente como ese, que no pretendía ningún mal, habrías estado en la cárcel durante cinco años como mucho. En cambio, dejaste que todo el mundo creyera que Phoenix había atropellado a Lori y que pasara diecisiete años en prisión. No ha podido criar a su hijo y, al volver a su pueblo, ha tenido que enfrentarse a personas que la creían culpable de haber asesinado a un miembro de su familia.

—¡Ya lo sé! ¡Pero ahora ya no puedo hacer nada para remediarlo! Todo eso pertenece al pasado.

Penny se derrumbó sobre la alfombra. Sollozaba con tanta intensidad que ya no era posible comprenderla. Gritaba algo así como que nunca había intentado hacer daño a nadie. Que todo pretendía ser una broma.

Cuando se puso en posición fetal, Phoenix se levantó y se acercó a ella. No estaba segura de cómo se sentía. No era que la estuviera perdonando exactamente. Para eso iba a necesitar mucho más tiempo. Pero sí sentía una profunda tristeza por Penny, aunque hubiera sido ella la que había recibido su castigo. Al final, Penny no había podido evitar las consecuencias. Su mentira había destrozado todo lo bueno que había en ella.

—Vamos —Phoenix la agarró del brazo y la ayudó a levantarse—. Supongo que no te van a dar los doscientos dólares que esperabas, pero Riley y yo te llevaremos al aeropuerto.

Hasta mucho tiempo después, cuando estaban ya de camino a casa, Phoenix no fue capaz de preguntarle a Riley por Roger.

—Me dijiste que no te había dicho que hubiera sido Penny la que dio el volantazo.

Riley la miró mientras conducía.

—Y no me lo dijo. Pero ella no lo sabía.

—¿La has engañado para que confesara la verdad?

Riley le colocó un mechón de pelo tras la oreja mientras le dirigía la misma sonrisa con la que Phoenix había soñado durante diecisiete años.

—Fue un farol. Pero era lo único que tenía. Gracias a Dios, funcionó. Pero me gustaría que hubiéramos podido hacerle firmar una declaración aceptando su responsabilidad.

Lo habían intentado, pero, para cuando a Riley se le había ocurrido la idea de camino al aeropuerto y se habían detenido para comprar papel, Penny ya estaba recuperada y se había negado. Habían ido en silencio durante todo el resto del viaje hasta Sacramento. Después, Penny se había bajado, había cerrado la puerta de un portazo y se había alejado caminando ofendida.

—De todas formas, no creo que hubiera valido ante un tribunal —dijo Phoenix—. Por lo menos, no sin haber sido firmada ante notario.

—Deberíamos contratar un abogado. Ojalá se me hubiera ocurrido traer a uno hoy, pero estaba demasiado preocupado pensando en cómo te iban a tratar y en el hecho de que iba a presentarme sin tener nada sólido. Ni siquiera se me ocurrió —sacudió la cabeza—. Aunque si hubiera grabado la conversación con el móvil, tendríamos al menos una prueba de la admisión.

—Tenemos testigos. Tus padres no mentirán, ¿no?

—No, pero estoy seguro de que los Mansfield preferirán mantener la boca cerrada. Estaban tan convencidos de que habías sido tú que les resultará muy violento que todo el mundo se entere de lo equivocados que estaban. Por suerte, por mucho que mi madre quiera a su mejor amiga, me quiere más a mí, así que podemos confiar en que dirá la verdad.

—Con eso me basta —dijo Phoenix—. No perdamos el tiempo con más discusiones. He oído hablar de expresidiarios que han denunciado pidiendo una compensación, pero no es fácil, sobre todo en un caso en el que no hay pruebas forenses que hagan incuestionable la culpabilidad. Y menos con alguien como yo. Aunque consiguiera que Penny repitiera todo lo que nos ha dicho hoy, dirían que puede tratarse de un fallo de memoria, o que fue coaccionada… o cualquier otra cosa. Es tal la burocracia que nunca acabaríamos. De hecho, creo que nos gastaríamos más dinero en el proceso del que podría llegar a recibir.

—Pero el sistema fracasó contigo. ¡Te han robado diecisiete años de vida! ¿Y qué me dices de tu buen nombre? ¿Es que eso no es importante para ti?

—Es posible que más adelante denuncie. Quién sabe si con el tiempo puede llegar a convertirse en algo importante para mí. Pero ahora mismo, cuando la gente que más me importa ya sabe la verdad, no quiero enfrentarme a ello. Lo único que quiero es dejarlo todo atrás, volver a empezar. Además, no ha sido un fallo del sistema, sino de la integridad de una persona. Ningún sistema puede compensar la falta de integridad.

—Lo dices en serio.

—Totalmente. Por lo menos, ya ha terminado todo. Y tu familia y tú sabéis la verdad. Es más de lo que me he atrevido a esperar durante mucho tiempo. Y ahora tengo muchas otras cosas que esperar.

—¿Estar con Jacob y conmigo... es suficiente?

—¿Qué más podría pedir?

Phoenix se sentía más ligera que el aire. Podría caminar por Whiskey Creek con la cabeza bien alta. No tendría que tener miedo a los Mansfield ni soportar el odio que habían desplegado hasta entonces contra ella. Podría ir a los partidos de Jacob sin ningún tipo de temor y sin motivo alguno para sentirse avergonzada.

—Jamás olvidaré cómo han agachado la cabeza los Mansfield cuando Penny se ha derrumbado. Ni las disculpas que me han pedido tus padres.

—Estaban equivocados y ahora lo saben —entrelazó los dedos con los suyos—. ¿Y tú qué piensas?

Phoenix estudió su perfil mientras conducía. Su tono indicaba que estaba intentando cambiar el rumbo de la conversación, pero Phoenix no sabía hacia dónde.

—¿Sobre qué?

Riley sonrió de oreja a oreja.

—Sobre la posibilidad de hacerme una pulsera.

Riley estaba deseando contarle a Jacob lo que había pasado con Penny y sabía que Phoenix estaba más entusiasmada que él. Se retorcía las manos y cambiaba el peso de pie mientras permanecían en la puerta de Just Like Mom's viendo cómo aparcaba Jacob frente al restaurante. Jacob sabía que tenían que darle una buena noticia porque le habían invitado a reunirse con ellos para celebrarlo con un helado. Pero no sabía qué iban a decirle.

—¡Eh!

Los tacos de las zapatillas deportivas de Jacob repiqueteaban en el camino mientras se acercaba. Había ido hasta allí nada más salir del entrenamiento, así que estaba sudoroso y tenía el uniforme cubierto de barro. Les había preguntado que si podía ducharse en casa antes de ir, pero tenían demasiadas ganas de verle.

—¡Hola! —Phoenix corrió hacia él y le abrazó.

Pero no debió de ser muy buena idea, porque rompió a llorar casi al instante.

Jacob desvió la mirada hacia Riley mientras le devolvía el abrazo. Parecía un poco inseguro y Riley le guiñó el ojo para indicarle que no tenía por qué preocuparse.

—Hoy hemos tenido una reunión con Penny —anunció Phoenix sorbiendo la nariz mientras le soltaba.

Jacob se llevó la mano hacia la gorra de béisbol y se la puso hacia atrás.

—¿Y? —su voz parecía incluso más insegura que su expresión.

—Por fin ha contado la verdad —le explicó Riley, puesto que Phoenix había vuelto a ceder a las lágrimas y estaba secándose la cara—. Ha admitido que fue ella la que causó la muerte de Lori.

—¿Estás de broma? —Jacob casi gritaba por la emoción y llamó la atención de un grupo que pasaba.

Pero el propio Riley tenía ganas de gritar al resto del mundo y confiaba en que Phoenix sintiera lo mismo.

Ella sonrió a través de las lágrimas y Jacob volvió a abrazarla.

—¡Mamá! ¿Te das cuenta de lo que eso significa?

Phoenix reía mientras Jacob giraba abrazado a ella.

—Significa que ya no vas a tener dudas sobre mí ni a sentir que los demás piensan lo peor de mí.

—Nosotros ya creíamos en ti, ¿verdad, papá? —le aseguró Jacob—. Una persona como tú jamás haría algo así.

La imagen de Jacob abrazado a su madre con tal feliz alivio hizo que hasta Riley se emocionara. Temiendo que se le quebrara la voz, se aclaró la garganta en un intento de esconder sus sentimientos y asintió con la cabeza en vez de decir nada.

—¿Los abuelos lo saben? —preguntó Jacob mientras dejaba a su madre en el suelo.

—Sí —contestó Phoenix—. Y los Mansfield también. Todo se lo debemos a tu padre. Ha sido él el que ha conseguido que Penny admitiera que agarró el volante.

—¿Y cómo lo ha conseguido? —quiso saber Jacob.

Riley se había recuperado ya lo suficiente como para controlar la voz, así que la interrumpió antes de que Phoenix pudiera volver a contar lo ocurrido.

—Vamos dentro y allí le daremos todos los detalles.

—¡Es increíble! —le dijo Jacob a Phoenix.

Phoenix esbozó la sonrisa más radiante que Riley había visto jamás en su vida.

—Es maravilloso poder sentirme por fin libre, libre de verdad —dijo, y se deslizó bajo el brazo de Riley mientras entraban en el restaurante.

Epílogo

2 de junio

Querida Coop, han pasado tantas cosas desde que salí que ni siquiera sé por dónde comenzar. Soy feliz. Supongo que esa es una buena manera de empezar. Soy más feliz de lo que he sido en toda mi vida. Tan feliz que si fuera necesario pasaría otros diez años de prisión para llegar hasta donde ahora me encuentro. Sigo viviendo cerca de mi madre, en un tráiler destartalado, pero no me importa, porque he conseguido convertirlo en un espacio propio. Eso me permite estar cerca de mi madre y cuidarla, porque lo necesita. Ni siquiera he empezado a presionarla todavía para que se deshaga de toda la basura que acumula. Supongo que eso nos llevará tiempo. Vamos haciendo mejoras poco a poco, intentando asumir sus limitaciones para no deprimirla.

El negocio de las pulseras está creciendo a un ritmo de locura. Estoy sorprendida por la rapidez con la que lo hace. Apenas puedo atender todos los pedidos que recibo. ¿Quién iba a imaginar que podría tener tanto éxito? Acabo de comprarme un ordenador (de segunda mano, pero, de momento, no necesito nada más) y he solicitado una conexión a internet. No sabes cuánto agradezco todas esas pequeñas cosas. Ahora quiero ahorrar para comprarme un coche, pero me llevará tiempo. Por cierto, te he metido dinero en los libros.

Y también una fotografía de Jacob. ¿No te parece guapo? Es el mejor hijo que podría tener una madre. Viene a verme muy a menudo y yo voy a todos sus partidos de béisbol. Deberías verle lanzar. Estoy segura de que va a conseguir una beca (y que yo lloraré entre el público cuando se la concedan).

Ahora seguro que te estás riendo al ver la otra fotografía. Siempre bromeabas sobre que tendría que conseguir un hombre en cuanto saliera después de tanto tiempo sin... ya sabes. En esa fotografía aparecemos Riley y yo. Sí, el mismo Riley. ¡Increíble! Nunca conseguí superar lo que sentía por él y creo que Riley lo sabía. La diferencia es que, ahora, estar enamorada de él no tiene nada de malo, porque dice que quiere casarse conmigo. Es posible que tarde varios meses en llegar a convencerme de que lo dice en serio. Pero lo está intentando y yo estoy encantada de dejar que continúe intentándolo durante algún tiempo.

Por lo menos ahora sabe que no maté a Lori a propósito. Eso es lo más importante. El cómo lo ha averiguado es una historia larga, demasiado larga como para contártela en este momento, pero Penny, la otra chica que iba en el coche el día del accidente, por fin ha admitido la verdad. Supongo que te estarás preguntando si eso significa que la familia de Lori va a intentar denunciarla, pero lo dudo. Creo que son conscientes de que no tiene mucho sentido castigar a alguien que nunca pretendió hacer ningún mal. E, incluso en el caso de quisieran vengarse, la prisión sería una mejor vida que la que Penny lleva ahora. Resulta que es yonqui, no tiene residencia fija, tiene pocos amigos y apenas mantiene el contacto con su familia. Mi situación nunca ha sido tan terrible. He tenido enemigos y me han roto el corazón, pero, incluso en los peores momentos, te tuve a ti. Siempre has sido un regalo del cielo.

Te quiere,
Phoenix

ÚLTIMOS TÍTULOS PUBLICADOS EN HQN

Antes de la boda de Susan Mallery

Todas las estrellas son para ti de J. de la Rosa

Reflejos del pasado de Susan Wiggs

Amor en V.O de Carla Crespo

Siempre en mis sueños de Sarah Morgan

Tú en la sombra de Marisa Sicilia

Enamorada de un extraño de Brenda Novak

El retrato de Alana de Caroline March

Gypsy de Claudia Velasco

Un beso inesperado de Susan Mallery

El huerto de manzanos de Susan Wiggs

El tormento más oscuro de Gena Showalter

Entre puntos suspensivos de Mayte Esteban

Lo que hacen los chicos malos de Victoria Dahl

Último destino: Placer de Megan Hart

www.ingramcontent.com/pod-product-compliance
Lightning Source LLC
LaVergne TN
LVHW030333070526
838199LV00067B/6257